ウィリアム・フォークナーのキリスト像

ジェレミー・テイラーの影響から読み解く

岡田弥生
Yayoi Okada

関西学院大学出版会

ウィリアム・フォークナーのキリスト像
―― ジェレミー・テイラーの影響から読み解く

目　次

序　論 ——————————————————— 1

第Ⅰ章　ウィリアム・フォークナーの宗教的背景 ——————19

第Ⅱ章　ウィリアム・フォークナーの宗教概念の特徴 ————41
　　1　自由意志の重要性
　　2　挫折と恩寵
　　3　キリスト像の必要性
　　4　『八月の光』におけるキリスト像

第Ⅲ章　ジェレミー・テイラーとウィリアム・フォークナー————73
　　1　テイラーとフォークナーの関連性
　　2　テイラーの宗教概念の特徴

第Ⅳ章　ジェレミー・テイラーを通して見る
　　　　フォークナーのキリスト像 ————————————99
　　1　『尼僧への鎮魂歌』——テンプル・ドレイクの救済
　　2　『寓話』——フォークナーの究極的福音

第Ⅴ章　アンリ・ベルクソンとジェレミー・テイラー ———— 129
　　1　『野性の棕櫚』——ベルクソンの過去性とテイラーの現在性
　　2　『墓地への侵入者』——墓地への侵入者とは誰か？

第Ⅵ章　「時間はキリスト」 ──────── 167
　　1　『響きと怒り』の時間
　　2　『標識塔』の時間

第Ⅶ章　「時間はキリスト」のイメージの源泉 ──────── 205
　　1　キリスト教カバラとフォークナー
　　2　ジェレミー・テイラーとキリスト教カバラ
　　3　フォークナーのキリスト教カバラ表象
　　4　フォークナーの和解の構図

結　び ──────────────────── 247

　　注　　253
　　参考文献　　282
　　フォークナー年表　　303
　　フォークナー家系図　　314
　　あとがき　　317
　　索　引　　321

凡　例

* 省略記号は注に記す表記を用い、後に続く数字は原作のページ数を表す（原作の後に記す数字は初版年を表す）。
* 数字は書名、聖書の引用などを除いて、「一つ」「二つ」も含め、原則としてアラビア数字を用いる。
* 原文のイタリックは斜体表記とする。
* 参照させていただいた翻訳は参考文献に明示する。
* 表記のゆれは生じるが日本語引用は原文のまま表記する。
* （　）内は原注を除いて筆者による補助説明を記す。

……神が隠れていることを説かない宗教はすべて真ではない。……〈まことにあなたは隠れている神である〉パスカル『パンセ』585

序 論

　生涯の大半をアメリカ南部に身を置き、南部の人間の状況を描き続けたウィリアム・カスバート・フォークナー (William Cuthbert Faulkner, 1897年9月25日-1962年7月6日、以下フォークナー) は、父親マリー・カスバート・フォークナー (Murry Cuthbert Falkner, 1870-1932)、母親モード・バトラー・フォークナー (Maud Butler Falkner, 1871-1960) の4人兄弟の長男としてミシシッピ (Mississippi) 州北部ニュー・オールバニー (New Albany) で生まれた。長年アメリカ合衆国の中で平均年収が最も低い州であるミシシッピ州は、人口に占める黒人 (アフリカン・アメリカン) の比率及び教会出席者の比率が最も高い州の1つであり、禁酒法を最も長く施行した州でもある。この人種と宗教と文化が不可分なほど密接にかかわり合っているミシシッピ州に生まれたことが、フォークナー文学の方向性を決定付けることとなるのである。
　フォークナー家は、地元の名士といわれる人物を何人か輩出している。例えば、「老大佐」("Old Colonel") と呼ばれた曾祖父ウィリアム・クラーク・フォークナー (William Clark Falkner, 1825-89) は、黒人を使って、農園を経営し、南北戦争 (Civil War, 1861-64) において活躍した。さらに鉄道事業に進出し、ベストセラー作家にもなった。フォークナーは、「私がその名前をもらった私の曾祖父は当時彼の住んでいた地方ではひとかどの人物でした」(*FCF* 66) と「老大佐」を紹介しているが、フォークナーが生まれる8年も前にこの世を去ったこの曾祖父の存在は亡霊のようにフォークナーの生涯に影を投げ掛けるのである。また「若大佐」("Young Colonel") と呼ばれた祖父ジョン・ウェスレー・トンプソン・フォークナー (John Wesley Thompson Falkner, 1848-1922) は、ラフェイエット郡 (Lafayette County) の郡所在

地オクスフォード (Oxford) の弁護士で、州議会議員に当選した。彼はミシシッピ大学 (University of Mississippi) の理事にも任命され、オクスフォード第1ナショナル銀行 (First National Bank of Oxford) を設立するなど実に有能な人物であった。

　フォークナー誕生の翌年1898年には、一家は父の鉄道の仕事の関係で、フォークナー大佐ゆかりの地で彼の墓地もある北隣のティパ (Tippa) 郡リプリー (Ripley) に移り、さらに1902年、フォークナー5歳の誕生日を前に、祖父が影響力を持つオクスフォードに移り住む。フォークナーが人生の大半を過ごすこととなるオクスフォードの町の始まりは、1835年、3人の実業家たちが今の裁判所の近くに丸太造りの小屋を建て、インディアン (ネイティブ・アメリカン) との公交易を開始したことによる。この大学町は、森やミシシッピ・デルタがあり、フォークナーは兄弟たちと共に父から狩猟や魚釣りを教わり、野生の森に親しみ、フットボールや野球を楽しんだ。また彼は絵や本の好きな少年で、何より想像力を逞しくして物語を作ることに楽しみを見いだしていた。そして「老大佐」の2番目の妻エリザベス・ヒューストン・ヴァンス (Elizabeth Houston Vance, 1833-1910) の末っ子「アーント・バーマ」("Aunt 'Bama") ことアラバマ・リロイ・フォークナー・マクレーン (Alabama Leroy Falkner McLean, 1874-1968) など周りに一族の物語を語り聞かせる人々がいたことが彼の想像力に拍車を掛けたのだった。

　フォークナー家がオクスフォードに移り住んでから2人の女性が同居した。1人は「ダマディ」("Damuddy") と呼ばれた母親モードの母リーリア・ディーン・スウィフト・バトラー (Lelia Dean Swift Butler, 1849-1907) であり、彼女は芸術的才能に恵まれていた。その才能がモード、そしてフォークナーへと受け継がれたのである。もう1人は黒人の召使キャロライン・バー (Caroline Barr, 1840?-1940) で、フォークナーの第2の母のような存在として、世を去るまで40年間フォークナー家の家族と共に暮らした。フォークナーが彼女の死に際して贈った弔辞から、彼がいかに彼女を愛していたかが窺われる。

　こうして黒人の使用人たちも加わって、曾祖父以来の大家族が生み出す物語はフォークナーに取り憑くように彼を虜にして離さなかった。また彼は

長男として母親から寄せられる過度の期待から逃れるためにも文学の世界に浸るようになる。既に12、3歳の頃から詩を読み、また書き始め、ヴィクトリア朝詩人スウィンバーン (Algernon Charles Swinburne, 1837-1909) に魅せられる。どこか超然とした姿勢から「変わり者」とか「伯爵」と呼ばれ、1915年にはハイ・スクールも中退してしまうが、その後のフォークナーの読書指導をしたのが先輩のフィリップ（フィル）・エイヴリー・ストーン (Philip [Phil] Avery Stone, 1893-1967) であり、彼はフォークナーにとって文学上の良き支援者となった。

　退学したフォークナーは一時祖父の経営する銀行に勤め、やがて幼馴染のオールダム家の長女リーダ・エステル・オールダム (Lida Estelle Oldham, 1896-1972) と恋愛関係に陥る。オールダム家は黒人票を利用して政権を維持し、旧南部の支配階級に高額な税金を課していた共和党員であったが、町の名士として受け入れられていた。フォークナーより1歳半年上のエステルは魅力的で快活な娘で、求愛者も多く、おしゃれには人一倍気を遣っていたフォークナーであったが、背が低い上に学歴もなく、彼に勝ち目はなかった。親の勧めるままエステルは1918年、コーネル・フランクリン (Cornell Sidney Franklin, 1889-1959) と結婚し、同年夫が法律事務所を開くホノルル (Honolulu) へ行ってしまう。

　フォークナーは失恋のショックから空軍に入隊を試みるが、貧弱な体格のため不合格となる。そこで1918年、イギリス生まれと偽ってカナダのRAF (Royal Air Force) に士官候補生として入隊するが、前線に出ることもなくすぐに終戦を迎えて帰郷する。1919年には特別学生としてミシシッピ大学に入学するが1年余りで大学を辞め、1920年代初めにかけて、フロスト (Robert Lee Frost, 1874-1963) やハウスマン (A. E. Housman, 1859-1936)、そしてシェイクスピア (William Shakespeare, 1564-1616) や、シェリー (P. B. Shelley, 1792-1822)、キーツ (John Keats, 1795-1821) などイギリスロマン派のほか、フランス象徴派の詩人たちやT. S. エリオット (T. S. Eliot, 1888-1965) などに親しみ、自らも彼らの影響を受け、特にフランス象徴派の傾向の強い詩を発表し始める。本名の綴りはFalknerであるが、本人いわく、大した理由はないがあえて言えば、「ひそかに野心に燃え、祖父の

驥尾には付きたくなかったので」(*FCF* 66)、RAF 入隊時に最初に用いたイギリス風に u を加えた"Faulkner"をこの頃から使用することとなる。

　1921 年には、フォークナーは帰郷のエステルに私家版の詩集『春の幻想』(*Vision in Spring*) を献呈している。同じ年の暮れには、ミシシッピ大学構内の郵便局長となるが、本ばかり読んで職務を怠慢したため、1924 年には辞職を余儀なくされる。そして同年 11 月、ニューオーリンズ (New Orleans) でシャーウッド・アンダソン (Sherwood Anderson, 1876-1941) と出会っている。さらに 12 月には、フィル・ストーンの尽力で自費出版に漕ぎ着けた田園牧歌風詩集『大理石の牧神』(*The Marble Faun*, 1924) を出版する。

　翌年にはフォークナーは、アンダソンに刺激されて、積極的に小説を書き始め、第 1 次世界大戦 (World War I) で負傷していわば廃人となった飛行将校を主人公とした『兵士の報酬』(*Soldiers' Pay*) を完成させる。またニューオーリンズで出会ったヘレン・ベアード (Helen Baird 生没年不詳) に手製の『ヘレン——ある求愛』(*Helen: A Courtship*) と『メイデー』(*Mayday*) を贈り求婚する。しかし思いは届かず失恋に終わる。

　詩人として出発したフォークナーであったが、生涯詩人の魂を持ち続けながらも、自らを「挫折した詩人」("failed poet," *FU* 22) と呼び、この頃から主として散文で作品を発表していく。1926 年、『兵士の報酬』をシャーウッド・アンダソンの推挙により出版し、続いてアンダソンをモデルとしたフェアチャイルド (Dawson Fairchild) たちのボヘミヤン的な生活を風刺した小説『蚊』(*Mosquitoes*, 1926 年 9 月に書き上げ 1927 年出版) を発表する。さらにウィリアム・スプラトリング (William Spratling, 1900-67) と共同で発表した画集、『シャーウッド・アンダソンと他の有名なクレオールたち』(*Sherwood Anderson and Other Famous Creoles*, 1926 年 12 月出版) でアンダソンの文体を茶化したためアンダソンとの関係は急速に冷めてしまう。しかし故郷に向き合うようにとのアンダソンのアドバイスを受け入れ、フォークナーは新興一族スノープス (Snopes) を扱った『父なるアブラハム』(*Father Abraham*) に着手するようになる。

　1929 年には南部貴族サートリス (Sartoris) 家の歴史を扱った『塵にまみれた旗』(*Flags in the Dust* [当初圧縮され『サートリス』(*Sartoris*) と題する])

を出版する。フォークナーは後年、『塵にまみれた旗』を創造した時に、あたかも作家として開眼したような思いに至ったことを以下のように述べている。

『兵士の報酬』と『蚊』は書くことが楽しいから書いたのです。『サートリス』を書き始めて、私は、切手ほどのちっぽけな私の郷土が、書くに値するものであり、生涯懸けても書き尽くすことができないものであり、アクチュアルなものをアポクリファル（apocryphal）なものに昇華することによって、私の持っているすべての才能を最高度に使う完全な自由を持つことになることを発見しました。その結果、他の人々で一杯詰まった金鉱が開発され、私は私自身の宇宙（cosmos of my own）を創造したのです。神のように、私はこれらの人々を空間だけでなく、時間においても、動き回らせることができるのです。　　　　　　　　　　　　（*LG* 255）

　その後フォークナーは作品の舞台にラフェイエット郡を原型としたヨクナパトーファ郡（Yoknapatawpha County）――チカソー・インディアン（Chickasaw Indians）の言葉で、ドン・H・ドイル（Don Harrison Doyle）の解釈では、「引き裂かれた土地」を意味する。フォークナー自身は、「水が平地を緩やかに流れ行く」（*LG* 134）意味だと説明している。1936 年現在、人口は白人 6,298 名、黒人 9,313 名、計 15,611 名――を設定し、1800 年頃から 1960 年代まで、インディアンからの土地購入、町の建設、南北戦争、旧家崩壊、スノープスを代表とする新興階級の台頭、人種問題など 1 世紀半に及ぶ南部のいわば罪と贖いの物語を 30 年にわたって描いていく。
　作家としての立脚点を見いだしたのと同じ 1929 年の 6 月に、カレッジ・ヒル・プレスビテリアン教会（College Hill Presbyterian Church）でフォークナーは結婚する。長年思いを断ち切れなかったエステルが夫フランクリンと 1929 年 4 月に離婚したことを機に、彼女を 2 人の子供と共に妻として迎え入れたのである。その夏、ミシシッピ大学内の発電所で夜勤をしながら、貧しい白人一家バンドレン（Bundren）家の葬式の模様を 15 人の独白で物語った『死の床に横たわりて』（*As I Lay Dying*, 1930）を書き始め、同じ年の 10

月に 1 年前、『サートリス』の出版が思うように運ばず、苦悩の中着手した、南部貴族コンプソン（Compson）一家の崩壊と没落を扱った『響きと怒り』（*The Sound and the Fury*, 1929; 映画化 1959）を世に出す。『響きと怒り』は、出版当初売れ行きは芳しくなかったが、批評家の間で好評を博し、有力雑誌がフォークナーの短編を採用し始める。こうして収入の道が開けたことから一家は、オクスフォードのローワン・オーク（Rowan Oak）という旧邸宅を買い求めて、そこに移り住む。

　1930 年にはフォークナーは『死の床に横たわりて』を出版し、続いて女子学生テンプル・ドレイク（Temple Drake）が性的不能者ポパイ（Popeye Vitelli）に暴行される事件をめぐる『サンクチュアリ』（*Sanctuary*, 1931; 映画化 1933, '61）を発表し、それはベストセラーとなる。しかしフォークナー家の経済的困窮は続き、この頃から 1945 年までフォークナーはハリウッド（Hollywood）の台本書きの仕事にも従事するようになる。

　『サートリス』で自らの小宇宙を発見した後の 10 年間はフォークナーにとって、最も多作で充実した創作活動期であった。『サンクチュアリ』の後以下のような作品を次々と発表する。南部人種差別の犠牲となるジョー・クリスマス（Joe Christmas）と腹に宿した私生児の父親の行方を捜し求めるリーナ・グローヴ（Lena Grove）の 2 つの人生が交差する世界を描く『八月の光』（*Light in August*, 1932）、根無し草のような職業飛行家の生活に取材した無名の記者の物語『標識塔』（*Pylon*, 1935; 映画化 1958）、貧農から身を起こしたトマス・サトペン（Thomas Sutpen）一家の興亡をたどりアメリカ南部の持つ意味を問う『アブサロム、アブサロム！』（*Absalom, Absalom!*, 1936）、南北戦争を背景に少年ベイヤード・サートリス（Bayard Sartoris）の精神的成長をたどった短編集『征服されざる人びと』（*The Unvanquished*, 1938）、「野性の棕櫚」（"The Wild Palms"）と「オールド・マン」（"Old Man"）の 2 つの物語を交互に扱い、愛とモラルの問題を問う『野生の棕櫚』（*The Wild Palms*, 1939）、フレンチマンズ・ベンド（Frenchman's Bend）と呼ばれる村落を背景に新興階級フレム・スノープス（Flem Snopes）一家が資本主義近代化の波に乗って台頭する様子を描いた『村』（*The Hamlet*, 1940; 映画化 1958）、そして人種問題テーマとして道徳問題を提起する短編集『行け、モーセ、その他の

短編』(*Go Down Moses and Other Stories*, 1942) などである。

　しかしこれほどの精力的な創作活動にもかかわらず、フォークナーは当時の一般読者からほとんど顧みられていなかった。そのフォークナーの文名を国内のみならず海外にまで高めるきっかけとなったのが、マルカム・カウリー (Malcolm Cowley, 1898–1989) 編『ポータブル・フォークナー』(*The Portable Faulkner*, 1946) の出版である。以後フォークナーへの関心は年々高まり、1949年にフォークナーはノーベル賞 (Nobel Prize) を授けられるに至る。

　ノーベル賞授賞式でのスピーチにおいてフォークナーは人間性に対する肯定的な見解を表明し、作家としての使命を明らかにした。

　　私は人間の滅亡を認めることを拒否します。……人間は耐え忍ぶ力があるばかりか、勝利するものであることを信じます。人間が不滅なのは、すべての創造物の中で、人間のみが尽きるところのない声を持っているからというのではなく、魂を、憐憫と犠牲と忍耐が可能な魂を持っているからです。このような事柄について書くのは、詩人の、文学者の義務である。その心を高揚させ、人間の過去において栄光であった勇気、名誉、希望、誇り、憐憫、同情、犠牲を思い起こさせて、人間が耐え忍んでいくのを助けることは、文学者の特権であります。　　　　　　　　(*ES* 120)

　まるで何かの影を隠すように孤独を秘め、私生活を明かすことを好まなかったフォークナーであったが、ノーベル賞受賞後は公の場に引き出されることが多くなり、1955年には日本も訪れた。また相変わらず創作熱は衰えず、ノーベル賞受賞前の1948年には少年チャールズ・マリソン (Charles Mallison, Jr.) が活躍して黒人ルーカス・ビーチャム (Lucas Quintus Carothers McCaslin Beauchamp) の殺人の嫌疑を晴らす『墓地への侵入者』(*Intruder in the Dust*, 1948; 映画化 1950) を出版し、その後も、『サンクチュアリ』の続編ともいうべき『尼僧への鎮魂歌』(*Requiem for a Nun*, 1951; 上演 1959、映画化 1961)、さらに第1次世界大戦を舞台にキリスト受難劇を再現し、ピューリッツアー賞 (Pulitzer Prize) を受賞した『寓話』(*A Fable*, 1954)、続いてスノープス3部作――『村』に続いて、フレム・スノープスの

出世物語とギャヴィン・スティーヴンズ (Gavin Stevens) の恋愛をめぐって3人の語り手が語る『町』(*The Town*, 1957) と、ミンク・スノープス (Mink Snopes) を中心に新興の貧乏白人と伝統的な貴族階級との相克を描いた『館』(*The Mansion*, 1959)——などの作品を発表し続ける。そしてプリースト (Priest) 一族を中心に和解をテーマとする『自動車泥棒——ある回想』(*The Reivers: A Reminiscence*, 1962; 映画化1969、2度目のピューリッツァー賞受賞 1963) に至るまで、作家として、家庭人として様々な問題を抱えつつ、1962年7月6日、メンフィス (Memphis) に近いバイヘーリア (Byhalia) の病院で心臓発作により64歳の生涯を閉じるまで南部を舞台として、人間の状況に鋭いメスを入れ続ける。

　長編のほか、「詩に次いで最も厳しい形式を要求する」(*LG* 217) とフォークナー自らが語る短編は、南部の保守性や閉塞性を南部ゴシック (Gothic) 風に描く「エミリーへの薔薇」("A Rose for Emily," 1930; 映画化1982、日本未公開) をはじめ、無実の黒人のリンチに至る人種問題を扱った「乾燥の九月」("Dry September," 1931)、白人の子を孕んだ黒人女性ナンシー (Nancy Mannigoe) が夫ジーザス (Jesus) に殺されるかもしれないという恐怖を当時9歳のクエンティン (Quentin) が語る「あの夕陽」("That Evening Sun," 1931)、『行け、モーセ』の5番目の物語となるアイザック・マッキャスリン (Isaac McCaslin) のイニシエーション物語「熊」("The Bear," 1942) など、約100編に及ぶ。フォークナー文学は長編、短編、詩集などを総計すると150編ほどになる。なおヨクナパトーファ・サーガは、約90編の作品から成り、およそ3,000人の人物が登場している。

　フォークナーはフィッツジェラルド (F. Scott Fitzgerald, 1896–1940) やヘミングウェイ (Ernest Hemingway, 1899–1961) と同世代の失われた世代 (Lost Generation) の作家としてアメリカ文学を世界文学の水準に引き上げたが、生前は本国でよりもジャン=ポール・サルトル (Jean-Paul Sartre, 1905–80) らによってフランスで高く評価された。またハリウッドでは、親友のハワード・ホークス (Howard Hawks, 1896–1977) 監督作品『脱出』(*To Have and Have Not*, 1944)、『三つ数えろ』(*The Big Sleep*, 1946) などの脚本を手掛けた。

序論 9

　手法に意識の流れ（stream of consciousness）――人間精神の中を絶え間なく流れていく主観的な思考や感覚を、特に注釈を付けることなく記述していく文学上の手法――を用いた文体の難解さのためか、日本での知名度は、一般的に高くはないが、フォークナーは『ユリシーズ』（*Ulysses*, 1922）のジェームス・ジョイス（James Joyce, 1882-1941）、『失われた時を求めて』（*À la recherche du temps perdu*, 1913-27）のマルセル・プルースト（Marcel Proust, 1871-1922）、『ゴドーを待ちながら』（*Waiting for Godot*, 1952）のサミュエル・ベケット（Samuel Beckett, 1906-89）ら20世紀文学の巨匠と並び称される。

　フォークナー作品は、「現実の閉ざされた人間環境と理想の広い開かれた世界とを、時間（歴史）と空間（地理）の2つの相にわたって意味を深く繋ぎ止める、きわめて象徴的な現代的物語の世界を現出することになった」[3]と大橋健三郎（1919-）は『フォークナー――アメリカ文学、現代の神話』（1993）で記しているが、こうした特徴故に、時代、国を問わず、後世の膨大な数の作家たちに影響を与えている。例えば、「心と魂をこれほど言葉の中に込めた人は、フォークナーをおいてはほかにいない」[4]と述べた同じ南部作家であるユードラ・ウェルティ（Eudra Welty, 1909-2001）、ある意味フォークナーの模倣から独自の道を切り開いていったウィリアム・スタイロン（William Clark Styron, Jr, 1925-2006）[5]、本人はフォークナーからの直接的な影響を否定しているものの、近年その関係が様々に議論されているアメリカ黒人最初のノーベル賞作家トニ・モリソン（Toni Morrison, 1931年-）[6]、フォークナーがメキシコ湾に臨む世界を描いているとして自らの作品との同質性を主張しているマジックリアリズムの旗手、コロンビアのノーベル賞作家ガブリエル・ガルシア＝マルケス（Gabriel José García Márquez, 1928-）[7]、そのマルケスのブエンディア（Bendía）家をめぐる歴史物語『百年の孤独』（*Cien años de soledad*, 1967）と共に『響きと怒り』に最も大きな影響を受けたと述べ[8]、故郷の山東地方の田舎を題材とする『赤い高粱』を書いた中国人作家莫言（Mo Yan, 1955年-）などである。また日本では、「紀州サーガ」と呼ばれる作品世界を構築した中上健次（1946-92）や戦後の社会問題を前衛的に描いた井上光晴（1926-92）、そして「フォークナーこそは、現代英米作家の中で、私が

挑戦したいという衝動を最も強く感じる対象である」[9]と発言する大江健三郎（1935–）などを挙げることができる。[10]

　なお 2010 年で 37 回目になるが毎年夏、酷暑の中ミシシッピ大学においてウィリアム・フォークナー協会（The William Faulkner Society）主催で約 1 週間にわたり、フォークナーとヨクナパトーファ学会（Faulkner and Yoknapatawpha Conference）が開催され、テーマに沿って発表、討議が行われる。その間、フォークナーが終の住処としたオクスフォードの郡庁舎のある広場から南 1.2 キロにあるローワン・オークの庭で、参加者によるパーティも持たれ、フォークナー研究家及び愛好家がフォークナー一色の日々を過ごしている。日本からミシシッピ大学へはシカゴ（Chicago）あるいはデトロイト（Detroit）経由でメンフィスへ行き、そこから車で両サイドに広大な土地を見渡しながら 2 時間余りひたすら走る。コンビニなど手軽にない未だに文明から取り残されたような土地であるが、悠久の昔からののんびりとした時間が流れている。ちょうど若者が未だ生まれてもいない昭和という時代を懐かしむように、人は遠い昔の南部に郷愁をそそられる。

　フォークナー作品は奴隷制に絡むいわば南部の恥部をえぐるような暗い内容が顕著であるが、作品の根底にはキリスト教を基調とした人間の実存にまつわる普遍的テーマを読み取ることができ、一度その世界に入り込むと深く足を踏み入れざるを得ない魅力を持つものである。そして筆者にとって最も興味をそそられるテーマの 1 つがフォークナーの宗教概念と作品の主題とのかかわりである。

　一貫した宗教概念の体系がフォークナーの作品に存在するか否かについての論議は、これまでにもあったが明確な回答は出ていない。例えばドリーン・ファウラー（Doreen Fowler）は、『フォークナーと宗教』（*Faulkner and Religion*, 1989）の「序論」で、フォークナーは神そのものに焦点を絞っているというよりは、神を求める人間の憧憬に焦点を合わせていると述べている。

　　この問いに関する特に肯定的な答えは、明白にはない。実際、フォーク
　　ナーの小説で神の存在そのものは時に明瞭ではないように思われる。しか
　　しながら決して否定し切れないものは人類の尽きることのない神への憧憬

である[11]。

このような抽象的な回答ではなく、フォークナー作品に一貫した宗教概念があるか否か明確な答えを見いだすことはできないだろうか、というのが本書の問い掛けである。

フォークナーは自らの執筆理由を次のように表明している。

　私は繰り返し同じ物語を語っているのであり、その物語とは私自身であり、世界であるに他ならないのです。……それだからこそ……私は、一切を１つの文の中、１つの大文字と１つの終止符の間で言おうとしているのです。……人生とは１つの現象であって、決して目新しいものでも何でもありません。どこを見ても、同じむなしい、狂気じみた障害物競走ばかりであり、人間は、場所はどこであれ、やがては皆同じ悪臭を放つことになるのです。　　　　　　　　　　　　　　　　　　　　（FCF 14-15）

すなわちフォークナーは同じ物語を語り、「すべての真実を、その一時に伝える」（FN 35）ことに心を注いだ。それ故読者は時系列で作品を追って作者の思想の変遷を見るというより個々の作品にフォークナーのすべての真実を読み取ることが可能だといえる。

この視点に立ってフォークナー作品を概観すると、ほとんどの作品に痕跡を見いだすことができるキリスト像にフォークナーは大きな関心を寄せていることが分かる。キリストは、見えない神の姿であり、第１のものとして創造の初めから存在し、万物の究極目標であり、神と人との間の仲介者である。

　御子は、見えない神の姿であり、すべてのものが造られる前に生まれた方です。天にあるものも地にあるものも、見えるものも見えないものも、王座も主権も、支配も権威も、万物は御子において造られたからです。つまり、万物は御子によって、御子のために造られました。御子はすべてのものよりも先におられ、すべてのものは御子によって支えられています。……御子は初めの者、死者の中から最初に生まれた方です。こうして、す

べてのことにおいて第一の者となられたのです。神は、御心のままに、満ちあふれるものを余すところなく御子の内に宿らせ、その十字架の血によって平和を打ち立て、地にあるものであれ、天にあるものであれ、万物をただ御子によって、御自分と和解させられました。　(コロ 1:15-20)

　フォークナーにとってキリスト教は、「誰にとっても欠くことができないもの」であり、「あらゆる個人の行動規範」(LG 246-47) である。彼はこのキリスト物語が、「最も良い物語の1つである」(FU 117) と断言している。
　さらにフォークナー作品を読み進めると、このキリストに対する執着と共に、時間の認識とアイデンティティーの関係がもう1つの課題となっていることに気付く。ただしフォークナーは決して時間の抽象論を述べようとはしていない。彼の関心は、むしろ、「血の通った、生きて、苦しみ、苦悩する」(FU 49) 人間を創造することにあり、時間の認識におけるフォークナー世界の最も顕著な苦悩は、南北戦争前の「古き良き南部」という過去の亡霊と闘い、奴隷制が廃止された後にまでも引きずっていた人種差別によって汚れた過去を贖う試みにあった。
　これまで筆者はフォークナーのキリスト像とその時間概念の関連を探究してきた。[12] キリスト像に関しては『尼僧への鎮魂歌』と『寓話』の出版以来研究が進められてきた。ヴァンダービルト大学 (Vanderbilt University) 教授ランダル・スチュアート (Randall Stewart, 1896-1964) は首尾一貫してフォークナーをクリスチャンとして取り扱った批評家の代表であり、「フォークナーは非常に効果的に基本的なキリスト教の概念を具体化し劇化しているので、彼を現代における最も深いキリスト教作家の1人 (one of the most profoundly Christian writers in our time) であると見なしてもよいだろう[13]」と書いている。ハーヴァード神学部 (Harvard Divinity School) の聖書学者エイモス・ワイルダー (Amos N. Wilder, 1895-1993) も『神学と現代文学』(Theology and Modern Literature, 1958) でフォークナーの作品について、「堕落していないキリスト教の様相が……表れている[14]」とスチュアートと似通った見解を表した。
　同じく、「共同体」の価値を強調してフォークナー研究に大きな影響を与

えたクリアンス・ブルックス (Cleanth Brooks, 1906-94) は、『隠れたる神』(*The Hidden God*, 1963) でランダルのようにフォークナーを、「現代における最も深いキリスト教作家の1人」とすることには躊躇するが、「フォークナーの登場人物がキリスト教的環境から生み出され、そして、その欠点と神学的誤謬にもかかわらず、彼らはキリスト教的関心を表しており、これらの登場人物は究極的にはキリスト教的前提を考慮しなければ十分に理解できない」と主張して、フォークナーを、「非常に宗教的な作家 (profoundly religious writer)」とする立場を表明した。[15]

ブルックスがその批評で言及したジョン・ハント (John W. Hunt, 1927-2004) の『ウィリアム・フォークナー——神学的緊張の芸術』(*William Faulkner: Art in Theological Tension*, 1965) は犠牲、忍耐を中心的テーマとしてフォークナーのストイックなキリスト教論を展開した。[16] C. ヒュー・ホールマン (C. Hugh Holman) は同じくフォークナーの精神的立場が正統なキリスト教の価値観と一致していると述べ、[17] J. ロバート・バース (J. Robert Barth) は、「フォークナーとカルヴィニストの伝統」("Faulkner and the Calvinist Tradition," 1964) においてフォークナーをカルヴィニズム (Calvinism) の観点から論じた。[18] ウォーレン・ガンサー・ルーベル (Warren Gunther Rubel) は、「ウィリアム・フォークナー作品における構造上のキリスト像の働き」(*The Structural Function of the Christ Figure in the Fiction of William Faulkner*, 1964) においてフォークナーのキリスト像を検証し、[19] ベンジャミン・ライト・マクレランド (Benjamin Wright McClelland) は、「ただ生き残るだけでなく勝利する」(*Not Only to Survival But to Prevail*, 1972) でフォークナーの主要な作品に表された贖い主を探求した。[20] またジェシー・マクガイア・コフィー (Jessie McGuire Coffee) は、『フォークナーの非キリスト的クリスチャン』(*Faulkner's Un-Christlike Christians*, 1983) でフォークナーの生贄のキリスト像を羊とヤギに選別して分析している。[21]

他方これまでフォークナーの時間概念に関しては——サルトルは、「フォークナーおける時間——『響きと怒り』」("Time in Faulkner: *The Sound and the Fury*," 1939) で、フォークナーの視覚 (vision) を、「オープンカーに座って後ろを眺めている人の視覚」と例え、執拗に過去が現在に

絡みつくフォークナーにとっては、時間は呪いでしかないと言う[22]。ハイアット・ワゴナー（Hyatt H. Waggoner, 1913-88）は、『ウィリアム・フォークナー——ジェファソンから世界へ』(*William Faulkner: From Jefferson to the World*, 1966) でフォークナーの作品に表れる「過去の現在性」、「現在の過去性」を検証し[23]、フレデリック・J・ホフマン（Frederick J. Hoffman, 1909-67）は、『ウィリアム・フォークナー』(*William Faulkner*, 1966) において、フォークナー作品の時間のパターンを（A）エデン的過去、（B）現実の過去（1699-1860）、（C）南北戦争（1861-65）、（D）最近の過去、（E）現在、と図式化し、時間こそ自己を規定する重要な鍵として作品を解釈した[24]。またオルガ・W・ヴィカリー（Olga W. Vickery, 1925-70）は、「時間の輪郭」("The Contours of Time") で、「人間の尊厳は時と変化に身を任せながらアイデンティティーと持続性を保つところにある」という観点からフォークナーの登場人物を分析している[25]。

しかし注に記すように、ワゴナーやホフマンは、アーヴィング・ハウ（Irving Howe 1920-93）やロランス・トンプソン（Lawrence Thompson, 1906-73）などの著名なフォークナー研究家らと共に、次のような見解を示している。すなわちフォークナー作品においてキリスト像は重要な役割を果たしているが、フォークナー自身はいかなる意味でも正統派が言うところのクリスチャンではあり得ないというものである[26]。ワゴナーは、「クリスチャンとしてキリストの復活を受け取る立場からは、フォークナーをクリスチャン作家とは見なさないし、フォークナーのキリスト像はキリストの役割を果たしていない」[27]と述べている。またヴィカリーはあくまでヒューマニズムの観点に終始してフォークナーを読み解いた。ブルックスにおいてはベルクソン（Henri Bergson, 1859-1941）の時間概念の影響が一般的に受け取られているほど強くはないことを述べた上で、フォークナーの時間概念を歴史概念と結び付けて解釈するが、キリスト教の時間概念と深く関連付けるところまでには至っていない。従って全般的に見ると、これまでフォークナーの時間概念とキリスト像との関係を論じた研究はほとんど見当たらない。

このフォークナーの主要なテーマであるキリスト像と時間概念がどのように有機的に結び付いているかを探求し、フォークナーの宗教概念を明らかに

することが筆者のもくろみである。ワゴナーとは見解を異にするが、フォークナーは、本人が表明している良きクリスチャンである (*FU* 203) か否かは別として、キリスト教の本質を理解し、罪と贖いにまつわるキリスト像をその表象として作品に表しているとするのが本書の見解である。

なおここでいう「罪 (sin)」(ἁμαρτία [hamartia]) とは、的を外すことを意味するキリスト教用語で単なる法的、または道徳的な違反行為とは区別される。キリスト教では人間存在を超越的人格神との関係において根源的構造に即して存在すべく定められているとし、罪はまずこの超越的人格神との関係において捉える事柄である。「的を外す」とは、その根源的構造から逸脱しているばかりか、啓示された道徳律法に反逆していることである。[28] また「贖い (redemption)」(ἀπολύτρωσις [apolytrōsis]) とは、身代金を支払って買い戻すことを意味し、本来的にあるべき神との関係から逸脱して罪の状態にある人間に対して、救い主キリストによる和解の行為——「神はこのキリストを立て、その血によって信じる者のために罪を償う供え物となさいました」(ロマ 3:25) ——が人間の意識的努力に先行する疎外状況からの回復のことである。新約聖書における救いとは、罪の赦しによる救い (ルカ 1:77) として全く内面的、精神的に理解され、罪の赦しを得るためには、罪を認め、罪を詫び、罪より離れて心を神に向ける意志の根本的変化である「悔い改め (repentance)」(μετάνοια [metanoia]) がその要件とされる。[29]

フォークナーの主要な問題である、キリスト像と時間概念は全く別物ではない。キリスト像、すなわち宗教概念が時間概念を規定している。そこで本書ではまず第Ⅰ章から第Ⅲ章においてフォークナーの宗教概念を考察する。第Ⅰ章でフォークナーの宗教的な背景をバイブル・ベルト (Bible Belt)[30] と呼ばれる南部のキリスト教史と教派とのかかわりから探究し、第Ⅱ章においてフォークナーの宗教概念の特徴を検証する。するとその宗教概念は正統であっても、人間の自由意志を強調する点とキリスト像への執着が主要な特徴であることが明らかになる。「人間は自由です。……人間に、非常な信頼を寄せています」(*LG* 70-71) とフォークナーは自由意志を持つ人間への信頼を強調する。しかしながら、フォークナー自身の言葉を借りれば、「人間が、ただ生身であるという理由で、永久に運命付けられる問題」(*FN* 28) が

あることをフォークナーは十分認識している。そしてこの罪の認識の故に、罪からの贖い主たるキリストにフォークナーは執心するのである。事実その作品のほとんどにキリスト像をフォークナーは描いている。そして第Ⅲ章で第Ⅰ章と第Ⅱ章で得たフォークナーの自由意志の問題とキリスト像への執着をジェレミー・テイラーから読み解いていく。なぜならこれまで指摘されてこなかったことだが、フォークナーは17世紀のイギリス国教会の主教であり作家であるジェレミー・テイラー (Jeremy Taylor, 1613-67, 以下時にテイラー) に大いに影響を受けたと想定できるからである。

　テイラーの『神聖なる生き方と神聖なる死に方』(*Holy Living and Holy Dying* [元来 *The Rules and Exercises of Holy Living*, 1650; *The Rules and Exercises of Holy Dying*, 1651 として出版された]) がフォークナーの愛読書であったこと、また落馬などによる度重なる入院時にさえ、フォークナーの枕許のテーブルにその本が置かれていたという事実がある。さらに本論で詳述するように、フォークナーの宗教概念にテイラーの影響を読み取ることができ、フォークナーの人間性への強い信頼は、罪の贖いを前提とした上でキリストを偉大なる模範とするテイラーの倫理神学 (moral theology) の影響であることが明らかになる。そして続く第Ⅳ章においてテイラーの宗教概念を参照して具体的にフォークナー作品からフォークナーのキリスト像を明らかにし、フォークナーの究極の福音とは何かを検証する。

　一方のフォークナーの時間概念に関しては第Ⅴ章と第Ⅵ章で考察する。まず第Ⅴ章で『野性の棕櫚』と『墓地への侵入者』により、フォークナー自身が認めている時間概念におけるベルクソンの影響を再検証し、フォークナーに対するベルクソンの直接的影響に疑問を投げ掛ける。そしてフォークナーの時間概念はむしろ、時間の本質がキリストであると見ているテイラーと見解を等しくしていることを確認する。続く第Ⅵ章で『響きと怒り』と『標識塔』を照査することにより、ついに時間とキリストという2つの概念が1つに結び付くことが判明する。すなわちフォークナーの一貫した宗教概念のシステムが、「時間はキリスト」であるとの結論に達する。

　最終章Ⅶ章では、フォークナー作品に読み取れるユニークな表象「時間はキリスト」の源泉にメスを入れる。冒頭に掲げたパスカル (Blaise Pascal,

1627-62)の引用に表される「隠れたる神」(Deus Absconditus)は旧約聖書「イザヤ書」45章15節、「まことにあなたはご自分を隠される神／イスラエルの神よ、あなたは救いを与えられる」から出ている概念である。この呼び方の由来は、ユダヤ民族が紀元前539年のバビロン陥落の頃の第2イザヤの時代において、半世紀にわたる捕囚の苦難の中に自らを隠しておられる神を嘆きつつ、しかし今やその神が救いにおいて現れるという希望の呼び掛けにあったとされる。[31] 神が人間の理解力を超えた存在であるということはどの宗教意識もこぞって認めるところである。もし歴史的にキリスト教にも深く影響を及ぼしたユダヤ神秘主義カバラ(Cabala, Cabbala, Kabbalah)を生きた神の属性から生み出されたこの「隠れたる神」という内的なヴィジョンを表現する手段だと理解すれば、またテイラーがそれに精通していたことを考慮すれば、「時間はキリスト」という一見奇異なイメージも、テイラーに倣って、「隠れたる神」のヴィジョンを表現するフォークナー独特のキリスト教カバラの表象だと考えることができるのではないだろうか。

　フォークナー作品の主要なテーマであるキリスト像と時間概念を一貫してジェレミー・テイラーの影響から論じ、フォークナー作品を解く宗教概念が、「時間はキリスト」であることを明確にするのが本書の目的である。

I
ウィリアム・フォークナーの宗教的背景

　フォークナーのキリスト像について語る時、その宗教的なバックグラウンドを明確にしておかなければならない。前述したフォークナーをクリスチャンと呼ぶことにまつわるスチュワートなどの肯定論からワゴナーなどの否定論など、多くの議論にもかかわらず、フォークナーのキリスト教への関心の深さは、その作品からまた他の作家に関するフォークナーの発言から、容易に理解できる。フォークナーは、神を見いださずしてはいかなる作家も成功し得ないと述べている。

　どんな名前で呼ばれているにしろ、作家は神の概念なしではあまり成功しないだろうと思う。ジャン=ポール・サルトルは優れた作品を書く良い作家です。しかし何かが不足していました。それは私にとってカミュ (Albert Camus, 1913-60) とサルトルの相違、サルトルとスタンダール (Stendhal, 1783-1842) の相違であります。サルトルは神を拒否しました。何年もの間ヘミングウェイは、否定こそしませんでしたが、神が必要ではないという前提のもとに、神には問題はないが、私に構わないでくれという立場をとっていたのです。最後の作品まで彼の登場人物は何もない真空状態の中で機能していました。最後の作品において——神は偉大な魚を造られ、神が老人に魚を捕らせ、神が魚を食べる鮫を造り、そして神はすべてを愛された。それでヘミングウェイの作品は良くなると思います。カミュも改良されるでしょう。しかし私はサルトルが良くなるとは決して思わないのです。　　　　　　　　　　　　　　　　　　　　　　　　　　(*FU* 161)

　フォークナーは繰り返しキリスト物語が彼の作品構想のために重要である

ことを明確にしている。例えば『八月の光』の主人公ジョー・クリスマスにキリスト像を意図したかどうか尋ねられた時、フォークナーはキリスト教が彼自身のバックグラウンドの一部であると答えている。

　いいえ、それは材木小屋に行って著者が言おうとしていることを最も効果的な方法で伝えるための何かを調達するようなことです。プロットはごく限られているので、遅かれ早かれどんな作家でも既に使われた何かを使おうという考えに至ります。キリスト物語は、人間がその物語を創作したと想定して、人間が作った最も良い物語の1つです、そしてもちろんそれは繰り返されるでしょう。キリストの生涯、その受難劇を、キリスト教の背景を持っている誰もがやがて取り入れるでしょう。私は意図的にキリスト物語を繰り返すつもりはなかったのです。　　　　　　(FU 117)

　フォークナーは、自らが若くしてキリスト教の伝統と密接な関係があったことを強調した——「私はキリスト教と共に成長しました。キリスト教を吸収して、何も知りさえしないでそれを取り入れた。ただそこにあるのです。私がどれだけ信じるか、あるいは疑うかにかかわりなく——それはただそこにあるのです」(FU 86)。ここでフォークナーの神学の細部を論じることが本書の主な関心事ではない。しかし南部人フォークナーを理解するために、アメリカのキリスト教史を踏まえた上でフォークナーが慣れ親しんだアメリカ南部、特に、ジョージア (Georgia)、サウス・キャロライナ (South Carolina)、アラバマ (Alabama)、ルイジアナ (Louisiana) 各州と共に深南部と呼ばれるミシシッピ州におけるキリスト教とフォークナーのかかわりについて述べてみたい。

　ヨーロッパでの13世紀にわたる宗教の統一という伝統はアメリカにおいては通用しなかった。建国当時、有力な宗教グループが、宗教の統一を目指しはしたが一様に挫折した。それは広大な空間、それに複雑に絡み合った利害関係から宗教においてもその多様性を認めざるを得ない現状があったためである。結果アメリカにおいては、教派 (デノミネーション [denomination]) がいわば市場原理を得て自由主義競争の中を勢力拡大に

しのぎを削っているという特徴を持つ。教派とは主としてプロテスタント(Protestant)の教会内の諸派を指し、一般的に言えば諸教派の比較は、教理、職制、礼典及び典礼の諸点を目安にする。[1]

初期の植民地の中で、ヴァージニア(Virginia)州は1607年以来イギリス国教会の人々によって占められていたが、ニューイングランドには、ピルグリム・ファーザーズ(Pilgrim Fathers)がプリマス(Plymouth)に上陸した1620年以来、カルヴァン(John Calvin, 1509-64)の理念によって教会と国家の結合がなされていた。さらに、ニューヨークには1628年以来オランダ改革派が、メリーランド(Maryland)州にはカトリック(Catholic)教会が、ロード・アイランド(Rhode Island)州には、1635年以来バプテスト派(Baptist)教会が、またペンシルヴェニア(Pennsylvania)州には1680年以来クエーカー(Quaker)が根付いた。

18世紀にはスコッチ・アイリッシュ(Scotch Irish)系移民の長老派(Presbyterian)が勢力を増した。南部諸地方には一般にイギリス国教会が浸透し、18世紀前半には、ルター派(Lutheranism)、メノー派(Mennonite)、モラヴィア兄弟団(Moravian)などのドイツのプロテスタント諸教派も勢いを示してきた。そして18世紀中頃には、ジョナサン・エドワーズ(Jonathan Edwards, 1703-58)を中心とする敬虔な信仰者の急速な増加を伴う信仰運動、第1次大覚醒(First Great Awakening)が起こり、厳格なカルヴィニズムが高揚された。バプテスト派とメソジスト派(Methodist)の南部への進出は目覚しく、特にバプテスト派は黒人奴隷層の心をつかんだ。この頃、合衆国独立運動の影響を受けて、衰退し始めたイギリス国教会より独立して、アメリカ聖公会(Episcopal Church in the United States of America しばしば Episcopal Church in the USA、略称 ECUSA と言及される)が形成されるに至る。[2]

さらに、独立戦争前後には理神論(Deism)などの合理主義的思潮が風靡し、教会と国家の分離が決定的に推進され、1787年のアメリカ合衆国憲法により、分離が確定した。18世紀後半から19世紀初頭には合理主義的思潮が一層強くなり、ユニテリアン(Unitarian)主義の流行を見るに至り、ボストン(Boston)を中心に盛んな文筆活動、社会活動が始まった。またフレン

チ・インディアン戦争 (French and Indian War, 1755-63) によって一時消滅したように見えたカトリック教会であるが、アイルランド (Ireland) や中南部ヨーロッパの移民によってこの時期に有力な教会となっていった。19世紀初期には、メソジスト派、バプテスト派も勢力を拡大し、南北戦争以前はメソジスト派が優勢であったが、戦後は大幅な勢力拡大でバプテスト派がメソジスト派を上回る。

現在アメリカには250以上に上る教派が存在し、世界の縮図さながらであるが、多数の教派が存在する一方諸教派間に教会一致に関する関心が高まっているのも事実である。[3]それは今日聖書や教会の教理を客観的に主張するところから生ずる強制や抑圧に対して、人間の主体的な活動の意義と余地を認める自由主義神学 (Liberal theology)[4]なるものが勢力を増していることへの危機意識によるものと思われる。

今更という感もするが、いろいろな教派がある中で正統なキリスト教の定義をここで確認すべきであろう。今日カトリック及びプロテスタント教会のほとんど (ただしイギリス国教会は以下に述べる「使徒信条」と共に325年ニケア会議において公布された「ニケア・コンスタンチノーブル信条」を採択する) が重んじる「使徒信条」が2世紀から4世紀にかけて作られた。

> 我は天地の造り主、全能の父なる神を信ず。我はその独り子、我らの主イエス・キリストを信ず。主は聖霊によりてやどり、処女マリアより生まれ、ポンテオ・ピラト (Pontius Pilate) のもとに苦しみを受け、十字架につけられ、死にて葬られ、陰府に降り、三日目に死人のうちよりよみがえり、天に昇り、全能の父なる神の右に座したまえり。かしこより来りて生ける者と死ねる者とを審きたまわん。我は聖霊を信ず。聖なる公同の教会、信徒の交わり、罪の赦し、身体のよみがえり、永遠の生命を信ず。アーメン。

この信条に加え、宗教改革の諸信条、信仰告白を受け入れて形成された教会の活動を通して浸透していった福音的信仰の内容を要約して、スチュアートが5項目にわたって正統派キリスト教の教義の特徴を述べている。す

なわち①神の絶対的主権（神は限りなく知恵に富み、力強く、愛に満ち、正しく、真に創造物の主権者である）[原注]、②キリストの神性（イエスは神の独り子である）[原注]、③原罪（生来の人間は不完全であり、罪を犯す傾向にある）[原注]、④贖い（罪の中にいる生来の人はただキリストの十字架の効力を信ずることによって罪から贖われる）[原注]、⑤聖書は神の霊感を受けて書かれたものである（聖書は神の御心を具現した言葉である）[原注5]。ちなみに上述のユニテリアン派はキリストの神性を認めないため正統派とは言えず、自由主義神学と見なされる。

　南部の宗教に関しては、サミュエル・ヒル (Samuel S. Hill) の『南部宗教事典』(*Encyclopedia of Religion in the South*, 1984)[6]の出版を契機として、またチャールズ・H・リピー (Charles H. Lippy) の『南部宗教の参考文献一覧』(*Bibliography of Religion in the South*, 1985)[7]がそれを助長して、様々な分野からの研究が進んでいる。南部の宗教的特徴は、正統なキリスト教の中でも福音派 (Evangelical) と呼ばれる。福音 (ευαγγέλιον [euaggelion]) とはギリシャ語で良い知らせを表し、宗教改革期に、特に信仰を通しての恩寵による義認（神の前に正しいとされること）の信仰と聖書の絶対的権威とを信条とする教派を形容する語として「福音的」が用いられた。今日も「福音派」とは、スチュアートの項目の④と⑤、贖いと聖書の権威を特に強く奉ずるものについて用いられる[8]。すなわち生来アダムの罪性を身に付けている人間は神との交わりから絶たれているため、ただ神の子イエス・キリストの十字架の血による贖いの故に罪を赦され、神との交わりに入ることが許されるという新生体験に重点を置き、聖霊の存在をリアルに感じ、その導きのもとに生きることを旨としている。なお、従来南部の宗教は社会的関心を欠いていると見なされていたが、最近の研究では社会改革の方面ではなく、（奴隷制の問題を除いて）倫理性の維持において南部社会に大きく貢献したことが共通認識として確認されている。

　南部の定義に関して諸説ある中[9]、井出義光は『南部――もう一つのアメリカ』(1978) において、最終的に州境を考慮せず、むしろ H. L. メンケン (Henry Louis Mencken, 1880-1956) の分析のようにキリスト教、特に福音派のバプテスト派の分布状態から見た範囲を南部とするのが最適であるとした[10]。リリアン・スミス (Lillian Smith, 1897-1966) が『夢の殺人者』(*Killers of the Dream*, 1961) で、「神は日曜日に会う存在というより、家族の永続的なメンバーである」と書いているように、南部において、宗教は文化と複雑に絡み合い、家族に次いで最も影響力のある組織体なのである。

フォークナーのミシシッピ州に関してそのキリスト教史を紐解くと、ミシシッピ州はもともとインディアンが住んでいた土地であり、彼らは聖なる火である太陽を信仰対象としていた。最初にミシシッピ州を訪れたフランス人やスペイン人たちは宣教にはあまり熱心ではなく、むしろ経済的な富の獲得に走った。当初彼らはほとんどインディアンを無視していたが、福音運動の波と共に宣教活動が活発になり、ジョーゼフ・ブレン (Joseph Bullen) などインディアンのプロテスタント宣教師も現れ、彼は1799年から4年かけてチョクトー (Choctaw) 族やチカソー族を巡って宣教した。1830年代には長老派、バプテスト派、メソジスト派も宣教に加わり、インディアンの讃美歌や聖書も翻訳されたが、1830年のインディアン移住法 (Indian Removal Act) に伴いインディアン宣教への熱は冷めていった。

1763年から1798年の間ミシシッピ州はスペイン領であったため、その間は過度の宗教的な締め付けはなかったものの、プロテスタントの集会を持つことができなかった。独立後1791年にバプテスト派の宣教師リチャード・カーティス (Richard Curtis) が宣教活動を開始した。メソジスト派は1799年に宣教師トビアス・ギブソン (Tobias Gibson) がナチェズ (Natchez) の北にあるワシントン (Washington) に教会を建て、続く1年間に合計9つの教会を建設した。長老派も1800年に3人の宣教師を送り、8カ月の活動を経て9つの伝道所を作り、そのうちの5つが後に教会になった。

ミシシッピ州でアメリカ聖公会の働きが始まったのは1790年ナチェズにおけるアダム・クラウド (Adam Cloud) の働きによる。ただし説教、洗礼、結婚に関してカトリックの権威者と対立したため、クラウドは1795年に財産を差し押さえられて逮捕され、ニューオーリンズに追放になった。そのため以後1820年までミシシッピ州でのアメリカ聖公会の記録はない。

このような散発的な各派の活動が示すように、辺境の地であったミシシッピ州にも19世紀初めには、既にプロテスタントの活動は着実に及んでいった。ミシシッピ州では聖公会と長老派では宣教師は特別な教育を必要

としたが、バプテスト派とメソジスト派は宣教師に特に教育を要求せず、主にメソジスト派（後には福音派に近いカンバーランド長老派［Cumberland Presbyterian］も加わった）の巡回説教師（circuit rider）と天幕集会（camp meeting）による福音派の宣教活動が最も活気を呈していた。巡回説教師は当初は独身者であることが要求され、その宣教活動は荒野に出掛け住民を訪ねるというかなり過酷なものであった。一方一度に人を集めることができる天幕集会は効率よく福音宣教ができ、初めは多くの教派が合流した。最も効果を挙げたのはメソジスト派で、バプテスト派がそれに続いた。次第に社交的交わりの場としての意義が増し、インディアンたちも、白人から離れた所にいることを条件に、また黒人も白人を伴うことを条件に、参加が許された。[15]

　教派を問わず南部の諸教会は奴隷制に関しては奴隷への魂の配慮がなされている限り、制度そのものは神が容認したものであるとし、主人は服従を学ぶよう奴隷に礼拝出席を勧めていた。ただし洗礼によっても奴隷としての身分が変わるものではなかった。黒人の人口が次第に増え、1846年にはナチェズ・バプテスト教会では442人中、白人はわずか62人であった。しかし1821年のポインデクスター法（Poindexer Code）により、黒人は牧師職には就けなかった。南北戦争以前は、黒人の対応に関しては、黒人を地階で礼拝させるなどそれぞれの教会が独自に柔軟性を持って対応していた。黒人たちは礼拝よりむしろ祈祷会を重んじ、そこで独自の宗教性を養っていた。1830年代北部の奴隷解放論者が南部への非難を増した時、南部の牧師たちは直ちに防衛手段を講じた。例えば53人の奴隷を所有する長老派のジェイムズ・スマイリィ（James Smylie）は奴隷制を積極的に善とする（positive-good theories）パンフレットを発行して南部の宗教人から広範な支持を得た。南部バプテストは、「奴隷廃止論は奴隷から社会的、市民的、そして宗教的特権を奪うもの」とした。中には奴隷の宗教的環境を向上させるべきだと説く人々もおり、少なくとも10人の成人黒人がいれば彼らのために礼拝小屋を設けるべきだと主張した。しかし奴隷制の問題で最も一般的な南部人の姿勢は、キリストの再臨まで解決を保留するべきだとするなど、この問題から距離を置くものであった。[16]

黒人の数が増え、1860年には南部バプテストは公式に黒人の教会を（白人の指揮の下）独立させた。そして南北戦争を経て、会衆がすべて、もしくは大部分が黒人である黒人教会（Black Church）は北部の支援を得て、音楽性や礼拝の進行、独特の牧師の語り口調など白人教会とは別の流れで発展する。彼らの問題は十分な教育を受けている牧師がいないことだった。また根強く残る人種差別のあおりを受けて、黒人教会はしばしば放火や爆破の憂き目にあう。しかし19世紀末には教育支援を含め、アメリカン・バプテスト・ホーム・ミッション・ソサエティ（American Baptist Home Mission Society）など支持組織が充実してくる[17]。

　南部は、とりわけ北部に対して、ひたすら自らの「場」にこだわり、頑にその「空間」を固持してきたが[18]、総じて南部の教会は、南北戦争後、敗戦は奴隷制と連邦離脱の双子の罪が招いたものだと責め立てる北部に対して、かえってますます南部への忠誠心を増すという皮肉な結果を生む。南部長老派の主要な神学者ルイス・ダブニ（Robert Lewis Dabney, 1820-98）などは奴隷制の人道主義的正義を主張すらした[19]。そして1880年代後半から1900年代にかけての第3次大覚醒（Third Great Awakening）により、ミシシッピ州は、ますますキリスト教色を強くする。

　ハロルド・カウフマン（Harold F. Kaufman）の1957年の宗教国勢調査（Census of Religious Bodies）に基づいた資料によると、ミシシッピ州において42の異なった宗教団体が見られ、1906年から57年にかけて教会員は30万から80万に、およそ170%増えた。18の教会が1,000人以上の信者を得た。特にメソジスト、バプテスト両派は多数の信者を獲得した。1957年には81万248人の教会員のうち64%が白人で、14歳以上の5分の4の白人が教会員であった。住民に対する教会の数も、アメリカ全土では814人に1教会であったがミシシッピ州は289人に1教会で、全米最高比率であった。南部バプテスト（Southern Baptist）、メソジスト、（1840年から50年代にかけてのアイルランド人の移住に伴い増加した）カトリック、長老派、そしてアメリカン・バプテストの順に勢力が強かった[20]。

　フォークナーの住んでいた当時のオクスフォードにおいても、南部バプテスト、メソジスト、長老派、そしてイギリス国教会が主要な4教派であっ

た。そしてフォークナーは、直接的、間接的にこれら正統的なキリスト教のすべての教派体験を持っていた。

　そもそも曾祖父のフォークナー大佐がスコットランド (Scotland) の伝統を受け継ぎ、長老派であり、地元オクスフォードの禁酒組織ナイツ・オブ・テンペランス (Knights of Temperance) の有力メンバーだった (Blotner 16)。フォークナー大佐は最初の妻を結核で亡くし、息子を叔母 (大佐の母キャロライン・ワード [Caroline Word, 1798-1862] の妹に当たる) ジャスティアニア・ディキンソン・トンプソン (Justiania Dickinson Thompson, 1815-98) に託す。叔母は夫ジョン・ウェスレー・トンプソン (John Wesley Thompson, 1809-73) と共に大佐の息子、ジョン・ウェスレー・トンプソン・フォークナーを、メソジスト教徒として育てた (Blotner 12)。1859年7月13日にジョン・ウェスレー・トンプソンは100ドル払って「南部メソジスト教会メンフィス連合聖書トラクト協会」(Book and Tract Society of the Memphis Conference of the Methodist Church, South) の株主になっている。その特典の1つは、「家族代々が継承する聖書とそれを収める箱」であった。1862年彼は署名の上、妻にそれを渡し、彼が死んだら養子にした息子ジョン・ウェスレー・トンプソン・フォークナーに渡るよう、さらに次の世代も長男が代々受け継ぐよう要請した。フォークナーは父親が亡くなった1932年8月7日にこの革表紙の大冊を受け継いでいる (Blotner 6)。その貴重な聖書 (新約と旧約の間) に、フォークナーは家系図などを書き入れていた。

　ジョン・ウェスレー・トンプソン・フォークナーの長男マリー・C・フォークナーは1896年モード・バトラーと結婚し、長男ウィリアムにニュー・オールバニーのメソジスト教会で洗礼を受けさせ、フォークナー5歳の頃、前述のように一家はフォークナーの祖父ジョン・ウェスレー・トンプソン・フォークナーと妻サリー・マカルパイン・マリー・フォークナー (Sallie McAlpine Murry Falkner, 1850-1906) の住むオクスフォードに移る。サリーはキリスト教禁酒協会やオクスフォード婦人読書会の活動に熱心であった。彼女はやがてフォークナーの文学上の後見人となる親友フィル・ストーンの母親ローザ (Rosa Alston Stone) と共にメソジスト教会を運営し、フォークナーもその日曜学校に出席していた (Blotner 120、161)。また医者であり地元の名士

であったサリーの父ジョン・ヤング・マリー（John Young Murry）はフォークナー大佐同様の傑物であった。彼は友好と相互扶助が目的の秘密結社フリーメイソンリー（Freemasonry）[21]の幹部でもあり、長老派教会の長老兼執事であった。フォークナー一家はしばしばこのリプリーに住む曾祖父の家を訪ねた。そこでは食前に聖句暗誦が習慣とされていた（Blotner 123-24）。一方熱心なバプテスト派であった母方の祖母リーリア・ディーン・スウィフトの影響でフォークナーはよくバプテスト派の教会にも出入りした（Blotner 94, 108, 279）。母親モードは結婚する前はバプテスト派であったが、結婚後はメソジスト教会に所属した。[22]おそらくフォークナーは母親に連れられてメソジスト教会のリバイバル（信仰復興）運動を体験し、福音派教会の影響も受け、黒人の乳母キャロライン・バーに連れられて黒人教会にも行ったであろう。そして結婚後アメリカ聖公会に属した。このようにフォークナーはいわば常にそこにある文化として絶えずキリスト教を呼吸していた。興味深いことには、バプテスト派、メソジスト派、長老派、聖公会、それぞれの教派とのかかわりにおいて、フォークナーの宗教性を垣間見ることができる。

　バプテスト派は教会の職制について主に２つの特徴を持つ。第１は会衆主義、すなわち各個教会は独立自主のものであり、キリストのもとに戒律を施行する権能を持ち、その上に人間的な権威を必要としない。第２に洗礼は浸礼でなければならず、幼児洗礼は洗礼とは認めない。そのほかに、万人祭司の原理に従い、職業的な教師ではなく、霊的な賜物を与えられた者にのみ、教職の権威を認め、キリスト者の良心の自由を主張し、教会と国家の分離を要求するなどの特徴を持つ。イギリス国教会に属していたJ. スミス（John Smyth, c. 1570-c. 1612）が、同志と共にアムステルダム（Amsterdam）に逃れ、そこで自己の信じるところに従い、自らと教会員とに改めて洗礼を行い、1608年教会を組織したことにバプテスト教会の歴史は始まる。初期のバプテスト教会の神学は救いにとって恩寵の必要を強調しながらも、予定説はどのような形のものも誤りとして排斥したアルミニウス主義（Arminianism）[23]の立場に立っていた。しかし17世紀中葉に成立するバプテスト教会の流れは神の絶対性、人間の罪性、予定説、他の教義を含めカルヴァン神学を継承する。イギリスのバプテスト教会は多少の消長を経なが

らも教勢を拡大し、バニヤン (John Bunyan, 1628-88) をはじめ、優れた信仰者、説教者を生み、カルヴィニズムの中でも穏健派、福音派と呼ばれる流れの中から「現代宣教の父」("father of modern missions") W. ケアリ (William Carey, 1761-1834) が出現して以来、海外宣教の実践を重んじた。

アメリカにバプテスト教会ができたのは、1639年イギリスから移ったR. ウィリアムズ (Roger Williams, 1603-83) によってである。前述したようにアメリカにおける発展はめざましく、独立革命時にはバッカス (Isaac Backus, 1724-1806) らが、政教分離論を掲げて独立に貢献した。「怒れる神の御手の中にある罪人」("Sinners in the Hands of an Angry God," 1741) を著したジョナサン・エドワーズらによる大覚醒運動や、ドワイト・ライマン・ムーディ (Dwight Lyman Moody, 1837-99)、その他の伝道者たちの働きもあって、アメリカ最大の教派となった。1845年に活動を始める根本主義的傾向の強い南部バプテストと、1907年当初は北部バプテストと呼ばれた自由主義的なアメリカン・バプテストが2大連合体である。[24]

既に述べたように南部バプテスト派はミシシッピ州において最も勢力のある教会であった。禁酒を強く説くなどかなり保守的な傾向が強く、1850年代からミシシッピ州はテネシー (Tennessee) 州とアラバマ州と共に、他の宗派の礼拝は単なる集会でしかないとする急進的で排他的なランドマーク主義 (Landmarkism) に強く影響されたといわれる。[25]

フォークナーはバプテスト派に対して批判的である。バプテスト派の信者が果たして「宗教を信じているのか疑わしい」(*FU* 173) とまで言っている。勿論ヨクナパトーファの人々は大半がバプテスト派であり、明記されているだけでも『野性の棕櫚』の背の高い囚人 (the tall convict) や『寓話』のハリー (Mr. Harry) や黒人牧師サターフィールド (Reverend Tobe Sutterfield) などもバプテスト派であるが、フォークナーの描く悪人たちの多くもなぜかバプテスト派に属している——例えば資本主義による近代化の波に乗り、「今では銀行家であり、バプテスト派の執事でもある」(*T* 359)、冷酷で不道徳なフレム・スノープス (cf. *S* 279)、そのいとこで、『サンクチュアリ』でテンプル・ドレイクがメンフィスの売春宿にいるという情報を弁護士ホレス・ベンボウ (Horace Benbow) に100ドルで売る判事クラレンス・エグルストン・ス

ノープス (Clarence Eggleston Snopes, cf. S 216)、また無実のリー・グッドウィン (Lee Goodwin) をリンチにかける町の人々 (cf. S 133)、「あの夕陽」でナンシーが売春の代金を要求すると、彼女を殴る銀行の出納係であり教会の執事でもあるミスター・ストーヴァール (Mr. Stovall, cf. CS 291) などが顕著な例である。

メソジスト派は、イギリスのジョン・ウェスレー (John Wesley, 1703-91) が起こした祈りと規律を強調する信仰覚醒運動をその起源とする。1744年第1回の年会 (annual conference) を開き、教理の標準及び事業の配置を定めた。メソジスト会が正式に国教会から分かれて、教会となったのは、ウェスレーの死後2年経った1793年である。アメリカでは独立戦争の折にメソジスト教徒がイギリス国教会との関係を絶たれたので1784年にウェスレーの容認したイギリス国教会の条項と彼の著書と説教を教義の基礎とするメソジスト監督教会 (Methodist Episcopal Church) が設立された。ウェスレーが強調したのは、信仰により恩寵を通して、「新たに生まれ」なければならないとする義認の教理、聖霊が「我々の霊に神の子であることを証する」ことを教える確証の教理、そして最も強調したことはすべての信徒が聖霊によって全く神の意志に合致した状態になるまで努力すべきだとする完全の教理である。

1800年から1830年代のアメリカ史における2番目の大きなリバイバル運動である第2次大覚醒 (Second Great Awakening) では、前述したように天幕集会で信者を獲得し、メソジズム (Methodism) は劇的な発展を遂げた。そして開拓時代に西部へと急速に広がっていく過程において、その性質をかなり変貌させ、教会政治をめぐって分派も増えていく。教派の通称にもなっていたメソッド (謹厳な生活方式) より、むしろ現世において神の国を実現しようという強烈な社会変革意欲が先んじた。

メソジスト監督教会は1854年南北に分裂し、北部には北メソジスト監督教会、南部には南メソジスト監督教会が組織されたが、1939年再び合同し、合同メソジスト教会 (United Methodist Church) となった。現在アメリカでは信徒数が2番目に多いプロテスタント教団である。個人的な敬虔、聖潔の生活、簡素な教義という特徴を備え、信条としてはルター派に近く、悔

い改めによる救済を強調する。カルヴァンの説いた予定説的な考え方は採用せず、カルヴィニズムより自由意志を重んじるアルミニウス主義的立場をとる。[26]

既に述べたようにミシシッピ州においてメソジスト派は巡回説教師が、天幕集会で多くの信者を獲得する。また教育にも力を注いでいた。フォークナー作品の中ではジェファソンの約20マイル南東に位置する主にプア・ホワイト（poor white、白人の低所得者層に対する蔑称）と呼ばれる開拓農民たちが住む小集落、フレンチマンズ・ベンドにおいてメソジスト派が優勢である。最大の地主ウィル・ヴァーナー（Will Varner）に代表されるヴァーナー家もメソジスト派である（cf. *T* 344）。総じてフォークナー作品においてメソジスト派はバプテスト派や長老派に比べて、好意的に描かれる傾向にある。利害に敏感ではあるが実直さを備えるメソジスト教会執事グッドヒュー・コールドフィールド（Goodhue Coldfield, cf. *AA* 13）、その娘ローザ（Rosa Coldfield）とエレン（Ellen Coldfield）など、非情なトマス・サトペンの犠牲者として同情的に描かれている。

サトペンに対して地獄の劫火のような執念に取り憑かれているローザによると、彼女が生まれた時には、姉のエレンはサトペンと愛のない結婚をさせられて7年になり、既にヘンリー（Henry）とジュディス（Judith）という2児の母となっていた。父グッドヒューはトマス・サトペンと闇取引をしており、その発覚を恐れ、南北戦争が始まると4年間も屋根裏部屋に閉じこもり、ついに餓死する。ローザは姉エレンの死後、姪ジュディスとサトペンと、黒人女の間に生まれたクライティ（Clytie）と呼ばれたクライテムネストラ（Clytemnestra）と共に出征中のサトペンの屋敷を守る。そしてローザはジュディスとボン（Charles Bon）の結婚話に、一度も目にしたことがないボンに自らが恋心を抱き、ジュディスの花嫁衣装を縫い、花嫁の擬似体験をするが、ヘンリーがボンを殺害したことにより、深い失意を味わう。さらに失意に追討ちを掛けるように、敗戦により帰宅したサトペンから、「まずテストとして2人で肉体関係を結び、男子が生まれたら結婚しよう」（*AA* 144）と提案され、それに激怒して屋敷を去る。しかし喪服を纏いつつも、その信仰の故か、ローザは生き残るのである。

次に長老派である。ツヴィングリ（Huldrych Zwingli, 1484-1531）を先駆者とし、カルヴァンによって継承されたスイスの宗教改革運動によって発生したカルヴァン派教会を、その政治形態から呼ぶ時の名称が監督派と会衆派の中間に位置する長老派（改革派教会）であり、ルター派教会、イギリス国教会と共にプロテスタンティズム（Protestantism）の3大主流を成している。イギリス国教会がなおローマ教会的制度や慣例、儀式をとどめることに満足せず、純粋にカルヴィニズムに基づく改革を主張したピューリタン（Puritan）たちは16世紀から17世紀にかけて約100年間イギリス国教会を震撼させ、イギリス国教会にカルヴィニズムをある程度採用させたが、その組織を長老派制度にすることには成功せず、新大陸アメリカ合衆国において最も有力なプロテスタント教会の1つとなり、キリスト教のアメリカ的類型の形成に主役を果たして今日に至っている。

　ピューリタンとは、カルヴィニストに限定されていないが、その精神がカルヴィニズムに由来したことは間違いない。カルヴァンの神とは、生きて常に臨在し、礼拝と献身を要求する万物の創造者、真理の源泉、救い主であって、選ばれた者を霊によって導く絶対者である。従って、「ただ神の栄光のために」という標語の下に教会及び個人のすべての生活を聖書の規範に従わせ、礼拝の精神、単純な生活、内面生活の独立など信仰の意志的・倫理的側面を強調する。またその神学の心臓部とさえいわれる予定論は、その論争過程で「二重予定」――ある人々は全く神の意志のみによって永遠に栄光へと定められ、他の人々は永遠の責め苦へと定められていると教える――となり、この極端な予定説の問題でカルヴィニズムは非難を浴びる。しかしカルヴァンはこの教理を選ばれた者たちが特権を受動的に享受するのではなく、彼らの人間的責任を強調するために用いているのであり、他のキリスト教教派においても神の選びをいう場合、滅びに定められている人々を潜在的に考慮していることを指摘すべきだと思われる。この教派は、その歴史を通じて、終始カトリック陣営と境を接して激しく対立してきたために、ルター派と比較して宗教改革がより徹底的とならざるを得なかったという事情がある。また人文主義との折衝もより深く、従って進歩的であり、現代西欧文化の担い手である市民階級において倫理的支柱を提供することができたのであ

る。[27]

　フォークナーは一家がニュー・オールバニーからオクスフォードに移った後、いろいろな教会を出入りしたが、長老派教会とフォークナーの個人的なかかわりは比較的詳しく知ることができる。まず19世紀半ばのリバイバルから生まれたカンバーランド・プレスビテリアン教会（Cumberland Presbyterian Church）を挙げることができる。赤レンガのフォークナーの好きな教会であったが、1864年北軍によって燃やされ（Blotner 30）、1942年にスーパーマーケットとなっている（Blotner 1069）。またコート・ハウス・スクエア（Court House Square）から2ブロックのヴァン・ビューレン・ストリート（Van Buren Street）にはファースト・プレスビテリアン教会（First Presbyterian Church）があり、1916年に赴任したアラン・クリスチャン牧師（Reverend J. Allan Christian）が妻と共に若者伝道に熱心で、大学生を、ボーイスカウト活動などに巻き込み、成功を収めていた。フォークナーも19歳当時クリスチャン氏と親しくなり、テニスコートを作るなどしてスカウト活動を行った（Blotner 278）。フォークナーとクリスチャン氏の関係はクリスチャン氏がチューペロ（Tupelo）に赴任する1923年まで続いた。クリスチャン氏はフォークナーが、「自然観察にすぐれ、……善良かつ親切で、少年たちに常に良い影響を与えた」（Blotner 347）と評価し、ファースト・プレスビテリアン教会を去るに当たり、フォークナーにスカウトマスターを引き継ぐよう依頼した。フォークナーはそれを受諾し、月に1、2回会合を持つなど活動した。しかし飲酒による騒ぎがもとでスカウトマスターを間もなく辞め、その後フォークナーはニューオーリンズに滞在し、続いてヨーロッパを放浪することとなる。

　やがてフォークナーは離婚してオクスフォードに戻ってきたエステル・オールダムと結婚する。オールダム家は長老派であった。フォークナーは結婚当時エピスコパリアン（Episcopalian）になっていたエステルにあわせてアメリカ聖公会で式を挙げようとするが、エステルが離婚しているため教会の許可が下りなかった。そこで当時ラフェイエット郡で最も人気のあったミシシッピ大学の哲学と倫理学の教授ウィン・デヴィド・ヘドルストン牧師（Winn David Hedleston）が指導する、カレッジ・ヒル・プレスビテリアン教会で式を

挙げたのだった (Blotner 623)。オクスフォードから北に4マイルほど隔たったその付近にはフォークナーはボーイスカウトを引き連れてよくキャンプに行っていた。1844年に建てられた楓と羊歯とマングローブに覆われた簡素な教会で、フォークナーの個人的生活にかかわったのみならず作品にもしばしば登場している。[28]

　このように個人的には少なからぬ関係があるにもかかわらず、フォークナーはバプテスト派同様、長老派の登場人物に対する扱いが手厳しい。「創世記」9章のノアの息子ハムに関する記事——ハムが泥酔して眠り込んだ父ノアの裸を見て、それを兄弟たちに告げ口したため父ノアの怒りを招き、ハムの子孫は呪われて、その兄弟たちに奴隷として仕える定めとなった——を根拠に、ハムの子孫である黒人が奴隷として他の人種に仕えることは聖書の神の摂理であると説く白人至上主義 (white supremacy) 者のユーフィアス (ドック)・ハインズ (Eupheus [Doc] Hines) や、ジョー・クリスマスに教理問答の暗誦を強要するなどしてピューリタン的な教育をするサイモン・マッケカーン (Simon McEachern) など破壊的な狂信家として描いている。

　以上述べたように登場人物に表される教派を比較すると、フォークナーはカルヴィニズムの影響を受けているバプテスト派や長老派に対して批判的で、カルヴィニズムに比べて自由意志を強調するアルミニウス主義のメソジスト派に対しては友好的である。事実フォークナーにはカルヴィニズムに対するある種の強迫観念があったと思われる。1932年モーリス゠エドガー・クワンドロー (Maurice-Edgar Coindreau, 1892–1990) への返事に、「性に関してピューリタニズム (Puritanism、フォークナーにとってはカルヴィニズムと同義語) の明確な重圧がある」[29]ことをフォークナーは認めている。それを実証するかのように彼は、シャーロット・リトンメイヤー (Charlotte Rittenmeyer) や、テンプル・ドレイク、ジョアナ・バーデン (Joanna Burden)、ユーラ・ヴァーナー (Eula Varner) などといったイヴ的存在を罪の誘惑者として描き、人間の性的欲求を罪の象徴と見なしている節がある。

　しかしこの過度ともいえる罪意識はフォークナーに限られたものではなかった。「罪意識こそ昔も今もディキシー (Dixie) の最大の産物である」[30]とリリアン・スミスが書いているが、この逸脱した福音主義が招いた強

迫観念的な過度の罪意識は南部の宗教性の特徴である。W. J. キャッシュ (Wilbur Joseph Cash, 1900-41) が、「カルヴィニズム化したヤーウェ」("the Calvinized Jehovah")[31]と呼んだように、長老派以外の教派も同じくこの強迫観念的な罪意識の影響を受けていた。毎年やって来る巡回説教師が天幕集会において、扇動するかのように、聴衆を熱狂の渦に巻き込み、怒りの神の教えを徹底的に教え込んだ。彼らの説教の力点は罪、堕落、キリスト再臨に伴う最後の審判であり、終末の兆候として、飲酒、喫煙、ダンス、セックスなどの罪を指摘し、暴露した。また、「たとえ、お前たちの罪が緋のようでも雪のように白くなる」(イザ 1:18) や、「わたしを洗ってください／雪よりも白くなるように」(詩 51:9) などから皮膚の色の白さを潔白のしるしと見なし、白人の誇りとした。しかしそれはリリアン・スミスが指摘するように、白人が罪意識から逃れるために聖書を利用した誤った理屈にすぎない。[32]逆に言えば自発的にしろ、北部からの圧力によるものにしろ、「奴隷制に対する南部の良心の永遠の不安」[33]とキャッシュが表現するほど南部人にとって奴隷制からくる不安、罪意識はぬぐい難いものであった。

　南北戦争に敗れた後には南部の人々の多くは、自らを犠牲者であり、カルヴィニズム的な運命論を隠れ蓑にして、なすすべがないと社会から撤退して、家庭に逃げ込むしかないとの考えに甘んじ、自己弁明に終始するのである。フォークナーが描く人物では第Ⅱ章で述べるハイタワー (Reverend Hightower)、第1次世界大戦での双子の弟ジョン (John [Johnny] Sartoris) の死に過剰なほどの責任を感じ虚無的になるヤング・ベーヤード・サートリス (young Bayard Sartoris)、第Ⅵ章で述べるコンプソン氏 (Mr. Compson) とその息子クエンティンなどが、この部類に入る。

　このように南部において運命論を逃げ道に、人々は人種差別を改めようとはせず、黒人の経済的進出を恐れて、なお差別を合法化するジム・クロウ法 (Jim Crow laws, 1876-1964) などを設け、合法的に罪を重ねた。それ故彼らの罪意識はいやが上にも増大し、解消されることはなかった。本来のカルヴィニズムでは生来の人は罪に縛られ呪詛の下にあると説くが、決して運命付けられているのではなく、悔い改める時にキリストによる贖いの道が備わっている。しかし彼らは罪を認めぬままカルヴィニズムを曲解し、罪意識

のみを募らせていた。これまでフォークナーの宗教性について語る時もその曲解されたカルヴィニズムとのかかわりにおいて解釈するものが多かった。[34] 1952年エディス・ハミルトン (Edith Hamilton) がフォークナーを、「激しく歪んだピューリタン」[35]と呼んだように、フォークナーもその曲解されたカルヴィニズムの影響を受けていたと認めないわけにはいかない。

　公的にはフォークナーはエピスコパリアンになった。何がフォークナーをエピスコパリアンにしたのか。ここであまり知られていないアメリカ聖公会について少し詳しくその歴史を見てみたい。前述したように、アメリカ聖公会は独立戦争によって衰退したイギリス国教会に代わって1798年組織された。教会の政治形態としては主教制度（監督制度［Episcopacy］）を採択している。啓蒙主義的な自由思想を最も広く受け入れていたが、他のプロテスタント教会が大覚醒によって勢いを得たのに反してその熱狂的姿勢に反対した聖公会は逆にマイノリティになった。独立戦争時代 (1776-89) は、最も困難な時代であり、戦争直後、ヴァージニアでは牧師の3分の2が教区を去り、ニュー・ジャージー (New Jersey)、マサチューセッツ (Massachusetts)、ニュー・ハンプシャー (New Hampshire)、ペンシルヴェニアなどでは、牧師が数人しかいない状況に陥り、新大陸全体で7万人以上の信者が国を去り、教区教会制度の経済的な基盤をも揺るがした。そして教会に属する南部革命家の多くと、ヴァージニアの92％の主教が独立に賛成したため、教会の再建は、コネチカット (Connecticut) やペンシルヴェニアなど、これまでイギリス国教会の勢力が強くなかった地域から始まることとなる。聖公会の礼拝の中心はユーカリスト (Eucharist)、すなわちキリストの死と復活が記念される聖餐式であり、新しい国の開拓精神の影響下にありながらも、慎み深い、儀式主義的な形態を保っていた。[36]

　1830年代プロテスタント教会が第2のリバイバルの波で宣教に乗り出している時期にもアメリカ聖公会は、絶えずバプテスト派、メソジスト派、長老派に信者を奪われてきた。そこでホバート (John Henry Hobart, 1775-1830) 主教の下で方向転換が行われた。ホバートが力点を置いたのは適応の原理ではなく、分化の原理であった。「弁護の時期は過ぎ去った。……この派は、もはや防衛的な立場にいるのではない」[37]と彼は述べている。すなわち

アメリカ聖公会は独自色を鮮明にすることを選択した。それは彼らにとってイギリスのハイチャーチの伝統をアメリカ特有の状況に即して適用させることであった[38]。イギリスのハイチャーチは次の2つの特色を持つ。高等な主教制(監督制)を重んじ、洗礼と(比較的穏健に)恩寵を強調する。

　他の教派が奴隷制をめぐって激しく対立し南北に分裂する中、アメリカ聖公会は戦争中わずかの間分裂したのみであり、奴隷制は問題になっていない。南部11州脱退問題に際しても、北部アメリカ聖公会の総裁主教は、脱退は憲法で認められた諸州の権利の1つであると述べ、奴隷制は聖書において承認されているとした。教会内にはこれと対立する意見もあったが、抗争に至るほどの情熱は生まれず、教会の統一は、政治における再統合とほぼ同時期に回復された。第1次世界大戦後は、アメリカ聖公会において自由主義神学と知的傾向が顕著である。例えば改革的傾向のウィリアム・ポーチャー・デュボス (William Porcher DuBose, 1836-1918) やウィリアム・アレキサンダー・グェリー (William Alexander Guerry, 1861-1928) などである[39]。今日も富裕層や社会上層部に信者が多く、リベラルな傾向が強く、中絶と同性愛を公認している。

　ミシシッピにおける本格的な活動はクラウドがミシシッピ州に戻って、1820年にジェファソン郡のチャーチ・ヒル (Church Hill) にクライスト・チャーチ (Christ Church) を組織したことによる。6年後ミシシッピ・エピスコパル教区が組織され、4つの教会、5人の牧師、そして100人の聖餐拝受者 (communicants) を得た。1849年にはそれぞれの教会の自治が認められた。数は増えなかったが、ウィリアム・マーサー・グリーン (William Mercer Green, 1798-1887) の指揮の下、南北戦争前10年間に、プランテーションを所有する上流階級を中心に教義が浸透し、1855年には30人の牧師、33の教区、941人の聖餐拝受者を獲得していた[40]。

　フォークナーは結婚前からセント・ピーターズ・エピスコパル教会 (St. Peter's Episcopal Church) に通い、祈祷書とテイラーを読み、そして教会の儀式に則り埋葬されている。その墓には、「(神に)愛されし者、神と共に」("Beloved, Go with God") と記されている。彼のアメリカ聖公会への帰属は南部の知識人としては決して異例のものではない。マギル (Ralph McGill,

1898-1969)の『南部と南部人』(*The South and the Southerner*, 1963)によると、会衆が実権を握っている福音派に比べて職制のはっきりしたアメリカ聖公会は教会員の論争などに煩わされることが少なく、牧師の自由主義的な発言に対しても信者は寛容であった。[41] 福音派の教会で育った者にとっては自由を重んじる寛容なアメリカ聖公会は居心地が良かったものと思われる。

聖職者に関しては教派を問わず、フォークナーは批判的な傾向があり、アメリカ聖公会に関しても例外ではなかった。例えば『兵士の報酬』に登場する教区牧師ジョーゼフ・マーン (Rector Joseph Mahon) は現実を直視できず、園芸や夢想の世界へ逃避し、福音のメッセージを失い、「眠る以外に人間には救いがない」(*SP* 60) と述べるなど、精神的に荒廃した戦後社会に生きる人々を導く宗教的指導者の姿からは程遠い存在である。また『征服されざる人びと』に登場するワーシャム (Doctor Worsham) も南北戦争最中、会衆を見捨てるなど批判的に描かれている。しかし平信徒では南北戦争中、北軍からせしめた驢馬を売って、貧しい人々のために金を得るなどの果敢な振る舞いによって家族を支える女性ローザ・ミラード (Rosa [Granny] Millard, cf. *UV* 155-56, 167-68) をはじめとする名門サートリス家やハーヴァード大学出身のフォークナー文学の代表的弁護士ギャヴィン・スティーヴンズとその甥に当たるチャールズ・マリソン (cf. *UV* 153, *T* 342) など、フォークナーの好む人物がエピスコパリアンである。

以上フォークナーのキリスト教体験をそれぞれの教派とのかかわりから垣間見たが、上述したようにフォークナーがオクスフォードでかかわった4教派は正統派であり、フォークナーの作品には、「原罪、肉と精神の闘い、堅忍の必要性、犠牲と犠牲による贖いの言及が至るところにあり」[42]、これらの教義との齟齬は見られない。「私自身の権限で、自分が良いクリスチャンであると思います」(*FU* 203) とフォークナーが述べているように、上述のようなコンテキストでフォークナーの宗教概念は、曲解されたカルヴィニズムの影響を受けつつも、その枠組みにおいて、正統な教義に根ざしていたと判断して問題はないと思われる。またフォークナーがバプテスト派や長老派に比べてメソジスト派を好意的に描いているのは、その特徴である自由意志の尊重によるものであると考えられ、最終的なアメリカ聖公会への所属もそれが

最もカルヴィニズムから遠く、最も啓蒙的で、より自由が重んじられたことに起因したものと思われる。

II

ウィリアム・フォークナーの
宗教概念の特徴

1　自由意志の重要性

　正統なキリスト教に基づいてはいるが、既に述べたようにフォークナーの宗教概念の特徴は人間の自由意志に対する強い信念である。本章ではフォークナーにおける自由意志とキリスト像の必要性に関して論じたい。

　フロンティアの宗教として、特に南部の福音派においては自由意志による個人の決断を尊重する傾向が強いことは事実であり、自由意志の強調はフォークナー独自のものではない。しかしそれだけでは十分説明ができないほど過度ともいえる「人間に対して多大な信頼」(*LG* 71)をフォークナーは寄せていた。

　「人間は」と、フォークナーは厳かに言った、「自由です、そして人間には責任が、重い責任があります。人間の悲劇はコミュニケーションのできないこと——少なくともコミュニケーションが非常に困難であること——にあります。けれども人間は際限なく自分自身を表現し、そして他の人間と連携を取ろうと努力します。人間は神から来ています。私はシジフォス(Sisyphus)の神話に賛同しません。道徳的な感覚を所有するから、人間は重要です。私は人間のすべての欠点と限界にもかかわらず、人間に、非常な信頼を寄せています。人間は核戦争の脅威を克服するでしょう。人類は決して自滅などしないでしょう」。　　　　　　　　　　(*LG* 70-71)

　長野で、「あなたは人生が基本的に悲劇的であると思いますか？」と尋ね

られた時、フォークナーは答えている——「はい。けれども人間の不滅性は人間が打ち勝つことができない悲劇に直面していてもなお、それに対して何かをしようとすることにあります」(FN 4) と。また「人間の不滅性の証明」は、「滅亡を避けるために生活を変える人間の能力」(FN 41) と、「人間が作り、そして作り続けるだろう苦悩や悲しみにもかかわらずこれほど長く持ちこたえている」(FN 28) という事実にあると、フォークナーは信じた。人間に対するフォークナーの強い信念は、「ノーベル文学賞の受賞スピーチ」の中の1節、「私は人間は耐え忍ぶ力があるばかりか、勝利するものであることを信ずる」(ES 119) に最も強烈に表明されている。

しかしながらフォークナーは、いたずらに楽観的な人間観を抱いているのではない。「勝利する」("prevail") という語に着目したい。聖書では、この語は勝利が神の援助で勝ち取られるという文脈で用いられている。

その時ラケルは、「わたしの訴えを神は正しくお裁き……になり、わたしの願いを聞き入れ男の子を与えてくださった」と言った。……ラケルは、「姉と死に物狂いの争いをして……ついに勝った (have prevailed)」(創 30:6-8);(ダビデは言った)「……この戦いは主のものだ。主はお前たちを我々の手に渡される。」……ダビデは石投げと紐と石一つでこのペリシテ人に勝ち (prevailed)、彼を撃ち殺した (サム上 17:47, 50);この時、イスラエルの人々は屈し、ユダの人々は勝ち誇った (prevailed)。先祖の神、主を頼みとしたからである (代下 13:18)[1]。

人間が善悪の選択能力を持っているという自由意志の問題は、キリスト教の神学者の間で極めて難解な課題の1つであるが、前述したようにプロテスタント神学によれば人間には先天的に罪があり、自分自身を救うことが全くできない状態であり、ただ神の恩恵のみが救いを可能とする。自由意志の概念を高く評価するにもかかわらず、フォークナーは人間が解決することに希望が持てないとする問題があると認識する。それは、「人間が、ただ生身であるという理由で、永久に運命付けられる問題」(FN 28) である。人間が「血と肉」を持っているため、罪を犯し、理想を達成したいという願

いは叶わない。欲望のままに生きる自由は行使できるかもしれないが、罪の奴隷状態から自由に至るのは容易な業ではない。自由意志を強調するフォークナーは、一見、「人間が自分の力を総動員することによって救いを達成できるとする」ペラギウス主義 (Pelagianism［418 年カルタゴ会議で断罪された］)、あるいは、「人間が人間自身の努力で救済に向かっての最初の、そして基本的なステップをとることができる」と考える半ペラギウス主義 (Semipelagianism［529 年のオランジュ教会会議で排斥された］)[2]であると考えられがちであるが、このような罪の解決に対する無力さの認識とも呼ぶべきものがペラギウス主義あるいは半ペラギウス主義と決定的な差異を示している。フォークナー自身、実人生において、例えば、「愛と誠実さと敬意を捧げる対象である」(*ES* 140) とする家庭への強い愛情を持ちながらも、ミータ・ドハティ・カーペンター (Meta Doherty Carpenter, 1908-94) と 15 年間の不倫関係を続けるなど理想と現実の相克に苦しんだという事実を鑑みる時、「ただ生身であるという理由で、永久に運命付けられる問題」(*FN* 28) とのフォークナーの発言にはリアリティがあると思われる。

ここで 1931 年に発表された短編「乾燥の九月」を通してフォークナーが罪認識と共に救済者への渇望をどのように表しているかを検証したい。

2 挫折と恩寵

「乾燥の九月」は罪とその贖いを示すフォークナー世界の縮図だといえるだろう。「塵」("dust") と「月」("moon") という 2 つの主要なイメージをたどることによって、フォークナーの宗教的世界を探求してみよう。日照り続きの暑苦しい日々に、黒人男性ウィル・メイズ (Will Mayes) が白人女性ミニー・クーパー (Minnie Cooper) を暴行したという噂がジェファソンの町に流布され、メイズのリンチ殺人事件へと発展する。問題なのはメイズの暴行の直接的な証拠がないことである。むしろミニー・クーパーの歪んだ、異常心理からくる妄想が罪のない者に向けられたとの印象を読者に与える。しかし人種差別の擁護者は法律のことなど気に掛けていない。その状態はリンチのリー

ダー役、マクレンドン (Jackson McLendon) の言葉によって最もよく表されている——「実際に起きた？　それがどうしたというのだ？　あんたは黒人の野郎たちにそれをまざまざやらせるつもりか？」(CS 171-72)。事実この物語では過失を免れているものは誰1人いない。ウィル・メイズを救おうとするただ1人の人物、ヘンリー・ホークショー (Henry Hawkshaw) でさえ、抵抗してがむしゃらに殴るウィル・メイズを殴り返す。まるですべての人が人種差別の罪に加担しているように思われる。

　南北戦争後、合衆国憲法修正第13条 (奴隷制の廃止)、修正第14条 (元奴隷の市民権の保護) 及び修正第15条 (人種による選挙権制限の禁止) などによる黒人たちの社会進出に伴い、白人の利益が侵害されるという危惧から、南部において黒人の権利を制限する黒人取締り法 (black codes) が制定され黒人差別の制度化が進んだ (いわゆるジム・クロウ法)。同時にかつての騎士道精神の復活という大義名分の下、白人女性を守るという名目で黒人に対する暴力行為が正当化され、リンチ事件が多発した。旧南部の過去の美化と白人女性の神格化といった白人による一種の巻き返しである。この物語はそういった歴史的背景の下に起こった事件の1つと見ることができる。しかしながらフォークナーは黒人問題を当時の社会問題としてではなく、むしろ実存的問題として取り上げる。彼は南部をあからさまには擁護も、批判もしていない。「私は社会学を書いたのではない」(FU 10) と述べている通りである。フォークナーのキリスト教的世界観では、神と人間の間、そして人間と人間の間には、あるべき正しい関係がある。しかし黒人問題が含まれる罪は人間からこの関係を奪った。フォークナーは存在論的相克にある人間に関心を寄せる。

　　私はただ人々について書こうとしたのです。作家は環境を使う。……人間
　　の心、願いから出てきているから作家が、悲劇的で、そして本当だと思う
　　物語、すなわち良心と腺 (glands)、原罪との葛藤についてです。
　　　　　　　　　　　　　　　　　　　　　　　　　　　　　(FU 58)

　さらに、実際の殺人の細部にわたる記述がないため、フォークナーは犯罪

そのものよりむしろその原因と結果に関心を示していると思われる。すなわち本作品は罪の重荷による噂の首謀者であるミニーと人種差別論者マクレンドンを含む南部人の実存の危機ともいうべきものが大きなテーマである。

　被害を受けたと言い張るミニー・クーパーは現実に直面することを頑迷に拒否する。彼女の明るい色調のドレスは、「焦燥感に満ちた非現実性の特質」(CS 175) を表し、彼女の空虚で怠惰な日々とコントラストを呈している。ダンスパーティーに行くのを止め、友人たちの子供たちに、「おばさん」ではなく、「仲間」("cousin") と呼ぶように仕向け、ウィスキーを飲み、新しいドレスを着、午後に買い物、そして夜には友人たちと映画に行く。これらすべては輝かしい過去を取り戻すための彼女の無益な試みである。レイプの噂はミニーにとって人々の歓心を買う絶好のチャンスであった。そして一見ミニーは成功したかに思われる。しかし映画館で奇声を上げるなど、事件後の彼女には全く平安がない。むしろ彼女は自分自身の精神的枯渇状態に喘いでいるかのようである。

　第1次世界大戦時、「フランスの前線で部隊を指揮し、武功章をもらったことのある」(CS 171) マクレンドンは支配力のある行動的な男として描かれているが、最終的にはその本性をさらけだす。ウィル・メイズを殺害し、その後興奮が冷めやらぬのか、先に寝ておくようにとの命令を守らず起きていた妻をにらみつけ、半ば叩き付けるようにして投げ飛ばす。ミニー同様マクレンドンは他人を踏みつけにすることにより、自らの人間性を貶めているのである。

　人間性喪失の苦境はミニーとマクレンドンだけのものではなく彼らの周りの人々のものでもある。実際、ミニーの周りに集まる女性たちは、ミニーと価値観を共有しており、外面上も似通っている。彼女の友人たちは、「同じく熱がある、光り輝く目をして」、「やつれた顔つきをしている」(CS 180)。まさに彼らは自らのアイデンティティーを喪失し、主体的な生き方から遠退いている。そのことはマクレンドンの後に従った4人の男性についてもいえることである。それは、殺人の描写における「彼ら」で表される匿名性に示唆されている。

夜鳴き鳥の声もせず、ただ彼らの息遣いと、自動車の、熱が冷めて収縮する金属のカチカチいうかすかな音がしているだけだった。お互いの体が触れ合った時には、かさかさした汗をかいているようだった。もう湿気がなかったからである。「やれやれ！」と1人が言った。「ここから出ようじゃねえか」。

しかし彼らは、前方の暗闇の中から、かすかな音が聞こえ始めてくるまで、じっとしていた。それから、車を降りて、静まり返った暗闇のなかで、緊張のうちに待っていた。殴打する音と、フーフー言う激しい息遣いと、低音で罵るマクレンドンの声だった。それを聞いた彼らは、もう一瞬、じっとそのまま立ちすくんでいたが、次の瞬間、前方へ走り始めた。彼らは何かに追われて逃げているように、よろめく一塊になって走った。 (CS 177)

自己喪失の深刻さはメイズの死体が投げ入れられる底無しの大窯に象徴されている。実に悲劇は彼らのものであり、神学者ポール・ティリッヒ (Paul Tillich, 1886-1965) の言葉を借りると、それは、「非存在」と「有罪の苦境」[3]である。

ウィル・メイズを殺害する第3セクションで、「塵」("dust") が10数回繰り返して使われている。人間が塵であって、塵に戻るであろう、そして恩寵によって救われなければ、人はただ死に向かって生きているのだと聖書は警告する[4]。フォークナー作品で「塵」といえば、『アブサロム、アブサロム！』でミス・ローザがクエンティンを招き入れた部屋に満ちた塵埃 ("dust," AA 3) や、「エミリーへの薔薇」の開かずの部屋にとどまった塵埃 (CS 129) を思い浮かべるが、フォークナーの用語では「塵」「塵埃」は罪の力、あるいは前述した「人間が、ただ生身であるというだけの理由で、永久に運命付けられる問題」(FN 28) を表していると思われる。「乾燥の九月」ではこの「塵」の度重なる反復によって読者は息苦しさすら感じるほどである。世界が犯罪の罪悪感に屈し、存在の源である神との和解を必要としているようである。

聖書はイエス・キリストの貴い血を犠牲として罪の支配の下にある人間が新しい存在となるよう神に買い戻されたと宣言する[5]。十字架上のキリストに

おいて表された神の憐れみが人間の深刻な苦境に直接的に関与するということである。果たして、存在が危機に瀕しているこの「乾燥の九月」の苦境の中で、罪の力に抵抗し、それを制圧する贖罪の力が示唆されているのだろうか。

　フォークナーはこのような贖罪の力、恩寵を「月」のイメージで表していると思われる。ミニーやマクレンドンの住む渇いた地にも、神の憐れみは及び、月は「砂塵の立ちこめた空中を銀色に照らし出した」(CS 177)。その月をフォークナーはまず、「(ブッチのシャツの) 両方の腋の下には、半月形の薄黒いしみができていた」(CS 171) としみのイメージで紹介する。そして第3セクションの初めで月は「噂」(CS 175) だと描写されるが、注目すべきことには、罪が犯されているまさしくその瞬間に、月は出血している。「青白い血のほとばしりのような月の光が東の空に広がった」(CS 177) との描写は、罪人を罪から解放するために十字架上で血を流すキリストを連想させる。さらにメイズを救えず、気落ちしたホークショーが家に向かって片足を引きずる場面は注目に値する——「月は一層高く昇り、ついにすっかり砂塵の上に出ていた」(CS 179)。あたかも神の恩寵がメイズを救えず罪意識に駆られたホークショーを憐れむかのようである。そして物語の終わりには、暗い世界は、「冷たい月と、まばたきもしない星の下で、傷ついて横たわっているようだった」(CS 183)。周りの暗さにもかかわらず、世界が神の憐憫の光の中に置かれている様子を描いていると理解することができる。

　同じく、憐憫と痛みを持って、罪が犯されている様子 (ここでは白人により土地が搾取されるという罪) を見守っている神のことを、フォークナーの分身ともいうべきアイザック・マッキャスリンが『行け、モーセ』で語っている。

　　奪い取られなすったんだ。無力でありなすったんじゃない。神様は大目に見なすったのではないからだ。盲目だったのでもない。神様はそれを見守っていなすったからだ。　　　　　　　　　　　(GM 258)

　　しかし神様は希望などお持ちではなかったんだよ。ただ待っていられただ

けなんだ。御自分で彼らをお造りになったんだからな……もう既にあまりにも長い間彼らと共に悩んでいられたからなんだ……。　　　（GM 282）

　この憐れみの神の出現により、読者は「フォークナーの登場人物には贖いが可能である」[6]とのチャールズ・H・ニーロン（Charles H. Nilon）の意見に同調することができる。『存在への勇気』(The Courage to Be, 1952)でティリッヒが述べるように、人間はたとえ死、罪、虚無の緊張関係に置かれていても、存在への勇気の根拠を、すべての局面で臨在する神の存在の力を受容する体験に置くことができる。[7]それ故神の恩恵によって、「人間は勝利するであろう」とフォークナーは主張するのである。
　既に「勝利する」("prevail")は神の助けによって勝利を得る意味だと確認した。さらにフォークナーは、「パイン・マナー・ジュニア・カレッジ卒業式祝辞」("To the Graduating Class, Pine Manor Junior College," 1953)において、勝利するとはただ単に生き延びることではなく、勇気を持って自由意志で善を選び取ることだとの信念を表明している。

我々が個々に独立して自由意志から選択し決断するのは、ただ単に生き延びるためではなく、我々が受け継いできた自由意志と決断故に望み意図するからなのです。我々の受け継いできたその自由意志と決断が、いかに我々が生きるかを自ら言う権利と、我々がその権利と道程を選ぶ勇気を持っているということを思い起こさせてくれる、長きにわたって記録された不滅性の証拠を与えてくれているのです。　　　（ES 139）

　そしてフォークナーは、「神は、私たちが自主、肉体と精神の自由、弱く無力なものに対する安全、万民の平和など、神が人間の能力の範囲に置かれた価値あるものに値するよう、そしてこれらのものを手に入れるよう努力することだけを、人間に要求された」(ES 136)と述べ、人は他の人の必要のために尽力すべきことを強調する。神の愛の視点から見ると、人間は同じ織機の上にいるように、同じく苦闘している同胞と共存している状況であると、『アブサロム、アブサロム！』のジュディス・サトペンを通してフォークナー

は語る。

　生まれて、ある事をしようと思う、そして理由も分からぬままにそのことをし続ける、ところが、同時に生まれてきたたくさんの人々がいて、自分もその人たちとごっちゃに交ぜ合わされており、腕や脚を動かそうとしても、他の人々の腕や脚と同じ紐で結び合わされていて、思うがままに動かすことができず、それでもみんな訳が分からずに、一生懸命に動かそうとしている、それはちょうど、1つの織機で5、6人の人が織物をしながら、めいめい各自が自分だけの模様を織り出そうとしているのと同じなのです。　　　　　　　　　　　　　　　　　　　　　　(AA 100-01)

　すなわちフォークナーが「勝利する」("prevail")と述べる時、そこには同じ神の憐れみの下にある人間として、普遍的な真実、「勇気、誇り、自尊心、同情、憐れみ」(FU 133)を行使すべきことが示唆されているのである。[8]
　フォークナーはホークショーという登場人物によってこの「勝利する」という言葉の概念を実証している。「乾燥の九月」のすぐ後に書かれた物語「髪」("Hair," 1931)からホークショーが「乾燥の九月」の挫折の後に勝利したことが分かる。ブロットナー(Joseph L. Blotner, 1923-)が次のように記す。

　「髪」は「日照り続き」("Drouth")[9]の事件の後の床屋、ホークショーを取り上げている。あたかもフォークナーは創造した登場人物のその後に興味を持って、彼らにその後何が起こったかを描こうとしたかのようである。
　　　　　　　　　　　　　　　　　　　　　　　　　(Blotner 650)

　物語によれば、ホークショーは寡黙だが敬虔な男だった。21歳の時、婚約者ソフィー・スターンズ(Sophie Starnes)から今際に、死んだ怠け者の父親が母親に残した抵当を処置することを頼まれたホークショーは、1905年から1916年の間抵当に対する利子を支払い、家とフェンスを修繕するために、毎年4月16日のソフィーの命日から2週間ディヴィジョン(Division)の町に現れる。1916年にスターンズ夫人が、臨終にソフィーの願いを繰り

返すと、彼は約束を守るために、1917年から1930年まで、毎年4月16日に200ドルを支払う。そして彼自身のためにではなく、「アラバマのスターンズ一家が来て、それを利用できる」(CS 145) ように、マクシー (Maxey) の理髪店からの2週間の休暇を、ただスターン家を修理するために費やすのである。彼は自分自身の年齢を考え、またスターンズ一家の支払いを続けなければならないことを鑑み、妻を得ようとしない。聖書の後ろの頁に返済記録をたどたどしい文字で記し続け、やがて最終的に、「1930年4月16日、完済された」(CS 147) と記すことができた時、ホークショーは長年クリスマスにはプレゼントを贈り、12年間髪の手入れをしつづけた17歳のスーザン・リード (Susan Reed) と結婚する。メイズを救えず、自分を責めて苦しんだと思われるホークショーであったが、「髪」では死んだ婚約者との約束を最後まで守り、誠意を貫いている。フォークナーはホークショーが献身的努力によって勝利したと述べているようである。

　従って、「乾燥の九月」での「塵」は人間が永久に運命付けられる罪の問題を象徴し、一方「月」は神の恩寵、罪の贖い主であるキリストを表し、勝利するための存在への勇気の根拠を象徴すると考えられる。フォークナーは、人間は致命的な条件によって制限されている道徳的な存在であり、罪と死に関する大部分は神の恩恵に依存しており、人間は恩寵なくしては理想を達成できないことを深く認識している。しかしながらホークショーを通して、すべての局面における神の恩恵の完全な関与の故に、人間は自由意志、すなわち存在への勇気を持ち、自己の失敗と自己否定にもめげず、複雑な人間の状況に誠実に立ち向かうことができるとフォークナーが述べていると我々読者は読み取ることができる。さらに我々はフォークナーにおいて自由意志が正しく機能するためにはキリストの贖いを極みとする恩寵が必要条件であることを認識するのである。

3　キリスト像の必要性

　既に言及したように、フォークナーにとって人間が解決できると希望を持つことができない問題は、「人間が、ただ生身であるというだけの理由で、永久に運命付けられる問題」(*FN* 28) である。繰り返しになるが、フォークナーは自由意志の概念を高く評価するが、その一方生身の人間は贖罪の力なしでは理想を達成することができないことをよく認識している。ここで、我々はキリスト像の探求というフォークナーの宗教概念の第2の特徴と向き合うことになる。

　前のセクションで、人間の罪の現状を見て血を流す「乾燥の九月」の月が神の恩寵の極みであるキリストを表していると解釈した。実際、フォークナーにおいてキリスト像への関心はその作品において初めから明白である。『ニューオーリンズ・スケッチズ』(*New Orleans Sketches*) の「シャルトル街の鏡」("Mirrors of Chartres Street," 1925) で、以下の記述が示すように障害を持った乞食にキリストを暗示している——「人生を良きものと見なす彼の精神は天賦のものであり、それこそがユダヤ人の中からナザレの若きイエスを生み出し、その両の目に聖なる光をもたらし、聖母マリアの乳房を吸って成長させ、西半球全域を征服するという夢物語を抱かせる根拠をなすものなのだ」(*N* 16)。このキリストの暗示を「ナザレより」("Out of Nazareth," 1925) でさらに発展させている。「どこか別な所からやってきたということもあり得る」(*N* 47)、「いうなれば大地そのもののごとく、永遠の存在のように見え」(*N* 47)、「定められた使命に奉仕しており、その使命を既に果たし終わって」(*N* 48)、何かを待機するような様子で去っていく、神々しいばかりの自然児デイヴィド (David) の中に、永遠の存在であるが、時間の中で使命を果たして、天に戻ったキリストの暗示を見ることができる。

　実にフォークナーの主要な作品において随所にキリスト像を発見できる。初めての長編小説『兵士の報酬』では、牧師の息子ドナルド・マーン (Donald Mahon) は RAF 中尉として第1次世界大戦中の対ドイツ機との空中戦で頭に深い傷を負い記憶を喪失する。マーンは、「傷跡と苦痛で歪んだ額の下

で」(*SP* 23) 当惑しつつも優しいまなざしを向けるが、盲目となり、「時間のように動かず、救いようもなく」(*SP* 166)、1919年5月、最期に撃墜時の記憶をよみがえらせながら絶命する。このマーンが惨めな戦争の犠牲者として、「多くの痛みを負い、病を知っている」(イザ53:3) キリスト像を表している。またフォークナーは民衆のための受難者として芸術家を見ているのであろうか、『蚊』では彫刻家ゴードン (Gordon) が、「心においてあの受難週」("that Passion Week of the heart," *MO* 339) を体験する芸術家をキリストに準えている。そして事実上の最後の作品『自動車泥棒――ある回想』では、ネッド・マッキャスリン (Ned McCaslin) が数々の働きと自己犠牲によって救い主の役割を果たす。

　すべての作品を遍く解説することはできないが、例えば、ヨクナパトーファ郡の名前が初めて言及されている作品『死の床に横たわりて』では、長男のキャッシュ (Cash) がキリスト像となっている。ジェファソンから40マイルにあるフレンチマンズ・ベンドに住む貧乏白人バンドレン一家が、死後は実家の墓地に埋めて欲しいとの5人の子供の母親アディ (Addie) の願いを叶えるために、彼女の亡骸をジェファソンまで運んでいく。その多難な旅模様が、あたかも死が「残された者たちの心の働きである」(*AL* 43-44) ことを示すかのように、15人の登場人物による59の内的独白で描かれている。アディの死の2日目に葬式が行われ、4日目に棺を騾馬に引かせた車に乗せて一同はジェファソンに向かう。5日目 (旅の2日目) に大雨による洪水のため橋が流され、浅瀬を渡る一行の馬車は転覆し、騾馬は溺死し、また溺れかけたキャッシュは足を骨折する。6日目にはアディがホイットフィールド牧師 (Reverend Whitfield) との姦通でもうけた3男ジュエル (Jewel) の愛馬も手放さざるを得なくなる。8日目にはキャッシュの折れた足をセメントで固め、次男ダール (Darl) が臭い始めたアディの棺の置かれている納屋に火を付け、9日目には姉のデューイ・デル (Dewey Dell) が末っ子のヴァーダマン (Vardaman) から火事騒ぎを聞き、これに乗じて何とか堕胎薬を手に入れようとするが失敗する。そして長旅の末、10日目 (旅の7日目) に一同はようやくジェファソンに着き、アディが埋葬され、ダールが精神病院に送られ、父親アンス (Anse) は念願だった入れ歯を入れ、唐突にアヒルのような顔を

した新しい妻を子供たちに紹介するのである。

　一家の中心であるべきアンスが言葉と行動が裏腹な人間であるとすればキャッシュは言葉を具現化する行動の人として一家の精神的支柱となっている。キャッシュは農業に従事する一方キリストと同じく大工仕事に携わる。時間の流れと呼応させるかのように、キャッシュが鋸を挽いて棺おけを作る様子をダールが語る。

>　おふくろは窓の外のキャッシュを見ている。キャッシュは薄れ行く光の中で、絶えず身をかがめて板に向かい、日が暮れようと夜になろうと働き続ける。鋸を挽くことが、自らの動きを照らし、板と鋸を生み出すかのようだ。　　　　　　　　　　　　　　　　　　　　　　　　　(*AL* 48)

　キャッシュは川の流れに安定性を失う母親の棺の行方を配慮し、常に現実に即して冷静に対応する。また長男として目的を遂行するため労苦し、兄弟間や隣人との争いを仲裁することから、ヴィカリーはキャッシュがピースメーカーであるとする[10]。そして彼はあたかもジュエルの出生の秘密もデルの妊娠をも察知して彼らの罪を贖うごとく、愚痴を言うこともなく苦しみをその身に担う。母親の棺を守るために溺れそうになり、馬から落とされ、水に投げ出され、2度足を折っている (1度目は6カ月前に教会の屋根から墜落して片足を骨折して切り、アンス [*AL* 163]、ジュエル [*AL* 15]、ヴァーダマン [James K.Vardaman, *AL* 56]、アームスティッド [Henry Armstid, *AL* 90]、リトルジョン [Littlejohn, *AL* 90] によって計5回言及されている)。これらすべてのエピソードから、苦しみに翻弄されつつも責任を全うしようとするキャッシュの姿は、人類の救いのため進んで十字架を担ったキリストの姿を表していると解釈できる。

　キャッシュのこの犠牲的な行為こそ物理的、肉体的なキリストとの類似性と同様に、フォークナーのキリスト像の最も明白な特徴である。なぜなら『響きと怒り』で、黒人の説教師がメッセージで伝えるように、「血を流すことなしには罪の赦しはありえない」(ヘブ9:22)からである。

　それはイスラエルの故事に由来する。イスラエルの人々が奴隷であったエ

ジプトで、ある日、ホレブ（Horeb）山に放牧に行ったモーセは、木が燃えるのを目にする。そして、エジプトで苦役に喘ぐユダヤの民を救い出すようにと命ずる神の声を聞く。そこでエジプトに戻ったモーセは兄のアロン（Aaron）とエジプト王に会いユダヤの民を自由にするよう訴える。しかし王は彼らの訴えに全く耳を貸さない。神はそこでモーセを通じてエジプト王が承諾するまで、疫病やイナゴの大群の襲来など10の災いに臨ませる。その10番目の災いが、戸口に印のないエジプトの家のすべての長子を殺すというものであった。モーセが言った、「さあ、家族ごとに羊を取り、過ぎ越しの犠牲を屠りなさい。そして……鴨居と入り口の二本の柱に鉢の中の血を塗りなさい。……主がエジプト人を撃つために巡る時、鴨居と二本の柱に塗られた血を御覧になって、その入り口を過ぎ越される」（出 12:21-23）。人々は彼に従い、彼らは子羊の血の故に救われたのである。

　「罪と何のかかわりもない方を、神はわたしたちのために罪となさいました。わたしたちはその方によって神の義を得ることができたのです」（Ⅱコリ 5:21）と聖書に記されているが、フォークナーが描くキリストに類似した無実の犠牲者の中には、『兵士の報酬』のマーンや『死の床に横たわりて』のキャッシュのほか、『行け、モーセ』のアイザック・マッキャスリン、『アブサロム、アブサロム！』のチャールズ・ボンそして『寓話』の伍長（Stefan, the corporal）などがいる。

　アイザック（1867-?）の名は、アブラハムによって神に捧げられた供え物のイサクに由来する。彼は一族の始祖ルーシャス・クインタス・キャロザーズ・マッキャスリン（Lucius Quintus Carothers McCaslin, 1772-1837）の孫で、シオフィラス（アンクル・バック）（Theophilus [Uncle Buck]）とソフォンシバ・ビーチャム（Sophonsiba [Sibbey] Beauchamp）の息子である。幼児期に両親と死別し、17歳年上のキャス・エドモンズ（Carothers McCaslin [Cass] Edmonds）に育てられ、10歳から森に入り、サム・ファーザーズ（Sam Fathers）の元で「謙遜」（"humility"）と「誇り」（"pride"）を学ぶ。16歳の時、巨熊オールド・ベン（Old Ben）とサム・ファーザーズの死に立ち会う。同年、「土地台帳」を読み、「決して許されず、償却されない明確な悲劇」（GM 266）――彼の祖父、ルーシャス・クインタス・キャロザーズ・マッキャ

スリンが妻との間に3人の子供がいたにもかかわらず、1807年にニューオーリンズで女奴隷ユーニス (Eunice) を650ドルで買い、1810年に娘トマシーナ (Tomasina) が生まれ、さらにトマシーナとも関係を持ち、息子テレル (Terrel) が生まれ、トマシーナは産褥で死に、半年後ユーニスも入水自殺した——を知り強い衝撃を受ける。そしてこの祖父の近親相姦と、南部社会で禁忌とされていた人種混交 (miscegenation) の2つの罪を償おうとし、21歳の時、アイクは自由意志から土地所有を断念し、妻の父から譲り受けたバンガローに住み、大工となるのである[11]。

　老年となり、遠縁のロス (Carothers [Roth] Edmonds) の混血のジェイムズ・シュシーダス・ビーチャム (James Thucydus Beauchamp [Tennie's Jim]) の孫娘に、「北へ行って、同じ人種と結婚するよう」(*GM* 363) 助言し、アイクは事実上人種差別という祖父の罪を繰り返したことにより、キリスト像の役割を全うできなかったが、癒し難い悔恨の中に、少なくとも、「御自身のなされたことに対する責任をお受け入れにならなければならなかった」(*GM* 282) 神の深い悲しみを悟っている。

　『アブサロム、アブサロム!』のチャールズ・ボンはトマス・サトペンとユーレイア・ボン (Eulalia Bon) の息子としてハイチ (Haiti) で誕生するが、母親に黒人の血が混じっていると疑う父に捨てられ、母親と共にニューオーリンズに移り住む。やがてサトペンの長男ヘンリーが在籍するミシシッピ大学に進学し、2人は急速に親しくなる。ボンは1859年クリスマスにヘンリーに伴われサトペン荘園を訪れ、ジュディスと出会い、間もなく都会的なセンスを持つボンに惹かれたヘンリーと母エレンの後押しもあり、2人は結婚の約束を取り交わす。ただしボンにはニューオーリンズに黒人の情婦がおり、同じ年にチャールズ・エティエンヌ・ド・セント・ヴァレリー・ボン (Charles Etienne de St. Valery Bon) という息子が誕生している。

　ボンの出現によって自らの計画に破綻を招くことを恐れたサトペンは、1860年のクリスマスにボンが兄弟であることをヘンリーに告げる。しかしヘンリーは、生得権まで放棄して、近親相姦すら問題とせず結婚を支持し続ける。やがてヘンリーはボンと共に南北戦争に参戦するが、最後までボンを認知しようとしないサトペンにボンの黒い血について告げられると、そ

の事実に驚愕し、ダビデ王の第3子アブサロムがヘブライの掟に従って異母姉妹タマル (Tamar) の名誉を守るために彼女を陵辱したダビデの長子アムノン (Amnon) を殺したように (サム下 13)、ボンとジュディスの結婚を阻止するために、1865年サトペン農園の門前でボンを射殺するのである。実際、ヘンリーは憎しみではなく、愛から殺した。なぜなら、コンプソン氏によれば、無邪気なヘンリーにさえ、「8分の1ニグロの血の混じる女と16分の1血の混じる子供の存在」(AA 80) は、彼を殺すのに十分な理由であった。しかも、クエンティンと彼のハーヴァードの学友シュリーヴ (Shrevlin [Shreve] MacKenzie) によると、ボン自身がピストルを取り出して、ヘンリーに手渡し、「今それをする」(AA 286) よう懇願する。

　ボンは自分の方から求めたり、あるいは逆に避けたりしたことはない婚約問題に、ずるずると引き込まれ、しかもそれから4年後には、それまではおよそ無関心であったその結婚に、今度は一見夢中になる。そしてもし父親が自分を認知してくれたならば、サトペン家から姿を消すつもりでいたが、最後まで父親に認知してもらうことは叶わず、ついには、4年前には擁護してくれた弟に、わずかばかりの黒人の血の故に殺されるのである。このような生き方を強いられたボンは、人種差別の犠牲者として父親トマス・サトペンの罪を償うスケープゴートと見なすことができる。

　このように、キャッシュ、アイク、ボン、また後に触れることになる『寓話』の伍長の中にフォークナーのキリスト像の片鱗を見ることができる。さらにフォークナーは精神遅滞者、売春婦、また殺人の容疑者のような人物にもキリスト像を見ている。彼らは聖書に描かれているキリストの道徳的基準にはとうてい適わないが、人々から排斥され、「見るべき面影はなく輝かしい風格も、好ましい容姿もない」(イザ 53:2) 彼らが追いやられた惨めな存在状態が生贄の犠牲者たらしめている。このような登場人物の中には『響きと怒り』のベンジャミン・コンプソン (Benjamin Compson)、『館』のミンク・スノープス、『八月の光』のジョー・クリスマス、『尼僧への鎮魂歌』のナンシー・マニゴーなどがいる。

　『響きと怒り』でのベンジャミンは、初めは母方の叔父にちなんでモーリー (Maury) と名付けられたが、障害が明らかになった時、不吉だとして、創

世記 (35:18) にある「幸いの子」の意味を表す「ベニヤミン」に由来してコンプソン夫人が改めて付けた名である (SF "Appendix," 423)。一見薄弱な精神状態のため彼にはキリスト像と呼ばれる資格がないと思われる。キリストの場合は自発的な犠牲であったが、ベンジャミン (通称ベンジー) の犠牲はそうではない。それにもかかわらず彼は全面的に同情に値する人物であり、聖書の暗示と象徴的表現から、ベンジーはコンプソン家の生贄である。まず彼は 33 歳 (キリストが磔にされた歳) になっているにもかかわらず、子供と同じ精神年齢であり、牧草地、火と眠りが好きな無邪気な少年でしかない。しかしベンジーは真実を感知する――「木のような」姉キャディ (Caddy) の匂いをかぐことを望み、キャディの香水を嫌う。彼はそれが彼女の性的罪過と結び付いていることを察知している。「神様の子供」(SF 396) である無邪気なベンジーは、あるじがアルコールに溺れ、夫人が愚痴に明け暮れ、長男が自殺し、長女が身を持ち崩し、次男が苛立ちながら家を取り仕切る崩壊家庭の喧騒にあって、一家の悲しみを担っているキリスト像と解釈することができる。

『館』のミンクは黒人よりひどい状態に置かれたプア・ホワイトである。刑務所の中にいる方が自由であった時より心配事が少なかった。飼育料を 35 ドル請求され、合計 18 日と半日間穴掘りに従事させられるが、牛を引き取るのが 1 日遅れたためにさらに 1 ドル請求され、極端な屈辱感から裕福な隣人ジャック・ヒューストン (Jack Houston) を殺すに至る。人道主義者でスノープスの批判者である V. K. ラトリフ (Vladimir Kyrilytch Ratliff) はミンクが殺人を望んではいなかったのだと認識する。まさしくミンクの暴挙は運命が彼に押し付けた境遇の故である。フォークナーは人間を打ちのめす巨大な力に対する闘いの中にある人間の尊厳の象徴として、ミンクを提示している。ヒューストンを殺すことによって、ミンクは「あいつら」に象徴される力に対して抵抗する。「あいつら」は極貧の存在状況を作って、ミンクの人間性を奪ったのである。

そこで彼はあいつらに頼らざるを得なかった――雀でさえもその目に触れずには落ちることがないといわれているあいつらに。彼はあいつらという

言葉で、人々が救い主と呼ぶものを意味していなかった。彼はいかなる救い主も信じなかった。それが持っているといわれているような鋭い目と、強い力を持った救い主がもし本当に存在するものなら、何とかしてくれたはずだと思えるような場合を、ミンクはこれまでに見すぎるほど見てきたのだから。
(*M* 5)

ミンクはスノープス一族の長であるフレム (Flem) が助けてくれるものと信じていた。しかし裏切られ、終身刑を受ける。そして模範囚としてあと5年で20年の刑期を終えるという時になってフレム・スノープスのいとこ I. O. スノープスの息子モンゴメリー・ウォード (Montgomery Ward) に唆されて脱獄を図り、さらに20年の刑期が追加される。しかし最後にはミンクはフレムの娘リンダ (Linda Snopes) の請願により38年ぶりに出所し、フレムを殺害してついに復讐を遂げるのである。フレム殺害の後に、ラトリフが、「彼は今や自由だ」(*M* 432) と言う。法律上の正義は「チャンピオン」(*M* 89) だけのためであるから、ミンクは自らの正義を貫くために殺人へと追い込まれたのである。このように経済的、社会的にスケープゴートとならざるを得なかったミンクが、貧しさの極みを味わい、不当な苦しみを極限まで担い切ったキリストを示唆していると見なすことができる。

4 『八月の光』におけるキリスト像

次にキリスト像として最も考えられそうもないジョー・クリスマスがキリスト像となり得るか否かを検証したい。これまで並行して語られるリーナ・グローヴとの関連において、キリスト像としてのジョー・クリスマスに関して納得のいく研究はなされてこなかった。物語は、黒人の血を持っているという疑念の故に自己のアイデンティティーを確認できずにもがき、育ての親の殺害と、同棲女性の殺傷の嫌疑をかけられ、白人のリンチによって理不尽な死を迎えるジョー・クリスマスの生涯と、私生児の父親を探して旅する妊婦リーナ・グローヴの人生が織り成す8月の光の下での悲喜劇を扱っている。

殺人の容疑者であるクリスマスのような人物がキリスト像であり得るかと読者が疑問を持つのは当然である。フォークナーは、クリスマスは自分が何者であったか知らなかった故に、悲劇的であったと言う。『大学におけるフォークナー』でのフォークナーのコメントを聞いてみたい。

　さてクリスマスは、自分自身が何者であったかさえ知らなかった。彼は決して自分自身が何者であるかが分からないだろうと認識していた。そして自分自身と折合いをつけて生きる唯一の道、救済は、人類を拒絶して、人類の外に住むことだった。そして彼はそうしようとした。しかし世間はそれを是認しようとはしなかった。私は彼が悪かったとは思わない。悲劇的であったのです。そして彼の悲劇は自分が何者であったかを知らなかった、そして決して知らないであろうことです。それは、個人が置かれる最も悲劇的な状態であると私は考えます。　　　　　　(FU 118)

　ここでアイデンティティーの欠如からくる苦悩がいかにクリスマスを苦しめているかを検証したい。クリスマスは、「私には黒人の血が混じっている」(LA 171) と言うが、自分が誰であるかを知らない。そもそも彼に黒人の血が混じっているという客観的な証明はない。ただ母方の祖父のハインズが、クリスマスの父親が黒人の血が混じっていたと証言しているサーカスマネージャーの言葉を覚えていたにすぎない (LA 330)。

　クリスマス自身は黒人の血が混じっていると信じている。周りの者たちが彼を黒ん坊 (nigger) と呼び、彼をそのように取り扱ってきたからだ。子供たちのみならず孤児院の栄養士もそうだった。彼女は、「この小鼠！覗き見なんかして！このチビの黒ん坊小僧ったら！」(LA 109) と罵る。クリスマスに対する神の監視役「神様の摂理のお道具」(LA 333) と自らを考えたハインズとのやり取りをクリスマスは鮮明に覚えている──「お前、どうして前みたいにほかの子供たちと遊ばないんだね？」……「みんながお前を黒ん坊と呼ぶからかい？」……「お前が黒ん坊なのは神様がお前の顔に印を付けたからだと思うか？」するとその子 (クリスマス) は言った、「神様もやっぱり黒ん坊？」(LA 335)。庭で働いている黒人の返答から受けたショックもクリス

マスは忘れることができない——「あんたはどうして黒ん坊になったの？」、「お前はそれより悪いだ。自分が何だか知らねえんだから。それもだ、これからずっと一生知らねえだ。お前は生きて、そいから死ぬだがそれでも知らねえままだ」(LA 336)。このようなアイデンティティーの欠如による浮き草のような状態とクリスマスは生涯対峙し、自分の正体を知るために苦闘しなければならなかった。

「人間的でなく、人間的な感情など全くなかった。ただ冷たく」(LA 130)、容赦のない無情な長老派会員マッケーンの養子として費やした歳月にクリスマスの性格は形成されている。厳しい訓戒の下で、クリスマスは彼自身の方法で正体不明の血の重荷に抵抗する。不安定な自己認識のために平安が持てず、クリスマスはマッケーン夫人の「あの柔らかな親切さ」を、「自分が永久にその犠牲となる運命ではないかと思い込み」(LA 147)、憎んだ。彼は愛が何であるか知らないため優しさに対して憤る。そして強さという錯覚によって弱点を守ろうとするのである。

しかしクリスマスの錯覚は、崩れ去る。彼の無邪気さはマッケーンがクリスマスを連れていった店で働くウェイトレス兼売春婦であるボビー(Bobbie Allen)とのかかわりで喪失する。彼は借りていたわずかコーヒー1杯分の代金を返すほどの誠意を持ってボビーに接した。「僕、自分の中に黒ん坊の血を持っていると思うんだ」(LA 171)と、自分の問題を告白さえする。さらにボビーが売春婦であることを知っても、クリスマスは彼女に対する好意を失っていない。マッケーンがボビーを侮辱したため、クリスマスは、我を忘れ、椅子で彼を殴打し、ボビーの家に逃げ込む。しかし同じ夜、ボビーに拒絶され、仲間に打ちのめされ、金品を強奪される。そしてボビーが彼を愛していないという事実を突き付けられるのである。彼女は叫ぶ——「畜生め！この阿呆！あたしをこんな騒ぎに引き込んで、あたしがいつも白人なみにしてやってたというのに！白人なみにだよ！」(LA 189)。これらの言葉はクリスマスの忍耐の限界を超えていた。今や、ボビーのために、殺人すら犯そうとしたにもかかわらず、その愛までもが卑しめられたのである。

義父殺人の嫌疑をかけられ、愛も否定され、絶望の果てにクリスマスはマッケーン家から逃亡する。それは15年間も続く長い道のりである。時

に、黒い皮膚の女と住み、自虐に身を委ねようとするが、クリスマスは決して自分自身から逃れることはできない。放浪の果てに、ジェファソンに戻ってくるが、さらなる苦境に巻き込まれる。ジョアナ・バーデンとの関係において、彼の誇りは完全に砕かれるのである。

　ジョアナは黒人解放主義者の子孫でジェファソンの町外れの屋敷に独り暮らし、「白人の子は、生まれて息を始める前にもう黒い影を背負わされてこの世に生まれてくるのだ」(*LA* 221) と黒人に対する罪意識を持ち、南部の黒人大学支援など幅広い活動を行っている。当然白人にはアウトサイダーと見なされている。他方黒人の血を持っているとされるクリスマスはもう１人のアウトサイダーである。屋敷に忍び込んできたクリスマスをジョアナは敷地内の黒人小屋に住まわせ、およそ３年間愛人関係を持つが、２人の関係において主導的なジョアナはあまりに多く彼女のやり方をクリスマスに押し付ける。跪かせ、祈らせ、彼女の世界にクリスマスを閉じ込めようとする。これはクリスマスの自尊心の限界を超えたことであった。ジョアナは彼女に従わないクリスマスを南北戦争時代のピストルで射殺しようとするが、命中せず、結局彼女は首を切られて命を落とすことになる。

　憤然とバーデンの住まいを出た後の７日間はクリスマスの自己探求の最終段階であった。それは死から逃れる試みではない。むしろ自分自身を、全く何者でもないものとして受け入れる最後の試みであった。そしてモッツタウン (Mottstown) において、自らが白人でも黒人でもないとの認識にたどり着く。「自分では運命など信じないつもりでいたが、……今は自分が運命の言うままに従う奴隷でしかない」(*LA* 244-45) とクリスマスは悟ったのである。この段階で、彼は達観したかのように穏やかに、疎外された者として自分自身を受け入れることができたのである。ついに、どんな身体の欲望もなく、平安を見いだす。そしてあたかもわざと見つかるような態度で町を歩いて捕らえられ、一度は逃亡するがやがてハイタワー宅で殺されるのである。

　このように、クリスマスの生涯を、「これは俺の生き方じゃない。俺はこんな所に生きる人間じゃない」(*LA* 225) という叫びにも似たアイデンティティー探求として見る時、我々は彼に同情せずにはいられない。アイデンティティーの模索が終わる時、同じく生きようとする彼の衝動も終わる。

ここで、立ち止まって2件の殺人に関してクリスマスの無罪の可能性を考察したい。まず彼には義父を椅子で殴り殺した嫌疑がある。しかし倒れているマッケカーンのそばに立ち尽くしていたクリスマスには殺人の記憶がない。椅子を振り上げた後マッケカーンがどのように絶命したのかは明確にされていない。またジョアナ殺害に関してもクリスマスが殺したことが全く疑う余地なく証明されているわけではない。これまでクリスマスのジョアナ殺害を否定している研究は見当たらないが、ここで改めて、ジョアナ殺害におけるクリスマスの無罪の可能性を探ってみたい。

　まず、クリスマスのジョアナ殺害に関して明確な証拠がないことを指摘しなければならない。バイロン・バンチ (Byron Bunch) は言う——「彼（クリスマス）は自分が彼女を殺したことは認めていません。それに警察が彼を犯人とする証拠とはただブラウン (Joe Brown) の言葉だけですけど、そんなものは無効に等しいです」(LA 341) と。実際の殺害の記述は皆無であり、殺害現場の家で発見されるのは、クリスマスではなく、ブラウンである。ブラウンがなぜあれほどジョアナの死体発見を恐れているかについては、疑念を抱かざるを得ない。第1発見者の農夫によれば、ブラウンは農夫が2階に行くのを必死で阻止しようとさえする (LA 79)。ブラウンはジョアナが首を切られて上の階にいることを知っていたと推定できる。その前の記述によるとブラウンは酔って、クリスマスに叩きのめされていた。そのブラウンが、黒人の白人女性との関係を嫉妬して、殺人を犯し、証拠を隠滅するために家を全焼させ、ジョアナにピストルを向けられ茫然自失の状態で家を飛び出たクリスマスに罪を着せたと考えることはできないだろうか。もしそうでなければ、ブラウンはなぜ殺人の時間について保安官に嘘をついたのか。彼は少なくとも8時に家が燃えていることに気付いたと言う。しかし保安官は火事が11時まで報告されていなかったこと、そして家は3時にまだ燃えていたと証言する。大きな木造の家でも「全焼するのに6時間も必要とする」(LA 83) ことは考えられないのである。

　事実、ブラウンがクリスマスが黒人であることを明らかにするまで、保安官はブラウン自身が有罪であると信じているかのように思われる。だが追い詰められたブラウンの暴露によって殺人嫌疑の矛先が変わるのである。

さあ、俺を責めろよ。自分の知っていることを話して協力しようという白人をたんと責めろよ。白人を責めて黒ん坊は自由にさせとけばいいんだ。白人をいじめて黒ん坊は逃がしとけばいいんだ。　　　　　　　(*LA* 85)

　既に指摘したように、クリスマスの殺人容疑の最も決定的な証拠は、ブラウンによる申し立てである。ブラウンはアラバマでリーナを誘惑し、妊娠しているリーナを見捨ててミシシッピに旅立った男であり、その本質は「厚かましさと虚偽」(*LA* 32)である。そして彼は「正義」だけを望んだと言うが、彼の正義は彼の「権利」(*LA* 384)以外の何物でもない。
　かつて義父を死に至らしめたかもしれないことを別にして、もしジョアナ殺害に関してクリスマスが無罪であるという仮説が正しいなら、我々はクリスマスがキリスト像であることへの確信をさらに募らせる。事実、広範な研究によってフォークナーが恣意的と思われるほどに多数の類似点をクリスマスの生涯とキリストの生涯の間に設定していることが分かる。第1に、バイロンが暗示したように、クリスマスという「その名前の響きには彼らの想像を刺激するような何かがある」(*LA* 29)。リチャード・H・ローヴェレイ(Richard H. Rovere)も『八月の光』の序文で、「彼の不確かな父性……彼の母親の処女性」(*LA* xiii)を指摘している。またクリスマスはクリスマスの日に孤児院で遺棄されている。そしてマッケカーン夫人が跪いてクリスマスの足を洗うことは(*LA* 145)、ラザロの姉妹のマリアがキリストの足を香油で洗う様子に類似しており、さらに聖書が、キリストが12歳から活動を開始するまでの期間を記していないのと同様に、クリスマスの生涯は、マッケカーン家から逃亡する18歳から帰還する33歳まで、ほとんど記録されていない。また下記の記述によると彼にはブラウンという弟子がいたことになる。

　11時頃彼(ブラウン)はやってきた。……その様子は3年前にクリスマスが立っていたのとそっくりであった。まるで彼の師匠の過去の生活態度そのものが、彼の知らぬうちに、この何でも早呑み込みする弟子の意志や筋肉に乗り移ったかのようであった。　　　　　　　(*LA* 39)

クリスマスはキリストと同じく金のためにその弟子によって裏切られ、マッケカーン家を後にした後、アイデンティティーを求めて、全土を当てもなくさ迷う。その様子は、「狐には穴があり、空の鳥には巣がある。だが、人の子には枕する所もない」(マタ8:20)と表されるキリストの姿を暗示する。またキリストが寺院から金貸しを追い払ったように、クリスマスは黒人教会に入って、礼拝者を追い払う(LA 181-82)。聖木曜の夜にキリストは弟子たちと共に過ぎ越しの食事を祝ったように、逃亡した木曜の夜に、クリスマスに黒人の手によって神秘的な食事が提供される(LA 292)。そして大祭司と長老によって告発された時、キリストが沈黙を守ったように、ハリディ(Halliday)が、「あんたの名はクリスマスじゃねえかい？」と尋ねても、クリスマスは黙して否定しない(LA 306)。ローマの軍人がキリストを懲らして、茨の王冠を頭上に置いたように、出血するまで、ハリディはクリスマスの顔を打った。さらにユダヤ人の指導者が、彼を「十字架につけろ。十字架につけろ」(ヨハ19:6)と叫んで群衆を扇動したように、ドック・ハインズが叫ぶ——「こいつを殺せ。殺せ」(LA 302)と。また、「これは皆の意見に任すよ。皆の言う通りにするんだからね」(LA 397)と責任を回避する白人至上主義者パーシィ・グリム(Percy Grimm)は「この人の血について、わたしには責任がない。お前たちの問題だ」(マタ27:24)と言って責任転嫁したポンテオ・ピラトを連想させる。

　読者がクリスマスの中に最もキリスト的な姿を見いだす場面は、グリムの弾丸に倒れて虫の息のクリスマスが去勢され、キリストのように、「平和な、測り得ない、耐え難い目つきで」(LA 407)グリムと彼の従人たちを見る場面である。その体は「青白く」(LA 407)、その血は「黒く」(LA 407)、「昇ってゆくロケットから出る閃光のようにその蒼ざめた体から噴出し」(LA 407)流れ出るが、クリスマスは平静で、人生最後の瞬間には勝利を得てさえいるように思われる。

　クリスマスの生涯を理解する上でなお1つ残っている問題は、彼が一体なぜ、ただ1つの目的、すなわち死ぬために15年後にジェファソンに舞い戻ったかである。クリスマスは確かに犠牲者であるが、人生を決定付ける選択においては、彼が全く受動的であったとは思えない。クリスマスにはクリス

マスの目指した人間像があった。かつてジョアナに抵抗して彼は思う、「いや、もしここで降参したら、僕は、自分のなりたい人間になろうとして生きてきたこの30年を、無駄にしちまう」(LA 232) と。クリスマスはむしろ自身の死に方を選択したように思われる。

> またも彼の進み方は測定技師の引く線のようにまっすぐで、丘や谷や沼地をまるで無視している。とはいえ急いではいない。まるで自分がどこにいるかを知り、どこへ行きたいかもそこへ行くにはどれくらいかかるかも、正確に何分何秒まで心得ている人間のようだ。　　(LA 295)

どんなに茫漠としていても、クリスマスは自分が何をしているか分かっている。モッツタウンへのクリスマスの7日間の旅はゴルゴダへのキリストの道に準えられる。クリスマスは自分が死ななければならないことを認識している。「踵を区切る決定的な不可避な黒い潮、死が動くように踵から次第に脚の方へ上ってゆく黒い潮」(LA 296-97) のような臭いをかいで、若い黒人の横でモッツタウンに接近する時のクリスマスは固い決意を抱いていた。ここに至ってクリスマスは人間の罪の負債を担おうとするキリストに酷似している。キリストのように決然と最終目的地としての死に向かう――「あらかじめ計画して、クリスマスが自らを死に投げ出したかのようであった」(LA 388)。

すなわち、白人でもあり黒人でもあるクリスマスは、白人の罪の生贄の役割を担ったと見なすことができる。それ故磔にされたキリストとの類似を指摘することも不適切ではないと思われる。クリスマスは言う――「違った血を持った人間たちが憎み合うのを止めるのは一体いつのこったろうな？」(LA 218) と。クリスマスは人種差別の故に命を失う。歪んだカルヴィニズムの影響下で彼は、「かつては自分の意志で選んだ冷酷な寂しい道路」(LA 225) は、「白人種の宿業と呪い」(LA 221) のためであったと知るのである。

もしクリスマスが南部白人の罪に命を捧げるスケープゴートであるなら、彼は同じく贖い主でもあるはずである。キリスト、神の子羊は、「わたしたちの病……わたしたちの痛み」(イザ 53:4) を担い、「わたしたちの咎のため」

に苦しみ、そして「彼の受けた傷によって、わたしたちはいやされた」（イザ 53:5）のである。クリスマスとの接触によって変容する2人の主要な人物がいる。1人はバイロン・バンチであり、もう1人はゲイル・ハイタワーである。両者ともクリスマスの苦境にかかわっている。そして彼らは図らずも孫のクリスマスの救いを嘆願するハインズ夫人（Mrs. Hines）の助言者になる。

確かにクリスマスとの接触でバイロン・バンチは人生の秘儀を知るようになる。彼は30年間、教会の聖歌隊で歌う以外喜びのない、愛を忘れた孤独な生活を送っていた。新任の製材所作業者としてクリスマスがやって来た時、バイロンがクリスマスに食物を提供することによって彼とクリスマスとの接触が始まる。やがてバイロンはリーナと出会い、すぐに彼女に恋をし、同時にそのかかわり合いの重大性を感じるのである。処刑へのクリスマスの道程は妊婦リーナに対するバイロンの苦しい愛の道と並行して物語は進む。胎内に宿るのが誰の子かさえ知ろうとはしないで、バイロンは、リーナのために家を探し、ハイタワーを説得して彼女の赤ん坊を分娩するよう取り計らう。いわばバイロンはイエスの母マリアの夫ヨセフのようにリーナに仕える。彼は自らの信条を次のように語る——「償いの勘定書きが来た時、善人の方はどうしても支払いをせねばならないんです。正直者が賭博をする時と同じで、無理に払わされるはずのものではないと言って、善人は知らんぷりができないんです」(*LA* 341) と。

しかしバイロンの真の苦境はリーナの子供の産声を聞く時に始まる。クリスマスが処刑される日、バイロンは子供の父がルーカス・バーチ（Lucas Burch［ジョー・ブラウンの本名］）であるという考えに動揺する。他人の子供の出産に直面するとはバイロンはなんとばかげた立場に置かれたことであろうか。そしてリーナと子供の父親との対面を設定し、自分自身は傷心の果てジェファソンを去る準備をする。町を去る時のバイロンは、自尊心をすべて失っている。しかし再びバーチがリーナを見捨てたことを知ると、苦悶の末、自らは逃避せず、時間の中で生きるべきであると決意し、「うん。僕は動き出さねばならんのさ。出掛けていって、また何か巻き込まれるものを見つける他ないのさ」(*LA* 385) と述べ、自分自身の評判を犠牲にしてリーナと赤ん坊のために行動するのである。クリスマスの過酷な受難と照らし合わ

せるかのように、「人間というものは、たいていのことなら我慢できるもんだなあ」(*LA* 371)と実感し、一段昇華した道徳観を持つに至る。クリスマスの死がバイロンに救いをもたらしたかのように、バイロンにはリーナと彼女の赤ん坊との新しい生活が訪れたのである。

バイロンと同じくクリスマスとの関係がハイタワーを変えた。ハイタワーは、「自分の教会から拒否された50歳の除け者」(*LA* 42)であった。バイロンの変化を目の当たりにして彼は自らの生き方を顧みる。そしてこれまで苦しんできたのは犠牲者であるという自らの被害者意識のせいであったと悟るのである。病弱な母親と奴隷制反対の道徳的に厳格な父親を持つハイタワーは、子供の頃、南北戦争時の騎馬隊や祖父の戦死の話を聞かされ心を奪われる。祖父の墓があるジェファソンの長老派教会の牧師になるが、「まるで彼は、説教壇においてさえ、あの疾駆する騎馬隊やその走る馬の上で撃ち殺された自分の祖父などと宗教を分離できなかった」(*LA* 53)。彼は新婚の妻を顧みず、彼女を浮気へ、そして果てには自殺へと追いやってしまう。

このように公私共に醜態をさらす牧師を許さず、会衆は彼を教会から追放し、その後ハイタワーは数々の迫害を耐えねばならなかった。しかしそれでもなお彼は常に光を拒絶して、「闇を愛し」(*LA* 278)、「通りの街頭の光が届かない」(*LA* 49)家に住み、「機械の時間から切り離された」(*LA* 320)過去に生き続けた。興味深いことにバイロンは、ハイタワーの問題の核心に気付いていた——ハイタワーを苦しめているのは、「南部の陸軍の」死んだ人々だと。なぜなら、「死んだ人たちってのは、1つ場所に静かに横たわっていて人間には手を出さないけれど、それでも人間はやはりこの死んだ人たちからは逃れられない」(*LA* 65)からである。すなわち南北戦争の輝かしい過去に対する彼の異常なまでの執心からハイタワーは生きる屍のような生活に堕しているのである。

やがてハイタワーはクリスマスの不当な苦しみを知り、それを無知な暴徒に命を捧げるキリストの磔刑と重ね合わせて見る。

だから彼らの宗教もまた当然のことに、彼ら自身やお互いを、十字架においあげるようなものになるのだ……それも弁明のためでなくて自らの落下

を前にしての末期の挨拶であり、それも神へではなくて鉄棒のはまった監房に死を待つあの男へであって、……彼らは喜んで彼に磔のための十字架を建てようとしているのだ、……「というのも、あの男を憐れんだりすればそれは彼ら自身への疑問を生むことになるからだ、……だから彼らは喜んであの男を磔にする十字架を建てるのだ、喜んで。それが恐ろしいところなのだ、全く恐ろしい、恐ろしい」。　　　　　　　　　　　(LA 322)

そしてハイタワーは振り返って自分自身を見つめる。彼は既に罪のために十分に苦しんできたと思っていた。しかし十分ではなかったと知らされるのである。クリスマスを十字架につけようとする暴徒同様自らを省みず、会衆の必要に応えようともせず、教会というバリケードの中で引きこもっていたと自らの非を告白する。

……わしは戸惑いと渇望と熱心さで一杯の多くの顔が待っていた所にやって来た、信じようと待っていた所へわしは来たのだ、それなのにわしは彼らを見なかった。わしのもたらすものを信じて両手を挙げている所へ来たのに、わしはそれらを見なかった。　　　　　　　　　(LA 427)

クリスマスに、「1つの信頼」(LA 427) を寄せられた時、ハイタワーに真の目覚めがやって来た。「わしは、1頭の馬が駆けて銃が火を吹いた一瞬の、闇そのものであったのだ」(LA 430) と告白のクライマックスに至る。彼は自らが、「堅忍不抜な確信」(LA 277) と信じるものに囚われ、過去の幻覚の小さい世界の中に閉じこもっていたことを悟る。ハイタワーは、過去の生活を省みて、長い間対峙することを拒んでいたものと向き合い、これまで本当の意味では、十分に生きていなかったことを悔いるのである──「わしは祈りの習慣を捨ててはならなかったのだ、……わしは祈りの習慣から逃れてはいけなかったのだ」(LA 278) と。

自らの決定的な欠陥を知る今、ハイタワーは過去への執心から抜け出て、「今、今」(LA 431) に集中しようとする。そして彼は、死んだような生活から飛び出してクリスマスを助けるために、必死に証言する。ジョアナが殺さ

れた夜、彼はクリスマスと一緒だったと——「諸君……聞きたまえ。彼はあの晩ここにおった。あの殺人の晩に彼はここにおった、わしと一緒におったのだ。神に誓うが——」(*LA* 406)。こうして自らを封じ込めていた壁を断ち破った時、彼はついに自らが光の中に受け入れられていることを知るのである。

> 車輪は自由になって、長い溜息を立てて前進し続けるようだ。彼はその余勢の中に冷たい汗の中に、座っていて、その間も汗はなお絶えず流れ落ちる。車輪は回り続ける。速く滑らかに回る、というのも車輪は今や重荷や車輛や軸のすべてから解き放たれているからだ。夜がすっかり覆おうとしている8月の柔らかな漂いの中で、それは誕生し、円光のような微光で自らを包もうとしているかのようだ。その円光は顔の群れで満ちている。それらの顔は苦悩で歪んでいない、そういうものは何もなく、恐怖や苦痛はなく、非難さえしていない。どれも平和であり、まるでこの世を逃れて神になったかのようであり、彼の顔もその中にある。
>
> (*LA* 430)

これまでクリスマスがキリスト像であるという仮説を検証してきたが、次にクリスマスの悲劇的な生活と並行して語られているリーナの存在について考えてみたい。フォークナー自身のコメントによると、「異教とキリスト教の文明を結ぶものがリーナ」(*FU* 199) である。バイロン・バンチをヨセフとすれば、リーナはマリアを象徴していると見なすことができる。クリスマスが出会う人々の反感を買い、拒絶されるのに対して、リーナは人々を引き付けて、人々から受け入れられる。フォークナーは終始好ましい人物として彼女を描いている——「漠然と素早くすべてを包み込む無邪気な深い視線」(*LA* 7) を投げ掛け、「彼女の声は静かで、不屈」(*LA* 16) であり、「若くて、感じが良く、率直で、物怖じせず、そして用心深い顔」(*LA* 10) を持ち、「その顔は石のように平静だが、固くはない。彼女は柔軟な粘り強さを持ち、穏やかな信頼とこだわりのなさで内側が輝いているようだ」(*LA* 16)。

リーナは謙虚な女性であるが、また同時に信仰と威厳を持つ女性でもあ

る。リーナがキリストを受け入れていることは、魚を食べることで暗示されている。魚に当たるギリシャ語 ἰχθύς (Ichthus) は、「イエス・キリスト、神の子」の頭文字をとったものである。[12] リーナは世間知らずのように見えるが、実は12歳の時、両親が亡くなった後、20歳も年上の兄の家で世話になり、時には家事一切を引き受け、兄の子供たちの面倒も見るなど生活苦も味わっている。神への信仰があったからこそ、様々な生活苦にも、また恋人が彼女を置き去りにし、兄が彼女を売春婦と呼ぶ時でさえ、彼女は、「全く信じ切った子羊さながらの素直さ」(*LA* 5-6) を示す。「残忍で、そして孤独な」(*LA* 192) クリスマスの道と比べて、彼女の道は人柄を反映するかのように、苦難の中にあっても、「平穏な長い廊下になり、その床は揺るがぬ平静な信念で固められ、左右は親切な名もない顔で飾られ、そこにいくつもの声が残っている」(*LA* 6) 道である。

　リーナは光と共に進む——「膨らんだ腹で、ゆっくりと、丹念に、急がず我慢強く、まるで移りゆく午後の日差しそのもののような進み方で歩いていった」(*LA* 9)。いわば彼女は、「行く先を知っている」(*LA* 8) 女性である。そして彼女が、「大きな壺の周りを永久にはかどりもせず進む」(*LA* 6) 馬車によじ登る時、彼女は自然に呼応する秩序をもたらす——「今や馬車はある種のリズムを帯び、その油気のない苦しげな木部の音は、ゆったりした午後、道路、暑さと一体になっている」(*LA* 11)。彼女の乗る馬車は、あたかも時間を超越しているかのごとく、「ゆったり時間に構わず、動き続ける」(*LA* 25) のであった。

　逃亡中のクリスマスにとって、「もう時間は、光と闇の領域は、とっくにその秩序を失っていた。……予告も受けずに光と闇のどちらかが入れ替わっている、といった感じだった」(*LA* 291) と描かれているように、光と暗闇は完全に異なった実体ではない。同じようにクリスマスとリーナはよく似た背景を持っており、ある意味で繋がっている。共に孤児であり、家庭から逃れて、愛の挫折を知る。そして共に旅の終わりにジェファソンにたどり着く。両者の最初の接点はリーナが8月の空に、火事で燃えているバーデンの家を見る時である。リーナは後にその家がクリスマスと彼女が捜している男ルーカス・バーチと深いかかわりのある家であったことを知る。さらに、リーナ

の子の誕生は暗示的な意味合いを呈している。年老いたハインズ夫人は新たに生まれた子をクリスマスと勘違いし、クリスマスの出生を鮮やかに追体験するのである。

　クリスマスとリーナは、暗闇と光として、お互いに明白なコントラストに立っているにもかかわらず繋がっている。いわば罪の重荷に苦悩するキリストと母マリアである。そしてさらに、バイロンというヨセフ的な人物との関係から、リーナの赤ん坊は新たなキリスト像と見なすことができる。このことから、フォークナーは神の遍在する愛の故にどのような状況の中にもキリスト像が現れ得ることを示唆しているように思われる。

　まさにこの遍在する神の愛に囲まれているという事実はクリスマスが自己探索の最終局面で悟ったことであった。徒労に思われる放浪の中でも彼は神の円の中にいたことを知るのである。

　目を向けると、空の下、見分けの付かぬほど小さな一隅に低い煙を彼は見つける、彼は今再び入ってゆく、30年間自分が走り続けた道路へと入ってゆくのだ。……それは円をなしていて、彼は依然としてその内側にいるのだ。この7日ではあったが、その前の30年間にしたよりも、ずっと遠くまで旅をしたのであった。しかしそれでいて彼はやはりその円の内側にいる。……「しかしこの円から外へは一度も出なかった……」彼は静かに考えた……。
　　　　　　　　　　　　　　　　　　　　　　　　　　(LA 296)

　すなわちリーナの存在によって示されるように、神の愛は8月の光の輝きのように遍在している。他方、それと呼応するかのように、極限の苦境を通して、罪を贖う暗闇の中のキリスト像としてクリスマスが確立されているのである。このように最もキリストから遠い存在に思われる殺人の容疑者ジョー・クリスマスの中にも、フォークナーは罪の贖い主、キリスト像を見ている。このことからも南部の罪に対するフォークナーの認識の深さを読み取ることができるのではないだろうか。

III ジェレミー・テイラーとウィリアム・フォークナー

1 テイラーとフォークナーの関連性

　前章でフォークナーの宗教概念の特徴が、自由意志の強調とキリスト像への執着であることを指摘した。第1の特徴である自由意志に基づく人間性へのフォークナーの強い信頼はメソジズムの影響ともいえるが、メソジズム自体も後ほど述べるようにジェレミー・テイラーに大きく負っている。これまでフォークナーに対するテイラーの影響は全く言及されてこなかった。しかしフォークナーのキリスト像と自由意志の概念は17世紀のイギリス国教会の主教であり作家であるジェレミー・テイラーの宗教概念を参照することによってその多くを理解できるとするのが筆者の見解である。

　ジェレミー・テイラー（1613-67）はケンブリッジ（Cambridge）で6人兄弟の3男として生まれ、ケンブリッジ大学のゴンヴィル・アンド・キーズ・コレッジ（Gonville and Caius College）に学ぶ。当時はアングリカニズム（Anglicanism、イギリス国教会の教義）とピューリタニズムの論争があらゆる場で盛んであり、アングリカニズムに与し、W. ロード（William Laud, 1573-1645）が初代学長を務めたオクスフォード大学に対して、ケンブリッジ大学はピューリタニズムの勢力が強かった。歴史のいたずらであろうか、テイラーとほぼ同時期に、クロムウェル（Oliver Cromwell, 1599-1658）が同じケンブリッジ大学のシドニー・サセックス・コレッジ（Sidney Sussex College）に在籍していた。

　1633年には、テイラーはフェローに選ばれ、同年聖職位に按手された。彼は友人の代役で説教するためにロンドンに行き、そこでカンタベリー大主

教ロードの知遇を得て、彼の推薦で1635年にオクスフォードのオール・ソウルズ（All Souls）のフェローとなる。間もなく内戦においてチャールズ1世（Charles I, 1600-49）のチャプレンとなり、フランシスコ修道士、クリストファー・ドヴェンポート（Christopher Davenport）との友情がもとでローマ・カトリックへの傾倒の嫌疑をかけられたが、1638年にオクスフォードで、1605年の火薬陰謀事件（Gunpowder Plot）に引っ掛けて、「火薬説教」("Sermon on Gunpowder Treason")を行い、カトリックとして国王に反逆しているという嫌疑を晴らした。同じ年にテイラーは、アピンガムの教区牧師（Rector of Uppingham）に任命され、王党員陸軍でチャプレンになるために1642年にその職を退いた（1639年に最初の結婚をし1642年に妻が亡くなったとされる）。

　次第にクロムウェルを中心とするピューリタニズムの議会派が勢力を増す中、テイラーがいかなる憂き目にあったかは想像に難くない。短い投獄（テイラーは1645年、1655年5月から10月、1657年と3度投獄されている）の後に、1645年ウェールズ（Wales）に退き、ゴールデン・グローヴ（Golden Grove）でカーベリー卿（Lord Carbery）のチャプレンとなる（そこで2度目の結婚をしたが、また妻を1651年に亡くし、3度目の結婚をしている）。テイラーの最良の作品の多くがここで書かれている。1658年にクロムウェルが死に、テイラーに直接的な逮捕の危機は去るが、1660年、寒い冬の最中（スコットランドと並んで反議会派の拠点）アイルランドに追いやられ、ダウン及びコノー教区主教（Bishop of Down and Connor）となり、翌年にはドロモア主教（Bishop of Dromore）となる。

　1659年6月4日に書いたエヴァリン（John Evelyn, 1620-1706）への手紙の中で、「この先私はアイルランドでの私の平和が短いことを恐れます。なぜなら長老派会員と狂人（ピューリタン）が、私が彼らの宗教にとって危険な男であるとし、洗礼で十字のサインを使うことに関して弾劾していますから」[1]とテイラーは危機感を持ってピューリタンを警戒している。実際ピューリタンからの迫害は続き、加えて私的にも友人、肉親の死という悲しみが次々と彼を襲う。唯一生き残った息子チャールズ（Charles）は、聖職に就くことを定められていたが、バッキンガムの公爵（Duke of Buckingham）の従

者となり、公爵の邸宅で（肺炎により）死去する。悲嘆の中テイラーは、息子の葬儀の10日後、1667年8月13日に天に召され、ドロモア聖堂(Dromore Cathedral、現Saint Patrick's Cathedral [聖パトリック大聖堂])に葬られる。[2]

神学者として、テイラーは『決疑論指針』(*Ductor Dubitantium, or, The Rule of Conscience,* 1660)で決疑論（casuistry）——倫理上、宗教上の一般的規範と義務とが衝突する特殊な場合に適用する実践的判定法——をイギリス国教会の倫理神学の中に定着させた。長老主義に対しては『主教制の聖なる儀式と聖務について』(*Of the Sacred Order and Offices of Episcopacy,* 1642)で主教制を擁護し、ローマ・カトリック教会に対しては『化体説の反証としての実在説』(*The Real Presence Proved against Transubstantiation,* 1654)で化体説——プロテスタントでは聖餐式で用いるパンと葡萄酒をキリストの肉と血の「現実的、霊的現臨」（ウェストミンスター信仰告白[Westminster Confession of Faith] 29・7)として受け取るが、それらがキリストの肉と血の実体に変化するとする説——を批判した。今日テイラーの名声は特に『神聖なる生き方と神聖なる死に方』(*Holy Living and Holy Dying*)で表されたイギリス国教会の宗教的特性とも言える穏健で真摯な、バランスの取れた信仰心によるものである。[3]

以上のような経歴からは一見フォークナーとテイラーの間には接点がないように思われる。しかしながら2人を結ぶ十分な根拠がある。まずテイラーの『神聖なる生き方と神聖なる死に方』はフォークナーの愛読書であった。フォークナーは度重なる入院時にさえそれをベッドのそばに置いていたほどである。ブロットナーによればフォークナーは決して教会という共同体の活発なメンバーではなかったが、聖書と祈祷書とテイラーの本を愛読していた。ブロットナーはフォークナーの伝記及び論文でもテイラーに言及している。

夕食後フォークナーは本棚から本を取り出し……トミー（ミシシッピ大学図書館の司書トマス・チュロス[Thomas Tullos]）とエステルとドット（エステルの末妹ドロシー・ゾリコファー・オールダム[Dorothy Zollicoffer Oldham]）にヴィクトリア朝の家父長のように読み聞かせた。昔から愛読

したものばかりだった。……フォークナーはチュロスとアースキン（編集者 Albert Erskine）の助けを借りて第 2 書庫を作っていた。……『ホーマー』（*Homer*）が届いた時、それがポープ（Alexander Pope, 1688-1744）訳でなかったのでがっかりした。私（Blotner）はそれを彼のためにイギリスのブラックウェル（Blackwell）に注文した。もう 1 つの主要なものと共に。それは主教ジェレミー・テイラーの『神聖なる生き方と神聖なる死に方』で、フォークナーは可能であれば 17 世紀版をと求めた。

（Blotner I 671-72, cf. Blotner 1760）

（1961 年に）エステルとブロットナーがフォークナーの退院の手伝いをするために到着した時、彼は疲れた様子でベッドのそばの肘掛け椅子に座っていた。ナイトテーブルの上には病院で読むいつもの書物が置いてあった――聖書、ジェレミー・テイラーの『神聖なる生き方と神聖なる死に方』そしてボッカッチョ（Giovanni Boccaccio, 1313-75）の『デカメロン』（*Decameron*）である。 （Blotner I 698, cf. Blotner 1806）

入院することになった時、フォークナーはいつもの書物を持参した。4 冊の本である。第 1 は聖書。第 2 はエステルによるとチャールズ 1 世のチャプレンをしていた寛容派で、長老派への抵抗の使徒、イギリス国教会のジェレミー・テイラー主教によって書かれた『神聖なる生き方の規則と行使』と『神聖なる死に方の規則と行使』だった。彼は、「説教壇のシェイクスピアやスペンサー（Edmond Spenser, 1552-99）、イギリスのクリュソストモス（John Chrysostom, c. 347-407）や最も雄弁な神学者」と呼ばれていた。また人間や自然をよく観察することからエリザベス朝文学者に匹敵する散文詩人としても評価されていた。[4]……フォークナーがジェレミー・テイラーの本のどの部分を読んでいたかは分からない。「キリスト者の謹厳」（"Christian Sobriety"）、あるいは、「キリスト者の正義」（"Christian Justice"）、「聖く祝された死のための準備」（"The Practice of Preparation for a Holy and Blessed Death"）、あるいは、「病人が独りで行う病床における恩恵の修練」（"The Practice of Those Graces Belonging to the State of Sickness Which a Sick Man May Practice Alone") であっただろうと私(Blotner)は思う[6]。

さらにフォークナーの死の直後、その蔵書が点検され、フォークナーが所蔵していた書物をリストにして記した『ウィリアム・フォークナーの蔵書――目録』(*William Faulkner's Library: Catalogue*, 1964) にテイラー作品の言及が3箇所にある。

神聖なる生き方と神聖なる死に方――キリスト教徒のすべての義務に関する祈祷、すべての必要に応じて備えておくべき万全の献身形態 (Holy Living and Dying: With Prayers Containing the Whole Duty of a Christian, and the Parts of Devotion Fitted to All Occasions, Furnished for All Necessities)。ロンドン：ジョージ・ベル & サンズ (George Bell & Sons)、1833年。

神聖な死に方の規則と行使 (The Rule and Exercises of Holy Dying)。ロンドン：W. ピカリング (W. Pickering)、1850年。

神聖な生き方の規則と行使 (The Rule and Exercises of Holy Living)。トマス・S・ケプラー (Thomas S. Kepler) による編集と序章。クリーヴランド (Cleveland)：ワールドパブリッシング (World Publishing)、1956年。

『神聖なる生き方と神聖なる死に方』に関してC. J. ストランクス (C. J. Stranks) は、「全体の趣旨はこうです。我々はすべて死すべき身です。従って我々は立派に死のうと努力するべきです」と要約している[7]。オクスフォードでこの書を読んで、ジョン・ウェスレーは精神的覚醒を得た。それ故、ある意味でいわばテイラーの『神聖なる生き方と神聖なる死に方』はメソジズムの成立に貢献しているといえるのである[8]。また次の世紀にイギリスに信仰を復興させようとしたオクスフォード運動 (Oxford Movement, 1833-45) の創始者ジョン・キーブル (John Keble, 1792-1866) は、1817年に友人に宛て

た手紙で『神聖なる生き方と神聖なる死に方』が彼に与えた感動を以下のように伝えている。

　私は今朝初めて本式に『神聖なる生き方と神聖なる死に方』を読みました。あなたにそれが私に与えた喜びを十分伝えることができません。その主題が非常に異なっているので、ほとんど比較にならないでしょうが、多分フッカー (Richard Hooker, 1554-1600) 以外の、他のいかなる著者も比べ物にならないと言わざるを得ないほど、不信心な者を改宗させ、優しい心情と高潔な心で、熱意において深く、裁きにおいて慈悲深くさせると思わざるを得ません。スペンサーはあらゆる点で彼の精神に最も近いと私は考えます。ミルトン (John Milton, 1608-74) は内容の豊かさと深さで彼と等しいようですが、徳行において謙虚さが自尊心に勝るのと同様、ジェレミー・テイラーの方がはるかに優れていると思われます。[9]

　またジョージ・ウォーリー (George Worley) は厳しい人生経験の故にテイラーは読者の心を動かすことができるのだと述べる。

　『神聖なる生き方』は著者の生命が危機に瀕した困難極まった年についての論評です。宗派の争い、内戦の血まみれの恐怖、グロテスクで不快な出来事によってしばらく停滞させられた国家の古い宗教、王とカンタベリー大主教の悲劇的な運命、さらにこれらの国家の災難に加えて、友人との別離、死、そして土地と富の損失などにまつわる個人的な苦しみなど、すべてが紙面に反映されています。それらが真実であるがためかけがえがない論評となっているのです。[10]

　同じくこの『神聖なる生き方』がフォークナーの心をも動かしたのだろうと想像できる。
　フォークナーは、初期の小説『塵にまみれた旗』(『サートリス』の原本となった *Flags in the Dust* の1973年版では削除された部分) に、テイラーがチャプレンを務めたチャールズ1世に仕えたサートリス家の祖先ベーヤー

ドとジョン・サートリス (John Sartoris) の「輝かしい武勇」について描写している——「以前にフランスで、若い皇子の後に従っていたジョン・サートリスは全く無一文で、そしてあまりに凶暴な武勇の経歴故に、彼が死ぬと、チャールズ・スチュアート (Charles Stuart, Charles I) さえ喜んだ……」(Blotner 5) と。さらに特筆すべきことは『征服されざる人びと』で、フォークナー作品に多く登場する、内戦の将校（上記のジョン・サートリスと同名の彼の子孫）ジョン・サートリス（サートリス大佐）がテイラーの作品を所有していることである (UV 18)。このように意外にもテイラーがフォークナーの世界では馴染み深い人物であったことが分かる。

テイラーとフォークナーの関連性を示すそのほかの根拠として、まずアメリカ文学が17世紀のイギリスの文学及び神学の影響を大きく受けていたことを指摘すべきであろう。精神的支柱としてイギリス17世紀の作家たちへのアメリカルネッサンス作家たちの「傾倒」("vogue") に初めて注目したのはF. O. マシーセン (F. O. Matthiessen, 1902-50) である[12]。マシーセンの『アメリカン・ルネッサンス——エマソンとホイットマンの時代の芸術と表現』(American Renaissance: Art and Expression in the Age of Emerson and Whitman, 1941) によると、例えばエマソンは、「ジョージ・ハーバート (George Herbert, 1593-1633) とジェレミー・テイラーは非常に美しい表現手段を習得しており、それはアメリカの文化的遺産として培われ得る[13]」と述べている。数人の批評家がマシーセンの後に続き、17世紀のイギリスの作家が秘蔵の古物研究、民間伝承の手近な宝庫だと言及する[14]。より最近ではロビン・グレイ (Robin Grey) が『想像力の連累』(The Complicity of Imagination, 1997) の中で、19世紀のアメリカの作家が、17世紀のイギリスの文学、文化そして政治と深く、また複雑に関係していたことを論じている[15]。

事実、メルヴィル (Herman Melville, 1819-91) はテイラーを最も習熟し卓越した修辞家とし、「雄弁な情熱と修辞的な空想という相反するものが見事な均整を持って結び付いている[16]」と述べている。またエヴァート・ダイキンク (Evert Duyckinck, 1792-1866) などの批評家がメルヴィルの『マルディ』(Mardi, 1849) と『白鯨』(Moby-Dick, 1851) をトマス・ブラウン (Thomas Browne, 1605-82) の『医師の宗教』(Religio Medici, 1643) と『伝染性謬見』

(*Pseudodoxia Epidemica*, 1646-72)、そしてロバート・バートン (Robert Burton, 1577-1640) の『憂鬱の解剖』(*The Anatomy of Melancholy*, 1621) など17世紀のイギリスの文献と共に、テイラーの『決疑論指針』と関連付けた。ダイキンクはモービィ・ディックを『決疑論指針』の2つ折版 (a folio *Ductor Dubitantium*) とさえ呼んでいる[17]。

ホーソーン (Nathaniel Hawthorne, 1807-64) もテイラーの説教を愛読していた。息子ジュリアン・ホーソーン (Julian Hawthorne, 1846-1934) は、「もし良い説教であれば、彼(ホーソーン)は忍耐深く読んだ。特に神学者のシェイクスピアと呼ぶべきジェレミー・テイラーの説教をまじめに読んだ」[18]と証言している。

テイラーのホーソーンへの影響は、その読書歴などをたどることによって検証することができる[19]。ニール・ダブルデー (Neal F. Doubleday) によればホーソーンは1834年にセーラムの図書館にある『決疑論指針』を借り出した。『決疑論指針』はホーソーンの「利己主義、即ち、胸中の悪魔」("Egoism; or, The Bosom Serpent") の中に記述があるが、おそらくこの時期に「空想の箱めがね」("Fancy's Show Box") が書かれたと推定される[20]。「罪とは？」という質問から始まり、空想 (Fancy)、記憶 (Memory)、良心 (Conscience) という3人が登場し、一見罪とは無縁の「立派な紳士」スミス氏 (Mr. Smith) に過去の、「高慢」、「殺人」、「貪欲」にまつわる3つの罪の事象を回想させる。結論部分がテイラーと深く関連する。

どんなに罪深い人に対しても兄弟愛をないがいしろにしてはならない。なぜなら手がきれいであっても、確かに去来する邪悪の幻想が心を汚しているから。天国の扉をたたく時、外見上汚れのないふりをしても天国に入ることはできないことを知るべきである。悔い改めがなされ、恩寵が玉座から与えられない限り、黄金の扉は決して開かれない！[21]

ここには隠れた罪に対する厳しい指摘がなされている。これは、「たとえ外的な行為や事柄を伴わなくても、意志の働きのみでも、神と人によって善悪の裁きがなされる」(*Works* X 602) と題される『決疑論指針』第4巻、第2

章、ルールⅢを想起させる。

　罪は内で始まり、我々の力の及ぶ、また我々の力を欠いては防げない家庭において習慣化される。外的な行為については、御自身の摂理の故に神はしばしばそれを妨害される。しかしそれにもかかわらず進んで罪を犯す者、悪い目的を排除しない者は、弁解の余地なく、神の前により重大な犯罪者とされるのです。　　　　　　　　　　　　　　　　　　（*Works* X 603）

　フォークナーは、「私の最も好きな本は『白鯨』とジョーゼフ・コンラッドの『ナーシサス号の黒人』(*The Nigger of the 'Narcissus,'* 1897) であり」(*LG* 21)、「『白鯨』は 4、5 年に 1 度は読む」(*LG* 110)、「私の旧友」(*LG* 217) と述べている。またそれは、「私自身が書きたかった本だ」(*ES* 197) とまで言っている。『ウィリアム・フォークナーの蔵書——目録』の中に『白鯨』の記述がある——ハーマン・メルヴィル：モービィ・ディック；あるいは、鯨。レオン・ハワード (Leon Howard) による序文付き。ニューヨーク：モダン・ライブラリー、1950 年 (*FL* 43)。

　フォークナーは『白鯨』の「良心の三位一体」を表す 3 人物と、『寓話』の 3 人を同等なものと見なしていた (*LG* 247)。またホーソーンに関してはホーソーンの作品と同名のフォークナーの『大理石の牧神』は、実はフィル・ストーンが命名したものであり、フォークナー自身は、ホーソーンをよく知らないし、大きな影響を受けたとは思っていないと異質性を強調してはいるが、1958 年、「若い作家たちに伝える言葉」("A Word to Young Writers")[22] という講演において、フォークナーは学ぶべき先輩の達人作家の中にメルヴィルとホーソーンを挙げている (*ES* 163)。このような事情からメルヴィルあるいはホーソーンを通してもフォークナーがテイラーを知るようになったのではないかと考えることができるだろう。

　そしてフォークナーとテイラーを結ぶ最も大きな要因はイギリス国教会である。フォークナーは早くからイギリス国教会への関心を持っていたのか、RAF に入隊する際に、実際にはその事実はないにもかかわらず、イギリス国教会に所属していると証言している (Blotner 211)。また以下の『町』での

チャールズ・マリソンの発言の中にジェファソンの町を凌駕するバプテスト派とメソジスト派を中心とする非国教徒（nonconformists）に対するフォークナー自身の反感を読み取れるように思われる。

> 何しろ僕たちの町はアリヤンバプテスト派とメソジスト派がアリヤンバプテスト派とメソジスト派のために建てた町だ。……
> ジェファソンには小さなアメリカ聖公会の教会もある。町に現存している最古の建物だ……それから長老派の教会もある、郡内では最古からある2つで、チカソー族の酋長イッシティベハー（Issetibbeha）と彼の妹の子イケモタビー（Ikkemotubbe）、俗称ドゥーム（Doom）の昔まで遡る、郡がまだ郡でなくジェファソンがジェファソンでなかった頃である。だが現在ではアメリカ聖公会や長老派の教会と、郡内各所川沿いの低地にあるイッシティベハーの古い土まんじゅうも大した違いはなくなってしまった。バプテスト派とメソジスト派は彼らの後を継ぎ、乗っ取ったり、奪い取ったりしてきたからだ。僕たちの町を建てたり掟を定めたのはカトリックでもなく、プロテスタントでもなく、無神論者でもない、頑固な不服従非国教徒なのだ、他人に対してばかりでなく、お互いに対しても気を合わせて不服従なのだ。彼らの先祖が故郷と安穏な生活を捨て荒野を求めたのは、思想の自由を求めてであると人にも言い、自らも信じたが、実は頑迷なバプテスト派やメソジスト派となる自由を見いだすためであった。彼らが説き信じたごとく圧制を逃れるためでなくそれを打ち建てるためだった。そうした祖先の子孫が守り支える非服従主義なのだ。
> （*T* 306-07）

ブロットナーはフォークナーがファーレー（同級生で法科大学の学部長の息子であった Robert Farley）と、ウィルス（メンフィスの『商業新聞』[*The Commercial Appeal*]にコラムを書いていた Ridley Wills）と一緒に1924年7月（フォークナー27歳）の暑い日、バーボン酒を飲んでいた時の様子を記している。会話が深まりフォークナーが宗教哲学を論じ始めた。そこでフォークナーはアメリカ聖公会の会員でありたいという思いを言い表している。

第Ⅲ章　ジェレミー・テイラーとウィリアム・フォークナー　83

「もし何にでもなり得たなら、何になりたいか」と彼（ウィルス）が尋ねた。
「アメリカ聖公会の信者」とフォークナーが答えた。
「おお」とウィルスが言った。「あなたは本当のクリスチャン。天国に行くことを望んでいるのですね。」
「そうです」とフォークナーが厳粛に言った。　　　　　　（Blotner 357）

　アメリカ聖公会は前述したように、イギリス国教会に端を発するが、バプテスト派、メソジスト派に勢力を奪われる歴史を重ね、宣教において他の教派と一線を画する方策を採用した。そしてアメリカ聖公会では他の教派に起こったような南部の恥部ともいうべき奴隷制にまつわる議論がほとんど起こらなかった。このような啓蒙的で、ある意味寛容な雰囲気が気にいったのか、フォークナーは妻と同じくセント・ピーターズ・エピスコパル教会のメンバーとなった。ブロットナーによるとフォークナーとエステルは1930年頃定期的にアメリカ聖公会に通っていたようである。

　　試練の時は今や終わり、彼とエステルは定期的にウィリアム・マクリーディ主教（Reverend William McCready）のセント・ピーターズ・エピスコパル教会に出席していた。祈祷書さえ持ち、ビル（Bill、フォークナーの通称）はエステルが目撃したところによると、それにメモ書きをしていた。会衆たちと共に心を込めて讃美歌を歌った。クリスマスイヴの礼拝にも参加した。それは彼らの行事になった。翌日にはホールに大きな木と松の枝と、庭から取ったひいらぎと蔦で飾られた手すり子を作って伝統的なクリスマスを楽しんだ。　　　　　　　　　　　　　　　　　（Blotner 678）

　このセント・ピーターズ・エピスコパル教会は1840年9月に最初の礼拝が行われた歴史的な教会で、ニューヨークのトリニティ教会を設計したリチャード・アップジョン（Richard Upjohn）が設計し、ウィリアム・ターナー（William Turner）が建築を担当し、1871年には塔を除く建物のすべてが完成した。1962年、ジェイムズ・メレディス（James Meredith）を初の黒人学生としてミシシッピ大学に入学させるためにセント・ピーターズ・エピスコ

パル教会の教区牧師であり、フォークナー家の友人でもあったダンカン・グレイ(Duncan Gray)が、重要な役割を果たしたことでも名高い。またフォークナーの小説ではコンプソン家のモデルとされるトンプソン(Thompson)家は教会設立当初から、教会のメンバーである。フォークナー一家は大半がメソジストを離れエピスコパリアンとなり、フォークナーの弟ジョン・フォークナー(John W. T. Fa[u]lkner Ⅲ, 1901-63)とその妻は1924年に堅信礼を受け、夫人は祭壇新設基金の指揮を執った。またフィル・ストーンは教区代表者を務めていた。フォークナーは、次第に教会から足が遠退き、ほとんど礼拝に出席していなかったようであるが、この教会の聖餐拝受者であった。そしてフォークナーの娘ジル(Jill)も、姪のディーン(Dean)も、この教会で結婚式を挙げている。[23]

　アメリカ聖公会のカレンダーでは、8月13日は、「祈りの人、霊的指導者」("a man of prayer and a pastor")として、「人生の短さと不確実性に対して鋭敏であった」("deeply sensible of the shortness and uncertainty of human life")ジェレミー・テイラーを追悼して、「聖霊」("Holy Spirit")によって「全生涯において清さと正義へと導かれんことを」("lead us in holiness and righteousness all our days")と記されている。[24]ブロットナーの伝記にテイラーの名が見られるのはフォークナーが60歳前後の、人生の後半期であるが、このアメリカ聖公会暦からフォークナーにとってテイラーはそれ以前から当然馴染みのある神学者であったと考えられる。

　フォークナーとイギリス国教会の結び付きに関して、テイラーが仕えたチャールズ1世のスチュアート家を最後まで支持して戦ったスコットランドのハイランド人としてのルーツをフォークナーが大切にしていることにも注目したい。フォークナーは、「ミシシッピ地方の一部には、ノース・キャロライナの山々を越えてスコットランドのハイランド(北ないし北西に広がる高地地方と島嶼部、寒冷多雨、人口密度が低く、牛と羊の高地放牧を主な生業とする独特の氏族制が残る閉鎖的な社会)とローランド(都市化の進んだ中央低地と東部海岸平野、そして南部の丘陵地帯地味と気候に恵まれ、産業化も進み、文明に開かれた社会)からやって来た人々が住んでいた」(Blotner 3)と述べている。そして例えばフォークナーが1930年に買い取っ

た屋敷の名前はローワン・オークであるが、南北戦争時に捕虜となった若者に失恋してバルコニーから身を投げたシーゴグ (Shegog) 大佐の娘ジュディス (Judith) の幽霊が出ると子供たちが怖がったため、フレイザー (Sir James George Frazer, 1854-1941) の『金枝篇』(*The Golden Bough,* 1890-1936) に書かれているスコットランドの迷信――5月1日に行われるベルテーン・ファイア (Beltane fire) の祭りの夜に木、特にナナカマド (rowan) の枝を小屋の正面ドアに釘付けにすると、魔女が牛に呪いを掛けたり、ミルクを盗むのを防ぐことができるという[25]――に則って、フォークナーがそう名付けたといわれている (Blotner 660-61)。

　そもそもフォークナーの元の名はスコットランドの鷹匠を表すFalconerからきており、王家の血筋を引く家系に由来するスコットランドの由緒ある名前であった。ブロットナーは、Falconerという名前はスコットランド高地ではなく低地でのみ使われており、フォークナーがハイランド出身ということに疑いを持っているが (Blotner 3)、フォークナー自身は、「私の先祖はスコットランドのインヴァネス (Inverness) から来た」(Blotner 3) ハイランダー (Highlander [高地人]) であると断言しており、南部の家族意識についてもハイランド出身者の立場で語っている――「これもまた辺境（フロンティア）の名残なのです。法律に慣れないから、頼りにできるのは親類縁者しかなかったあの時代に遡ります。それはまたスコットランド・ハイランド族の名残でもあるのです」(*FCF* 110) と。またハイランド出身のフォークナーの友人の1人が、「ハイランド地方とその歴史に対するフォークナーの非常に深い知識に驚いた」(Blotner 7) と証言している。かつてフォークナー大佐も自らスコットランド出身であると述べ (Blotner 3)、またサリーの父ジョン・ヤング・マリーは、ハイランド人と同じく、ゲール語を話し、キルトを着、編み物をし、両刃の剣を持っていたといわれる (Blotner 3-4)。

　フォークナーのルーツを探るためにスコットランドの歴史を検証すると、スチュアート朝 (1371-1714) の前期は、スコットランドの文化が繁栄した時代であり、ケルト系ハイランドと、ブリトン系ローランドの2つのグループが国王のもと緩やかな連合体をなしていた。カトリックであるメアリ・スチュアート (Mary Stuart, 1542-87; 在位1542-67) の時代に宗教改革が起こ

り、高位聖職者の腐敗に辟易していたスコットランド民衆はカトリックと対極にあるカルヴァン派を選び、ジョン・ノックス (John Knox, 1510-72) の指導で、改革が行われ、イングランドへの接近も図られた。そして1603年スコットランドに一大転機が訪れる。エリザベス1世の死によって、メアリの息子ジェイムズ6世 (Charles James Stuart, 1566-1625, イングランドとアイルランドではジェイムズ1世、在位 1603-25) がイギリス王位を継承することとなる。その後、イングランドとスコットランドは教義をめぐって度々衝突し、スコットランド生まれにもかかわらずスコットランド国民からは、同じスコットランド人だとは思われていなかったチャールズ1世は、カルヴァン派が王権を脅かす存在であることの認識を欠いており、スコットランドにも国教会の信仰を強要しようとし、スコットランド教会と反目した。1642年チャールズが議会派の議員を逮捕しようとして内乱が起こり、(当時チャールズは、イングランド国内のピューリタンを押さえるのに手一杯で、スコットランドにまで手が回らなかったようで) 初めこそ王党派が優勢であったが、クロムウェルの組織した騎兵隊の活躍により議会派が優勢となった。そしてついにクロムウェルによるスコットランド征服という事態を招き、チャールズ1世は、1649年に処刑される。その後独立派が権力を握り、指導者であるクロムウェルはアイルランド征服に乗り出し、土地を没収し、多くの餓死者を出した。クロムウェルの死後息子が護国卿の地位に就いたが軍部は彼を無視し、イングランドは1660年王政復古を迎える。一方スコットランドでは独自に王を擁立させる望みは叶わず、人々は経済的にも追い詰められ、飢餓すら起こり、議会が解散するに至る。[26]

この事実上のイングランドへの吸収に対して、追放されたスチュアート朝の直系男子チャールズ3世、すなわちチャールズ・エドワード・スチュアート (Charles Edwad Stuart, 1720-88) を王位継承者として特にハイランド地方を支持基盤として起こったのがジャコバイト (Jacobite) 運動であった。それは一時政権を揺るがすほどの勢いがあったが、次第に鎮圧され、氏族制度の解体に繋がった。以後ローランドを中心にイングランド化が進み、18世紀後半から19世紀初期にかけて農業革命が起きた時、当時は利用価値のなかった広大な土地に細々と住んでいた小作人を、羊の放牧という新しい農業

形態によって土地が必要になったため追い出してしまい（ハイランド・クリアランス［Highland Clearances］と呼ばれる）、追い出された人たちはエジンバラ（Edinburgh）、グラスゴー（Glasgow）やインヴァネスに移り住み、それでも生活できない人たちはアメリカ・カナダ・オーストラリア・ニュージーランドへと新天地を求めて渡ったのである。

　フォークナーは『響きと怒り』の「付録」に、フォークナー家との関係を連想させるコンプソン家のルーツとしてクエンティン・マクラカン・コンプソンⅠ世（Quentin MacLachan I Compson）を「グラスゴーの印刷屋の息子」として、「1779年のある夜、幼い孫と共に格子縞の毛織物を持って、ケンタッキー（Kentucky）へ」（*SF* "Appendix," 405）逃れてきたと記している。彼はジャコバイト軍に加わり、ジャコバイト最後の組織的抵抗であるカロデンの戦い（Battle of Culloden, 1746）にも参加し、それに敗れ、アメリカにやって来たのである（Blotner 5）。

　フォークナー家の出所に関して、確定的なことは分からないが、イギリス国教会を支持して最後まで戦ったジャコバイトの地、スコットランドへのフォークナーの強いこだわりは注目に値する。なおアメリカ聖公会は独立以前、イギリス国教会の一部であり聖職者は按手礼に当たりイギリス国王の承認を得る必要があった。初代主教となるサミュエル・シーバリー（Samuel Seabury, 1729-96）は、イングランドに按手礼を求めることがイギリス国王との関係から困難であったため、スコットランド教会に頼り、1784年11月14日アバディーン（Aberdeen）で主教に任ぜられた。このためアメリカ聖公会はスコットランド教会を通じた使徒継承を主張する[27]。またスコットランドとの関係を示すため、アメリカ聖公会の紋章にはスコットランドのセント・アンドリューズ・クロス（St. Andrews Cross）をかたどった意匠が使われている。話は前後するがこのスコットランドとのかかわりもフォークナーのアメリカ聖公会への帰属に影響したのかもしれない。

　そして最後に、イギリス国教会とピューリタンの間で苦しんだテイラーの立場と同じように、南北戦争に敗れた屈辱の南部にあって、ピューリタニズムの傾向の強い北部からの攻撃に対するフォークナーの苦悩を考えてみる。前述したように、南北戦争後、南部人には、奴隷制による罪の問題に

加えて、北部の批判に対して、自己防衛的な思いが増大した。リチャード・グレイ（Richard Gray）は『ウィリアム・フォークナーの生涯』（*The Life of William Faulkner*, 1994) で次のように記す。

> 彼らがこれまでそれを知っていたか否かにかかわらず、南部人は今、内からも外からも脅迫を受け、孤立状態となっているという事実に立ち向かわなければならなかった。フォークナーが、「昔の奴隷制度の恥」("the old shame of slavery") と呼ぶものによって必然的に助長された罪の問題を別にして、彼らは組織化された北部の批判やナット・ターナー（Nat Turner）の反乱（1831年、ヴァージニア州のサザンプトン［Southampton］郡で起こり、アンテベラム［antebellum、南北戦争に向かう時代］の南部では最も注目された黒人の反抗事例）によって暴露された根本的な問題、南部文化に対する憂慮や個人的な恐れという災いを予期して引き起こされる自己防衛的な感情、自己正当化の欲求に対処しなければならなかった。[28]

南北戦争は1860年リンカーン（Abraham Lincoln, 1809-65; 任期1861-65) の大統領当選を契機に、南部の奴隷州（奴隷制存続を主張する南部諸州のうち合衆国を脱退し、アメリカ連合国を結成した11州）が、1861年4月、サムター要塞（Fort Sumter）を砲撃したことによって始まったが、内戦とはいえ4年にわたる戦争の被害は想像するよりはるかに甚大で、両軍合わせて死者62万を超えた。特に南部は軍事的敗北による疲弊を経験せざるを得なかった。大半の若者世代が消されてしまい、「大義」を失い、戦禍の中に敗者として連邦の支配下に組み込まれてしまったのである。南部人は産業においてもまた人道的な観点からも北部に遅れを取っていることを意識せざるを得ない状況となり、敗戦の屈辱に加えて、異なる価値観との相克に苦慮したことは想像に難くない。そして北部人が南部占領から撤退し南部を自分たちの手に戻した時、北部に対する遅れを取り戻すべく産業化を目指し、プランターが商人と結託し、北部資本を導入して棉繰工場を経営するが成功せず、民主党一党主義に結集した「堅固な南部」（ソリッド・サウス［Solid South］）と呼ばれる「新南部」（ニュー・サウス［New South］）に託す強い願望と共に、

屈辱感の裏返しとして倒錯した自己弁明が生まれてくる。南北戦争における敗北とレコンストラクション（Reconstruction ［再建］）期を通じて、南部の白人たちは、いやが上にも南部人としての自意識を強め、戦後の荒廃状況の中で、自分たちの過去を美化し、「古き良き南部」のイメージを作り上げてきた。いわゆる「旧南部」（オールド・サウス［Old South］）の神話である。

　南部の白人が経験した悲劇は、単なる敗戦と占領ではなく、予想以上に根深くて悲惨な心理的な屈辱であった。解放された黒人の問題、北部による政治支配、経済的植民地化によって倍化された貧困という抜け出しようもない現実が、……一種の運命観を生むことになった。南部人は意識の深いところで、われわれは歴史という運命のわなにかけられた犠牲者である、と感じていた。これが自己陶酔であり、時とすれば幻想であることはいうまでもない。かれらは、かつて自分たちが奴隷制度の擁護者であったということからくる罪悪観を意識の下におしかくし、自分たちをこの運命におとしいれていったニューイングランドの奴隷商人、北部と中西部の奴隷廃止論者、南部人をとらえて離さない綿と気候、敗戦と占領と再建、北部銀行家などをのろう一方、「古きよかりし南部とその伝統」に思いをはせ、それを拡大していくのである。しかもこういう幻想や神話を生んだ南部は、その幻想や神話にその後長くそのメンタリティや行動を支配されることになった。[29]

　フォークナーは、「南北戦争を描いた南部文学が力強く、北部文学に力強いものが全くないのは、北部人たちには戦争について書くべきことが何もなかったからだ。彼らは勝利した。戦争において唯一正しいことは、戦争に負けるということなのだから」（FCF 79）と述べ、「北部人、部外者は南部の人々に対して奇妙な、誤った考えを持っている」（FU 136）と、南部に対する北部の人々の偏見を指摘している。その一方で、「自分自身がもし北部人であったなら、南部の人種問題が未解決であるという事実に対して非難の矛先を向けるかもしれないが、黒人にはまだ平等になるに足る責任能力がない」（FU 210）とフォークナーは論じている。また北部人より、南部人の方が黒

人をよく知っているため、南部人が黒人たちに個人的な責任について教える責務があると主張する。

　それは南部の我々の仕事です。白色人種と黒色人種が互いに真に好感を持ち、そして信頼することはできないといえるかもしれない。それは白人が黒人に常に人間であるより黒人であることを強いたためで、それ故黒人はあえて白人に心を開いて自分たちが何を考えているのかを理解してもらおうとはしなかった。しかし我々南部人は何世代も黒人と共に育ち生活してきたので、個々の黒人の好き嫌いを知り、彼らを信頼することができる。これは北部人にはできないことである。なぜなら彼らは黒人を恐れているからです。　　　　　　　　　　　　　　　　　　　　　　　(*FU* 211)

　ここに南部独特のパターナリズムが見られるが、同時に先に述べたように、曲解されたカルヴィニズムの影響下にあって、杓子定規な倫理観を押し付けようとするピューリタン的北部に対するフォークナーのアンビバレントな反感を読み取ることができる。フォークナーが奴隷制にまつわる南部の罪をめぐる問題で深く苦しんだことを軽視することはできない。しかしそこには南部人としての誇り、屈折した自己弁明も潜んでいたことを指摘しないわけにはいかないのである。このように最後に述べるが決してないがしろにできないフォークナーとテイラーを繋ぐ絆は、2人がピューリタンに対する反感を共有したことである。
　これまで述べたように、フォークナーの伝記、作品にはジェレミー・テイラーの強い影響を実際に検証できる。また19世紀のアメリカ文学は17世紀のイギリスの文学、神学の影響を大いに受けており、フォークナーが親しんだメルヴィルにもホーソーンにもテイラーの影響を見いだすことができる。さらにフォークナーはスチュアート家を最後まで支持してイギリス国教会派として果敢に戦ったスコットランドのハイランダーとしてのルーツを大切にしており、最終的にはイギリス国教会に最も近いアメリカ聖公会に属し、北部と結び付くピューリタンをテイラー同様嫌悪していた。以上のような事柄からフォークナーとテイラーとの関連は否定しようもなく明白であろう。

2　テイラーの宗教概念の特徴

　ダグラス・ブッシュ (Douglass Bush) が記しているように、ジェレミー・テイラーはコールリッジ (Samuel Taylor Coleridge, 1772-1834) やラム (Charles Lamb, 1775-1834)、ハズリット (William Hazlitt, 1778-1830) らによって再評価された[30]。中でもコールリッジは、4人の英文の達人としてシェイクスピア、ミルトン、ベーコン (Francis Bacon, 1561-1626) と並べてテイラーを称えた[31]。

　ジョージ・ウォーリーの『ジェレミー・テイラー——その生涯と時代』(*Jeremy Taylor: A Sketch of His Life and Times*, 1904)[32]、エドムンド・ゴス卿 (Sir Edmund Gosse, 1848-1928) の『ジェレミー・テイラー』(*Jeremy Taylor*, 1906) など、テイラーに関する著名な伝記が数多くある。新しい資料が多く見つかった近年では、H. T. ヒューズ (H. T. Hughes)[33] が『ジェレミー・テイラーの信仰』(*The Piety of Jeremy Taylor*, 1960) で「神との関係における」人格的成長を取り扱い[34]、また、ストランクスは『ジェレミー・テイラーの生涯と作品』(*The Life and Writings of Jeremy Taylor*, 1952) を著し、それは現在ジェレミー・テイラーの伝記の標準となっている[35]。それぞれに観点は多少異なるものの、テイラーの深い敬虔と現実性、礼拝への思いと教会の連続性の認識、真実に対する関心、正統な神学に対する熱意、これらすべてが固く結び合って渾然一体となっているとの見解では一致している。

　総じてテイラーは17世紀の神学の主流派に属していた[36]。瑣末な問題に関して特定の学派、グループに限定するにはテイラーはあまりにも幅広い神学者だったが、自由意志による実践的な信仰を強調し、完全な聖化を望んだテイラーは、イギリス国教会神学の形成期のキャロライン神学者 (Caroline Divines, 主としてキャロライン王朝、チャールズ1世 [在位1625-49]、チャールズ2世 [在位1660-85] の時期に活躍した神学者をいう) の中では、ハイ・チャーチの原理を確立したランスロット・アンドリューズ (Lancelot Andrewes, 1555-1626) や、ハーバート・ソーンダイク (Herbert Thorndike, 1598-1672) などに対して、ロバート・サンダーソン (Robert Sanderson,

1587-1663)と共にキリスト者の自己認識に基づいて倫理を探求するイギリス国教会の倫理神学者の1人として名を馳せた。[37]

テイラーは倫理神学を「すべての知恵の総結集」と定義している。

> 倫理神学はすべての知恵の共同組織体であり、実際、実証可能なこともあるが、多くは蓋然的であり、その逆よりは良いと判断されるものである。それらはそのバランスと受容能力に応じて証明される。(Works Ⅸ xiv)

倫理的、実践的な信仰への関心から、テイラーは正しく、確かな良心を「実践と道徳的な行為に還元される理性以外の何物でもない」(Works Ⅸ 50)と定義し、キリストの大模範に従うことによって、「すべての人が畏れとおののきを持ってその救済を実現すべき」(Works Ⅲ 210)と断言するに至る。

テイラーが人間の道義的責任と能力を強調する傾向が強いために、特に『悔い改めの教義と実践』(Unum Necessarium, or, The Doctrine and Practice of Repentance, Works Ⅶ)の第6章をその調子と発想においてペラギウス主義だとし、原罪の教義に反すると批判する者もいたが、テイラーはペラギウス主義に関しては、「ペラギウスの異端」("the Pelagian heresy," Works Ⅶ 18)と断罪しており、テイラーの人間と罪に対する観念は聖書に合致している。[38] ジョン・ブーティ(John Booty)が述べるように、「ジェレミー・テイラーの実際的な信仰は彼の聖霊の神学を考慮に入れない限り完全に理解することはできない。恩寵は上から与えられる。それにもかかわらずテイラーは何度も繰り返し実践的な信仰の重要性を強調しており、原罪の教義に反しているように思われる。しかしそれは原罪の教義が信仰を過小評価し習慣的に罪を犯す人々の口実になることがあるのをテイラーが懸念するからである」[39]。

事実、テイラーは人間を神の恩寵のもとにあって神のイメージによって創造された徹底した被造物として捉えている。

> 最初に、もし我々が魂の幸福の資格について考えるなら、魂は太陽よりはるかに偉大で、天使のような実体を持ち、ケルビム(cherubim)の姉妹

で、神のイメージであり、神が他の身分の低い動物たちや、植物や鉱物と区別する神の特別の恩寵の対象である。

　なぜなら、「神が御自身のイメージに似せて人間を造られた」から。つまり……人間に先立ついかなる被造物とも類似しない、神が天地創造をしたいかなるイメージ、理念にもよらず、他の物質から区別する新たな形態によって、すなわち神は神御自身の新たな理念、御自身の規範に則って人間を創造された。　　　　　　　　　　　　　　　　　　（Works Ⅳ 560）

それ故テイラーは神の助けなく人間が自由意志を行使して聖書の基準に到達することができるとは思ってはいない。むしろ人間にとって道徳的行為において善と悪を選別するのがいかに難しいかをよく認識している。

道徳的行為における選択の自由、すなわち、善か悪かは、方法全体と目的、人間性の本質の有機的統一と意匠に合致する。なぜなら我々は天使と獣の間に生きるものであるから。理解している事柄もあるが、多くのことについて無知である。そして我々の前にあることは善と悪の混合である。我々の義務は多くの善と若干の悪、罪は若干の善と多くの悪を有する。そのためこれらが善であるか悪であるか、徹底的には追求できないのである。　　　　　　　　　　　　　　　　　　　　　　　　（Works Ⅹ 550）

そして人間としての限界を認めて、テイラーは心から神の慈悲を請う。

おお、私はあなたを信頼します。あなたはあなたに望みを置く者に憐れみ深い。私は慈悲を神に請います。我々が祈る時あなたはいつもそれに耳を傾けてくださる。しかし私がなすこと、私自身であること、私が知ることができるすべてのことは、罪と弱さと惨めさのみです。それ故私は自分自身から離れて、イエス・キリストを通してあなたの憐れみの腕の中に全面的に身を任せます。　　　　　　　　　　　　　　　（Works Ⅲ 385）

何よりテイラーはキリストの贖罪の必要性を告白する。

青年期に私は劫罰（damnation）に恐れを覚えた。私は罪を犯さずにはいられないが、恩寵によって救われるといわれている。私はただ罪を犯す自由を持っており、それに抵抗することは再生へのしるしであるとしても、勝利を望むことはできない。しかし神は慈悲深く、たとえ私の善がぼろぎれのように汚れていても、キリストの義によって私は義とされる。実にキリストは私のために死なれたのだ。　　　　　　　（*Works* Ⅶ 10-11 要約）

それ故神によって造られ、罪を赦された者として、「聖なる生活を送るために、一般的な方法と手段」をテイラーは『神聖なる生き方と神聖なる死に方』で提唱する。

神が動物の長、天使より少し下に位置する被造物の長として人間に卓越した性質、知恵と選択、理解する魂と不死の精神をお与えになったことを考えるべきである。また神は人間にそれらの能力を発揮する仕事と奉仕をお授けになり、その奉仕と服従によってのみ得られる生活様式をデザインされた。このようにすべての人は創造において神のものであるから、生涯のすべての日々、生涯が終わればその後の世においても永久に神と共に歩むよう、我々の労働、関心、能力、才能すべてを用いて神に奉仕すべきである。　　　　　　　　　　　　　　　　　　　　　　（*Works* Ⅲ 7）

とりわけテイラーはキリストの例を熟考することを勧める。

罪人のすべての矛盾を経験し、そして悪意ある、性急な、愚か者のすべての侮辱と非難を受け、そしてなおかつそれらのすべてにおいて秋の朝の太陽のように冷静で、そして寛容であった神聖なキリストの例を熟慮しなさい。このことにおいても我々が倣うべき例をキリスト自らが示されたのである。　　　　　　　　　　　　　　　　　　　　　　（*Works* Ⅲ 197）

『偉大なる模範』（*The Great Exemplar*）の中にはキリストを称え、その例を熟考するように勧める以下のような祈りが 40 以上にもわたって記されて

いる。

　聖なる永遠のキリスト、その生命と教義は神聖な生活の教えであり、知恵の宝であり、黙想の聖なる材料の宝庫。私に理解する恩恵を、熟慮する勤勉と注意を、蓄える配慮を、そしてこれらすべての行動や訓戒、そしてあなたが教え、暗黙のうちに示し、神秘として我々に伝えてくださった義務を遂行する敬虔な訓練と模倣を実践する思慮深さをお与えください。……神聖で永遠なるイエス様。アーメン。　　　　　　　　　(*Works* Ⅱ 144)

　そして最終的にテイラーは「キリストが我々のために苦しまれたのは我々も同じようにするよう模範を示されたのである」(*Works* Ⅸ 489)とキリストの規範に従うよう諭す。テイラーが罪を赦された者がキリストに従う義務を強調するのは、新約聖書の規範が、キリストの歴史的現実の中に置かれており、そのキリストの規範は、律法のように規則で人を服従させるようなものではなく、罪の身代わりになってまで人に仕え、人を罪より解き放ち、そして人をして神の意志の志向する方向、すなわち隣人を愛するよう動機付けるからである。すなわち、「わたしが、あなたがたもするようにと、模範を示したのである」(ヨハ 13:15)と、イエス自身が命じられたことだからである。また、「神は創造の主であり、人にその最初からあるべき姿の刻印を受ける従順な力を授け、御子の栄光に仕えさせるために、新たな性質を与え、新たな特質を造り出される」(*Works* Ⅱ 287)から人は義務を果たすことができるためである。

　さらにテイラーはこれらの義務を果たすことはひとえにキリストに対する愛の故であると主張する。

　そしてこのような我々の義務は愛の故である。我々は主であるキリストを全身全霊で愛すべきであり、キリストに近づくよう努力すべきである。
　　　　　　　　　　　　　　　　　　　　　　　　　(*Works* Ⅸ 489)

　『偉大なる模範』の最後はキリストが自らの内に住み、キリストと共に歩

むことができるようにという祈りで締めくくられている。

　私はあなたのもの、お救いください！あなたは私のもの、聖なる主イエスよ！永久にわが内に住みたまえ、神の尽きない栄えを崇めまつりながらあなたと共に住まわせてください、父、子、御霊なる神よ。アーメン。
(Works Ⅱ 730)

　テイラーと同じくフォークナーは究極的な善に達することの困難さを告白する。

　私は人間の究極的な善を言っているのではありません。人間は勝利するし、そのためには……（善を追及すべきである）。人間が究極的善に達するまで地上に生き続けるかどうかに関しては誰も分からない。しかし人間は向上する、なぜなら前進がなければ死しかないからです。
(FU 5)

　テイラーがキリストの模範に倣って善の追及を勧めるように、フォークナーは、隣人のために自分自身を犠牲にするところに人間の尊厳があり、「人間が精神、同情と犠牲と耐性の能力がある精神を持っているが故に人間は不死である」(ES 119)と主張する。さらに、「乾燥の九月」で恩寵を表す「月」が「塵」に付随したように、フォークナーは決して恩寵を軽視してはいない。自由意志を強調するフォークナーをペラギウス主義あるいは半ペラギウス主義だとするそしりは、自由意志を阻む罪の解決も含め、すべての局面で恩寵が主導権を取るというテイラーの宗教概念を前提として考慮すれば誤りであることが明らかである。「神の形に似せて造られた」(ES 123)とフォークナーが述べるように、神は人間を奴隷として従わせようと創造されたのではなく、自由意志を持って神に応答する存在として創造されたのである。

　キリスト教における人間の自由は有限なものであり、むしろ人間は規定されるべきものに規定されることによって主体的な行動、決断がなされるとす

る。人間は神の姿に似せて造られた存在であり、神の言葉を聞き、それに応える自由を持つ。しかし現実の人間は、すべて罪に堕しており、この自由を失っている。従って人は、社会的・実存的・倫理的な自由に基づくどのような決断と行動によっても、神の言葉に応えることができない。罪の力と自己中心主義からの解放、そして神を信じ、隣人を愛することは、人間がイエス・キリストを通して神から語りかけられ、その言葉によって全人格的に規定されるところに成立するものである（ガラ 5:1, 13 参照）。この「キリスト・イエスによって得ている自由」（ガラ 2:4）こそ、現実の人間に人格として生きることを許す独自な自由である。[40] すなわちキリストにあって意志の方向性を自己中心から神、隣人へと転換することこそが真の自由へのパスポートであるという。「自由意志は権利であり責任である」（*FN* 187）とフォークナーが主張する根拠はそこにあると理解される。

フォークナーの宗教概念は、一見ペラギウス主義や半ペラギウス主義だと思われがちではあるが、テイラーの影響を考慮に入れて考える時、人間の救済が徹底的に神の恩寵に起因していることを前提とし、「神の形に似せて造られた」（*ES* 123）存在として真の自由を行使すべきが故に、人間は善を追い求めるべきだと説いていると理解することができるのである。贖いを表す英語に redemption のほか atonement という語があるが、これは at-one-ment とあるように、「それまで互いに疎遠になっていた神と人間の意志が1つになるという状況」であることを意味する。T. S. エリオットは自由意志と恩寵が協力して救済が可能となること、また超自然の恩寵を軽視したことがペラギウス主義の誤りだと指摘する。

キリスト教の神学において認められていることだが——これはまた、もっと低次の次元においても、日常生活の場ですべての人が認めていることだが——個人の自然的な努力と能力という自由意志と共に、超自然的な恩寵、どのようにして送りよこされるのか分からない贈り物があって、その両方が協力して初めて救済が可能になるのだ。多くの神学者がこの問題で知恵をしぼったけれども、結局それは神秘だということで論が尽きてしまう——知覚することはできても最終的に解き明かすことはできない神秘。

少なくとも確かなことは、この教理もまた教理として御多分に洩れず、どちらかの方向へわずかでも余分の重みがかかったり、逸脱してゆくと、そこに異端説が生じるということである。ペラギウス派は聖アウグスティヌス（Aurelius Augustinus, 354-430）によって論駁されたが、この一派は、人間の努力の有効性を強調して超自然の恩寵の重要性を軽視した[41]。

以上のようにテイラーとフォークナーのかかわりを検証したが、次章ではキリストを偉大なる模範と考えるテイラーの倫理宗教を参照しつつ具体的にフォークナー作品からキリスト像と人間の自由意志の問題を検証することにしたい。

IV ジェレミー・テイラーを通して見るフォークナーのキリスト像

1 『尼僧への鎮魂歌』——テンプル・ドレイクの救済

　1933年（フォークナー46歳）に書き始め、1951年に出版された『尼僧への鎮魂歌』において、フォークナーは1931年に出版された『サンクチュアリ』で描いたテンプル・ドレイクを再び取り上げている。「その少女の将来がどうであろうかと考えた。弱い人間の偽りの結婚がどんな結果をもたらすか。……そう考えると急に物語が劇的で、そして取り上げる価値があるように思われた」(*FU* 96)とフォークナーは述べている。『尼僧への鎮魂歌』では、『サンクチュアリ』の事件の後、テンプルはガワン・スティーヴンズ (Gowan Stevens) と結婚するが、結婚生活に満足していないテンプルは、恋人と駆け落ちを企てる。それを阻止するために、黒人の乳母ナンシーが下の嬰児を殺すという惨劇が起こるのである。物語はその罪によってナンシーが死刑を宣告される場面から始まる3幕6場(第1幕3場、第2幕2場、第3幕1場)から成る戯曲形式を採用している。

　『尼僧への鎮魂歌』の解釈をめぐって、ヴィカリーは、法や裁きとは別に道徳や真実を模索することでテンプルの救済を説くギャヴィン・スティーヴンズを支援し、テンプルの救済のために身を投げ出したナンシーの自己犠牲とひたむきな信仰に着目した。[1]それとは対照的にノエル・ポーク (Noel Polk, 1943-) は苦悩するテンプルを中心に解釈し、ギャヴィン同様ナンシーに理想の破綻を見るのである。[2]すなわち『尼僧への鎮魂歌』における最大の問題点は、一見無意味でしかないと思われるナンシーの異常な自己犠牲が有効に働き、テンプルの救済に繋がったかどうかである。前の章で述べたように、

フォークナーはその宗教概念の多くをジェレミー・テイラーに負っている。従って本セクションの目的は、テイラーに言及しつつ、『サンクチュアリ』から『尼僧への鎮魂歌』へ及ぶテンプル・ドレイクの変容と、『尼僧への鎮魂歌』のナンシーの犠牲から、フォークナーの宗教概念を改めて考察することである。

　フォークナーは、モダン・ライブラリー版『サンクチュアリ』（1932）の序文を書こうとして金儲けのために（事実、結婚と、ローワン・オークを購入したことで金銭的に困窮していた）思い切り恐ろしい物語を書いたと述べている（ES 176）。確かに描かれているのは目を覆いたくなるような惨事である。『サンクチュアリ（聖域）』とはまことに皮肉な題名である。なぜならこの作品においては誰にも避難する場所はない。あるのは「深刻な木立でただやせ衰えた天気によって汚された残骸」（S 43）だけである。家庭生活に幻滅してジェファソンへ向かう弁護士ホレス・ベンボウがかかわるこの荒地での異常な出来事は、モラル感覚の欠如がもたらしたものであり、登場人物には罪の認識が希薄である。罪の認識は救済の渇望を呼び、ある意味で救済の可能性を暗示するが、『サンクチュアリ』の登場人物たちには罪の認識が極めて曖昧で、救済の可能性を見いだすことは困難である。

　改めて『サンクチュアリ』の出来事を振り返ってみると、ミシシッピ大学の学生テンプル・ドレイクは、ボーイフレンドのガワン・スティーヴンズと共に野球観戦に出掛け、オールド・フレンチマン屋敷（Old Frenchman Place）にやって来る。ガワンが飲酒運転で事故を起こし、喧嘩して殴り倒されたため、テンプルは4人の男に追い回される恐怖を味わうが、ウィスキー密造販売をしているリー・グッドウィンの内妻ルビー・ラマー（Ruby Lamar）に助けられる。身の危険を感じていたにもかかわらず、またリー・グッドウィンが日の暮れないうちにその場を離れるようにと助言するが、テンプルはそこを立ち去りもせず、屋敷の納屋で夜を過ごす。翌朝テンプルは頭の弱いトミー（Tommy）に見張りをさせてトウモロコシ倉庫に隠れていたが、メンフィスのギャングで性的不能者ポパイが入ってきて、トミーを射殺し、テンプルはポパイに、トウモロコシの穂軸で強姦される。さらには、テンプルはミス・リーバ・リヴァーズ（Miss Reba Rivers）の淫売宿に連れていかれ、監

禁状態の中でレッド（Alabama Red）という名の恋人を当てがわれる。やがて彼女の方から積極的にレッドを求めるようになり、2人は駆け落ちしようとする。しかしレッドはポパイに殺害されてしまう。

　その間リー・グッドウィンがトミー殺しの容疑で逮捕される。裁判では、ホレスが屈辱的な敗北を帰す。ホレスの妹ナーシサ（Narcissa Benbow Satoris）が既に、事件の鍵となる情報を敵方の地方検事に知らせており、またグッドウィンが致命的な弱さからポパイを恐れて、ルビー・ラマーの証言によって無実を証明するという提案を拒み、さらに決定的には、テンプルがポパイを告発する証言をするとホレスに思わせておきながら、実際は彼女をレイプして、トミーを殺したのはグッドウィンであると偽証したためである。結果グッドウィンは有罪判決を受け、ついには怒り狂った群衆に焼き殺されてしまう。その頃テンプルは自らが引き起こした惨劇からは全く遠退き、父親と一緒にパリのリュクサンブルグ公園（Luxembourg Gardens）を散策しているのである。

　テンプルを異常な手段で強姦し、殺人を犯すポパイは言語道断の悪人である。しかし彼にも同情の余地はある。最終章で明らかにされるのであるが、彼は母の胎内で性病に感染し、生まれながらの障害を持ち、感化院で5年過ごした後に家出するが、毎年夏に母親に会いに行くという優しい一面をも持っていた。そして最後には犯してもいない殺人罪で投獄され、死刑に処せられることによって読者に憐憫の情すら感じさせる。

　一方テンプルがその身を案じてくれたグッドウィンに対して行った偽証には後悔の念が伴わず、読者は彼女に対して義憤の念を禁じ得ない。テンプルは、「あたしのお父様は判事よ」（*S* 31, 55）、「私の父親は裁判官です。ジャクソンのドレイク裁判官」（*S* 57）と、繰り返して父親の社会的地位に依存しようとする。一方でグッドウィンのところでは男に媚を売っている。後に彼女がただ「時間を満たしてしているべき何か」（*RN* 128）を欲したと告白するように、彼女は罪を犯す危険を承知の上ですべてを行っていた。大胆にも、「もう、あたし、何が起きても平気だわ」（*S* 94）と言っているが、その一方でポパイに襲われた時、彼女は恐怖から「私に大変なことが起っている！」（*S* 107）と叫び、自分自身が犠牲者、意に反して置かれた状況の被害

者であるとしている。売春までして弁護士を雇って何度かグッドウィンを牢から出したことがあるルビー・ラマーがテンプルを告発する言葉は的を射ている——「ご立派なご婦人方っていう手合いさね。……取れるものはすっかり取って、人にはなんにも与えようとしない手合いさ」(S 62)。

実際、テンプルは何度も逃げるチャンスがあったにもかかわらず、逃げるどころかむしろセックスを楽しんでいる。彼女は、「欲望が次々と波のように彼女を越えているのを感じて」(S 251)、「肉感的な快楽状態」(S 253) にいる。ホレスが呆れることには、彼女は、「あれはいつのまにか起こってしまったのよ。あたしには分からないわ」(S 226) と、「その経験を、まるで作り話のように、本当の誇りを持って、一種天真爛漫な、私心のない虚栄心ともいうべきものを持って」(S 226) 物語る。事実は、「町にいた時、おれの方が先に、どっちを選ぶかおめえに任せたんだぜ……おめえは自分で選んだぜ」(S 246) とポパイが糾弾するように、責任は彼女自身にある。彼女の動機が何であれ、結果は彼女の故意の関与から生じたもので、彼女には弁解の余地はないと言わなければならない。

現実のどんな責任からも逃げている様子を表すかのようにテンプルはいつも走っている——「彼女は走り出した。……走るのをやめもせずに、彼女はちょっとためらう気配を見せた。……テンプルは再び走り出した」(S 51)、「廊下に出ると、ぐるりと向きを変えて走り出した。……道まで駆けつけて、暗闇の中を 50 ヤードほど走った」(S 97)。その例はあまりに多くすべてを列挙できないほどである。テンプルが常に走っている様子は、彼女の生活の無秩序な喧騒ぶりを象徴する。そもそも彼女にテンプル（寺院）という名はそぐわない。彼女にとっての避難所は寺院ではなく、メンフィス売春宿以外にはないのである。果たしてこのようなテンプルが救われる可能性が示されているのだろうか。

「官能的な身振りや死滅した欲情の疲れ果てた亡霊がたゆたっているような」(S 163) メンフィス売春宿で横たわるテンプルは決して心穏やかな状態ではない。しばしば彼女は苦闘し、体をすくませる——「テンプルはもがき始めた」(S 97, 100)、「(テンプルは) まるで教会の尖塔に縛り付けられているみたいに完全な孤立を感じながら、体をすくませているのだった」(S

167)、「彼女は……まるで腰を包んでいるタオルの下の肉体が、おびえた人の群れのようにさっと崩れ去って、後ろへ後ろへとすくんでいくように感じた」(S 167)。そしてテンプルは、「子供のような絶望の表情で」(S 148) 自分自身を恐怖と不安の中に置かれたミス・リーバの2匹の毛むくじゃらの犬と重ね合わせる。

> 彼女は、毛むくじゃらで不恰好なその犬のことを考えた。野蛮で、気まぐれな、甘やかされた犬たち、庇護された彼らの生活のうつろなほどの単調さは、普通なら天下御免の彼らの安逸を象徴しているはずの人間の手によって、何の予告もなしに体ごと抹殺されてしまうのではないかという、訳の分からぬ恐怖と不安の瞬間によって、たちまちにして奪い去られてしまうのだ。　　　　　　　　　　　　　　　　　(S 163)

> テンプルはまたもやあの犬のことを考え、彼らがあの激しい恐怖と絶望に体をこわばらせながら、ベッドの下の壁際にうずくまっている有様を思い描いた。　　　　　　　　　　　　　　　　　(S 166)

さらに以下の場面で読者はテンプルの孤独とアイデンティティー喪失の実感を読み取ることができる。

> 彼女は朝の10時半のことを考えた。日曜日の朝で、2人連れがぶらっと教会の方に歩いていく。彼女は薄れていく置時計の針の穏やかな身振りを見つめながら、今はまだ日曜日、あの同じ日曜日であることを思い出した。あるいは今は今朝の10時半なのかもしれないわ、あの10時半なのかもしれないわ。そしたら、あたしはここにはいないはずだわ、と彼女は思った。これはあたしじゃないんだわ。……気が付くと、自分の腕時計の音が聞こえていた。……ベルの音が1つ、どこかでかすかに、鋭く響き渡り……またもやかすかなベルの音が、鋭く、長く響き渡った。

> 　　　　　　　　　　　　　　　　　(S 159-60)

「ベル」は時間が錯綜した危機的な状況に対して無意識のうちに彼女が聞いている警鐘である。人がその生活の混乱に気付く時、救済に向かっての最初のステップを既に踏んでいる。その段階で完全な堕落からは免れている。なぜならこのような認識は罪からの方向転換を示唆するからである。すなわち上記の場面は魂の深いところにあるテンプルの救済に対する茫漠とした願望を表している。

　『サンクチュアリ』と『尼僧への鎮魂歌』とを結ぶのはこのかすかな願望であり、後者はこのテンプル・ドレイクの救済を取り扱っている。『尼僧への鎮魂歌』でテンプルは彼女の過去をいわば帳消しにするためにガワンと結婚し、2人の子供たち――4歳の息子と乳児――がおり、ナンシー・マニゴーを女中として雇っている。「あの夕陽」では、ナンシーはディルシー（Dilsey Gibson）が療養中にコンプソン家で料理人として働いており、白人相手に売春をして子供を身ごもり、夫ジーザスに殺されると妄想しておびえている様子が描かれている。『尼僧への鎮魂歌』でのテンプルの告白によれば、女中としてナンシーを雇っている理由は、「元麻薬常習の黒ん坊の淫売がジェファソンでテンプル・ドレイクの言葉を話す唯一の動物であったから」（*RN* 136）である。

　テンプルとガワンの関係は決してうまくいってはいない。テンプルが、結婚に対して、ガワンに負い目があると感じる一方ガワンはテンプルに感謝を要求しているばかりか、過去がわだかまりとなって長子の出生にさえ疑念を抱く。そのためテンプルは昔の恋人レッド宛の手紙を材料に脅迫するために近づいたレッドの弟ピート（Pete）の餌食になり、彼女はピートと駆け落ちしようとする。ナンシーが何とか思いとどまらせようとするが、テンプルは断固として決意を変えない。やむなくナンシーは、置き去りにされる嬰児が苦しまないようにと、その児を締め殺す。ジェファソン、ミシシッピ裁判所で、テンプルの嬰児殺人に対して、ナンシーは絞首刑を宣告される。唯一被告の弁護士、ギャヴィン・スティーヴンズだけが罪の本質がどこにあるかに疑問を持つ。

　『尼僧への鎮魂歌』の第1幕の法廷シーンは『サンクチュアリ』の最後の場面を思い出させる。ここで再びテンプルは法律的にはどのような罪からも免

れている。そして彼女は再び逃避への準備をする。スティーヴンズが彼女の過去を探り、彼女の良心に訴えるが、テンプルが真実に直面するのを避け、自己妄想に逃避するため、スティーヴンズの追及は困難を極める。自己防衛のために、テンプルは可能な限りすべてのトリックを利用する。その1つの策略として、『サンクチュアリ』で、犠牲者の役を演じることによって、すべての責任から逃げたように、再び『尼僧への鎮魂歌』で、「犠牲者」(*RN* 107)、「子供に先立たれた母親」(*RN* 56、*RN* 71)、「彼女(ナンシー)にその子供を殺された母親」(*RN* 104)を演じることによって、責任を回避しようとするのである。しかしながらスティーヴンズは、涙を流さないテンプルを初めから犠牲者として扱うことを拒み、嘲るかのように彼女にハンカチを提供する──「大丈夫。それも乾いている」(*RN* 49)と。ナンシーの犯罪が裁かれ、その処罰も確定しているからには、スティーヴンズが言うように、過去は取り消せない──「それはもうすっかり終わったのだ……」(*RN* 76)。

　テンプルの最後の執拗な防衛は、道義的責任から逃れようとして、ガワン・スティーヴンズ夫人の見地からテンプル・ドレイクを描写することであった。

　　テンプル
　ガワン・スティーヴンズ夫人の仕業。

　　スティーヴンズ
　テンプル・ドレイクだ。ガワン・スティーヴンズ夫人はこの階級の試合には出てもいないよ。これはテンプル・ドレイクの出番だ。

　　テンプル
　テンプル・ドレイクは死んだわ。　　　　　　　　　　　　(*RN* 80)

そこにスティーヴンズが割り込む、「過去は決して死なない。それは過ぎ去ることさえない」(*RN* 80)と。テンプルは、「ナンシーは救われなくてはなりません」(*RN* 69)と強く主張はするが、初めから彼女が専心しなければな

らないのは自分自身の救いであることは分かっていた──「分かったわ。ごめんなさい。結局疑うことができないのは自分が臭いということだけなのかもしれませんわ」(RN 57) と告白する。

さて法律的にはテンプルは無罪であった。しかしながら彼女は罪意識のために自らの不安な良心をなだめることができない。必死に抵抗するが、彼女の虚勢はついに崩壊する。「テンプル・ドレイク、ばかな処女」(RN 113) の過失を認め始める。

　　なぜならテンプル・ドレイクは悪が好きでしたからなの。彼女が、野球の試合に出掛けたのも、そのためには汽車に乗らなければなりませんし、そうすれば汽車が初めて止まったところで抜け出して、100 マイルも男の人とドライヴができるから──。　　　　　　　　　　　　(RN 117)

同じく彼女は売春宿にとどまることに決めたのは彼女自身であったことを認める──「私にはまだ 2 本の手と足と目があったのだから、いつでも雨樋を伝って下りることができたのよ、ただしなかっただけ」(RN 123) と。さらに致命的な欠点は、自らが「本気で臭気を消し去るつもりはなかった」(RN 133) ことであったことをも認める。

『尼僧への鎮魂歌』によって提示されたフォークナーの救済の問題は、苦悩、犠牲そして自由の問題などフォークナーの主要な主題と関連しているため容易に理解できない。フォークナー自身も原稿段階において多くの改訂を行っている。前述のように現行版においてはようやく第 2 幕の最終場で、テンプルが真実を話し始める。しかし自らの贖いに関しては全く確信を持っていない状態である。「元麻薬常習の黒ん坊の淫売」(RN 179) として、まだナンシーを告発し続け、完全に自分自身の罪を認めてはいない。彼女は、目的もなく苦しまなければならないと嘆く──「そうなのね？ それはただの苦悩なのね。何かのためではなく、ただの苦悩なのね」(RN 181) と。なぜなら、彼女は自分自身の過去がいかに恐ろしいものかを知っているため、過去同様将来にも救済はないように思われた。彼女にとって将来は無意味な明日の連続でしかなかった。彼女は、「膨大な、恐ろしい重荷──それによって人間

が生き、それを欠けば人間は一瞬のうちに消滅するであろう本質にほかならない」(RN 213) 恐ろしい過去と、希望のない未来の間の宙ぶらりんの中を生きなければならなかった。「私の魂を救うために——魂が私にあるとすれば。それを救おうという神様がいるならば——それを望む神様が——」(RN 182)とテンプルは言うが、彼女が自らの救済に関して真剣であるか否かは定かではない。彼女は既に「永久にきっかけを見失っている」(RN 168)のだろうか。

小説の終わりでやっと彼女が、「しっかりした足取りでドアの方へ歩いていく」(RN 244)との記述があり、彼女が我を取り戻している様子が暗示されている。フォークナーはなぜテンプルを不安定な状態に長らく放置したのか。この主題の核心に迫る問題をテイラーを参照しながら、ナンシー処刑前夜、苦悶するテンプルがナンシーに詰問する感動的な最終幕の現場から考察することにしたい。

テンプルはナンシーに、彼女が未来を直視しなくてはならないこと、そしてナンシーが持っている平安を見いだす必要があると必死に訴える。ナンシーは、「あの方を信じることだな」(RN 236)と、非常に単純な言葉で明言する。天国への全き信念、未来に対する確信を持って、ナンシーはほとんど過去に悩まされていない。しかしテンプルは、あのような苦しみを経験した者がどうしてそのように確信を持って言明できるのか理解できない。ナンシーが答える——「分からないよ。だけど信じなくてはいけないよ。それが悩みへのあんたの償いなんだから」(RN 236)と。

続いてナンシーとスティーヴンズの間に短いやり取りがなされる。スティーヴンズが、「誰の悩み、誰の償い？ めいめい自分の悩みに自分がするのか？」(RN 237)と詰め寄ると、ナンシーは落ち着き払って返事をする——「みんなのだよ。みんなの悩みだ。哀れな罪人みんなのだよ」(RN 237)と。スティーヴンズが重ねて、「この世の救いは人の苦悩の中にある、ということなのか？」(RN 237)と尋ねると、ナンシーはそうだと確認する。この時点で、苦しみの中からテンプルは突然詰め寄る。

だけどなぜ苦しみでなくちゃならないの？ 全能のお方だっていう話じゃ

ないの。なぜ別の工夫ができなかったの？ 苦しみでなくちゃならないとしても、なぜお前ので十分じゃないの？ なぜお前の苦悩でお前の罪が買い戻せないの？ 8年前私が野球の試合に出掛けようと決めたからといって、なぜお前や赤ちゃんまで苦しまなくちゃならないの？ ただ神様を信じるためにほかのみんなの苦悩を、お前が引き受けなくちゃならないの？
(*RN* 237)

そしてテンプルは魂の最も深いところから出た真摯な問い掛けをする――「世界中の悲しみと破滅をねたにお得意さんをゆするなんて一体どういう神様なの？」(*RN* 237) と。人が他人の罪を償うなどという考えは、テンプルには全く理解できないのである。このようなテンプルにナンシーの犠牲が意味を持つのであろうか。

フォークナー自身はナンシーが同情に値する人物であると述べる。殺人を犯すが、彼女はテンプルと罪のない子供のために最善の行為をしていると主張する。ナンシーについてのフォークナーのコメントは注目に値する。

まあ、ただ売春婦という彼女の悲劇的な環境、状況によってあのように追いやられた悲劇でした。自らの利益や快楽のためではありません。彼女はその状況によってあのような生き方に宿命付けられ、呪われていたのです。しかしそれにもかかわらず、彼女はぼんやりした光と理性で、正しいか、あるいは間違っていたかどうかお構いなしに、罪がない子供のために、世界の完全な放棄という、ほとんど宗教的な自己犠牲をなしたのでした。彼女に尼僧という言葉は逆説的です。しかし私にはそれが彼女の悲劇に何かを加えたように思えます。
(*FU* 196)

ナンシーの「ぼんやりした光と理性」という道義的、知的な限界にもかかわらず、ナンシーがかくも強烈に彼女の行為の道義的な無傷性を「信じる」ことが、小説にダイナミズムを与えている。もしナンシーがテンプル・ドレイクの罪のために命を捧げたと理解するなら、ナンシーをキリスト像とすることができる。前章で明らかにしたように、フォークナーは自由意志が神か

ら与えられた生得のものであると認識する。そして自由意志から何の保障もない状況で、悪に対して個人的に立ち向かう道を選択する勇気こそ信仰と呼ぶべきものである。

テイラーは信仰と希望の相違とは、アウグスティヌスの言葉を引用して、神の真実に基づく確実性と自らの意志に基づく不確実性にあると定義した。

> 信仰はその対象の幅と、意図の度合いで希望とは違います。聖アウグスティヌスはその相違を説明している（『エンキリディオン』[*Enchiridion ad Laurentium*], cap. 8)。信仰はすべてを曝け出す。善も悪も、報いも罰も、過去のものも、現在のものも、来るべきものも、我々の関心事もそうでないものも。しかし希望は良いものあるいは望むべき未来、関心事のみを対象とする。これらのものは我々の変わり易い意志を基礎としているため失敗するかもしれない不安定な状況にある。それ故我々の確信は信仰の執着より不確かである。信仰は（神の言葉の真実性のみに基づいているから）不確定ということはあり得ない。それに対して希望の対象というのは我々にとって、すなわち我々の考えにとって不確実である。
> (*Works* III 150)

テイラーはまた、「信仰は目、神の霊は光を与え、神の言葉はランタン」(*Works* IX 56)と描いているが、宗教上のある種の問題はあまりに神秘的であるので理性の範囲を超え、自然の理性はそれらに対しては無力である。それ故テイラーは、「信仰における我々の最も偉大な理性は、我々の理性を従わせること、すなわちある種の問題に理性を用いず全体を有機的に捉えるということである」(*Works* IX 57)と逆説的な言い方をしている。理性の行使によって信仰は理解できない。テイラーは、「もしあなたたちが聞き従うなら、あなたたちは理解するでしょう」(*Works* IX 56)とも書いている。信仰と理性は対立するものではない。なぜなら、「ただ信仰は、理性を教化し正しい認識に至る唯一の道であるから」(*Works* IX 59)である。希望は疑いを暗示し、他方信仰は克服された疑い、救済の確信を提供する確固たる揺るぎない真実へと向かわしめる。

フォークナーがなぜ自らの救いに関してテンプルを長い間不確かなままに放置したかという理由は、テンプルがこの間ずっとこの信仰の行為に懸ける勇気を欠いていたという事実を強調するためであったのではないだろうか。ナンシーが言うように、古い罪がテンプルにとってまだあまりにも強烈であるため、彼女は過去を帳消しにする望みに執着し続けたのである。

> 希望ちゅうもんがあるからな。そいつを捨てるのが、追い払うのが、手放すのが一番つらいことさね。哀れな罪びとの一番いやなことはそれを見失うことさね。それしかないからかもしれん。せめてそれだけはつかまえ、しがみついていたいんだな。たとえ救いがすぐ手の届くところにあって、選びさえすれば、それでいいんだというような時でも。救いがもう手に入っていて、指を閉じさえすればそれでいいんだという時でも、古い罪があまりに手ごわくて、気が付かないうちに救いを放り出して希望をひっつかまえようとすることだってあるのさ、だけどそれでいいんだよ。
> 　　　　　　　　　　　　　　　　　　　　　　　(RN 233-34)

　上記のナンシーの言葉に示されていること、すなわち信仰が希望とは異なるというまさしくその事実を学ぶためにテンプルには時間が必要だったのである。
　信念のために進んで自らを犠牲にしたナンシーは信仰の概念を体現した。信仰は心理学や社会学用語のように理性による分析と計算の対象ではない。信仰は客観的な観察の問題ではなく、神との関係の中に生きる真実をいう。その意味でテンプルの救済は理論ではなくその後の彼女の生き方にかかわり、テンプルが自らの罪を無効にするという望みを捨て、ナンシーのように、信仰の行為に身を投じる時、初めて彼女に心の平和が訪れる。それは、フォークナーの言葉を借りれば、彼女が、キリストを「苦しみと犠牲と希望の約束の比類なき例」(LG 247)として、善き行いに励み、自らの救済に向かって努力することである。
　テンプルは少なくとも自身の有罪を認識し、「そして今度は私が赤ん坊を殺した黒ん坊に、『許してあげるわ』っていう番なのね。いえ、それじゃま

ずい。入れ替えなくちゃ。さかさまにしなくちゃいけないわ。もう一度許してもらって、私が新しい人生をやり直すのよ」(*RN* 230)と述べ、更正に向かって努力する決意をする。このように自らの過失を認めることは救済の始まりである。なぜならテイラーが述べるように決定的な変革をもたらすのは意志の方向転換である悔い改めに他ならないから。

> 世界中のすべてのものの中で、悔い改めが最も大きい変革をもたらす。天にあるものも地にあるものをも変革する。1人の人間全体を罪から恩寵に、邪悪な習癖を神聖な習慣に、汚れた肉体を天使の魂に、豚を哲学者に、酩酊状態をまじめな弁護人にする。　　　(*Works* Ⅲ 205-06)

前述したようにテンプルは、刑務所を去るや否や「大丈夫」と言い、やっと道徳的に責任が取れる主体となったことを示唆するかのように、「しっかりした足取りでドアの方へ歩いていく」(*RN* 244)。一方ガワンは結婚生活についてのテンプルの告白を聞いて、自らが「臆病」(*RN* 62)なために、罪に加担したのだと非を認め、「これから後8年間で罪を償っていくスタートなんだ」(*RN* 174)と決意を述べる。彼はまだ完全に彼女を許してはいないが、ここで彼らは互いの苦しみを認知し、ある種の相互理解に達する。こうして翌日からの日々はテンプルにとってガワンと共に生き、これまで言葉でしかなかった事柄を現実化する時となる。代価は既に支払われた。生命を犠牲にしたナンシーの行為を容認することはできなくても、少なくともフォークナーはキリストの贖いのシンボルとしてナンシーの行為がテンプルの救済に必要であると示唆している。ナンシーの死を贖罪のシンボルとして受け入れて、テンプルがガワンと残された子供と共に結婚生活を続けることが期待される。最初に掲げた問い、ナンシーの自己犠牲によってテンプルが救われたか否かに対しては、確かに、キリスト像としてナンシーの犠牲は有効に働き、テンプルも勝利する (prevail) 可能性があると答え得るのである。

各幕の冒頭、「裁判所」、「金色のドーム」と「監獄」と題されるプロローグの散文は法律と法律上の正義を取り扱っている。第1幕の初めには「郡役所 (市名由来)」と題名が付けられ、1830年代のジェファソンの町の成立が裁判

所の出来上がる過程と共に述べられる。ジェファソンの裁判所は、政府の錠前を失った責任を免れるために、数人の男たちによって建設が行われた。その始まりから道徳的な矛盾が存在する裁判所におけるその後の道徳と法律の混乱が示唆される。第2幕「金色のドーム（初めに言葉があった）」は、「横柄に、否定し難く、そそり立つ」(*RN* 97) 州会議堂の建設と共に、組織化された州の開拓と発展が述べられる。第3幕「監獄（ましてや全く放棄することなく——）」は、暗示的な呼び掛けと共に、「何よりも古く、すべてを、人の世の有為転変を、見て、記録してきた」(*RN* 184) 町の監獄の秘史が語られる。インディアンが町を去った後、裁判所が建設され、棉の栽培が始まる。南北戦争が勃発し、敗戦の混乱、復興、そしてさらに文明は進み続ける。法律では捉え切れない時間という、「底無しの夢のような深みから、相も変わらぬ昔ながらの答えることのできない問い」(*RN* 185) は止まないのである。

2　『寓話』——フォークナーの究極的福音

　前の章で、人間性に対するフォークナーの強い信頼は、キリストを偉大なる模範であると考えるテイラーの実践的な信仰の影響により形成されたものであるという仮説に基づいて、フォークナーの宗教概念がペラギウス主義ではないことを説明した。実際、『尼僧への鎮魂歌』で、フォークナーは、理性では判断できない究極的現実について理解を促すものとしての信仰の概念を表明している。そのためナンシーが実際に信じた内容よりむしろその信仰の精神的状態を強調する。1944年から1953年の大半を費やして書いた『寓話』で、フォークナーは彼の宗教的な問題、キリストに対する人間の自由意志の問題を劇化する。そこで本セクションの目的は、テイラーを参照して、『寓話』を執筆するに際してのフォークナーの意図から、フォークナーのキリスト像が何を示しているかを探り、フォークナーの究極的福音を紐解くことである。

　フォークナーによると、『寓話』執筆は、戦場に「再びキリストが現れたらどうなるであろうか？」(*F* 27) との問い掛けから着想され、カウリーに述べ

第Ⅳ章　ジェレミー・テイラーを通して見るフォークナーのキリスト像　113

たように、フランス陸軍に現れたキリストの物語となって結実した。

> 彼（フォークナー）が500頁を費やして書いた新しい小説について私（カウリー）に話した。それはキリストについての物語であり、フランス陸軍の12人の隊員と共存する伍長の物語である。　　　　　　　　（*FCF* 105)

　小説は受難週に準えて、第１次世界大戦が終結する数カ月前の５月のある週に、フランス陸軍で起こったとされる事件を扱っている。ある連隊が攻撃を命じられるが、攻撃が始まることになっていた月曜の朝、連隊は戦争を放棄する。外国生まれの伍長が、12人の部下を従えて、連隊に戦争放棄を説いたためである。それ以前にもこの連隊は連合軍ばかりでなく、ドイツ軍に対しても、戦闘を止めて平和に戻ろうと働きかけていた。連隊が攻撃を拒否すると、ドイツ軍もこれに倣い、両軍の兵士たちは単独講和をし、しばし平和を取り戻す。しかしこの連隊は後方に送られ、反抗した13人は投獄されてしまう。連合軍とドイツ軍の将軍たちは秘密会議を開くが、彼らの抗議は絶対に許されるべきものでないと断罪される。しかし既に平和という合言葉は軍隊内に浸透し、１人の伝令兵（the runner）が伍長の弟子となり伍長に仕え、平和のメッセージを伝える。一方連合軍を指揮するフランスの老元帥（the old general）が伍長とひそかに対面し、伍長が自分の庶子であることを明らかにし、伍長に殉教を断念して自由を得よと説く。伍長はそれを拒否して金曜に処刑されるが、彼の平和に対するメッセージは、伝令兵によって受け継がれる。

　特筆すべきは、伍長の生涯とキリストの生涯の間に執拗なほど明白な類似が数多く見られることである。キリストと同じく伍長は冬に馬屋で生まれ、およそ33歳の年に、12人の部隊を率いて使命に赴く。12人の１人ポルチェック（Polchek）は、ユダがキリストを裏切ったように伍長を裏切り、ピエール・ブーク（Pierre Bouc）はペトロがキリストを否認したように伍長を否認する。伍長のメッセージは戦争と恐れに対する抵抗と平和と愛であり、キリストと同様に彼は金のために裏切られる。キリストが荒れ野において現世的な力で悪魔に誘惑されたように、老元帥が具現する現世的な力によって

試みられ、最終的にはキリストが国家に対して扇動をたくらんだとして2人の強盗の間に磔にされたように、伍長は軍部に対して裏切りを企てたとして、2人の泥棒の間で処刑される。また死んだ伍長の頭の周りに巻き付けられた有刺鉄線はキリストの茨の王冠と類似している。さらに墓から伍長の体が消失したことは墓からキリストが復活した様子を思わせる。

さらにキリストの献身的な追従者の1人となった、マグダラのマリアが売春婦であったように、マルセイユから来た伍長の婚約者も売春婦であり、伍長の異母妹であるマート (Marthe) とマーリャ (Marya) は、ラザロの姉妹マルタとマリアを連想させる。初めは敵対していたが、終わりには伍長の目的に身を投ずることによって、戦いを終結させようとする伝令兵は、キリストに対するパウロのようである。またキリストの贖いの力がすべてに及ぶように、小説で遍在するのは伍長の贖いの力である。伍長自身は実際には頻繁に出現するわけではないが、彼は抑圧されている人間の良心を象徴するかのように、その治癒力で、例えば盲目の子供、老人や貧しいカップルが救われている (cf. *F* 237–38)。

『寓話』執筆の意図にまつわるもう1つの証言は、人間の良心の3部作を書いているとのフォークナーの主張である。

> 私が書いていたことは若いイギリス人パイロットと伝令兵と主計総監によって表される人間の良心の3部作でした。1人は言った。これは全くひどいです、私は自らの生命を犠牲にしてまでそれに立ち向かったりはしないでしょう——それはイギリス人飛行士でした。老いた主計総監は言った。これはひどいことです、しかし我々はそれを我慢することができますと。3番目の大隊の伝令兵は言った。これはひどい、私には耐えられない、私がどうにかしましょうと。 (*FU* 62)

1950年12月にストックホルム (Stockholm) で行った演説に表れているように、フォークナーにとって重要なこと、「単独で、ただそれだけが書く価値を持ち、人間の苦しみと汗の価値を持っているため、良い執筆をすることができる」のは、「人間の心の葛藤の問題」(*ES* 119) である。その1例

第Ⅳ章　ジェレミー・テイラーを通して見るフォークナーのキリスト像　115

としてフォークナーは『寓話』の中に『馬泥棒についての覚書』(*Notes on a Horsethief*) の物語を挿入している。1912年イギリスの馬丁ハリーは、アルゼンチン (Argentina) の百万長者に売られた天才的な競走馬 (horse) を送り届けるためにアメリカに渡り、黒人牧師トービー・サターフィールドに出会う。そしてケンタッキーに連れ戻されて種馬となるよりは、最後まで走り続けさせようとして (*F* 137)、移動中に怪我をしたその馬を盗み、治療を施す。走るのは1レースだけにして、終わると同時に立ち去る (*F* 132) という方式で、3本脚の馬は南部の町々で勝利し続けるが、追跡隊が迫り、ハリーは馬をやむなく射殺する。フォークナーはこの物語さえも、たとえ対象が馬であっても、「理解というのではなく、心から心へ、腺から腺へと通じ合う関係が生じていたのであり」(*F* 127–28)、「人間とその良心と置かれた環境との間の葛藤の例である」(*FU* 63) と説明する。

　『寓話』において人間の良心が試されているのは、戦争の現実である。戦争は、老元帥が述べるように、秩序に対しての人間の最大の罪であり、戦争への衝動的ともいえる無謀な献身は、実際には人間の利己主義の極みであり、致命的な悪に他ならない。

　　戦争は雌雄同体現象なのだ。勝利と敗北の原理が1つの体に宿り、なくてはならない相手、敵はベッドにすぎず、その上で2つの原理が互いを消尽し合う。……また戦争は人間がこれまで発明した中で最も金がかかり、命にかかわる悪事であり、人間を滅ぼす力があるとたあいもなく信じられている好色や飲酒やギャンブルといった普通の悪徳に比べたら、酒、高級売春婦やカード賭博と、子供の飴玉くらいの違いがある。戦争という悪徳はあまりに長い間人間に植え付けられているので、人間の立派な行動の主義となり、流血と神々しい犠牲を愛する国家的な祭壇となったのだ。
　　　　　　　　　　　　　　　　　　　　　　　　　　　　(*F* 291)

　こうしてフォークナーは2つの主要な意図を準備する。フランス陸軍におけるキリスト像を描くことと、醜悪な戦争における人間の良心の問題である。人間の自由意志とキリストとのかかわりが、戦争という状況でどの

ように作用するかを検討するためにフォークナーが表した良心の3つのタイプを、若いイギリス人パイロット、ジェラルド・レヴィン（Gerald David Levine）と主計総監（the Quartermaster General）と伝令兵に見ると共に彼らの相違を検証したい。

　レヴィンは、戦争という現実に直面させられ、苦い幻滅を経験する1人である。彼の世界を支配する言葉は、「栄光」である。しかしながら彼を特徴付けるのは精神的未熟さである。航空部隊に加入するや否やレヴィンは未亡人の母親の願望を無視し、RFC（イギリス陸軍航空隊）の機関偵察操縦士になるために身を投じる。いわば栄光という非現実な抽象概念を母親より優先させた。そのため、任命が下る2日前にRFCが存在しなくなり、RAFに任命されたことを知ると、「母親に心痛を与えてまで心酔してきた英雄たちへの仲間入り」（F 73）ができなくなったことに幻滅し、「遅すぎた。……栄光への扉は閉じられた。不滅なるものが、……期待をはぐらかして死に絶えてしまった」（F 73-74）と深く嘆くのである。

　レヴィンには死ぬ覚悟ができている。しかし彼は現実に直面することができず、静寂に対峙することすらできない。それは内面に堅実な基盤がないためである。しかしながらいつまでも現実に直面することを拒み続けることはできない。やがて彼も自らの根拠のない幻想に裏切られることを知るのである。フランス戦線の休戦に失望落胆するレヴィンは戦線のパトロールに出てドイツ軍の空砲を受ける。そして自らも空砲であることを知らず、ドイツ軍の将校を乗せた飛行機を撃つが、敵機は全く破損していない。空港に戻り飛行司令官に、試しに自分に向かって撃つように頼む。結果は、自らは全く傷を受けず、飛行服がくすぶったにすぎない。実にこの飛行服は破壊された彼の幻想のシンボルであった。

　レヴィンの国家主義は本質的に宗教的であるといえるかもしれない。彼は戦争を救済の機会として期待していたが、戦争のむなしさを知ると、絶望し、「自分が何も待っているわけじゃない」（F 85）と告白し、木曜に便所で自殺する。彼は栄光を追い求めることに夢中になるあまり、他のいかなる価値も見いだすことができず、伍長の反乱は彼にとってはただ栄光の機会の損失を意味し、その存在を支える手立てを奪ったのである。

第Ⅳ章　ジェレミー・テイラーを通して見るフォークナーのキリスト像　117

　レヴィンと同じく戦争を自己の栄光と結び付けて破滅する人物の中に、伍長が反乱を起こした際に所属していた連隊の少将シャルル・グラニョン(Major General Charles Gragnon)がいる。彼は、保身から機構に迎合する軍司令官ビデ将軍(General Bidet)や陸軍兵団の指揮官ラルモン(Lallemont)などとは違い、戦争を神聖な職務と信じ、「ただ師団の記録と名声のため」(F 34) 完璧な兵士として自らが運命付けられていると自負する。伍長たちの反乱の事後処理において、一徹な彼は、反乱を軍人としての自己の失敗と考え、彼自身をも含めて連隊全員の処刑を望む。しかし上官は彼がドイツ軍への攻撃の最中に撃たれたように見せかけるよう、ドイツ製のピストルで彼を正面から撃つことを命じた。グラニョンは自己の記録の厳正を保つため、撃たれる際、体を回転させて味方によって後頭部から撃たれたようにする。だが彼の画策もむなしく、木曜にグラニョンは後頭部の弾痕に蝋を詰められ、改めて正面から撃たれるのである。

　苦闘の中にいる2番目の男は、18歳のレヴィンと年齢において好対照にある60代後半の病弱な主計総監である。彼は老元帥が神の子であるという誤った幻想を持って生涯を過ごした。猛然と彼がこれまで英雄の証人であったと主張する。

> 僕はもっとよく分かっているからだ。あの門に君が立っているのを見た11年前の最初の瞬間に分かった。……君は誰も必要としない。……君がこれからどこへ行くにしても、その時、その瞬間が来たら人間の生きた希望という姿で、そこから戻ってくることを僕は知っているんだから……。
> 　　　　　　　　　　　　　　　　　　　　　　　　　　　(F 222)

　「老元帥はサタンであり、天国から追放されている」(FU 62)とフォークナーが説明しているが、その老元帥に過度の信頼を寄せる主計総監は偽りの預言者である。彼の救世主である老元帥は、「誰も必要としない」(F 222)と強く主張するところに、彼の過ちの根幹がある。フォークナーによれば、人間は皆「同じ織機の上に」(AA 101)いる存在であるから、お互いに依存していて、そして共に「死ぬ時に必ず訪れる孤独」(F 12)に苦しまなければなら

ないのである。それ故、「真実、愛、犠牲、そしてそれらより重要な何か別のもの——人間の不安定な現世をあぶなかしく固定する金の足かせなどよりももっと強い、人と仲間の間にある、人と仲間を繋ぐ絆」(F 138-39) が必要なのである。ただしレヴィンと異なり、主計総監は自分自身の栄光を欲してはいない。なぜなら彼はただ他人の栄光の証人になることを望んでいるからである。

従って、殺人犯である兵士を、直接死に導く任務に送るのを、老元帥が許可したことを知ると、主計総監は、激しい幻滅を覚える。さらに、伍長に対しての策略が論じられた会合に、ドイツの将軍が出席しているのを知り、彼の老元帥に対する幻滅は頂点に達する。失望の果て、主計総監は木曜に老元帥に直面し、辞職を申し出る。しかし辞職すらできなかった。かつて老元帥が、「あなたは死と名誉を覚悟でやってみることができなかった」(F 280) と、彼の欠点を指摘したが、この辞職願いも、ジェスチャー以外の何物でもなかった。

それ故、情熱的な議論にもかかわらず、主計総監は敗北者のままでいる。悪を認識しても、彼はそれを我慢し続ける。自ら、良心を麻痺させるのは「防衛的な恐怖」(F 276) であると認識しているにもかかわらず、主計総監は恐怖心のために自らが構築した世界の崩壊におののくのである。

> しかし私はそうしなかった。だからあなたより責任が重い。あなたは選択の余地がなかったのですから。あなたは自分の意志でそうしたのではなく、自分にできることをやったにすぎない。……でも私には選択肢があった。……いずれかを選べたのです。でも気が付くと恐ろしくなっていた。ええ、そうです。恐ろしかったのです。　　　　　　　　　(F 278)

主計総監は、「私はすべてが終わった老人です」(F 278) と弁明するが、自己防衛的な恐怖のために、自らは何もしないで、偶像にすべての信仰を委ねたのであり、人間として自らが負うべき責任を回避したのである。

耐えられない悪、あるいは現実に対して、「私がどうにかしましょう」(FU 62) と、積極的に働きかけるのは伝令兵である。彼は妥協をしない良心を象

徴する。ランナーという肩書きは、彼が行動する備えができており、変容し成長する人物であることを示唆している。

　伝令兵は、開戦当初に下士官兵として戦場で自らの勇敢さを示し、将校に任命される。しかしわずか5カ月後に、彼は下士官兵に戻るために任務を辞する。彼は説明する――「たまたま何かの偶然でこの小さな星章を上着に着け、軍国主義的な政府全体の支援を受けて、膨大な兵隊の群れに行動を命じる権力だけでなく、命令に背いた兵士を私自身の手で銃殺しても免罪される権利を手にしたら、その時は兵隊を恐怖し、嫌悪し、憎悪する気持ちが分かるようになるでしょう」(F 51)と。すなわち、彼が職を辞する理由は自由意志を曲げて上層階級に加わることを好まないためであった。

　現実に幻滅した伝令兵の生き方を変えたのはフランス部隊での伍長との出会いであった。ここで、伝令兵が伍長の追随者になって変容していく過程を追跡してみよう。伝令兵は老門衛から伍長のメッセージを聞く。老門衛は、彼らがなすべきことはただ戦争にうんざりしていると表明することであると言う。しかしながら伝令兵は、「まだ（伍長に）会ってみようともしなかった。あえてそうしなかった」(F 56)。それは伍長の言うことが「信じられない。本当のはずがない。あり得ないことだ。そんなことが可能なら、当局の目から隠しておく必要などないからだ」(F 57)と言う。しかし反乱が起こり、伝令兵はついに直接伍長に会い、彼は伍長の反乱を支持する決意を固めるのである。

「いや」伍長が言った。「たった1連隊だけだ。実際には今この瞬間にも全前線でフランス軍はドイツ軍の援軍と後方連絡線に最大の砲撃をしている。夜が明けてからずっとそうだ――」
「でも1箇連隊は戦闘を止めた」と伝令兵は言った。「1箇連隊はな」伍長は彼と目を合わせないようにしていた。……
「それに」伝令兵は穏やかに言った。「あなたの言うことは違っている。フランス軍全前線は正午に戦闘を中止したんだ」
「だが我々の前線は違う」と伍長は言った。
「未だというだけだ」と伝令兵は言った。　　　　　　　　　　(F 60)

ここでは伝令兵はもはや懐疑的な傍観者ではなく、自らの変化に恐れを抱きつつも、むしろ伍長をもしのいで停戦への情熱に燃えている。そしてこの伝令兵がイギリスの部隊に反乱を促すよう衛兵を説き伏せるのである。彼は伍長のメッセージを繰り返した。

　「1箇連隊だ」伝令兵は言った。「フランス軍の1箇連隊。ばかな奴だけが戦争を必要な条件と見なすが、それにしては高くつきすぎる。戦争はエピソードであり、危機であり、熱病であり、その目的は体から熱病を取り除くことだ。だから、戦争を終わらせるために戦争をするわけだ……」。
(F 62)

　このように実際に停戦を呼び掛ける伍長のメッセージを人々に伝えるのは伝令兵である。彼は最後まで献身的に同じメッセージを伝達する。

　フランス軍が、あのフランス軍の1連隊が、既に重荷を拾い上げたのだから。僕たちはたとえ一瞬でもそれを落とさず、よろめかず、休まなければいいだけだ。
(F 70)

　いいですか……もし私たち全員、大砲全部が全前線から1大隊が、1部隊だけでもそれを開始し、先導したら——ライフル銃も手榴弾も何もかも塹壕に残して——手ぶらで壇をよじ登り、鉄条網を突き抜け、それから手ぶらでどんどん歩き、投降するためではなく、傷つけたり害を与えるような物は何も持っていないのを見せるために手を広げ、走らず、躓かず、自由な市民のようにただ歩いて前進する——私たちの中からたった1人、1人の男がそうするだけでいい。1人の男がそうすると考えて、それを1大隊の人数倍にすればいいのです。
(F 263-64)

　ついに伝令兵は人々を塹壕から退去させることに成功する。そしてイギリスとドイツの大隊を破壊する集中砲撃においてさえ、「踵からへそを通って顎に至るまできれいに半身を包んだ炎に音もなく襲われながら、伝令兵が叫

ぶ声がかろうじて聞こえる」──「奴らに僕らは殺せない！ 殺せない！ できるものか──殺せない！」(F 272) と。また老元帥の国葬で醜悪な軍隊機構を糾弾するかのように、彼の免罪符であった勲章を上着から剥ぎ取り、それを葬列めがけて投げ付ける。群集が殴り、暴行を加え、彼は出血する。しかし伝令兵は自分自身を顧みず、「お前たちもまた人間を導く光を人間がもはや存在しない薄明に運び入れる手助けをした」(F 369) と叫び、悪の力に対して徹底的に抗議をする。地面に横たわりながらも彼は警告する──「震え上がるがいい。僕は死なないぞ。絶対にだ」(F 370) と。このように伍長がもたらした反乱に直面した3人の中で、伝令兵だけが、「恐ろしいほど忍耐強く」(F 263) 悪に対して闘い、善に果敢に参与した。「これはひどい、私には耐えられない。私がどうにかしましょう」(FU 62) と断言したのであった。

　レヴィンと主計総監が錯覚から幻滅に移るのに対して、伝令兵は幻滅から、最終的に「信ずること」(F 171) を受容する。反乱を聞いた時から、隠遁から出て、信念のために利己的な意志に屈せず伍長の平和の意図を達成しようと努力を始める。いわば、伍長がキリストを具現しているように、伝令兵はキリスト像である伍長を体現している。伍長に対する愛が伝令兵に大きな変革をもたらしたのであり、他の2人は彼ら自身の世界を保持することに汲々として自滅したのである。

　これらの3人がキリストの教え──「わたしについて来たい者は、自分を捨て、自分の十字架を背負って、わたしに従いなさい。自分の命を救いたいと思う者は、それを失うが、わたしのために命を失う者は、それを得る」(マタ 16:24-25)──の良い例である。キリスト（ここでは伍長）に従い、他の人たちのために自らを犠牲にする時、生命を見いだすことが、伝令兵によって示唆されているのである。

　かつてフォークナーは、平和主義より高い価値があることを小説で示すつもりであると宣言している。

　……詩的な類似、寓意物語によって平和主義が機能しないことを示すはずでした。戦争を終わらせるために、人間が戦争やどんな犠牲を払っても戦闘行為の才能や力を求めることや、大砲で大砲を破壊する力などより一層

強力な何かを見いだすか、あるいは発明しなくてはならないことを。あるいは人間が最終的に自分自身を動員して、そして戦争を終わらせるために戦争の道具で彼自身を武装しなければならないかもしれないことを。そして我々が終始陥った過ちは戦争を止めるために国と国を、政治的なイデオロギーに対して政治的イデオロギーを敵対させることであることを。[3]

フォークナーが示そうとしてきたもの、それは自己犠牲に他ならない。これまで指摘してきたように、フォークナーのキリスト像は罪の償いの生贄の役割を果たす。そしてフォークナーの作中人物の中で道徳的に最も完全な自己犠牲の例はこの『寓話』の伍長（本名ステファン）である。ステファンという名前は、殉教者ステファノ（使徒言行録7章参照）を想起させる。伍長は数回誘惑されるが、人間の本性、「腺」（"glands," *ES* 120）に打ち勝ち、決して追従者たちを見捨てず、裁判と弾劾の直後に老元帥に諭される時でさえ、彼は決して追従者への配慮を失わない。

連合軍の総司令官である老元帥はサタンがキリストに行ったのと同様の誘惑を子供である伍長にする。「私にポルチェックをよこせ、そして自由を取るんだ」と老元帥が選択を迫るが、伍長は、「まだ10人います」と答える。次に老元帥は、「世界を選べ」と述べるが、再び伍長は、「まだ10人います」（*F* 293）と答える。最終の誘惑は、生き延びるチャンスであり、最も抵抗し難いものであった。しかし伍長の答えは同じく、「まだ10人います」（*F* 297）だった。伍長は自らの使命を果たすためには、生命を犠牲にしなくてはならないことを知っていた。それが自らのメッセージに則る道であったからに他ならない。人間が耐えることができるであろうこと、そして最後まで人間の善性を信じると断言する。伍長は、「警戒しながら、しかし本当に静かに、注意深く、落ち着いて」（*F* 289）、自分自身に忠実であり続けたのである。

伍長が人間の善良さと救済の可能性を信じる一方老元帥は人間の中に悪と限界を見る。老元帥は伍長と彼自身の間の違いは、現実と非現実の闘士という彼らの立場だけであると主張する。

我々は2人の代表で、多分自ら選んだのだが、ともかく選ばれて、2つの敵対する立場を擁護するというより試してみるように要求されている。我々の落ち度ではなく、2つの立場が出会う闘技場が単に狭く、いろいろな制約があるために、両者が争い、そして——どちらかが——滅びなければならない。私はこの俗世の闘士であり、俗世は私の好き嫌いにかかわらず存在し、自ら頼んでここに来たわけでもないが、私はここにいるのだから、割り当てられた時間はとどまらなければならないし、そうするつもりだ。お前は人間が非現実に抱く根拠のない希望と無限の能力——いや——情熱という秘儀の領域の闘士だ。 (F 294)

しかしながら、むしろあえて言えばこの2人の間の争いは、私欲に囚われている自己防衛的な老元帥と愛に裏付けられた自己犠牲的な伍長の対立だと総括できる。小説全体で老元帥は無限の力を有するものとして描かれている。彼は人に選択権を与える一方自らは決して責任を取らない。責任回避で手を洗ったポンテオ・ピラトのように、老元帥はただ伍長の死ぬ意志に、そして「苦しませるべき主人公、罵倒すべき対象」(F 108)を持った人々の叫び声に従う。老元帥に対する伍長の優位は悪に対する善人の勝利、自己保存に対する自制と犠牲の勝利を表す。実に自己を超えた普遍的な価値に殉ずるこの自己犠牲こそ伝令兵が伍長の中に見たものであり、それが伝令兵の生活様式を変えたのである。

フォークナーは1958年に行われたインタヴューで、キリストを、「苦しみと犠牲と希望の約束という比類なき例」(LG 247)として示しているが、『寓話』のキリスト像はまさしくテイラーの言う自己犠牲に殉じた偉大なる模範のキリスト像である。

フォークナーは人間が本能的にこの自己を犠牲として捧げるべき普遍的なものへの愛を求めていると言う。

かくも多くの人々が何かを求めている。多くの場合それは愛——男と女の間の愛でなくてもよい、生命を通り抜け、世界を突き抜けるある普遍的な力を持っているものとの愛である。それは男性の、あるいは女性の形を取

るかもしれないが、愛を投与する身近な対象を欲しているのは男女を問わず、人間の本能的な本性の一部である。　　　　　　　　　　（FU 95）

　フォークナーの見解を一層明確にするために、テイラーに言及したい。テイラーによれば、すべての人が愛を求める理由は、「すべての人が創造の初めから完全に神ご自身の一部分」（Works Ⅲ 7）であるためであり、そしてジョー・クリスマスが人生の終わりで気付いたように、すべては神の愛の円の中に包まれているためである。

　神はどこにでもおられる——場所を限定せず、愛以外何物にも拘束されず、部分に分かれてでもなく、形を変えてでもなく、変わることなく臨在する御力を持って、天と地を満たされると聖アウグスティヌスは述べている（『神の国』De civ. Dei, lib. vii. cap. 30）。我々は神を空気や海のよう想像することができ、神の輪に取り囲まれ、その無限の性質の膝もとに抱かれているから、胎児が母の胎内にいるように、自分自身から逃れられない以上に、神の御臨在から逃れることはできないのである。

　　　　　　　　　　　　　　　　　　　　　　　　　　（Works Ⅲ 23）

　それ故テイラーは神が我々の愛に値することは当然であると指摘する。

　神はその御力によりどこにでもおられ、敬意と敬虔な畏れに値する。汝のすべての必要に存在し、そしてそれらを救済する故、神は汝の愛に値すると知るのである。　　　　　　　　　　　　　　　　　　　　（Works Ⅲ 27）

　従って、人間の良心とその環境間の葛藤というフォークナーの問題に答え、この世界と調和して生きるためには、フォークナーが、「生命を通り抜け、世界を突き抜ける力を持っている普遍的なもの」（FU 95）と呼ぶ神に対する人間の愛が決定的な要素となる。
　かつては金儲けなど意に介せず、種馬にするより最後まで馬の本性に従って、ただ馬を走らせることに情熱を傾けていたハリーが、一連の事件から

22ヵ月後、「実践家のバプテストに、フリーメイソン会員に、そしてこの時代の最も巧妙なさいころ使い」(F 128)となって、フランスの大隊に現れた時には、極端な合理主義者の高利貸しになっていた。それほどまでの変貌ぶりは、馬を射殺した彼の絶望がなした業であり、そこに一体となった馬への彼の深い愛情を読み取ることができるが、洗礼を受けて再生への力は得たものの、絶望の中に自己憐憫に終始して、ハリーはこの普遍的なものへの愛を欠いていたのではないだろうか。

　ある意味、理想主義に走って極端に個人主義的な動きをする伝令兵も決して完璧な人間ではない。しかし伝令兵と、ハリーやレヴィンや主計総監との違いの根幹は、自己を超えた普遍的なものに対して自分自身の心を閉じていないことである。テイラーは、我々が神の道に従うには、「謙虚さ、慈善と服従」(Works Ⅲ 166)を必要とすると述べる。伝令兵は、「失敗したのは俺だ。俺が堕落し、裏切ったんだ」(F 124)と告白して、欠陥を認めるほど謙虚である。そして彼は信念が必要なことを認識し、「僕に必要なことは、多分誰かに会わなければならん、ということだろう。信ずること。何を信ずるというのではなく、ただ信ずることだ」(F 171)と言って、キリスト像である伍長への愛と信頼を貫くのである。

　小説の終わりにもなっても、世界全体は変化しなかった。まるで3日間の停戦が全く起きなかったかのように、伍長は処刑される。ハリーもやがて伝令兵に感化されて武装放棄による反乱に参加するが、彼を追って反乱に参加した老黒人牧師トービーと共に、木曜にドイツ軍と連合軍の砲撃によって戦死する。結局戦争は終わらず、伝令兵は多くの兵士の死に加担した結果となってしまう。そして後に伍長の遺体は無作為に選ばれて、皮肉にもナショナリズムを掻き立てる凱旋門前の無名戦士の墓に葬られる。このように伍長の反乱は無に帰したように見え、フォークナーが小説を書くきっかけとなった問い、「再びキリストが現れたらどうなるであろうか？」には、フォークナー自身がすかさず答えているように、「再び彼を十字架につけるであろう」と答えざるを得ない。しかしながら伍長のメッセージは、人間の無限の希望と普遍的なるものへの魂の憧憬を証言する伝令兵によって、確実に継承された。人間は普遍的な存在との相互愛のうちに、「同情と犠牲と耐性の能

力がある精神」(ES 119)を持っているから「勝利する」("prevail")のである。

　伝令兵の変容は、自己の弱さと限界を知りながら、私利から離れ、意志を方向転換させて、意識的な努力によってキリストに従い、あたかも自分自身の中の神の形の回復する様子として読み取ることができる。「人間の神性を信じる」(F 152)と言うトービー牧師はまた、「悪は人間の一部です」(F 171)と述べる。人間は常に善と悪の相克の中にいる。フォークナーは、「人間が、ただ生身であるというだけの理由で、永久に運命付けられる問題」(FN 28)があることを常に念頭に置いている。しかしフォークナーは人間の不滅性の根拠は、たとえ繰り返しキリストを十字架につけるほど自己に執着し、普遍的なものに心を閉ざす存在であっても、「神の形に似せて造られた」(ES 123)存在して、滅亡を避けるために生き方を変えることができ(FN 41)、「常に今よりより良く行うことができる」(FN 28-29)という事実に存在すると信じている。テイラーの表現を借りると、信仰によって犠牲的な行為に身を投じるところに人間の神聖さがあり、自己犠牲によって、「火が火に触れるように、善人は壮麗な栄光の中に神と結合する」(Works Ⅷ 281)。それで人は、「神の輪の中に入れられ、その無限の膝に抱かれて」(Works Ⅲ 23)神の造られた世界と調和するのである。フォークナーは、伝令兵によってもし人が心から遍在する神の愛に応えるなら、キリストの最高の事例の後に続き善を行う者となることを示している。それが『寓話』から引き出すことができるフォークナーの究極の福音である。

　以上テイラーを参照しつつ、『尼僧への鎮魂歌』と『寓話』に現れるキリスト像について論じてきた。人間性へのフォークナーの強い信頼は、キリストを偉大なる模範であると考えるテイラーの倫理神学の影響から論ずることが可能であった。『尼僧への鎮魂歌』でフォークナーの信仰と犠牲の概念を検証した。『寓話』では、フォークナーの究極の福音を聞いた。人間の自由意志の問題とキリストの関係をドラマ化することによって、生の直中に出現するキリスト像に自由意志から応答すれば、人は造り変えられたごとく普遍的な存在との双方向の愛の中で、善への志向を持つ者となり、戦争という個人の力の及ばない硬直している現実をも変えていく可能性が残されていることが示唆されていた。このようにフォークナーの究極的なキリスト像は、神に

造られ、キリストの贖いにより買い取られた者として、救いを享受するにとどまらず、キリストを偉大なる模範として、自由意志からキリストの自己犠牲を追体験する者である。次章ではキリスト像と共にフォークナー作品の今一つのモチーフである時間概念について検証したい。

V

アンリ・ベルクソンとジェレミー・テイラー

　フォークナーの時間概念を検証するために、まずベルクソンの影響を再吟味しなければならない。なぜならフォークナーは、1952年ロア・ブヴァール（Loïc Bouvard）とのインタヴューで、時間と現実の概念において以下のように、ベルクソンの哲学と意見が一致したと述べたためである。

　我々はベルクソンを持ち出し、フォークナーに時間概念を説明するように求めました。「時間というものはありません」とフォークナーは答えた。「実際、私はおおかたベルクソンの時間の流動性の理論と意見が一致します。ただ過去と未来の両方を含む、現在の瞬間だけがあり、そしてそれが永遠なのです。私の意見では時間は芸術家によってかなり具体化されることができます。結局のところ、人間は決して時間の奴隷ではありません」。　　　　　　　　　　　　　　　　　　　　　　　　　　(*LG* 70)

　ここで確認しなければならないことは、フォークナーは確かに時間概念に関してベルクソンとの類似性を表明してはいるが、ベルクソンと全面的に一致しているとは言明していない。ただ時間の流動性の理論と意見が一致したと述べているにすぎない。そもそもブルックスが、『ウィリアム・フォークナー——ヨクナパトーファへそして彼方へ』（*William Faulkner: Toward Yoknapatawpha and Beyond*, 1978）において、「一般的にベルクソンの影響はこれまで過大に評価された。その重要性が時折こっけいなほど誇張された」と指摘するように、多くの批評家が、持続（durée）の流動性とその阻害の問題を取り上げてフォークナーの登場人物たちをベルクソンの哲学で解釈しているのは事実ではあるが、ベルクソンのフォークナーに対する影響は宗

教概念及び存在一般の解釈に及ぶほど徹底したものであったとは言い難いと思われる。

フォークナーの死の時点で、1,200冊にも及ぶ『ウィリアム・フォークナーの蔵書——目録』の中にベルクソンの著書は1冊もなかったことにまず注目すべきであろう。フォークナーが、「深く、あるいは徹底的にベルクソンを読んではいなかった[3]」と述べるブルックスの発言は妥当だと思われる。そこで、フォークナー自身のベルクソンに対する言及という決定的な事実があるにもかかわらず、フォークナーが本当にベルクソンを理解して、ベルクソンと一致した見解を持っていたのかどうかに疑問符が付く。すなわち、ベルクソンの時間概念がフォークナーに影響を与えていることは否めないが、ベルクソンとフォークナーは神概念において異なっており、議論を先取りすれば、むしろフォークナーは、ジェレミー・テイラーに近い時間概念を提示しようとしていると見なすのが、筆者の立場である。

ベルクソンは『創造的進化』（*L'Évolution créatrice,* or, *Creative Evolution,* 1907）で、自然の選択ではなく、エラン・ヴィタール（élan vital [「創造的な衝動」あるいは「生きているエネルギー」]）が、進化の核心にあると主張した。彼は形而上学的唯心論的実証主義の立場に立ち、現実が創造的で、前進的であると断言する。純粋意識は無限に変化創造する純粋持続であり、生命であり、自由である。上記のフォークナーのコメントから分かるように、会見での表明、そして作品中においてフォークナーが固執するベルクソン哲学の基本原則は、この時間の現実性である——「意識がある生き物にとって、存在することは変化することであり、変化することは成熟すること、成熟することは際限なく自分自身を創造し続けることです」（*CE* 7）。アルバート・W・レヴィ（Albert W. Levi）が指摘するように、ベルクソンの最大の功績は、近代哲学の焦点の1つとなった、空間の概念と物質に関連して形作られる規則的な時間と、生命と意識の本質に欠かせない真の時間（持続）とを区別したことである。[4]

ベルクソンはこの内的持続を視覚ではなく、聴覚をモデルに考える。なぜなら、視覚は空間が見えるという点で、既に時間に対して不純な要素を持ち込むためである。目を閉じて、ただそれだけを考えながら我々が聴くメロ

ディーは、我々の内的生命の流動性そのものであるところの時間に極めて近い。純粋な持続は過去、未来の状態の不可逆な連続でお互いに融合する有機的な全体として分割できないプロセスをいう。

> 全く純粋な持続とは自我が生きることに身を任せ、現在の状態とそれに先行する諸状態との間に境界を設けることを差し控える場合に、意識の諸状態がとる形態である。……これらの諸状態を思い出す際に、自我はそれらを現在の状態に、ちょうど1つの点を他の点と並置するような具合には並置することなく、あるメロディーの構成音をいわば一体となって融合したまま思い起こす時のように、先行する諸状態と現在の状態とを有機化すれば事足りるのである。　　　　　　　　　　　　　　（*TFW* 100）

この生きた現実の直観的把握を目指す、いわゆる「生の哲学」は、フォークナーのみならずドイツ観念論の理性主義、主知主義への反動的気運の高まっていた当時の知識人にとって大変魅力のあるものであった。果たしてフォークナーに対するベルクソンの影響はどのようなものであったのか、存在一般の解釈に及ぶほど徹底したものであったのか。確かにフォークナーはベルクソンの時間概念を高く評価してはいるが、フォークナーの真の作品理解には、ベルクソンではなくジェレミー・テイラーの宗教概念を当てはめて考えることが必要である。そこで、フォークナーにおいて最もベルクソン的な時間概念が表出していると思われる作品の中から、『野性の棕櫚』と『墓地への侵入者』の2つを取り上げ、フォークナーにおけるベルクソンの時間概念の影響を検証し、さらにテイラーを通してフォークナーが提示している時間概念を明確にしたい。

1　『野性の棕櫚』——ベルクソンの過去性とテイラーの現在性

身体的特徴から『野性の棕櫚』のヒロインはフォークナーが25歳の時、ニューオーリンズで知り合ったヘレン・ベアードを想定しているとも解せ

ないことはないが、作品には執筆当時フォークナーと愛人関係にあったミータ・カーペンターとの不毛の恋愛が色濃く反映されていると見るのが一般的な見解である。フォークナーがハリウッドで仕事を始めた1935年、フォークナー家にはフォークナーの母モード、エステルとその2人の連れ子——娘ヴィクトリア［チョウ＝チョウ］（Victoria de Graffenreid [Cho-Cho] Franklin, 当時16歳）と息子マルカム［マック］（Malcolm [Mac] Argyle Franklin, 当時12歳）、長女ジル、マミー・キャロライン・バー、黒人の使用人ジャック・オリヴァー（Jack Oliver）などが同居しており、生活費もかさんでいた。しかし金のために仕事をすることを嫌っていたフォークナーは、『サンクチュアリ』で大金を手にしても、飛行機を購入して乗り回すなど、借金を抱えながらも大金をいとも簡単に使い果たしていた。

だが華やかな生活もハリウッドでのホームシックを癒やすことはできず、寂しさからかフォークナーはたまたまハワード・ホークスの秘書をしていた美しい南部女性ミータと恋愛関係に陥るのである。フォークナーは彼女との結婚すら考えるが、娘ジルと引き離されることを恐れて、エステルとの離婚に踏み切れず、やがて、ミータは1937年4月にドイツ生まれのユダヤ人ピアニスト、ヴォルフガング・レブナー（Wolfgang Rebner）と結婚してしまう。しかし10月にはフォークナーとミータは会っている。定かなところは分からないが、フォークナーは子供っぽいヘレンにも支配的なエステルにもない別の形の愛をミータに求めたのだと思われる。1942年にはミータは結婚5年にしてレブナーと離婚し、ハリウッドに戻っていたフォークナーと再会する。しかし再び2人は別れ、ミータはレブナーと再婚する。フォークナーとミータは1951年に再び関係を持つが、その後は長くは続かず終焉を迎えた。結局2人の関係は15年に及ぶのである。[5]

『野生の棕櫚』は、ミータが結婚した直後1937年9月に書き始められ、1939年に出版されている。ハリー・ウィルボーン（Harry Wilbourne）とシャーロット・リトンメイヤーについての小説として始められたが、1938年に「オールド・マン」のセクションが加えられ、[6] フォークナーは「対位法」（LG 247）と呼んでいるが、2つの物語が章ごとに交錯する。そして2つの物語は協奏して、バビロニア捕囚についての「詩編」137編の引用によるオリジナ

ルのタイトル——『エルサレムよ、我もし汝を忘れなば』(*If I Forget Thee, Jerusalem*)——が表す時間の中における自由への願望を描いている。[7]「野性の棕櫚」のハリーとシャーロットが道義的なしがらみや社会の秩序からの自由を得ようと、1937年から約2年間苦闘する一方「オールド・マン」においては、洪水という自然の力に直面しながら、囚人の青年が安全を得ようと、1927年5月から数週間に及んで闘うのである。時間の罠の中で、どのように人間としてのアイデンティティーを確保しようとするのか、登場人物たちのオデュッセイア(長期放浪)を追跡することにしたい。

2歳の時に両親が亡くなり、異母姉に育てられたニューオーリンズの医学生ハリーは、27回目の誕生日の朝、青春の喜びも知らず、むなしく過ごした半生について思いを馳せる。そして十分に生きてこなかったと自らに焦燥感を抱く。

取り返しのつかない27年の年月が、足の先で小さくなり、次々に先細りになって消えてゆき、彼の人生が仰向いている自分の体の上に、あたかも帰らざる流木に、なすすべもなく無気力に身を任せ、漂うごとく横たわろうとしているかのように思えた。彼は来し方を見たような気がした。自分の青春が消え去ってしまったむなしい歳月——若き日の放蕩と冒険、情熱的で悲劇的なはかない青春の恋、若い娘や青年の純潔、荒々しく執拗に探り求める肉体、こういうものは彼にはなかったのだ。　(*WP* 33-34)

そんな折、ハリーは強烈な愛の信奉者である人妻シャーロット・リトンメイヤーと恋に落ち、医学の学位を得るのにあと数カ月というところでインターンを辞めてしまう。ハリーは道で拾った財布から1,278ドルを抜き取り、資金を得、カトリックという事情があって離婚を認めないシャーロットの夫リトンメイヤーの同意を得た上で、シャーロットと駆け落ちをする。そして2人はシカゴに移り住み、不定期な労働でその日暮しをするのであるが、2年間、ハリーはシャーロットの恋人というよりむしろその従者であった。

やがてハリーはユタ鉱山の医者としての職を得るが、数カ月間給与が支払

われず、2人の経済的困窮は続く。そのような中、シャーロットは自身の妊娠に気付くが、2人の愛のためには出産できないと主張して、ハリーに堕胎手術を強要する。ハリーは不本意にもシャーロットに従うが、手術に失敗してシャーロットを死なせてしまい、警察に引き渡される。驚いたことにリトンメイヤーが保釈金を払い、ハリーにしきりに逃亡を促す。しかしハリーはそれを拒否する。懲役50年の判決を受けた後に、再びリトンメイヤーはやって来て自殺をするようハリーにシアン化物錠剤を提供するが、ハリーはそれをも拒否し、靴で踏み砕いてしまう。ハリーは自問する——「どうしておれが？　どうして？　おれが何をしたと言うのだ？　一体おれはおれの人生で何ができたというのだ？」（WP 319）と。そして最後には、「そうだ、……悲しみと無の間にあって、おれは悲しみを選ぼう」（WP 324）との思いに至る。今となってはシャーロットとの愛の記憶がハリーに残されているすべてであった。

　確かにハリーは失敗者である。一時期彼は友人マッコード（McCord）に女主人に対する惨めな受動性を、あたかも子宮の墓に向かって突進していくようだと告白している。

　——多分君は、時がくれば、手綱を引いて後戻りし、何かが救えると、いつも思ってきたかもしれないし、もしかしたらそうではなくて、その瞬間が来ると、それが自分には不可能なことを知り、自分には不可能なことが初めから分かっていたことに気付くし、また実際に不可能なことなのだ。君は唯一の自己放棄的肯定（abnegant affirmation）であり、唯一の変化してやまぬ「はい」であり、それによって生じるところは、君が意志や希望や一切のものを投げ出してしまう恐怖——暗闇、堕落、孤独の雷鳴、衝撃、死であり、重い粘土で肉体的には引き止められながら、しかも君は君の生命が君から飛び出して、広がっている、太古からの出口のない、受容力に富む子宮の中へ、熱い液体の出口のない土台の中へ飛び込んでゆく瞬間なのだ——墓という子宮、いや子宮という墓、それは全く1つのものなのだ。

（WP 138）

シーロットは常にハリーを急き立てる……「早く、できるだけ早く。あたしたちの人生なんてごく短いものなのよ」(WP 210) と。明らかに、高圧的なシャーロットは愛らしさとは程遠く、子供が 2 人いるにもかかわらず家庭を「断ち切る」(WP 59) 彼女は法と徳行に対して無関心である。ハリーが、「1 週間に 10 ドルもらえる」(WP 220) と、公共事業促進局の下っ端の補導員となった時、シャーロットはその努力を買おうともせず、「まあ！ 猿みたいな人ね、あんたって人は！ ……ろくでなし！ ろくでなしよ！」(WP 220) と侮辱する。彼女が、けわしい「黄色の目」をしていることが繰り返し言及されるが (WP 5, 39, 45)、黄色はユダの衣の色として裏切り、首尾一貫性のなさと姦通を象徴する。[8] ハリーはいわば彼女の制御不能の情熱に引き回され、抵抗することができない。ハリーが痛烈な思いを持ってようやく我に返るのは、彼女が死に瀕した時である。後に、「多分おれは最初に愛までも投げ捨てていただろう」(WP 195) と彼は述懐する。

　もう一方の物語である「オールド・マン」の主人公は、15 歳の時に列車強盗未遂の罪で 15 年の刑を受けている 25 歳の背の高い囚人である。彼は、欲しかったのは金ではなく、自由と名誉と誇りであったと感じていた。1927 年のミシシッピ大洪水の際に、冤罪で 199 年の刑を受けた太った囚人と共に、背の高い囚人は、ある男と身重の女を救うよう命令を受けるが、彼らの乗った小舟が流れにつかまり、転覆し、男性と共に救出された太った囚人は、背の高い囚人が溺死したと報告する。しかし実際には、背の高い囚人はボートを取り戻すことに成功し、続く数週間、刑務所に戻ることだけを考え、彼自身と出産間近な女性のために苦闘するのである。

　背の高い囚人（以下囚人）は平和で安全な日常性から引き離され、猛烈な水の流れに単身で投げ出されている。彼は状況をほとんど制御できず、圧倒的な力に対して闘い続けなければ、冠水してしまう状況にあった。いわば彼の力の源は耐え得るという自らの確信と使命を果たすことへの決意のみである。

　洪水の強暴な力とスピードによって打ちのめされて、囚人にはただ「自分自身ではなく、時間と周囲が催眠術を掛けられているという状況に偶然巻き込まれていたように思われた」(WP 147)。そして、「どこへ流れてゆくの

か分からない水の流れにもてあそばれていた」(WP 147) が、やがて、洪水が「暴力によって拉致してきた彼をもとの比較的安全な世界へ吐き戻して、そのうちには彼が何をしようとしまいと、大して問題にしなくなるだろう」(WP 147) と彼は思う。しかし、「おそらく誰かの妹であろうし、誰かの妻であることは間違いない」(WP 148) 女性を見て、「その目の前の膨れあがって持て余すような体を見た時」、彼には「それが全く女ではなく、むしろ強要し、脅迫するような、不活発ではあるが生命を持った個体で、彼も彼女も同じようにその犠牲になっているように思えた」(WP 154)。そして囚人は自分のためには何も望まず、「女のために、正しい方法でやろう」(WP 161) と考えるようになる。「いつまでか分からぬ間、置かれ続けるはずの、悪意に満ちた激し易い地勢の上で、玩具となり人質となった状態に」(WP 162)、囚人は、「狂信的な信仰を持って」(WP 163)、不屈の意志を遂行し、出産のために最善を尽くすべく、運命に耐え、「うつろな目」と、「疲れ切った筋肉」(WP 164) で、漕ぎ続けるのだった。

やがて囚人は、水域を脱出して、インディアン堤 (Indian mound) に上陸する。そこは、文明の影が消失しており、蛇が群がる世界である。そこで囚人は女を無事出産させ、いわば自らの使命を知っているかのように、赤ん坊を見て次のように思う——「つまりこれだけのことなんだ。こいつが、おれの知っている、離れたくないと思っているすべてのものから、おれを強引に引き離し、生まれつき恐れていた媒体の上に投げ出し、あげくの果てに、おれが見たこともなく、どこにいるのかも分からぬ場所に連れてきたのだ」(WP 231) と。そして囚人は、「泥に跪いて」、「乏しい炎を熾し」(WP 231)、「鷹が舞い降りてくるのを待ち構え」、「たくさんの兎を見つけ出し」、「ふくろねずみも見つけ」(WP 235)、女性と赤ん坊を支えるために闘う。致命的な弱さのためにハリーが彼自身の子供を世に送り出すことができなかったのに対して、間断無い苦しみの中、囚人は彼自身のものでさえない幼い生命を育む。そして、今やハリーが過去の愛以外何も持たないのに対して、犠牲と援助を厭わないこの囚人には——「彼の評判、彼に対して責任を負っている人々だけでなく、自分自身に対する責任、命じられたことを行う名誉と、それが何であろうと、果たし得るという誇り」(WP 166) が残されてい

たのだった。

　囚人と女性と赤子はニューオーリンズに向かう途中、ケイジャン (Cajan [白人・インディアン・黒人の混血の人])の船に会い、パーチマン (Parchman) に連れていくよう頼むが、彼らに理解されず、結果的に囚人らはカナヴァン (Carnarvon) にたどり着き、ケイジャンと共にワニ狩りなどをして生き延びる。10日後ケイジャンは去り、その翌日冠水を防ぐために囚人らのいる堤が爆破されるため、彼らは小舟ごと発動汽船に救出され、その後彼らは小舟でニューオーリンズに到着する。さらにそこからミシシッピ川を上流に向かって遡り、パーチマン刑務所にようやく戻った囚人は、女性を州のものである小舟と共に刑務所に戻し、「ここにあんたたちの舟があるぜ。それから女はここにいるよ」(*WP* 326) と保安官代理に言って、7週間のオディッセイアを完了するのである。

　これまで対位法的に展開するハリーと囚人2人のオディッセイアを追ってきたが、次に、両者をベルクソンの概念を当てはめて考えてみたい。するとハリーにとって、いわばシャーロットが、全く予想できない方法で進むエラン・ヴィタール (*CE* 240-41) そのもののように描かれていることに気が付く。ところが問題は、シャーロット主導による子宮への死の突進は、生命に向かって誘導するエラン・ヴィタールとは全く違い、破壊と殺人へとハリーを向けるのである。そもそもシャーロットには「全人類に向けられた」(*WP* 11) 憎悪のような、「誰も何も愛さない部分」(*WP* 82) があり、それはブルックスが指摘する死の願望に通ずるものである。[9] 彼女は言う、

　　死ぬなら水の中だわ。……水は冷たくて、体を冷やしてくれるからすぐ眠れるし、頭からも、目からも、血の中からも、今まで見たり、考えたり、感じたり、欲望を感じたり、拒んだりしたことを、何もかも洗い流してくれるわ。　　　　　　　　　　　　　　　　　　　　　　　(*WP* 58)

この生命の秩序に逆らうシャーロットの衝動によって、ハリーは完全に生命の領域である持続から外れ、過去の記憶の中だけでしか生き残れないのである。

一方川の流れに乗って目的地に着いた囚人はいわばベルクソンの持続に入った勝利者である。前述したように、ベルクソンによれば、持続に入るよう人間を導くのは知性ではなく、直観である。

直観は、知性の与えるものの不十分なところを我々に気付かせ、それを補う手段を我々に垣間見させてくれるであろう。事実、直観は、一方では、知性の機構そのものを利用してここではもはや知性的な枠が厳密に適用され得ないことを示すと共に、他方では、知性の枠の代わりに何を置いたらよいかを直観固有の働きで少なくとも漠然と感じるくらいには仄めかしてくれるであろう。かくして、直観は知性に認めさせることができるであろう、生命は「多」の範疇にも「1」の範疇にも全く入らないということ、機械的な因果性も、目的性も、生命過程について、十分な解釈を与えてはくれないということを。次いで、我々と他のもろもろの生物との間に共感的な交わり (sympathetic communication) を打ち立て、我々の意識を拡大させることによって、直観は、生命本来の領域、相互浸透としての、無限に続く創造としての生命の領域に、我々を導き入れるであろう。

(CE 177-78)

換言すれば直観とはベルクソンにとって、正しく方向付けされたエラン・ヴィタール、人を連続した持続の中に置き、「お互いに関しての我々の概念を具体化して、物の客観性を明らかにし」、「社会生活の道を予想し、そして準備する」(TFW 236)、「私心がない本能」(CE 176) である。囚人は、ベルクソンの言葉によれば、「共感的な交わり」つまり、女性に対して私欲のない客観的に妥当な行為によって持続に入ったのである。

このようにベルクソンによる解釈では、その欲望、誤ったエラン・ヴィタールに惹かれたため、ハリーは失敗者となり、「共感的な交わり」で、直観によって囚人は成功した。結果は、ハリーのセクションでは赤ん坊が死に、囚人のセクションでは新生児が生まれるのである。理論的にはこのベルクソン哲学による解釈は説得力があるように思われる。しかしながらベルクソンによる解釈では、ハリーの問題の核心がつかめない。そもそもハリーは

エラン・ヴィタールに翻弄された単なる被害者なのか。初めはシャーロットに引っ張られて受動的であったが、むしろあえて抵抗することもなくずるずると引きずられることに承諾し、結果的に、ハリーは悲惨な事態を自らの意志で招いたのではないか。そこから起こる罪認識がハリーの苦しみの根源にあるが、ベルクソン哲学では過去の重荷に喘ぐハリーの状態を分析することはできても、その根本にある罪の問題に関しては説明が付かない。ここにベルクソン哲学でフォークナーを解釈する限界を見る。この問題をさらに詳しく以下に順序立てて説明したいと思う。

　ベルクソンの時間概念から持続に入れなかったハリーの問題を考えてみると、なるほどベルクソンは、「我々は我々自身に戻る時自由を味わうが、進んでそうしようとするということはめったにない」(*TFW* 240) と述べ、持続の域に入り、真の自由を達成することは非常に難しいことであると認識している。なぜなら、ベルクソンによると、我々は意識の中に増長する自己を認め、予測できない意識の中に入ることを容認するよりむしろ、それを抑圧する。そして意識を空間化する知性によってこの抑制が強くなりすぎると、「我々の生活は時間よりむしろ空間に展開する。そして我々は我々自身のためによりむしろ外部の世界のために生きるようになる」(*TFW* 231) ためである。

　ベルクソンの述べる抑圧について、『物質と記憶』(*Matière et mémoire,* or, *Matter and Memory,* 1896) にある下記の説明図からそのメカニズムを考えてみよう。既に指摘したように、ベルクソンはその哲学の中心に持続の概念を置いている。彼は持続を、知的にというより、直観的に把握するものであると考える。しかしながらそれはしっかりと記憶と結び付いている。なぜなら、ベルクソンによれば現在の中に過去を抱合するのは記憶である。「我々の過去は、我々の後をつけてきて、その途上、現在を拾い上げては絶えず大きくなっていくからである。意識とは記憶を意味している」と述べる。

　ベルクソンによれば2種類の記憶――純粋記憶と、記憶というより習慣という方がふさわしい記憶――がある。コーン SAB が純粋記憶を表し、そこには「あらゆる状態が生ずるにつれて、それらを保持し順序通り配列しながら、各事実にそのまま場所を与え」(*MM* 195) 過去の記憶がすべて蓄積さ

れる。我々は時間の中で重い、重い荷を引きずる。そして、「コーンの先は過去の重みによって未来へと不断に前進する」(*MM* 324-25)。記憶のこのエリアにあるものの大部分が意識に上らない。なぜなら、もし我々が意識の流出を許したなら、過去の生活が何も失われていない純粋記憶は完全なカオスの状態にあるためである。

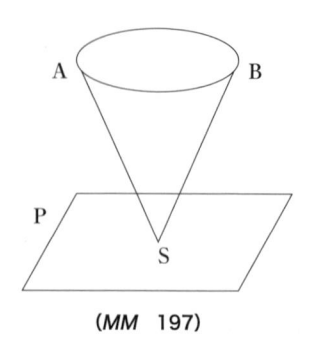

(*MM* 197)

　持続とは、未来を噛んで膨らみながら進んでいく、過去の、連続的な進展である。過去は絶えず増大するのであるから、それはまた無限に保存されもする。……実際、過去は、ひとりでに、自動的に保存される。実際、過去は全体として、あらゆる瞬間に我々に付き従う。……それは、これからそれに合体しようとする現在の上に身を乗り出し、それを外に締め出しておこうとする意識の戸口をめがけて押し寄せる。　　　　　　(*CE* 4-5)

　この純粋記憶の接触に対して我々は習慣的な記憶による保護を必要とする。この習慣的記憶は「起こりうる様々な要求に適切に応答する知的なメカニズム」であり、「我々の過去の経験を演じるがその映像を呼び出さない」(*MM* 195)。なぜなら、

　大脳の構造は、まさに、それらの過去のほとんど全部を無意識の中に押し込めておくようにできている。言い換えれば、現在の状況に光を投げたり、目下準備中の行動の助けになったり、要するに*有用*な働きをしてくれるようなものだけしか、意識の中へ持ち込まないようにできている。……我々の過去は、自己の推進力によって、傾向という形で、全面的に我々に対して姿を現す。　　　　　　　　　　　　　(*CE* 5)

　要するに、我々は新しいものに順応するよりむしろ習慣的な反応に頼り、脳は現在の状況と起こりうる未来に適応できる記憶を選択するためである。
　これらの過去と記憶の概念からいえることは、人が過去と全面的に対峙す

ることができない時、抑制のメカニズムが働き、時として記憶の中の都合の良い事象だけを選択してその上に現在を構築しようとするということである。しかしながらそうであったかもしれない独断的な過去の上に未来を構築する時、人は持続から外れて非現実の世界に住むことになり、いつまでも過去の重荷の下にいることになる。

　ベルクソンは過去を過去として、また未来を「まだそうなっていない」時とする基本的な認識を否定してはいない。しかしながらバートランド・ラッセル (Bertrand Russell, 1872-1970) がベルクソンは過去の記憶と過去の事実を混同したと批判しているように、ベルクソンは過去の事実ではなく、記憶に基づく「過去の現在性」をあまりに強く意識しすぎたことを指摘しておかなければならない。それによって、ベルクソンは逆に、「現在の過去性」を強調することになり、純粋な現在は抹殺される。

> 現在をこれからなるものとすると、それはまだ存在していない。一方今現存しているものと捉えるとそれは既に過去である。……実際上我々はただ過去のみを認知している。純粋な現在というのは過去が未来をかじって進んでいる見えない行進である。　　　　　　　　　　　(*MM* 193-94)

　抹殺された現在とは、『八月の光』のハイタワーが過去の思い出に苦しめられていた世界であり、南北戦争の敗北の後でさえほとんどの南部人が執着した世界、そうであったかもしれない輝かしい過去である。ベルクソンの時間概念は、敗戦後の屈辱的な南部の現実に直面する代わりに過去の記憶の中に過去を見る彼らの神話を理解する上では打って付けだと思われるが、そこには過去が孕む罪の問題解決は見いだせない。

　フォークナーの多くの登場人物同様、ハリーが過去を過去として受け止められず、持続に入れないのは、そこに直視できない問題（宗教的に言えば罪の問題）があるためであるが、この純粋な現在である内的持続を阻む問題、すなわち罪、道徳の問題の解決に対するベルクソンの関心は薄い。

　確かにベルクソンは生涯の終わりに、『宗教と道徳の二源泉』(*Les Deux sources de la morale et de la religion,* or, *The Two Sources of Morality and*

Religion, 1932）を書き、威圧的な閉じた道徳、迷信的な静的宗教を批判し、開いた道徳、動的宗教を実現するべく、『創造的進化』で達した結論を越えて「神は愛であり愛の対象である。ここに神秘主義の貢献全体がある」（TS 216）との見解に達した。しかしベルクソンにおいては、神とは愛であり、創造的エネルギーそのものである。お気に入りのイメージは、神を噴出の中心として描いたものだった。

> 1つの中心があって、もろもろの世界は巨大な花火からの火箭のようにそこから噴出する。ただし私のここで立てる中心とは物ではなく、噴出の連続のことだとする。――神というものもこのように定義されてみると何一つ造ったわけではなく、不断の生であり、行動であり自由なのである。創造もそのように解されれば神秘でなくなる。　　　　　　　（CE 248）

ベルクソンは生命を奥底で突き動かしている根源的なエネルギーがあるとし、この創造的エネルギーを神と呼んだ。けれどもこれは伝統的なキリスト教神学の概念と非常に異なっている。なぜなら、もし神が躍動的な刺激と全く同じであるなら、アレキサンダー・ガン（Alexander Gunn, 1896-1975）が『ベルクソンとその哲学』（Bergson and His Philosophy, 1920）で指摘するように、ベルクソンの哲学は、「哲学という衣装を纏った破壊的な興味」にすぎず、「ベルクソンはキリスト教徒の宗教心が要求する人間となった神、愛の、そして贖罪の神を提供してはいない」。すなわち、ベルクソンの神は物質によって制限され、その中で自身を現そうとしている純粋な活動でしかなく、全能でも、全知でもないことになる。

さらに、「ベルクソンに関して注目すべきはベルクソンの見解が目的論に反していることである」とガンは指摘する。イギリスの神学者であり、宗教哲学者であるバロン・フォン・ヒューゲル（Baron von Hügel, 1852-1925）もベルクソンの世界には神的な計画及び超越的な構想というものはないと主張する。

ベルクソンの卓越した世界観においては、我々は苦闘し、苦しみ、生き、

死ぬ。生存するために。ただ単に生存するために。生命とは何か、どこで始まり、どこで終わるのか、何に向かっているのか、という質問には答えられない。なぜなら生は何かに向かって前進し成長していくものではなく、それは常に「十分から十分」へ動いていくものであるから[17]。

ベルクソン哲学では未来は胚芽の状態も見られない。そして一瞬一瞬我々は崖の端にいてエラン・ヴィタールに翻弄される[18]。「創造的」という言葉は魅力的ではあるが、その方向性はただ人類の種としての発展のみに向けられ、目的も知らされず、また罪も徳行も問題とされない無計画な世界観に直面する時、人は途方に暮れざるを得ない。

このベルクソンの「道徳的債務」の希薄なキリスト教理解に関して、アントワーヌ・ダルマス・セルティランジュ（Antoine Dalmace Sertillanges）神父が、ベルクソンの臨終直前の1940年12月中旬に、以下のような批判をベルクソンにした。

あなたの思想は、道徳的責務の問題に関して根拠が薄弱なように私どもには思われます。あなたの*閉じた道徳* (la morale "fermée") において、道徳的責務とは社会の圧力であり、また従って、私に言わせていただくなら一種の下・責務 (une sous-obligation) です。あなたの*開かれた道徳* (la morale "ouverte") では、この道徳的責務は一種の憧憬、一種の躍動であり、また従って一種の超・責務 (une sur-obligation) となります。それ故、本来の意味での責務はどこにも姿を見せないのです。また従って、あなたの学説で、罪や、責任や、功績や、処罰の概念を探しても無駄だということになります[19]。

ベルクソンの宗教概念では、進化がブレーキを知らず、そしてそれがより低い形からより高い形への進歩を意味するため、そこには内的持続を阻む「堕落」あるいは「原罪」の教義が入る余地はなく、現実に持続から外れ、過去の罪の重荷に苦しんでいる人間の現状からの打破の問題は、不問に付されるのである[20]。従ってベルクソン哲学ではハリーの苦しみの根源を理解するこ

とが困難である。

　それではテイラーの考え方を当てはめた場合、彼らのオデュッセイアをどのように説明できるであろうか。フォークナーが述べているように、背景から考えると、囚人は南部バプテスト派かもしれないが (FU 173)、彼はその信仰の故にどんなことであれ、身重の女性に対して「保護者」(WP 154) としての憐れみを持って求められたことをする誇りと、自尊心と「不屈の意志」(WP 177) を持って任務を遂行したと理解できる。テイラーは、信仰が永遠のイメージで、すべてのもの、過去のものも未来のものも我々の現前に提示することができるので、信仰の恵みを持つすべての人は、「務めを全うすることによって自ら栄光を勝ち得ることができる」(Works IV 134) と述べている。

　囚人は、その信仰を表すかのように、キリストのシンボルである葡萄 (vine, ヨハ 15:1) にしがみついたと繰り返し記述されている。

> 彼 (囚人) は (葡萄の) 蔓 (grapevine) の端をつかんで、軽舟を大枝の下に引き寄せ…… (WP 149); 彼は……もやい綱に葡萄の蔓を継ぎ足して長くすると……その葡萄の蔓を手首に結び付けてから横になった (WP 232); 葡萄の蔓の端をつかむと、彼は水中に飛び込み…… (WP 234); 横になってはあはあ息を切らしていたが、それでも (囚人は) 葡萄の蔓の端はしっかり握っていた (WP 234); その間軽舟の鼻っ先は彼の腰に巻き付けた葡萄の蔓を代わる代わる引っ張ったり…… (WP 236); (囚人は) 相変わらず葡萄の蔓をつなぎ合わせたもやい綱の端をつかんでいた (WP 239); 彼が葡萄の蔓のもやい綱を手首にぐるぐる巻き付けてしっかり握り…… (WP 239); 葡萄の蔓はまだ彼の手首に巻き付けたままだった…… (WP 250); 彼が片手に葡萄の蔓のもやい綱を持って立っている間に…… (WP 337) など。

　同じく囚人が最後まで決して見捨てないボートは、ノアの箱舟の連想から救世主を象徴すると考えられる。また彼は常に水に浸されるが、水は聖書の世界では洗礼の象徴である。「頑固な、狂信的と言ってもいいほどの信仰を

抱いていた」(*WP* 163) 囚人は、苦しみの中にあって洗礼を受け、偉大なる模範に従っているとさえ解釈できる。テイラーによると——「我々が肉体において弱く、霊における誘惑にも弱いことを自覚すべきである」(*Works* Ⅶ 284)、しかし、「『水と霊から生まれる』ことによって生かされ、創造者、贖い主であるキリストが命の泉を切り開いてくださったので、そこに下っていって、命の泉をいただき、もはや乾くことがない。なぜなら『その人の内で泉となり、永遠の命に至る水がわき出る』(ヨハ 4:14)からである」(*Works* Ⅱ 229)。

オールド・マン (ミシシッピ川の別名) は、「幾世代にもわたって水のほとりに引き付けられるように住んできた人々にとって打ち消し難い名前で知られる川」(*WP* 155) であり、3つの層があると記述されている—— 1. 滑らかな表面、2. 急流と怒涛の洪水そのもの、3. 反対方向に流れ出ている本来の水流である。

> それ (川) は……ものすごい、隠れた速力を暗示していた。それはあたかも水そのものが、それぞれ画然とした3つの層をなし、穏やかで悠々たる表面には泡立つ浮かすや小型の流木のような小枝が浮かび、まるで意地の悪い打算によって、洪水そのものの怒り狂う奔流をせき止めているようだったが、その下では、それに代わって本来の水流、細流が、ざわめきを発しながら、それとは逆方向に向かって、邪魔されることもなく、何事も知らぬげに、定められた水路を流れ、まるで急行列車が通るレールの間を行く一筋の蟻の列のように、リリパット (『ガリバー旅行記』の小人国 Lilliput) の住民のごとく自らの目的を果たしていたが、それら (蟻たち)[原注] は土星を吹き抜けるつむじ風のごとき怒り狂う力に気付かずにいるものだ。
>
> (*WP* 62-63)

囚人は自分がどこにいるか知らないと繰り返し記されている——「おれは……どこへ行くつもりなのか、どこへ流されていくのか、全然分からないんだ」(*WP* 153)、「おれは今どこにいるのか分からないし、どっちに行けばおれの帰りたいと思っているところへ行けるのか、分からない、と彼は思っ

た」(WP 233)。しかし囚人は絶えず「深みのある、強い力のこもった低い囁きにじっと耳を傾け」(WP 72)、「彼の一切の経験や理解力を全く超えた音」(WP 71) を聞いている。すなわち川の表面の混乱によって翻弄されたにもかかわらず、彼は生命の究極の源である神を暗示する本来の音に耳を傾けていたのである。

さらに、「囚人はこの7年間、そのすぐ近くで人生を過ごしながら、一度も見たことのない川を初めて眺めた」(WP 73) が、「川」が「今や拭い去ることができないように彼の過去、彼の人生の一部になっていた」(WP 277) ことを知る。そして、彼を「じりじりさせる」(WP 169) 時間との闘いにおいて人がなすべきすべては具体的な義務を果たすことであると知ったのである。

>……それは敗北感でもなければ諦めでもなく、ひどく冷静で、彼自身の一部であり、母親の乳を共に飲み、生まれてからずっと一緒に生きてきたものであった——どう考えてみても、結局人間にできることは、定められたものを使って、習い覚えたことを生かして、できる限りの判断でなすべきことをやるだけなんだ。　　　　　　　　　　　　(WP 258)

決して聖人ではないが、囚人は一瞬の直観というよりは、むしろ誠実に義務を達成するために 洗礼を受けるかのように、全身自らを水に浸けることによって、神の現実の時間の中にいることが示唆されている。

囚人は既に溺死しているとして公式に刑務所から放免されていたが、逃亡を試みたことに対して、彼はさらに10年の判決を与えられる。それを彼は、「いいですよ。……それが規則ならね」(WP 331) と言って受け入れる。つまり信仰によって、これまで囚人は女性に禁欲的に接し彼女と赤子を守ったように、最後までその義務を全うしようとする。それはフォークナーがコメントするように、彼の哲学に適っていることであった。

洪水に出くわしたと全く同じような運命で追加の10年を言い渡された。彼が洪水を受け入れて、そして働き通し、生き残ったのとちょうど同じように、彼は10年余分に受け入れなければならなかった。洪水に対する不

公平がないのと同様に（運命には）不公平などなかった。その洪水が地理と気候に固有であったのと全く同じように、彼が生きた土地の文化、土地の経済がそういう事態を招いたのだ。だから「もしそうであるのなら、それを切り抜けるために最善を尽くすだけだ」と彼は言ったのだった。それは彼の哲学であっただろう。　　　　　　　　　　　　　　（*FU* 176）

一方ハリーは、時間の中に生きてこなかったと告白する——

僕は全く精彩を欠いていたんだ。……僕は時間の外側にいたのだ。それでもなお僕は時間に結び付けられ、空間の中で時間に支えられ、……時間によって支援されていたけれども、ただそれだけのことで、ただ時間の上に乗って、まるで堅い無感覚の非伝導体の足で、高圧線から絶縁されている雀のように、非伝導体になって、記憶の中を流れ、我々の知っているわずかばかりの現実との関連だけで存在する時の流れに乗っているにすぎず、それ以外に時間のようなものは存在しないのだ……。　　（*WP* 137）

ハリーの罪悪感は彼の「そうである現在」を破壊する。そのためハリーには、「そうであった過去」と「そうであろう未来」のいずれもない。官能的な喜びによって克服されたシャーロットとの関係の始まりに、ハリーは、「罪ではない、……おれは罪など信じない」（*WP* 54）と罪意識を否定するが、ハリー自身が決して掟と徳行を忘れていないことは明らかである。また彼は愛のために努力してきたと自分自身を納得させようとするが、心の底では恐れている。

ある日自分が恐れを抱いていることに気付いたからなんだ。それと同時に、自分が何をするにしても、やはり恐れを抱いているだろうし、彼女が生きている限り、あるいは僕が生きている限り、やはり恐れを抱いているだろうということに気付いたんだ。　　　　　　　　　（*WP* 135-36）

実はハリーは、十分に自らの罪に気付いているため、恐れているのであ

る。彼は確かにシャーロットの夫の深い苦しみを知っている――「そうだ。この男は苦しんでいるのだ。この男は本当に苦しんでいるのだ……」(WP 55)、「この男は苦しんでいるのだ」(WP 56) と呟く。ハリーは逸脱の感覚を「悪臭」(WP 95) だと描写する。そして彼らが道義的な罪を犯しているという呵責から、「彼らの共同生活が1つのもろい球、泡沫のように」(WP 92) 見えるのだった。同じく彼の罪の意識は、時間への執心となる。そして時間が彼の存在証明として保管しておいた食物を摩滅させると見なすのである。

　彼には実際の(歳月の)数字が、名もない、全く同じような過ぎ去った日々の序列の中に、議論の余地なく、孤立しているのが見えるように思えた。彼は棚の並んだ缶詰が半マイル先に見え、その力強い、魚雷のように中身の詰まった姿が、今までは前進もせず、ともかくこの息をしている2人の犠牲者のために、食べ物を見つけてくれていたよどんだ時間の中に1つ1つ、音もなく重量もなく、落下していただけであったのが、今や時の流れとは逆に、時間が今では動かすものになり、ゆっくりと、抑えようもなく前進し、一片の流れる雲の影のように、たゆみなく進みながら、1つ1つ缶詰を抹消してゆくように思われた。　　　　　　(WP 114)

　ここに描かれているのは、「過去が未来をかじって進んでいる見えない行進」(MM 194) とベルグソンが呼ぶ140頁に図示した逆三角形の時間概念である。ハリーはこの時間から逃れるために、カレンダーを燃やすが、無駄である。
　実際、ハリーは自らが自己防衛のためにキリストを再度十字架につけるような罪を犯していると認識する。

　……僕は僕たちのことを言ってるんだ。なんなら愛と言ってもいい。愛は長続きしないものだからね。今の世の中じゃ、愛の存在する余地はないんだ。……我々は愛を抹殺してしまったのだ。それには長い時間がかかった。しかし人間は機転がきくし、発明の才も無限だから、ちょうどキリストを追放したように、とうとう愛も追放してしまったのだ。……もし今日

イエスが戻ってきたら、我々は、自衛のために彼を十字架につけなくてはならないだろうよ。つまり我々が人間自身の姿に準えて、創造し、完成しようと2,000年の間、怒りと無能と恐怖の中に、怒号し、罵りながら、働き、苦しみ、殉じてきた文明を正当化し、保存するためだ。

(*WP* 136)

この深い認識にもかかわらず、ハリーは姦通を犯し続ける。それ故ハリーの悲しみと痛みは痛烈である。それはミータとの関係においてフォークナーが味わった痛みでもあったであろう。テイラーは「(罪)が感覚を喜ばせる、しかし精神を蝕み傷を負わせる。……それは歯の砂利である」(*Works* IV 240)と記している。すなわちテイラーによって解釈すれば、ハリーは心の声に背いて、愛あるいはキリストを裏切ったため、痛烈な罪意識の中で苦しみ、過去の記憶に固執する失敗者であり、他方その信仰に固執することによって、囚人は成功者となっている。

しかしながらフォークナーは、ハリーを神の現実から追放してはいない。「野性の棕櫚」の最終の章にフォークナーの人間観を表す印象的なイメージがある。シャーロットが死に、ハリーが生涯投獄されるミシシッピ海岸で風にざわめく棕櫚の木である。

しかしながら結局のところ、記憶は古びてぜいぜい喘ぐはらわたの中で生きることができたのだ。そして今やそれは議論の余地もないほどに、明白に、落ち着いて、まさに彼の手の届くところにあったのであり、棕櫚はぶつかり合い、ざわめき、乾いた、野性的な、かすかな音を立て、夜ではあったが、彼はそれを目の前にして、考えていた。　(*WP* 324)

「詩編」92編13節に「神に従う人はなつめやし (the palm trees) のように茂りレバノンの杉のようにそびえます」と言及されるように、聖書では椰子、棕櫚 (palms, cf. 代下 28:15) は神聖な恩寵の連想に繋がる。[21] 揺れながら抵抗している椰子科棕櫚属の常緑樹、野性の棕櫚 (*WP* 291, 295, 297) は、苦悩で揺さぶられているハリー・ウィルボーンの精神のシンボルである。風は

「コヘレトの言葉」に描かれているようにむなしさを象徴する。フォークナーは、欲望の地獄を味わい自責の念に苦しむハリーが、シャーロットとのあったかもしれない過去の記憶に固執せず、道義に背くその意志の在り方が時間をむなしくしていたのだと認める時、遍在する神の愛の故に浄罪界の巡礼として、なおも神の愛の内にとどまり続けることができるという様子を描いている。

　理論的にはベルクソンによる解釈もテイラーによる解釈も、囚人が勝利したとの見解を表している。しかしながら人間が「生身である」(*FN* 28) ことから起こるハリーを苦しめる問題に関しては、罪を問題としないベルクソンによる解釈では核心がつかめず、説明が付かないと言わなければならない。

2　『墓地への侵入者』——墓地への侵入者とは誰か？

　『墓地への侵入者』(1948) は同じく人種問題を取り扱った『行け、モーセ』(1942) とほぼ同時期に構想されたが、出版されたのはそれから6年を経ている。それにはフォークナー一家の経済状態が大きく絡んでいたと思われる。サイレントからトーキー (talkie) への移行期にあった1930年代にはシナリオ作家の需要が高まり、有名作家たちもハリウッドと契約を結んだ。フォークナーもその1人であった。脚本執筆が創作活動の妨げになると不平を持ちつつも、フォークナーにとってハリウッドに身を置くことは険悪になっていたエステルとの間に距離を置くことができ、またカリフォルニアの温暖な気候が彼の健康状態にも幸いした。1930年代にフォークナーが映画会社と交わした契約はそれほど悪いものではなかったが、エステルの浪費癖のため、フォークナー家ではなおも経済的危機は続いた。そのためフォークナーは1942年7月からワーナー・ブラザーズ (Warner Brothers) 映画会社と週給300ドルというワーナーの給与体系では最も低い条件で7年契約を結ばざるを得ず (Blotner 1112)、契約期間中彼はしばしば抑鬱状態に陥ったらしい。その間にも『寓話』を手掛け、『響きと怒り』の「付録——コンプソン一族」("Appendix: Compson") を書いているが、ミータとの関係も途切れがち

第Ⅴ章　アンリ・ベルクソンとジェレミー・テイラー　151

となり、第２次大戦の時局に対するわだかまりも相俟って執筆活動が停滞しがちであった。

　1946 年には反リンチ法 (anti-lynching bill) や公民権項目 (civil-rights plank) が民主党から提出され、1948 年には抵抗するディキシークラッツ (Dixiecrats) と呼ばれる民主党内の南部保守派である「州権主義者」が集会を開くなど人種問題が政治課題としてクローズアップされてきた。『墓地への侵入者』が書き始められたのはちょうどそのような時期である。アンドレ・ブレイカスタン (André Bleikasten) が指摘するように、「フォークナーの穏健なリベラル派の立場は」、「（漸進主義として）北部のラディカルな一派にも、（黒人びいきとして）南部の頑迷な人々にも受け入れられないものであった」[22]が、この作品においてフォークナーはギャヴィン・スティーヴンズを通して南部人こそが黒人を教え導く義務があるとする (FU 211)、彼なりの州権主義を打ち出したとも解されている。[23]

　フォークナー作品において数々の印象的な黒人の登場人物——『塵にまみれた旗』で人権意識を貫こうとして周りと衝突するキャスピー (Caspey Strother)、『響きと怒り』のディルシー、『征服されざる人びと』で、北軍が侵入してきた時、サートリス家の中にあって唯一黒人の自由を主張するルーシュ (Loosh Strother)、さらには結婚半年で愛する妻を亡くし、悲痛な思いを周囲に理解されないままリンチで死ぬ「黒衣の道化師」("Pantaloon in Black") のライダー (Rider) など——を思い浮かべることができるが、『墓地への侵入者』では、常に黒人であることを強要してきた南部社会にあって、１人の人間としての尊厳を示す黒人としてルーカス・ビーチャムが描かれている。

　1772 年にキャロライナで生まれたルーシャス・クインタス・キャロザーズ・マッキャスリンの子孫であるルーカス・ビーチャムは、ザック・エドモンズ (Zachary [Zack] Edmonds) より、家とその周囲の土地を譲渡された。しかし彼は、マッキャスリンの血筋を誇りとし、白人が期待する黒人としての態度を示さないため社会から疎まれている。『行け、モーセ』では、埋蔵金探しに夢中になるあまり、妻モリー (Molly Beauchamp) との家庭を失いかける騒ぎや、若い頃のモリーをめぐるザック・エドモンズへの臆することのない

対決姿勢などが描かれるが、『墓地への侵入者』において、彼はヴィンソン・ガウリー (Vinson Gowrie) という白人を殺したとして逮捕される。しかし弁護士ギャヴィン・スティーヴンズの甥に当たるチック (Chick) と呼ばれる16歳のチャールズ・マリソン少年が、人種の壁にわだかまりを持ちつつも彼の仲間の黒人少年アレック・サンダー (Aleck Sander) と70歳のミス・ユーニス・ハバシャム (Miss Eunice Harbersham) と共に、伯父のギャヴィンの協力を得て真犯人がヴィンソンの兄弟クロフォード・ガウリー (Crawford Gowrie) であることを突き止め、ルーカスの嫌疑を晴らす。このように一連の事件の顛末を通してルーカスという尊厳を維持しようとする黒人を前面に描き出し、人種問題に直面する白人少年チックの精神的成長とギャヴィンの変容にフォークナーは焦点を合わせる。そこには同時に、見える存在として黒人が社会に台頭してくる社会変化に対する生粋の南部人フォークナー自身の戸惑いと葛藤も読み取れるのである。

　さて、『墓地への侵入者』にはベルクソンの世界観を暗示する多くの言及がある。例えば、以下の引用には、現在を、「過去が未来をかじって進んでいる見えない行進」(*MM* 194) とする『物質と記憶』で明らかにされるベルクソンの蓄積された過去としての現在に酷似する概念が見られる。

時間という巨大な水車用水の流れが、真夜中に向かって轟くのではなく、真夜中を引きずって流れていき、真夜中を投げ付けて粉みじんにするのではなく、粉みじんになった真夜中の残骸を、一瞬均衡を取って、天を覆い隠さんばかりの大あくびと共に、彼らの上に投げ掛けようとしているのだ。　　　　　　　　　　　　　　　　　　　　　　　　　(*ID* 79)

　そして、この時間という重荷を引きずって、「人は何事も逃れることはできない」(*ID* 195) のである。

　このような過去への執着故に、三宅晶子 (1930-2002) が指摘するように、作品の冒頭において、ルーカス・ビーチャムの殺人の噂から、4年前ルーカスの家で夕食を食べたチックの記憶に時間がさかのぼって描かれている。しかしながらこの後ろ向きの時間はチックとアレックとミス・ハバシャムが

ルーカスの無実を証明するためにヴィンソン・ガウリーの墓を開ける決心をした時を契機に停止し、前進へと向かう。この劇的な転換をもたらしたものは何か。まずはベルクソン哲学を参照してその問題に対処し、フォークナーの時間概念を明らかにしたい。

既に引用したように、ベルクソンによれば、「自由に行動をすることは自分自身の所有を回復すること、そして純粋な持続に戻ること」(*TFW* 231-32) であり、純粋な持続は有機的な全体として過去、未来の状況が融合する逆転不可能な連続である。ギャヴィンは、傍観者にとどまろうとするため、この持続に対応するのが困難な登場人物の1人である。しかしながら木材の横流しの発覚を恐れて兄クロフォードに殺されるヴィンソン・ガウリー (Vinson Gowrie) 殺人事件と、真犯人がクロフォードであると知らせるためにヴィンソンの死体を掘り起こしているところをクロフォードに殺されるジェイク・モンゴメリー (Jake Montgomery) 殺人事件は彼を決定的に新たな認識へと導く。チックとアレックとミス・ハバシャムが、「ニグロを救うために白い墓に侵入した」(*ID* 242) 経緯を知り、ギャヴィンは自らの認識の誤りを認めるに至り、すぐに犠牲をも厭わずルーカスを救おうと努力する。興味深いことには『墓地への侵入者』において時間の贖いのプロセスとギャヴィンの変容が並行して語られている。

現実認識へ至る道が直観にあるとするベルクソンは、「真相は、物事が見える通りであると受け止める物質主義を論破するという唯一の道しかないのである」(*MM* 80) と述べて、あらゆる形態の主知主義と唯物論に批判を向けた。ベルクソンは現実では知性の機能が従属的であり、人間を生命の流動に導くのは直観であると考えた。ベルクソン哲学を当てはめて『墓地への侵入者』を読むと、「ハーヴァードとハイデルベルクに学んだ後に、州の弁護士に選ばれるために法律を学ぼうとして州立大学に行って」(*ID* 3)、古い南部の道徳律を守るためにルーカスの無実を認めようとしなかったギャヴィンはベルクソンの知性を象徴していると理解できる。

「痩せすぎた、骨っぽく熱っぽい顔、きらきら輝く、真剣な素早い目」(*ID* 169) を持つギャヴィンは、「1つの観念、1つの信仰、1つの受容」(*ID* 11) に基づき、黒人はこうあるべきだという考えに支配されて、ルーカスを「黒

ん坊、白人を後ろから撃ったくせに、それを悪いとさえ思っていない人殺し」(ID 66) と見なす。彼はあたかも自らの言葉——「この世で祖先の悪習にひたすらしがみついている奴ほど困った問題を起こす奴はいない」(ID 49) を実証しているかのようである。古い南部の歪んだ道徳律の厳格な原則を堅く守ることによって、彼は人種差別を助長している。

ルーカスのために素早い行動が必要とされる時、ギャヴィンは彼の理想主義的論議に浸っているのである。ルーカスがリンチにあうかもしれないという看守の懸念に対しても、「奴らはこれからも手を出さんだろうと思うよ。それに、もしやっても、そのことは大して問題じゃないんだ」(ID 54) と、傍観者のように超越した様子で応える。

一方同情的な行為によってギャヴィンの目を開いたチックとアレックとミス・ハバシャムはベルクソンの直観を象徴すると理解できる。実を言えばチックにはルーカスとの関係においてわだかまりがあった。チックは12歳の時エドモンズの農場で滑って氷で覆われた小川の中に落ちる。たまたま現場に居合わせたルーカス・ビーチャムが彼を助け、ルーカスの家に連れていって、服を乾かし、夕食を与え、ゲストとして対応した。その顔には、「傲慢さもなく、侮蔑的なところもなかった。ただ御し難く落ち着き払っていた」(ID 13)。チックが彼の歓待に対して金を支払おうとしたが、ルーカスはそれを拒否する。以後チックは黒人に対して負債を負っていることで、屈辱的な思いに苛まれる。度々チックはルーカスに贈り物をするが、ルーカスは同等の贈り物をチックに送り返してきていたのである。

このような複雑な事情にもかかわらず、チックは本能的にルーカスの無罪を信じ、それを証明するためにヴィンソン・ガウリーの死体を掘り出すというルーカスの恐るべき要請に従う。チックは人種の問題に戸惑いつつも、ルーカスから受けた任務のために未知の世界に身を投じるのである。

彼は身を躍らせて、体ごと、怒りに満ちた予測の、致命的な筋道の通った理屈の中に飛び込んでいったのだ、すなわち、賛成の理があるからするのではない故に、もはや賛否両論共にあり得ない、冷静で聡明で絶望的な、合理性の中に飛び込んでしまったのだ。彼がそこに出掛けようとしている

理由は、誰かがそうしなければならず、しかもほかに誰もそうしようとしないからであり……。　　　　　　　　　　　　　　(*ID* 82-83)

またチックがガウリーを撃ったのはルーカスのピストルだということをルーカスが否定していたと伝えると、「毅然とし、孤独で、寂しげながらしゃんとした」(*ID* 187) 70歳のミス・ハバシャムは、すぐにルーカスの無罪を理解する。そしてチックが、「あそこに行って奴を掘り出し、奴を町まで運ぶんです。町には誰か、弾丸の穴のことを知っている人が、奴の弾丸の穴を調べられる」と言うと、彼女は、「そうだね」(*ID* 89) と、即座に承諾する。元来伝統に忠実である老女が、生命の危険に身をさらしてチックとアレックについて行くのである。

　繰り返しフォークナーは女性が男性より効率的に行動すると作中人物を通して指摘している――「女性は賢明である。現実に混乱させられずに……動じることなく生きる術を学んでいる」。また女性は言語の抽象概念によって混乱させられない――「なぜなら女性は男性より言葉について深く知っている」(*SP* 250) からであると言う。『墓地への侵入者』においてもギャヴィンは女性が男性よりタフであり、何でも我慢することができると指摘する (*ID* 106-07)。女性の中に見られるこの柔軟性と現実に対する本能的な理解はベルクソンの直観の特徴であり、それはチックが持つ「共感的な交わり」(*CE* 177) に相通ずるものである。ギャヴィンはこの共感と憐れみの故に彼らがルーカスを信じることができたと理解する。

「……真実を、ただそれが真実だからっていう理由だけで信ずるのは、年取った女と2人の子供しかいなかったんだよ、憐れみと信頼に値する、まさに窮地にある老人が、本当に誰も信じようとしなかった時に、憐れむことのできる人間に対して語ったのだよ。お前だって初めは信じやしなかっただろう」と伯父は彼 (チックの父親) に向かって言った……。
　　　　　　　　　　　　　　　　　　　　　　　　(*ID* 126)

直観に導かれて、チックは、「しただろうではなくて、しなければならな

かったのだ、正義と人間らしさを守るためだけでなく、無垢を守るためにそれをしなければならなかったのだ」(ID 116)と言う。そしてチックとミス・ハバシャムが行ったことを目撃して、ギャヴィンは変わり始め、ついにミス・ハバシャムに「分かりました」(ID 118)と彼らの計画に参加することを同意するまでに変化するのである。このようにベルクソンの時間概念を考慮して、『墓地への侵入者』を考察した時、概要においてはチックとアレックとミス・ハバシャムの直観的な力がチックを新しい認識へと導き、知識人ギャヴィン・スティーヴンズを持続に連れ戻したと見なすことができるだろう。

しかしながら彼らの問題の核と思われるもの、後ろ向きの時間の問題がまだ明らかにされていない。それはチックの過去へのこだわり、すなわちルーカスに抱いた黒人に対する差別意識が生んだものであり、「顔」のイメージで頂点に達した南部の罪意識が生んだものに他ならない。

> 多くの顔ではなくて、1つだけの顔、1つのかたまりでもなく、顔を寄せ集めた模様でさえもない1つの「顔」、すなわち、残忍でもなく、飽くことを知らぬわけでもなく、ただ動いてはいるが無感覚で、思考どころか情熱さえもない顔、石鹸の広告にでもあるような、謎解きの絵の中の木々や雲と風景の無意味な並置を、苦痛なほど気も狂わんばかりの熱心さで、数秒あるいは数分じっと見続けた後で、突然現れてくるような、あるいはバルカン半島や中国で行われている虐殺事件のニュース写真の、切り取られた頭に浮かんでくるような意味もなく過去もない1つの「表情」……。
> (ID 182)

「ただ固まり合った数知れぬ顔が」、ルーカスが「ニグロのように」行動をしなかったことに憤慨して(ID 48)、「大してはっきりした意欲を持たないくせに、南部のことなら、……何でも信じようとするあのほとんど救いようのない憐れな能力と熱心さを持って」(ID 153)、「彼らが言うところの正義が行われるのを見にきたのでもなく、対等の復讐が行われるのを見にきたのでもなく、ひたすら、第4区がその白人としての高い地位を汚さないようにと」(ID 137)見にきているだけなのだ。

罪意識はギャヴィンの言葉を借りると、「他人に苦しみを加えたからではなく、己が間違ったことをした」(ID 199) という思い、また、「あの絶望的な、恐ろしい緊迫感、孤独、自分は社会の除け者だという意識」(ID 230-31)、「自分が全人類を敵に回しているという恐怖と、捨て去られたという気持ちだけではなく、土そのものの惰性や、恐ろしい、思いやりのない時の流れと戦わなければならないという意識」(ID 231) などと表現できるが、罪の問題に対処する時、前のセクションで指摘したように、道徳に関心の薄いベルクソンの宗教概念では説明が付かない。

それではテイラーの伝統的なキリスト教概念で解釈するとどうなるだろうか。フォークナーはチックらのあの夜の冒険を聖餐式における「霊的交渉」("communion," ID 100) と呼んでいる。さらに、小説自体を「ミステリー」("mystery")[26] と呼びさえする。勿論フォークナーは一義的にはミステリー小説のことを言っているのだと思われるが、「ミステリー」は、新約聖書では「奥義」と訳され、「受肉によりキリストが歴史における神の計画を明らかにした完全にして唯一無二な仲介者であるということ」、すなわち神とその礼拝者の間の霊的交渉が受肉のキリストの犠牲によって確立されたことをいう。[27]

T. S. エリオットが受肉を『四つの四重奏』(Four Quartets)の「バーント・ノートン」("Burnt Norton," 1935) の中で、「回る世界の静止点」("the still point of the turning world," l. 61, CPP 173)、無限と有限が接した時と表現したが、テイラーもその福音の最も偉大なミステリーである受肉において、贖罪のために1人の人の中に無限と有限が凝縮されたことを明らかにしており、我々は聖餐においてその奥義に与ると述べる。

> 人知は神の受肉の中に何を見いだすでしょうか。有限と無限の2つの性質が (三位一体の) 一位格として、人間の中で結実する……神がかくも人間を愛しておられるので我々と和解することを良しとされ、聖なる独り子を賜り、我々の罪を赦される。その体を食し、その血を聖杯にいただき、その霊を我々の魂に清め分かつ……。 (Works Ⅳ 331-32)

すなわちキリスト教の中心的な奥義、ミステリーは、三位一体の神が神であることを辞めないで、人の救いのために人の間に下ってきて、33年の公生涯の後、十字架に磔にされることによって罪の処分を完成したことである。

フォークナーの「乾燥の九月」には、「塵」への言及が満ちていた。本書ではそれが南部の罪を象徴すると理解した。聖書同様フォークナーは人間が、「塵の一片」("a pinch of dust," *FU* 286) であると言う。タイトルの『墓地（文字通りには塵）への侵入者』とはチックとアレックとミス・ハバシャムであるかもしれない。しかし聖書的見地から見て、固有名詞として Intruder は罪に属する人を救うために人間の肉体をとって罪のこの世界に介入して、人間を神の現実へと招待するキリスト自身を表すと解釈することはできないだろうか。

そして罪の現実に侵入して受肉したキリストを表すかのようにチックとアレックとミス・ハバシャムが、勇気を持って墓に足を踏み入れた時、贖いの力が注がれ、時間の後ろ向きの動きで表される南部の罪という、チックにとってまさしく問題の核心が解決された。「顔」はもはや彼にとって奇妙な実在ではなく、懐かしい同族のそのものであった。チックは、むしろ自らも南部の歴史に加担していたと悟るのである。その結果、

> 出現したのは、思いもかけずあの１つの「顔」、彼の生まれ育った種族、生まれ育った土地、彼と同じ国民、同じ血の人々、その人々と共に、夜、あの暗い深淵に対抗して、１つの緊密な破ることのできぬ戦線を作るのにふさわしいと認められることこそ、彼の喜びであり、誇りであり、希望であった人々、その人々が１つに重なり合ってできあがったあの１つの「顔」だったのだ―― (*ID* 194)

さらにチックは南部の人々を肯定したいと強く願うあまりに彼らに対して厳しく糾弾したのだと認識し、同胞に対する自らの横暴を反省する。

> 彼らは彼のものであり、彼は彼らのものなのだから、彼らは完全なものであるべきだという激しい欲望、絶対的な完璧さに、ほんのわずかでも、ご

く微量でも欠けることを許さない、あの猛烈な偏狭さ……彼らを誰からもどこからも守りたいという非常に激しい、ほとんど本能的な躍動、活力を感じ、何の容赦もなく、自分で彼らの皮を剥ぎ取りかねないほどだった、というのは、彼らは彼自身のものであり、彼は変わることなく、確固として、彼らの味方になる以外のことを望まない。屈辱を受けねばならぬなら屈辱を共にしよう、償いは必ずや必要なのだから、共にその償いをしよう、しかし何をおいても、変わることなき、持続的な難攻不落の1つのもの、1つの国民、1つの心、1つの土地でなければならないのだ。だからこそ、彼は突然言ったのだ。……「僕の方がもっと悪かったんです」。

(*ID* 209-10)

チックはたとえ自分が南部の影響によって形作られていても、その権利を守る何人かの1人として、「その中に1つの場を占めるにふさわしい、命を懸けた、勇気ある、厳格な行いをする機会を持ちたい」(*ID* 193)と願う。彼はあの夜の出来事を思い、第4区の荒地の中を熱に浮かされたように走っていた時、自らを最も重要な役を演じている俳優のように感じたと述べる。

静まり返った人気のない最後の1ブロックを歩き、わざわざ堂々と足音を響かせながら、急ぎもせず、独りぼっちでうつろな静寂の中に入っていったが、悄然としたところは少しもなく、それどころか、所有欲に憑かれている感じはないが、そこが自分のもののような、あるいはそこの代理人のような感じを持ってはいた、しかも謙虚な気持ちも持って、……そこに、自分が最後の幕で注目の的となるべく歩み入り、気取ったポーズをとろうとしている舞台を見下ろしている名優というわけでもないのだが、少なくとも彼を欠いてはこの劇を完成させ、終わらせ、無償で非の打ち所のない、完璧なものとして始末を付けることはできない1つの可能性の器のような感じだった。

(*ID* 211)

チックは今という時を有効に使う彼自身の行動によって過去を贖う可能性を知るのである。

一方ギャヴィンは新しい現実認識に基づき、南部の罪を認めて言う——「ただ不正は我々のもの、南部のものなんだって言っているだけなんだ。……自分たちだけでその償いをし、それを廃止しなければいけないんだ」(*ID* 204)と。単なる傍観者としてではなく、ギャヴィンはルーカスの救いに全エネルギーを捧げる。南部の有罪を認めることによって、自己正当化志向の認識から主体的に過ちを認めギャヴィンは変容し、偏見から解かれ、ついにはルーカスを「紳士だ」(*ID* 240)とさえ述べる。そしてチックを新たな現実認識へと導くに至る。ギャヴィンは南部の住民が合衆国で唯一の同質の民族であると信じ (*ID* 153)、白人は南部を良くするために、苦しみを通して一体感を証明したサンボー（Sambo [黒人の蔑称]）と同盟するべきであると宣言する。

　　わしがサンボーっていうのは、……我々が持っているよりもさらに優れた同質性を持ち、大地に根を下ろすことによってそれを証明した連中、実際に白人を押し退けて、白人に取って代わらざるを得なかった連中のことなのだが、というのは、黒人は希望を持たない時ですら忍耐力を持ち、その果てに何物も見ることができない時ですら、長い見通しを持つことを失わないからだ、そして耐え忍ぶ意志だけではなく、耐え忍ぶことを欲しているのだ、なぜなら、彼は、誰もが彼から奪う気などはなかった古い単純ないくつかの物事を本当に愛していたからなのだ。……我々——サンボーと我々——が連合すべきなんだ……。　　　　　　　　　(*ID* 155-56)

　そして社会を「同情ができる」人間に還元することによって、社会を厳しく弾劾していたチックを社会に引き戻すのも他ならぬギャヴィンである。

　　人間が暴徒にまでなってしまうと、それはまたその一線を越えて、吸収作用というか、新陳代謝によって暴徒を消滅させて集団になってしまい、それからまたさらに集団になるにも大きすぎる人数になると、また再び人間になって、憐憫や正義や良心ということを感じられるようになるのだ。それがただ、人間が長い間惨憺たる苦労をしてそれらのものに向かって努力

してきたこと、とにかく1つの清冽な普遍的光明に向かって努力してきたことを思い出すだけにしてもね。　　　　　　　　　　（*ID* 201）

　初めは、その言葉があまりにも理想主義的であると言って、チックはギャヴィンに同意せず、説明を弁明と同一視するギャヴィンの傾向を暗示して、「あなたは弁護士だ」（*ID* 202, 204）と繰り返し彼を批判するが、ギャヴィンの新しい解釈はチックに南部の歴史理解に対する新しいヴィジョンを与えるのである。
　さらに『墓地への侵入者』のすぐ後に書かれた『尼僧への鎮魂歌』（1951）を読む時、ギャヴィンが一変していることが分かる。『尼僧への鎮魂歌』のプロットの核心はテンプルが「すべて」を告白するかどうかであるが、その「すべて」の追求で、ギャヴィンは単にテンプルを救いへと導く積極的な参与者であるだけではなく、道徳的な案内人となっている。『墓地への侵入者』で、「すべての人間の持っているものは時間、人間と、その人間の恐れ忌み嫌う死との間に立っているものが時間なのだ。人間はその時間の半分を、どうやって後の半分を過ごすのかを考えているうちに過ごしてしまうのだ」（*ID* 30）と、抽象的な時間概念を述べるが、『尼僧への鎮魂歌』では、「過去は決して死なない」（*RN* 80）と言い、愛あるいは真実こそ現在を過去の贖いと罪滅ぼしの機会とするために重要であると、時間を生きる道義的な道を提唱する。

我々は死には関心がない。それは無用だ。一握りのつまらぬ事実や宣誓した文書があればそれに対処できる。それはすっかり終わったのだ。忘れてもよろしい。我々が今取り扱おうとしているのは不正なのだ。真実のみがそれに対処できる。それとも、愛かだ。　　　　（*RN* 76-77）

　このようなギャヴィンやチックらに起こった変化をもたらしたのは一瞬の直観ではなかった。なぜなら「共感的な交わり」によって有機的に物事を分析、把握する直観は、ガンが断言するように、宗教が言うところの神に対する理性の枠を超えた信仰ではない。[28]直観によって人は一時的に覚醒し、変容

を遂げたかのように思われるが、直観は根本的な変化をもたらすものものではない。

　テイラーが繰り返し述べているように過去の意味を変容させ、人に決定的な変化をもたらすのは意志の根本的な方向転換である悔い改めである。一度切りのことではなく、善に対する絶えざる応答の形をとり、その真摯さは行動、考えや感情の実際的な変化によって証明される。それは彼らの「外部から物事が起こったというよりは」、「何かが、それを命じ、権威付けたように」、「内部から外部に向かって何かが起こった」(ID 228)。すなわち南部の罪を踏襲して黒人差別を続けることから、黒人を同じ人間として尊重することへの意志の方向転換が図られ、今やチックもギャヴィンも、観察者として、古き良き南部という幻想に逃げる代わりに、生命の活発な参与者として愛の現実にいるのである。

　このように『墓地への侵入者』においても罪を問題としないベルクソン哲学で解釈するのには限界があり、テイラーに言及することによって読み解くことが可能となった。ブヴァールとのインタヴューで、「ベルクソンの神概念と近い」(LG 70)と述べたフォークナーであったが、これまでの議論から、これはフォークナーがベルクソンを十分理解していなかったための発言であり、ベルクソンとフォークナーには根本的に神概念に相違があり、そこから時間概念の差が生じていると考えざるを得ない。

　特筆すべきは、ベルクソンにとってキリストは受肉の神、神と人の仲介者ではなくただユダヤの預言の継承者にすぎないということである。

> キリスト教の起源には、キリストが存在する。我々の立っている見地からすれば、そして、すべての人々から神性は現れるとの見地からすれば、キリストが人間と呼ばれるか否かは、ほとんど問題ではない。彼がキリストと呼ばれることさえ、どうでもよいのだ。……キリスト自身が、イスラエルの預言者たちの後継者だと考えられる。キリスト教がユダヤ教の1つの根本的な変形であったことは、疑う余地がない。　　　　　(TS 205)

　これに対してキリスト教はキリストを通してのみ神が顕在する。前述のセ

ルティランジュ神父の発言に耳を傾けてみよう。

しかし、ベルクソンさん、日付を有する信仰というものは、キリストのペルソナの神秘性であって、他のいかなる神秘性も存在しません。私どもが申し上げているのはただ、この比類なき神秘性（この点はあなたが認めておいでですが）は極めて比類なきもの（すなわち超・ロゴス的）であるので、いわば源泉の性格を持っている、ということです。しかも、この神秘性は、この性格を我々に対して持っているのであり、その理由は、この神秘性は第1の源泉から汲み取られたものであって、その仕方は、他のもろもろの源泉のように特殊で、限られた借用によってではなく、一種の充実において汲み取られ、この充実性は、……ペルソナにおける一性 (unité en la personne)、合一の*恩恵* (grâce d'union)、*托身* (incarnation) と呼んだ種類の存在論的同一性に基づいているのです。[29]

またベルクソンの目的論に反した時間概念に対してキリスト教の時間概念は目的論的であって、創造の目的はキリストにあって1つとなることである。

(神は)秘められた計画をわたしたちに知らせてくださいました。これは、前もってキリストにおいてお決めになった神の御心によるものです。こうして、時が満ちるに及んで、救いの業が完成され、あらゆるものが、頭であるキリストのもとに一つにまとめられます。天にあるものも地にあるものもキリストのもとに一つにまとめられるのです。

(エフェ 1:9-10)

「(複数形の)時(kairoi)が満ちる」は神の指示のもとでの一定の時間の連続を指す。「一つにまとめられる」(ἀνακεφαλαιόω [anakephalaioō]) は、「要点を述べる」、あるいは「要約する」を意味し、議論を要約するという意味合いで用いる。キリストの中にすべてを要約することは、「コロサイの信徒への手紙」1章18節から20節——「御子は初めの者、死者の中から最初に生まれた方です。こうしてすべてのことにおいて第一の者となられたのです。神

は、……万物をただ御子によって、御自分と和解させられました」——の趣旨と同じく共通の目的に向かって宇宙がその方向性を統一することを意味する。引用した「エフェソの信徒への手紙」、「コロサイの信徒への手紙」の両節から人間の罪によって崩壊した宇宙を、キリストにある調和を持つ状態に回復するのが神の目的であることが理解される。

さらに聖書が提示する時間は創造でも前進でもないことを指摘すべきであろう。むしろ根本的にキリストにまつわる預言の成就を指す。新約聖書における最も注目すべき用語の１つは満たされる時、カイロス（καιρός）であり、キリスト自身が言及している——「時（カイロス）は満ち、神の国は近づいた」（マコ 1 :15）と。カイロスとは機会を与える時である——「更に、あなたがたは今がどんな時（カイロス）であるかを知っています。あなたがたが眠りから覚めるべき時が既にきています」（ロマ 13 :11）や「なぜなら……今や、恵みの時（カイロス）、今こそ、救いの日」（Ⅱ コリ 6 :2）と記されている。機会を受け入れることは救済、それを怠ることは、大惨禍を意味する。すなわち、聖書は機会を与える時であるカイロスに、人には決然と意義ある行動が要求されていると告げる。

テイラーは、『この世と来るべき世における人間の状況の思索』（*Contemplation of the State of Man in This Life, and in That Which Is to Come*, 1847）で我々は一瞬しか時を所有していないと述べる。

> 我々の手には我々がそれをつかもうと思うまさしくその瞬間に失われるほんの少しの時間しか持ち合わせていない。だから人間の命に望みを置くことは、太陽の周りを回り、天空の星の中を運行する惑星の運行のように、不安定で束の間に過ぎ行く時に頼るようなものです。
>
> それゆえ、死が鉛の足でではなく、星と等しい動きで、走って汝を追いかけてくることを覚えなさい。……この人生行路のレースの後に死が、汝を追いかけているのです……

さらにテイラーは時間の本質はキリストであり、キリストを欠く生活の惨さを、「なんと人間は惨めであることか！ キリストを欠いてすべてはむなし

い。すべての肉は草であり、その栄光は野の花のそれのようである」[33]と言及する。束の間の人生であるからこそ善を行うことによって時間を有効に使うべきとの時間の目的論を表明するのである。『神聖なる生き方と神聖なる死に方』の第1章第1節、「神聖な生き方の第1の一般的な手段」は、「時を配慮する」(Works Ⅲ 9)ことであり、この時間の目的論は『墓地への侵入者』においてチックが認識した使命感から行う勇気ある行動で時を贖う時間概念と呼応するものである。

これまでフォークナー研究においてベルクソンの影響から解くものが多い現状を鑑み、プロティノスから神秘主義にわたる影響を統合するダイナミックなベルクソン哲学をいささか過剰に攻撃したかのようであるが、フォークナー作品はベルクソンよりテイラーから読み解くべきであるとするのが本書のたどり着いた結論である。

我々の意識、内界が体験的時間として異質的連続、自由世界であること、すなわち時間の流動性に関してフォークナーはベルグソンの見解と一致していると言っていいだろう。しかし持続に入る理想は、あまりにしばしば罪という人間の現実によって阻まれている。『野性の棕櫚』及び『墓地への侵入者』で検証したように、無計画な世界観に基づきこの罪を問題としないベルクソンの宗教概念では過去の罪の重荷に喘ぐフォークナーの登場人物たちの問題を理解することはできない。むしろフォークナーの時間概念は神の意図に基づいた目的論的な時間概念であり、キリストが時間の中に受肉し、罪の贖いの業の完成へと向かう救済史として時間性を捉えたジェレミー・テイラーの時間概念である。

VI

「時間はキリスト」

1 『響きと怒り』の時間

時計はカラー入れの箱に立て掛けてあったが、僕は横になったままそれに耳を傾けていた。ということは、それを聞いていたことだ。僕には、懐中時計とか柱時計に意識的に耳を傾ける者なんか1人もいないように思える。そんなことをする必要はないのだ。誰しも長い間その音を忘れていることができるのだ。そしてある瞬間、カチカチという音が耳に入ると、心には自分が聞きもしなかった長いそして次第にかすんでいく時間の行列が連綿として描き出されるのだ。父に言わせれば、それはちょうど、長く寂しい光の中をイエスが歩いているのが見えるようなものだそうだ。

(*SF* 94)

「時間の行列が……イエスが歩いている」——この言葉は南北戦争の敗戦後、現実から逃れ、もはや人生に肯定的な価値を見いだすことのできないコンプソン氏から発せられたものだが、この暗示に満ちた言葉をフォークナーの言葉として時間イコールキリストの図式として考えると、フォークナー作品を貫く大きな主題を読み取ることができる。事実、フォークナーにおいては、例えば、『兵士の報酬』でキリスト像と見なされるドナルド・マーンが「時」("Time," *SP* 166) に例えられ、『サートリス』においても——「サートリス家の人間たちは、時 (Time) をあざ笑ってきたが、サートリス家より長く生きている時は報復することはなかった」(*SA* 92) など——「時」は人格を持つ存在のように表されている。本セクションでは、フォークナーの時間概

念とキリスト像の関係性をより明らかにするために、1929年に出版されたフォークナーの最高傑作『響きと怒り』の世界を探求してみることにしたい。

フォークナーは『サートリス』より6カ月後に『響きと怒り』を発表したが、実は『響きと怒り』は『サートリス』より前に着手されていた。フォークナーは、「この作品を書き上げるのに3年かかった。私はこの作品に私自身を書き込んだのだ」と言っている。また最も苦痛を与えた「立派な失敗作」として「この作品に最も愛情を感じている」(FN 103)とも述べている。創作過程について次のように説明する。

それは短編小説として、祖母の葬式の日に、家から追い出された子供たちの取り立てて筋書きのない話として始まったのです。彼らはあまりに幼くて何が行われているのかも教えられるわけにもいきません……。私はもしそれらの子供たちの1人が本当に罪のない者すなわち精神遅滞者であったとしたら、子供たちの特徴とされる無邪気な盲目的な観念からどれだけさらに多くのものが得られるかを知りたいという思いに駆られました。そして精神遅滞者が生まれました。次に彼がそこに住んでいながら、対応できない世界と彼の関係、罪のない彼を守るために愛情と助力をどこから得ることができるかに関心を持ったのです……。

そして彼の姉の人間性が浮かびました。そして兄——ジェイソン (Jason) は私にとって完全な悪を代表し、私の考えついた最も悪い人間です——が現れました。それから物語の主役すなわち語り手が必要となりました。クエンティンが姿を現しました……。

そのようにして、この作品は育っていったのです。すなわち、私は同じ物語を4度も書いたことになります……。私は私を非常に感動させた1つの物語を語ろうとしましたが、いつも失敗しました。しかし大変苦労したので、それを捨てることはできませんでした……。それがこの作品に最も愛情を持っている理由です。なぜなら私はこの作品で4回も失敗しましたから。

(FN 103-05)

『響きと怒り』は、20世紀初頭、南部の名家コンプソン家が、次第に没落

してゆく様子を、長女キャディの性的堕落と並行しながら、「意識の流れ」によって描いた作品である。題名は、「(人生とは) 白痴が語る物語／騒音と怒号に満ちていて (full of sound and fury)／何の意味もない」との『マクベス』(Macbeth) の第5幕第5場の科白からとられている。物語は、精神遅滞者ベンジーによって語られた物語で始まり、そして同じベンジーの大声で終わる。「盲目的な、口には言えない苦悶」(SF 400) であるそのわめきは、「渇く」(ヨハ 19:28) との十字架上のキリストの深い悲しみと呼応するようである。コンプソン氏の宣言──「キリストは磔になんかされたんじゃない、あの小さな歯車が刻むカチカチというかすかな音によって、磨り減らされたんだ」(SF 94)──は、時間がすべての肯定的な価値を失い、ただ破壊者としてのみ機能している様子を表している。『響きと怒り』で提示されているのは、存在が無に帰され、存在論的自己肯定が危機に瀕している世界である。

舞台となっている1928年4月には当主のコンプソン氏は酒に溺れて10年前に亡くなっており、気位ばかり高いコンプソン夫人は常に鬱状態で子供の世話はディルシーをはじめとする黒人の使用人に任せ切りである。長男のクエンティンは近親相姦的に愛する妹キャディが身を持ち崩して私生児を産み、別の男と結婚させられ家を出されたショックで1910年に自殺しており、今や次男のジェイソンが没落旧家の後継ぎとしての責任を負わされ、不満たらたらで、農機具店に勤めながら、母親とベンジー、キャディの婚外子クエンティン嬢、それに忠実な黒人老婆ディルシーの家族を養っている。

注目すべきことはフォークナーが非常に注意深く時間の配置をしていることである。そして作品を構成する4つの章はそれぞれの局面で見られる各個人の実存状況を表している。ここでそれぞれの実存状況と共に、それが反映している時間概念を検証してみよう。

第1部1928年4月7日は、前述した33歳の精神遅滞者ベンジーによって語られる。ベンジーが最も頻繁に語る記憶は、1898年頃、彼が3歳の折、母方の祖母 (Damuddy) が亡くなった場面である。断片的に行きつ戻りつするベンジーの語りによれば、その日ベンジーは、クエンティン (9歳)、ジェイソン (5歳)、そしてキャディ (7歳) と共にディルシーの息子ヴァーシュ (Gibson Versh) を伴って川遊びに出掛け、夕食時に一時家に戻るが、既に

おばあさんが死にかけ、家が取り込んでいるため、夕食後はディルシーの小屋に行く。ディルシーに連れられての帰り道、キャディが屋敷のそばの杉の木に登って家の中の様子を覗き込むが、悲しいことに彼女はそれをパーティだと錯覚する。そしてその夜ベンジーはキャディと同じベッドで寝かされる。

　この記憶は約30年後の現在のベンジーの行動とよく似ている。現在のベンジーもラスター（ディルシーの孫のLuster）と共に、小川に行き、人々がゴルフをしている屋敷の付近をさ迷い、同じように床に就く。しかしそこには明確な違いが生じている。かつては最愛の姉キャディと共に遊び、共に寝ることができ、またクエンティンもジェイソンもまだまだ無邪気な子供であり、ヴァーシュも彼を支えてくれる仲間だった。しかし今は、もうキャディがいないばかりか、クエンティンも自殺しており、ジェイソン（35歳）は金儲け一辺倒の利己主義者に成り果て、彼を支えるラスターもベンジーに注意を払うより、イースターのカーニヴァルを見に行くことに夢中で、落としてしまった25セント硬貨を探すのに必死である。ベンジー自身も（かつて1913年頃、ベンジー18歳の折、少女にいたずらをしたので）去勢されており、牧歌的な過去と呪詛の下にある現在との相違がつかめぬまま、呻き声を上げるばかりである。

　フォークナーによれば、ベンジーは哀れな「動物」で、「目的を果たして、そして消えていく」(*LG* 245-46) 手段として使われる。しかしながら彼が姉キャディに対して愛情を感じているため、ベンジーの愚かさは少なくとも十分に人間的である。事実、ベンジーは彼を愛する唯一の人、キャディを記憶の世界の中心に置いている。ベンジーが最も好きな3つのもの——牧草地と火と眠り——はしっかりキャディと結び付いている。ベンジーは繰り返し言う、「キャディは木のような匂いがした」(*SF* 50, 51, 54) と。そして、キャディが木の匂いがしないことに気付く時、彼は泣き出す。ベンジーが知っているすべては、キャディがいつもの匂いがする時、彼は幸せであるということである。キャディはベンジーにとっては木の匂いを損なわないままでいなくてはならない。しかしながらベンジーが最もキャディに期待していることは、もはや彼女が与えることができないものであった。

　ベンジーの期待は時間に対する彼の無知に基づいている。フォークナー

は、「彼は愚かで時間感覚を持っていなかった。ベンジーにとっては10年前に起こったことは昨日起こったことと同じこと」(FU 94)と説明する。そのためベンジーのセクションでは時間の同時性が顕著で、読者が時系列で出来事を理解することが極めて難しい。1928年にキャディを待って門に立っているベンジーは、1910年、キャディが結婚して家を出て以来変わらず彼女を待っていた。ベンジーがむなしく待った年月は彼には存在しない。彼には、時間は継続ではなく、瞬間である。昨日はなく明日もない。なぜならベンジーにとってすべてが今だからである。そうであったものとそうであろうものとを区別することができないのである。

　ベンジーのセクションの設定は4月7日、折しもそれはイースターの前日の土曜日に当たる。またベンジーの33回目の誕生日でもある。これらすべての事実はある象徴的な意味を持つ。4月は生命と成長を象徴する月。しかし皮肉なことにこの再生の月に、ベンジーが覚えていることの多くは死と葬儀に関連している。折しも33歳はキリストが磔にされた歳であり、キリスト処刑の金曜とキリストが復活する日曜の間の土曜にはキリストは死んで墓の中に埋葬されていた。すなわちキリスト不在のイースター前日に、時間が機能を喪失しているベンジーの世界が展開されているのである。

　第2部1910年6月2日の全セクションは、ベンジー名義の牧場を売った金でハーヴァードに遊学している長男クエンティン（当時20歳）が、自殺をすることになる1日の模様を語る。最後の日の彼の行動を追ってみると、朝から彼は正装し、親友シュリーヴとたわいない言葉を交わした後、郵便局に行って父に手紙を投函し、市電でボストンの街中に出てパーカーホテル (Parker's Hotel) で朝食を取る。その後時計屋で、1つとして同じ時刻を刻んでいない時計の実態を確認して、荒物屋で（溺死するために重石として抱こうとする）重さ6ポンドの鉄ごてを2つ買う。再び市電でチャールズ川 (Charles River) に行き、南部出身の友人のジェラルド (Gerald Bland) がボートを漕いで行くのを見守った後、大学に戻って黒人のディーコン (Deacon) に翌日シュリーヴに渡すよう手紙を託し、再び市電で川の方に向かう。橋の上から川を見つめ、釣りをしている3人の少年と一緒に歩いているうちにイタリア移民らしき少女に出会い、彼女を家に帰そうとしたが逆につきまとわ

れ、誘拐の嫌疑で警官に逮捕されてしまう。幸いジェラルドとその母親、友人のスポード (Spoade) そしてシュリーヴの一行に会って救い出され、皮肉なことに既に参加を断っていた彼らの群れに加わる羽目になるが、キャディをめぐる切ない妄想にふけるうちに、ジェラルドを殴りつけ、逆に殴り倒されて鼻血を出す。しかしまた独り電車に乗ってハーヴァードの寄宿舎に戻り、夕方の鐘を聞きつつ、身じまいをして、やがてケンブリッジ地区アーセナル・ストリート・ブリッジ (Arsenal Street Bridge) 付近で入水自殺を遂げるのである。

　時間を意識していないベンジーとは対照的に、クエンティンは時間に取り憑かれている——「窓枠の影がカーテンに映るのは7時から8時の間だったが、その時僕はまだ時間に気を取られて、懐中時計の音に耳を貸していた」(*SF* 93)。意識の流れの中に時間に対する彼の執心はいろいろな形で表れる。クエンティンは懐中時計の針をもぎ取るが、自分自身をどうしても時間から解き放つことができず、懐中時計の音から逃れられない。

　そして時間との接触の直中で、クエンティンはいつもコンプソン氏が人生について語った種々のコメントを想起する。

　　人間とはその人の不幸の総和だとお父さんが言っていた。いずれは不幸の方がくたびれるかもしれないと人は思うかもしれないが、その時には今度は時間が人の不幸になるのだよ、とお父さんは言った。　　(*SF* 129)

　　人間とは風土的体験の総和だとお父さんは言った。人間とはそうした何かの総和だと。曖昧な性質の問題はうんざりするほどに回り回って結局答えはゼロになり、虚無と欲望の行き詰まりだと。　　(*SF* 153)

　　……お父さんが僕たち子供に教えようとしていたのは人間なんて誰でもおが屑を詰めた人形にすぎずしかもそのおが屑はあっちこっちの傷口からはみ出している古人形が捨てられている掃き溜めから掻き集められたものだということ……。　　(*SF* 218)

クエンティンがコンプソン氏の影響を強く受けて育ったことは明白である。コンプソン氏は非常に冷静に物事の本質を見極める。しかしながら彼は南部の現実を直視せず、事実を受け入れないために、その理想すら見失っている。コンプソン氏にとってもはや人生に価値は存在しない。ただ時がすべてを壊滅することによって癒すと信じている。人生はギャンブルで「時間と戦って勝った試しはない……そんな戦いが戦われたことさえない……そんな戦場はただ人間に自分の愚劣と絶望を教えるだけで、その戦いに勝つなんていうことは哲学者や馬鹿者の妄想」(SF 93) でしかないと言う。このような虚無主義に対して、クエンティンは必死で、対極にある徳の存在を証明するかのように、実質的な罪を捜す。彼は、「恐ろしい恐怖の中に清潔な炎を越えて」(SF 144) 地獄にいる彼自身とキャディを想像する。クエンティンはただキャディと共に地獄にいることができればと願う。

　しかしながらフォークナーが言及するように、クエンティンは、「犯すことのなかった近親相姦という考えではなく、その却罰という長老派的観念を愛した」(SF "Appendix," 411)。そのためクエンティンはキャディに２人が恐ろしい罪を犯したことを確信させようとするが、自分自身を納得させることすらできない。悲しいことに彼自身決して成功しないであろうことを知っている。

　僕たちはやったのだ　お前にだってそれが分からないはずはない　もうしばらく経てばそれがどんなことだったか話してやるよ　それは罪なのだ　僕たちは恐ろしい罪を犯したんだ　それを隠すことはできやしないのだ　お前は隠せると思っているんだろうがまあ見ているがいい　可哀想なクエンティン　あなたはそんなことをしてやしないわ　そうでしょう　だから僕がそれがどんなことだったか話してやるよ　僕はお父さんに話してやる　そうすればそうならざるを得なくなるだろう　だってお前はお父さんを愛しているんだから　そうすれば僕たちは出掛けていって責め苦と恐怖に青い炎に囲まれなければならなくなるだろう　僕は僕たちがあれをやったってお前に言わせてやる　僕の方がお前より強いんだから　僕はお前に僕たちがしたっていうことを分からせてやる　お前はほかの男たちだと思って

いるがあれは僕だったのだ いいかい 僕はずっとお前を騙してきたんだ あれは僕だったんだ お前はあの時僕が家にいると思ってたんだろう あのいまいましいスイカズラの匂い ブランコや杉木立を考えまいとして息もたえだえに そうだ そうだ そうだ という激しい息遣いを飲み込みながら　　　　　　　　　　　　　　　　　(SF 184-85)

　現実より抽象を好むクエンティンは彼の理想を象徴するキャディを世界の中心に置いている。そのためクエンティンの主な関心事はキャディの罪と彼女の貞操の損失である。ボストン付近を取り留めなく歩き回るクエンティンの心は、時間と時間がもたらしたキャディの処女喪失に取り憑かれ、「この世で一番悲しいスイカズラのかおり」(SF 210)を伴って、コンプソン家の周りの思い出に当てもなくさ迷っている。キャディの性的乱交で、理想は現実に屈して崩壊し、クエンティンはカオスに取り残されてしまう。そしてコンプソン氏が貞操をただの言葉にすぎないとした時、もはや彼を支える最後の希望も打ち砕かれ、挫折せざるを得なかったのである。いわばクエンティンの自殺は、時間における、究極の無意味性と存在の空虚さに対する絶望に起因している。そして無意味性と空虚さの不安の源泉は彼を内側から支える精神的な核の欠如に他ならない。
　人生を肯定するいかなる価値も欠落しているため、クエンティンは幻想の中で彼の未来を考えることになる。彼は、「時間が本当にしばらくの間止まったかのようなたそがれ」(SF 209-10)の世界に住んでいる。あたかも時を避けるように、彼は決してキリストと対峙しない。従って、クエンティンにとってキリストは時と同様に現実ではないのである。そのため罪の事実も罪と罰の名に値するいかなる行為も現実味を持たない。判決なしで彼の未来は永久に宙に浮いており、クエンティンは、「もし物事がただそれら自身で片が付けば」(SF 97)と願うが、現実はそうはならない。かくのごとくクエンティンは、避難場所を必要としているものの、出発する場所も帰る場所もなく、逸脱した状態で途方に暮れたまま命を絶つのである。
　第3部1928年4月6日を語るジェイソンの世界は完全に現実主義で覆われている。「私にとって、ジェイソンは徹底した悪を表す人間でした。彼は

私が思いついた人間の中で最も冷酷な人間だといえるでしょう」(*LG* 146)
と、フォークナーが評するジェイソンの1日はまさに喧騒に満ちたものである。まず朝から学校をさぼって、赤いネクタイのイースター・カーニヴァルの男と遊び回ろうとするクエンティン嬢 (当時17歳) と派手な喧嘩をして、愚痴を言うしか能がない母親を嘆かせ、遅刻してアール (Earl Triplett) の店に出勤するが、大した仕事もせず黒人の下働きアンクル・ジョブ (Uncle Job) をからかう。そしてクエンティン嬢の養育費として毎月1日に母親宛てに送ってくるはずのキャディからの小切手が6日に届いたと文句を言って、10時頃外出し、無駄話をした後、棉相場の売り買いをして店に戻り、情婦からの手紙を読んで漫然と時を過ごす。正午頃、苦労して偽造用の小切手を手に入れて、家に帰って母親に小切手を燃やさせ、食事の後、銀行でキャディの小切手と郵便為替を貯金し、電信局で再び棉相場の動きを見て、ひとまず店に戻る。

　午後も、ジェイソンは心中穏やかではなく、クエンティン嬢が赤いネクタイの男と町を歩いているのを見つけ、後を追うが見失い、再び家に戻って、隠し金を調べる。車で店に戻る途中、再びクエンティン嬢が例の男と車に乗っているのを目撃し、追跡するが撒かれてしまう。その上相場が下落して200ドルも損をしたことを知らされ、ひどい頭痛を抱えながら町に戻るのである。夜には、アールからもらった2枚のカーニヴァルの入場券を、カーニヴァルに行きたがっているラスターの目の前で、ただ彼を失望させるだけの目的で燃やしてしまう。その後母親とクエンティン嬢に対して夕食の食卓で家長然として威張り、朝と同様、母の愚痴を尻目にクエンティン嬢と口喧嘩をし、果ては自室にこもって、溜め込んだ金の計算をするのである。

　ジェイソンは、姉キャディが不倫を犯して妊娠したため夫に捨てられ、そのことによって、約束されていた職を得る機会を逃してしまった犠牲者だと自分自身を見なし、自らの非情な行為に関して何ら呵責を覚えていない。むしろ、彼は不倫の落とし子と、愚痴っぽい母の面倒を見なければならないことへの憤りで一杯である。そのため彼はキャディが娘クエンティンの養育のために毎月送る200ドルを掠め取ることも、偽の小切手を燃やしてキャディから何も受け取っていないと母親を信じこませることも平気でやってのけ

る。かつてジェイソンはキャディが娘を一瞥する手はずを整えるのに100ドルを要求した。またキャディが娘に50ドルを送ったにもかかわらず、ジェイソンはその中からわずか10ドルしかクエンティン嬢に与えなかった。実際、過去15年間でキャディが娘のために送り続けた総額は3,000ドルの大金になっていて、それをジェイソンは自分の部屋の衣装戸棚に隠しているのである。

　周到に姉を恐喝し、姪から強奪し、そして母親を騙すのである。しかしながらジェイソンのもくろみは最終的には失敗する。小説の第4部でクエンティン嬢が彼の部屋に押し入り、金を盗む。しかしジェイソンはクエンティン嬢の盗みを発見しても、盗まれた正確な額を保安官に報告することすらできない。それを報告することは彼自身の盗みを明らかにすることになるためである。いわばジェイソンは自らの不実によって裏切られたのである。

　このような人間にとって、時間は実質的な価値を持ち、1秒1秒が利益に換算される。ジェイソンの章にイタリック体が用いられていないことは、彼が決して過去、現在、未来の時間の流れに対して混乱していない様子を表している。金と相場に執着し、実利との関連においてのみ時間を捉える彼は、将来に生きるための準備にあくせくして、決して今を生きてはいない。未来に備えることに専心し、兄弟たちと同じく時間の奴隷状態である。そしてクエンティン嬢の扱いに見るように彼は現在に手をこまねき、取り乱している。ジェイソンの世界は差し迫った現在のみにあり、過去も未来も自分の利益のため以外の目的では存在しないのである。ジェイソンは、「いずれの方法においても全く神のことなど考えようとはせず」(*SF* "Appendix," 420)、完全に彼の世界からキリストを除外している。彼の実存状況を表すかのように、ジェイソンのセクションはキリストが磔にされた聖金曜日（Good Friday）を舞台とする。キリストが十字架で殺されるように、時が私利によって酷使され、その価値を抹殺されてしまっている。

　キリストを欠いて、コンプソン兄弟の1人1人の世界が騒音と怒りで満ちている。3人はそれぞれある種の秩序を打ち立てようとするが、彼らの世界には絶対的に安定した中心が欠如している。代替として彼らはそれぞれの世界の中心にキャディを置いている。そしてそれぞれに同じ問題、すなわち、

キャディの貞操とその損失に心を奪われている。ジェイソンでさえキャディに対する彼の執心から自分自身を解き放つことができないでいる。彼はキャディに対して恨みを抱き、それは娘のクエンティンに送られてくる金への執着となり、いつしか愛を金に取って替えていた。それ故、キャディに対する彼の執心はクエンティンのそれとは異なってはいても、非常に強固なものには違いがなかったのである。

　一体キャディは何を象徴しているのか。フォークナーは繰り返しこの小説の一部始終がキャディの物語であると述べる。「汚れたズロースで木に登り祖母の死体を見ようとする少女、キャディの物語を書こうとしただけだ」(FU 17) と説明している。キャディが木の間から見たものは死である。フォークナーが「付録」でキャディについて述べているように、彼女は、「運命付けられて、そして知っていた、そして探しもせず逃げもしないでその宿命を受け入れた」(SF "Appendix," 412) のである。

　時系列では描かれていないかに思われるこの小説の中でもキャディは幼少期から成人まで時間的な流れに沿って登場している。第1部では、キャディの幼年時代が描写され、第2部にキャディの青春期とクエンティンの絶え間ない関心事であるキャディの処女喪失が、第3部ではジェイソンが最も関心を寄せる金銭をめぐり、キャディの成人期が描かれている。彼女は兄クエンティンを愛していたが、ドルトン・エイムズ (Dalton Ames) と性的関係を持って以来男性遍歴を重ね、妊娠して、世間体を取り繕うために1910年シドニー・ハーバート・ヘッド (Sydney Herbert Head) と結婚するが1年後相手から離婚を言い渡される。兄の名にちなんで名付けた娘クエンティンを実家に預け、養育費を送り続けるが、弟ジェイソンがそれを着服するのである。『付録』によると、彼女は1920年にハリウッドの二流どころの映画人と再婚し、1925年メキシコで双方合意のもとに離婚し、1940年、48歳の折、ドイツ将校の愛人として目撃されたのを最後に消息を絶つ。「暗い運命を背負い」、「*救われようともしないし、失われる価値のあるものをなくすことの出来る、救われるにふさわしい何物も持たない*」(SF "Appendix," 420) キャディは、罪の中にある人間の有限性を象徴すると見なすことができるのではないだろうか。

コンプソン兄弟はこの人間の有限性を象徴するキャディを在るがままで受け入れる勇気を持ち合わせていない。再びティリッヒの言葉を借りると、彼らは自らに内在する「非存在の不安」、すなわち自己の有限性の意識を受け止める勇気を欠いている。それは彼らが自分たちを超えて偉大な力を持つ存在、応答すべき永遠なる他者である神に対して心を開かないことに起因する。

　勇気は、非存在の事実にもかかわらずなされる存在の自己肯定である。……非存在は運命と死の不安において経験され、空虚と無意味性の不安において現前し、罪科と呪詛の不安において作用する。この3重の不安を自己の中に引き受ける勇気は、自己自身の力や自己の世界の力よりも大きな存在の力に根ざしていなければならない。[2]

　クエンティンにとって「神もまた烏合の衆」(SF 137) にすぎないが、彼は最後の審判を意識から追いやることはできず (SF 98, 144)、死んでしまった後、自分は骨さえ溶けて、跡形もなくなってしまうだろうと想像する。そして、「こうしてついに主が『起きよ』と呼ぶあの審判の日には、ただ1つ鉄ごてだけが浮き上がってくるのだ」(SF 98) と自らの復活を否定するが、死後の肉体の消滅と最後の審判のことを再度言及する時には、「そして神が『起きよ』と言うと、目もまた栄光を眺めようと、深い静けさと眠りの中から、浮かび上がってくるだろう。それからしばらく経って鉄ごてが浮かび上がってくるのだろう」(SF 144) と吐露している。目だけが再臨のキリストの栄光を見届けようと浮かび上がってくるという記述は、彼が自らの救済に全く背を向けてはいないことを物語っている。事実自殺に向けていよいよ時が切迫していく中、「イエス様、ああ善良なイエス様、ああ善良な人」(SF 212) と、クエンティンはイエスの名を呼んでいる。クエンティンの悲劇はキリストの救いを心の底では渇望しているが、虚無的な父親の言葉から身を守ろうと、最後まであまりにも自らの悲哀に固執し、神に対して心を閉ざし、「自己の有限性の意識」を受け止める勇気を欠いたことである。ジェイソンに至っては、既に述べたように、「いずれの方法においても全く神のことなど考えようとはせず」(SF "Appendix," 420)、神に対して心を閉ざし、自己の

有限性の意識を受け止める勇気を持たず、自らの利己的な合目的性に振り回されるのだった。

　第4部1928年4月8日、この年のイースター・サンデーに当たるディルシーのセクションにおいてようやく、時がその本来の意味を取り戻す。究極的価値である神を信じる信仰の故に、ディルシーの現実は歪曲していない。そしてすべての登場人物の中で彼女だけが他人の必要を察知して、それに呼応することができる。コンプソン夫人の執拗な要求に対して、彼女は苦労して階段を昇り降りし、また献身的に子供たちの世話をする。彼女の言葉が聞こえる──「彼（ベンジー）に花を持たせなせえ花を欲しがっているだよ」(*SF* 10)、「分かってますだよ……分かってますだ、おらここにいますだよ。湯が沸き次第、大急ぎでいれますだよ」(*SF* 333)、「ベンジーに着物を着せて台所に連れていきますだよ、そうすりゃジェイソンやクエンティンを起こす心配がねえだから」(*SF* 336)、「泣くじゃねえ。ディルシーがここにいるだから」(*SF* 395)、「だけんど、お前（ベンジー）はとにかく神様の子供だ。おらだってもう長い間そうなんだ、全く有り難いこった。ほーれ」(*SF* 396)など。これらの愛と配慮に満ちた言葉で彼女はコンプソン家の人々の必要に直接応えようとする。それは、「いいですか、あたしだって苦しんでいるんです」(*SF* 248)と自己憐憫に終始するコンプソン夫人とは大いなる対照をなしている。

　ジェイソンが卵の数を数えているので、卵を使うことができず、ベンジーの誕生を祝うためにディルシーは彼女自身の金でケーキを買う。コンプソン夫人はディルシーの親切を無知な怠惰と決め付ける──「お前はそんな駄菓子なんか食べさせて、この子を毒殺でもしようって言うのかい」(*SF* 73)と。ディルシーは、クエンティン嬢を受け入れて、「おらじゃなくて、一体誰がこの子を育てるっていうだ？　お前たちの誰1人として、おらが育てなかった子供がいるだか」(*SF* 246)と言う。一方子供たちに愛を与えることができないコンプソン夫人は、「もし、この子が、自分に母親があるっていうことを知らずに大きくなれたら、あたしは神様にお礼を申します」(*SF* 247)と冷淡に言ってのける。さらに、ジェイソンの非情さに目をつむっているコンプソン夫人とは違ってディルシーはジェイソンの欠点を指摘する

唯一の人物である——「お前はあの子（クエンティン嬢）に構うことはねえだよ、ジェイソン」(SF 346)、「お前さんが家にいる時は、何もかも聞こえてるだ。お前さんときたら、もしクエンティンかお前さんのおっかさんをいじめなけりゃ、ラスターとベンをいじめるだ」(SF 346)と。

ディルシーの「無数の表情を秘めた肉のこけ落ちた顔」は、「あたかも筋肉や組織が勇気や忍耐であって歳月のうちに使い尽くされ」、「運命論者とも、子供のような驚きと絶望とも思われる表情を持って」(SF 330-31)いる。そして彼女は小説のいわば道義的中心となっている。ベンジーがわめき、コンプソン氏がアルコールに溺れ、コンプソン夫人が愚痴を言い、ジェイソンが苛立ち、クエンティンが自殺し、キャディが身を持ち崩し、その子、クエンティン嬢が駆け落ちする中、ディルシーは決してその不屈の精神を失わず、愛と同情と憐れみを持って様々な事態に対応する。彼女はまた謙虚に自分自身の限界を認識する——「おらはできるだけのことをしているだ……神様だってそりゃご存知だな」(SF 396)と。さらに、ディルシーは3時間遅れのコンプソン家の時計のことで大騒ぎをしない。そして時間通りに教会に到着する。時計への彼女の対応は過去・現在・未来の本質的意味を理解する彼女の能力の表れである。

新約聖書の中で時間を表す語は αἰών (aiōn [時、時間、時代、生涯、世代])、ὥρᾱ (hōra [時間、時点、時刻])、χρόνος (chronos) など複数用いられているが、最も注目すべき用語は前述したカイロスである。それは、「神の目的の中で指定された時」を意味する。ティリッヒはその神学においてカイロスに際立った役割を与えた。つまりカイロスとは、「歴史の危機、ないし転機で、好機が続いているうちに人にその人独特の実存的決断を要求するような時」のことである。これに対してクロノスは元来広く時間、期間を意味するが、カイロスとの比較において時計によって測るクエンティンの機械的な時間概念と解される。

1928年のイースター礼拝で、ディルシーはキリストの磔と女たちの深い悲しみ、そして復活と究極の栄光の約束で終わる感動的な説教を聞く。ディルシーは、「硬く体をこわばらせてひそかに泣きながら、まっすぐに腰を伸ばして座っていた」(SF 370-71)。キリストの十字架の苦しみの幻を見た

ディルシーは人となった神、キリストと出会うカイロスの時を体験することとなる。「世の罪を取り去る神の子羊」(ヨハ 1:29) であるキリストの血による罪の贖いが黒人牧師シーゴグ (Reverend Shegog) によって鮮やかに会衆に示されるのである。

> おらには見えるだ、兄弟たちよ！ おらには見えるだ！ 目をくらますような破壊の光景が見えるだ！ おらには聖なる木々の生えたゴルゴダの丘が見えるだ。おらには1人の強盗と1人の人殺しと、あのいと小さき者の姿が見えるだ。おらにはその時の得意げに罵る声が聞こえるだ。もしお前が本物のイエスならお前の十字架をかついで歩いて見ろ！って言う声が聞こえるだ。おらには女の泣き叫ぶ声と、その夕暮れの悲しみが聞こえるだ。おらには泣き叫ぶ声が聞こえるだし、神の背けられた顔が見えもするだ。彼らはイエスを殺しただ、我が子イエスを殺しただと言うその声が聞こえるだ！　　　　　　　　　　　　　　　　　　(SF 370)

> なあ、罪人よ、何が見えると思うだ？ おらにはイエスのよみがえりと栄光が見えるのだ。おらには優しいイエスが、彼らが我を殺したのは我のよみがえるためだと言うのが見えるだ。我は死すとも、我を見、我を信ずる者は死すことなし、と言うのが見えるだ。兄弟たちよ、なあ、兄弟たちよ！ おらには最後の審判の日の雷鳴が見えるだ、そして黄金の角笛が神の御栄えを叫ぶのが、そしてよみがえりの神の子羊の血を持っている者だけがよみがえるのが見えるだ！　　　　　　　　　　　　　(SF 370)

聖書の中でキリストの贖いの概念を最も雄弁に語るのは、「わたしたちはこの御子において、その血によって贖われ、罪を赦されました。これは、神の豊かな恵みによるものです」(エフェ 1:7) である。罪の中に死ぬほかない惨めな者が、罪無き神の子の十字架の死によって赦され、神の子として義とされる。人知ではとうてい計り知ることができない深い恩寵を表している。贖罪の秘儀に対する溢れる感動をテイラーも次のような祈りに表している。

ああ麗しき救いの主、かくも恐ろしく惨めな拷問を忍ばれたあなたの自発的な感性とあなたの憐れみに表された比類なきあなたの愛、それは悲しみを欠いては考えることができない。苦々しい水が魂に入り込み、死の嵐と父なる神の怒りがあなたを粉砕した。私は何をしたらよいのか。私の罪が慕いまつる私の主をかくも苦しめたのだ。　　　　　(*Works* Ⅱ 711)

ディルシーに時間の意味を与えるのはこのキリストの血による贖いのヴィジョンである。帰り道ディルシーは涙を流し続ける。キリストの恩寵に圧倒されて、周りの人々がどう思うかなど気にせず、ただ繰り返す──「おらは、最初と最後を見ただ」("I've seed de first en de last")、「おらは、初めを見ただし、そして今終わりが見えるだ」(*SF* 371)。確かにディルシーはコンプソン家の初めと終わりを目撃したのだが、ここでは「私は初めであり終わりである」(黙 1:8, 17; 2:8; 22:13)と宣言されたキリストを見たと告白しているのである。

聖書の歴史観は他のいかなる歴史観とも違いあらゆる歴史的現存性に究極的意味を賦与する[6]。ティリッヒは、「永遠なるもの」として時間の実体がキリストであることを見事に説明している。

現在の謎は時間のすべての謎の中で最も深いものです……。
　「わたしは、初めであり終わりである」。この言葉は、終わりに直面しなければならず、過去から逃れることができず、現在に生きなければならない時間の奴隷の身分である我々に語られます。時間の様式のそれぞれがその神秘的な謎を持っています。それぞれがその特有の不安をもたらします。それぞれが我々を究極の問いに追いやります。これらの質問への1つの回答があります。永遠なるものなのです。すべてを消耗し尽くす時の力に勝る力は、ただ1つ、永遠なるものです。すなわち、昔いまし、今いまし、やがて来るべき方であり、初めであり終わりである方なのです。この方が、過ぎ去ったものについて、私たちに赦しを与えてくださいます。来るべきものに対しては、勇気を与えてくださいます。そして、その永遠の存在の中にいることの安らぎを、私たちに与えてくださるのです[7]。

聖書は、「愚かな者としてではなく、賢い者として、細かく気を配って歩みなさい。時をよく用いなさい。今は悪い時代なのです」(エフェ 5:15-16)と告げる。テイラーによるとその直接的な意味は、「正しい業、謙虚さ、公平な立ち振る舞い、理性的な交わり、礼儀正しく平和な会話、良い言葉と正しい配慮、迫害する者への祈り、避けられないことに対する忍耐深い服従——これらによって時を買う、贖うという意味である」(*Works* IV 581)。そしてこれらの善き行いは耐えざる悔い改めがもたらす。なぜなら、

> もし悔い改めが悲しみしか意味しないとしたら、それは一時的なものでしかなく永続性を持たない。しかし悔い改めが生活を変えることだと理解すれば、悲しみはその前段階であり、常に悔い改めることが我々の義務である。 (*Works* IX 681)

そしてそれをなすのは今である (*Works* IX 672) とテイラーは告げる。なぜなら、

> キリストは、「きのうも今日も、また永遠に変わることのない方です」(ヘブ 13:8) から、「昨日」と「今日」は「永遠」を表す。しかし「今日」と「明日」は「わたしは今日も明日も、その次の日も自分の道を進まねばならない」(ルカ 13:32-33) を受けて「しばらくの間」を表す。……悔い改めは昨日と今日を表す幸いな永遠へと繋がるが、もしそれを明日に譲ると長続きしない。ベン・シラ (Ben Sirach) の言葉の通り「神のもとに帰るのを遅らしてはならない。神の怒りが突然襲い、たちまちにして滅ぼされるから」(旧約外典「ベン・シラの知恵 [Ecclesiasticus]」5:7)。すなわち日々死に瀕しているので死の宣告を受けるまで悔い改めを遅らすことのないように心しなければならない。 (*Works* IX 672-73)

このように悔い改めとはキリストの模範に倣って神に立ち返ることを意味する。すなわち今をカイロス、贖われた時とする道は、与えられている時に悔い改めて善き業に励むことである。

ディルシーによって表される時間がカイロス、すなわち永遠を根拠とする贖われた現在であり、他方キャディによって表された時が死に至る人間の有限な時を表す。コンプソン兄弟のいずれも現状において人間の根源的有限性を真摯に受け止めて生きていない。そして彼らは（ベンジーは能力の限界によるが）自己本位に時間を測り、決してキリストと対峙しないため時を贖う機会を得ない。死への憂慮は潜在的にすべての瞬間に深く存在している。この憂慮はティリッヒ同様テイラーが述べるように「人間が死すべきもの」であること、すなわち非存在の不安、自己の有限性の意識を受け入れることによって初めて均衡が保たれる（Works Ⅸ 673）。この勇気を欠いてコンプソン家の兄弟たちは時間の破滅的な力に屈服する。それとは対照的に、最も絶望的な状況にあって「これという調子もなければ文句もないが、いかにも悲しげな憂いを込めて、厳かに、繰り返し繰り返し」（SF 336）歌っているディルシーの歌は人生の憂いを受け入れ、それに誠実に対処しようとする勇気を象徴する。
　『響きと怒り』において、時間と各々の存在状況から導き出されるフォークナーの宗教概念は、「時間はキリスト」である。そしてキリストが排除されているため、ディルシーのセクションを除いて、物語の時間が機能を逸している。物語の初めに表されているのは神の死とそれに伴う惨めさであり、凍りつくような告白——「キリストは磔になんかされたんじゃない、あの小さな歯車が刻むカチカチというかすかな音によって、磨り減らされたんだ」（SF 94）——が反響するクエンティンのセクションが続く。クエンティンは自己を正当化し、南部を擁護することによって、自らの「非存在の不安」をかき消す。そこではキリストは「烏合の衆」とされ、いかなる贖いの力も現れない。時間が自己の利益のために徹底的に搾取されるのはジェイソンのセクションである。それに対してディルシーのイースターの祝典で実現するのはキリストの死の事実を通しての時間の再評価である。
　イースターに至る3日間の時間の相互関係は次のように理解される。ベンジーとジェイソンそしてディルシーのセクションは、1928年の4月7日、6日、8日に起きる。すなわち聖土曜日、聖金曜日と復活日曜日と配列される。キリストが聖金曜日に磔にされたようにジェイソン・コンプソンの無慈

悲な金と人間性の搾取によって４月６日、時は暴力的に抹殺される。そして、「精神遅滞者によって示された物語」において時は死に、埋葬される。なぜなら、キリストがその墓に埋葬される聖土曜日４月７日には、キリストは不在だからである。そして時は４月８日、イースターに復活した。キリストが死から復活したイースターにディルシーがキリストの贖いのヴィジョンを持つ時、時がその意味を回復したのである。

　なお作品の最後に表れるベンジーの呻きの場面に注目すると、ラスターは馬車を「左回りにつけた」(SF 400)とある。左回りだと時計と逆回り、すなわちキリストの時間に逆らうこととなり、キリストの十字架の苦悩を増し、ベンジーの呻きは、「恐怖であり、衝撃であり、盲目的な、口には言えない苦悶であり、ただの響きにすぎなかった」(SF 400)。一方馬車を右回りにすると「ベンは直ちに止まった」(SF 400)。右回り、すなわち時計回りであるとキリストと同調することとなるので恐怖の叫びは止むというのである。

　『響きと怒り』は時の勝利の祝賀として、人間が非存在の憂慮の直中にあっても合目的的に生きることができるという信念を示すフォークナーのデモンストレーション（論証）だといえる。時を満たすキリストが死からよみがえったように、時がその意味を取り戻す。『響きと怒り』において、キリストの十字架と贖いを小説の時間的な順序と並置することによって、我々はフォークナーの大胆な宣言、「時間はキリスト」の意味を見いだすのである。ここにフォークナーのキリスト像と時間概念の２つが見事に結び付いた。これこそフォークナーの宗教概念を貫くシステムである。フォークナーは、「少なくとも私自身の見積もりで、登場人物たちを時間の中でうまく動かし、時間が個人という束の間のアヴァター（avatar, 化身［incarnation］）を除いて存在しない流動的な状況であるという私の理論を証明した」(LG 255)と述べている。アヴァターはヒンズーの神話で、「地上に神が受肉した形で、人間の形で下ったこと」(OED)を意味する。すなわちフォークナーにとって時間はキリストであり、また登場人物という束の間受肉した神である。それ故ジョー・クリスマス、ベンジー・コンプソンのような人物の中にさえ束の間の化身としてのキリスト像を見るのである。「時間はキリスト」、この信念をフォークナーは、自らの作品において証明し続けたのである。

2 『標識塔』の時間

　前章においてフォークナーのキリスト像がテイラーの倫理神学の影響を受けていると主張した。そして『響きと怒り』において、「時間はキリスト」との大胆な宣言に至った。それは単に主要な作品についてのみではなく、積極的な意味を引き出すことが難しいとされている作品についても見られるフォークナー作品を貫く宗教概念である。

　1935年3月に出版された『標識塔』に関して、フォークナーは述べている——「私は『アブサロム、アブサロム！』を書き続けるのに困難を覚え、しばらくの間それから逃れなければならなかった。逃避する良い方法がもう1冊の本を書くことだと思った。それで『標識塔』を手掛けたのです」(*FU* 36) と。そして1934年の暮れに『標識塔』を猛スピードで書き上げ、その年のクリスマスの翌日には、彼は自家用機に乗って飛んでいる。ヴィカリーが、「現実とシンボルがごちゃ混ぜになっていて足を引っ張り合っている。同時に、記者 (the reporter) は、彼自身が事件に関係している状況で、記者と神話の語り部という2つの矛盾した役を担わされている」[8]と批判するように、一般的には『標識塔』はフォークナーの最も成功しなかった作品の1つであると考えられている。

　しかしながらテイラーと照らし合わせてロジャー・シューマン (Roger Shumann) の死に、ある宗教的な意味を見いだす時、我々は記者の中に『寓話』における伝令兵のような発展する人物として肯定的な役割を見るのである。本セクションの目的は、ロジャー・シューマンとの接触による記者の変容を考察することによって、シューマンがキリスト像であることを明らかにし、さらにフォークナーにとって「時間はキリスト」であることを確認することにある。

　フォークナーのほかの主要な作品とは異なり、『標識塔』はニューオーリンズを思わせる架空の町ニュー・ヴァロア (New Valois) を舞台としている。マルディ・グラ (Mardi Gras、懺悔火曜日) を背景に、無名の記者の観点から、小説は——競技パイロットのロジャー・シューマン、パラシュート降下

士ジャック・ホームズ (Jack Holmes)、彼らの共通の妻 (法的にはロジャーの妻) ラヴァーン (Laverne)、そして2人のどちらかによる彼女の息子小ジャック (Jack) と、妻と2人の子供たちを見捨てた機械工ジグズ (Jiggs) から成る——航空サーカスの一行が繰り広げるニュー・ヴァロアの飛行場の落成式を扱っている。ジョン・フォークナーによれば、フォークナーは1933年にニューオーリンズのシューシャン空港 (Shushan Airport) の開港式に出席していて、『標識塔』はその経験に基づいて書かれた。[9]

フォークナー自身、1918年カナダでイギリス空軍 (RAF) の訓練を受けている。戦闘に参加する前に第1次世界大戦は終了したが、フォークナーの飛行機好きはその後も続き、1933年2月にヴァーノン・C・オームリ (Vernon C. Omlie) から飛行機の操縦を本格的に習い始め、11月には操縦士の免許を得る一方いささか気まぐれなところのある末弟のディーン (Dean Swift Faulkner, 1907-35) の将来を案じ、彼に飛行訓練を受けさせて職業飛行士にした。しかしディーンは『標識塔』出版後8カ月も待たない1935年11月にミシシッピ州ポントトック (Pontotoc) の航空ショーで、事もあろうにフォークナーの飛行機を操縦中に墜落死してしまい、フォークナーは弟の死に責任を感じずにはいられなかった。

フォークナーは初期の詩や短編の中にいくつか飛行機を扱っている。短編のうち「名誉」("Honor," 1930) と『標識塔』の先駆的作品「死の宙吊り」("Death Drag," 1932) の2編が、旅回りの飛行士についての作品であるが、『標識塔』では、飛行士を前面に描いてはいるが、焦点が当てられているのはむしろ飛行士の悲哀に、現代の荒地を生きる自らのやるせない姿を投影する無名の記者の意識の変容である。

記者が生きる荒地とはどのような世界であったのか、果たしてT. S. エリオットの『荒地』(*The Waste Land*, 1922) 後半にエマオ途上のキリスト (ルカ24:13-35) が現れたように、『標識塔』にキリストは出現するのか。まずは彼らの荒地に足を踏み入れてみよう。フォークナー自身のコメントにあるように、『標識塔』に登場するのは過去を持たない人々である。

彼らは、現代風景の表面に出てきた陽炎であり仮象なのです。つまり、彼

らの定着の場は現代文明社会の中にも、経済生活の中にも、実際にはないのですが、あの時は確かに存在していた。もっとも、長く存在し続けることができないのは、誰の目にも明らかでした。……彼らは過去と未来を受け入れる責任から逃れていた。……彼らは過去を持っていなかった。彼らは今朝生まれて、そして明日、なくなるであろう胃のない蝶と同じくらい束の間の存在だった。 (*FU* 36)

根無し草のような彼らの不安定な存在のシンボルは、文字通り地面から人間を持ち上げる飛行機である。『標識塔』の荒地では自動車は、「高価な、複雑微妙で本質的には無益で、人類とまでは言わぬまでもこの国の人間の、ある漠とした超自然的な欲求を満たすために、ある大陸の処女資源から造られて、足を持たない新種の独立した筋肉となり骨肉となった代物」(*PL* 86)であり、電話は、「金属製の受話器の取っ手が汗のため吸い付き、グッタペルカの花のような盃型の送話器が呼気をはね返す」(*PL* 63)もの、さらに電灯にいたっては、「冷血な葡萄」(*PL* 36)である。『フォークナーのアポクリファ』(*Faulkner's Apocrypha*, 1989)の中でジョーゼフ・アーゴー (Joseph R. Urgo, 1956–)が述べるように、「『標識塔』の比喩は制御不能の飛行機のように、予測される墜落からくる虚無感をひたすら表している」[10]。また疎外という現代的リアリティを表現するために "corpseglare"（「死体の凝視」、*PL* 38）、"gearwhine"（「ギアの唸り声」、*PL* 78, 86）、"trafficdammed"（「呪われた交通の」、*PL* 205）、"gasolinespanned"（「ガソリンが撒き散らされた」、*PL* 291）、など機械言語 (machinelanguage) を導入し、飛行士たちを語る安っぽいスピーカーの声がむなしく響く世界を映し出している。[11]

……スピーカーの丁重でいて安っぽい声は、まるでステンレス鋼鉄で建てた広大壮麗な墓そのものの声のようで、生命こそないが動くことができ、取るに足らぬ爬行性の苦界の地球人には理解し難く、苦難を知らず、地球創成期の闇の鉄でできている蜥蜴の住む洞穴で懐妊し、完全無欠で瞬時のうちに生まれてきた狡猾で難解な救い難い生き物のことを語っているようであった。 (*PL* 25)

そして機械の奴隷となって人間性を失っている人々に、生命の感覚を与えているのは儀式とは無関係な暴力である。しかし航空レースの主催者たちは飛行士の生命など一切気に掛けておらず、飛行士とその一団こそ技術志向一辺倒の現代社会の犠牲者として描かれているのである。

このような世界で、彼らの生存を証する唯一のものは新聞——弱弱しい「何かを主張し宣誓するような紙面一面のインクの跡」(*PL* 110)であり、「40トンの機械と全国民の奇妙な妄想から生み出された死せる瞬間の結実」(*PL* 110-11)——である。しかしながら落成式の火事で中尉フランク・バーナム (Frank Burnharm)の生命が奪われるという深刻な事柄も、ただの記録として日刊紙に綴られるにすぎない。

飛行大会の初惨事
パイロット焼死
フランク・バーナム中尉のロケット機墜落　　　　　　　　　(*PL* 50)

言葉が効力を逸した『標識塔』の世界は、いわば救済者の力が完全に無効にされた荒地である。マルディ・グラはキリストの受難を覚えるレントの前の祭りをいうが、ここではキリストの犠牲に対してどのような配慮も欠いて、人々はただ騒々しく、自堕落である。舞台をマルディ・グラに設定することによって、フォークナーがもはや儀式に宗教的な意味がないということ、そして深い人間の価値あるいは有意義な対人関係が残っていないことを暗示しているかのようである。バーナム中尉の死の写真は、「不思議な盾型の止め具に掛けて輪のように」飾られているが、「その止め具は inri と型どられている」(*PL* 57-58)。INRI はピラトがキリストの十字架に添えたラテン語の碑文「Iesus Nazarenus, Rex Iudaeorum」の頭字語であり、「ナザレのイエス、ユダヤの王」(ヨハ 19:19-20)を意味する。しかしそれに対して人々は何の敬意も示さない。事実、イエスという名前はもはや人々に畏敬の念を呼び起こさず、ただ侮蔑語としてのみ機能する。登場人物たちは、イエスという名を用いて、「まあ驚いた、おやとんでもない、畜生」など、驚きや怒りなどを表している。作品中、「畜生 (Jesus)」が 81 回、「おや、まあ (Jesus

Christ)」が6回、「後生だから（For Christ's sake）」が10回も用いられている。皮肉にもこのような宗教的な言葉を乱用させて、神の無効性が強調されているのである。

そしてキリストが拒絶される『標識塔』の世界では、永遠それ自体が空である。編集室に満ちるのは、「息を切らした空虚さ」（PL 37）そのものであった。

やがて編集長も静まり返った受話器を耳にするだけで、電話線の彼方の端がはるか大気の方に伸びて冷たい空間に消えていくようで、深遠な無限の音、永遠の時間に疲れを覚えながらなお衰えぬ星たちの絶え間ない冷たい囁きに満ちている虚空そのものの響きを、聞く思いだった。スタンドの円い光の輪の中に手が伸びて、明日の初稿のゲラ刷りを滑らせるように置いて、まだインクも乾ききらぬ整然とした囲み記事の列はごく普通の組み方で特に珍しい見出しもなく、時間というものが始まって以来新しいものは何1つなかったし、同様に驚くほどのこともなかったのだから――あるのはただ空間の横断面で、まるで少しの値打ちもない騒々しい塵と永遠との間に一瞬だけ高速レンズを向けて捉えたかすかな光線の横断面のようなものである。　　　　　　　　　　　　　　　　　　　　　（PL 74）

時間は意味を喪失し、『標識塔』の人々は「無と虚無の間」（PL 77）に住んでいるのである。しかしながら不毛の空虚さがかくも強調されている背後には、それだけ救済への渇望も強く暗示されている。果たして、束の間の、根無し草のような彼らの世界にキリストの存在を見いだすことはできるのか。

家族のために命を懸けたシューマンの愛と犠牲に注目する時、その質問に肯定的に答えることができる。シューマンはオハイオ州の医者の息子であるが、家業を嫌い、飛行士になった。改めてシューマンの役割を考えると、彼は、例えば、「朝飯は食ったのか？」（PL 131）と言って、グループのそれぞれのメンバーに気を配り、羊飼いのようにグループを導き、過去を振り返らないで、「おれにできる事が2つある」（PL 191）と述べて時機に応じて、なすべきことを着実に遂行している。

第Ⅵ章 「時間はキリスト」 191

　記者におごってもらって二日酔いのためジグズが整備を怠ったため、シューマンは自らの飛行機を破損してしまうが、記者の協力を得て、2,000ドルという破格の賞金がかかった最終レースに出場するために、有名な飛行家、マット・オード（Matt Ord）が所有する飛行機を何とか調達する。そしてラヴァーンの警告──「じゃその飛行機は、飛び上がってみるまでは果たして飛び上がれるかどうかも分からないし、着陸して地上に降り立ってみるまでは果たして着陸できるものかどうかも分からないって代物ね」（PL 195）──も顧みず、家族のためにその生命を危険にさらすのである。
　懸念されていたようにシューマンの飛行機は墜落し、長時間の探索にもかかわらずその屍は発見されず、墓場のない死で彼は人生の幕を閉じる。注目すべきことは、「シューマンは後続の２機の邪魔にならないようにとあらゆる手を尽くして操縦し、……その間も人の群がる地上と人の誰もいない湖上を見下ろし、……落ちどころを決めたのだった」（PL 239）。この落下はラヴァーンの身ごもっている子供も加わる一団に対する自己犠牲以外の何物でもない。
　犠牲の宗教的な意味は強調しすぎることはないであろう。テイラーは当然のこととしてただ一度限りの犠牲であるキリストの贖いを称賛し、その規範に従うよう促している。

キリストがすべての人類のために、清さにおいて神に仕える選ばれた者たちすべてに対する特別な目的を持って、罪の贖いの犠牲として父なる神に御自身を喜んで差し出されたように、我々の方法で、そして我々の力量に応じて御心が地上においてなされるよう我々にも任じられたのです。
　　　　　　　　　　　　　　　　　　　　　　　　（Works Ⅲ 214）

　フォークナーも自発的な犠牲を高く評価する。『響きと怒り』の黒人牧師の口を通して、「血を流すことなしには罪の赦しはありえない」（ヘブ 9:22）を根拠として、罪が犠牲を必要とするという教義を提示し、「世界の罪を取り去る神の子羊」（ヨハ 1:29）、屠られた子羊として犠牲となったキリストを描写する。そしてほとんどの作品において他人のために犠牲となるキリス

ト像を提示している。また、「人間が自由になるべきであるという原則」(*ES* 152) に則り、繰り返し自由を行使する重要性を強調する——「人間が自由であり得るという人間のその単純な信念が地球上で最も強い力であるから、我々がなすべきすべてはそれを行使することです」(*ES* 147) と。そしてさらに、「我々が自由でなければならないのは我々が自由を主張するからではなくて、それを実践するからです」(*ES* 151) と述べ、自主的な行為の必要性を主張するのである。

　シューマンの自発的な犠牲の行為はキリストの犠牲を髣髴させる。ラヴァーンに子供の父親が誰であるかを問い詰めるシューマンの父親とは違い、シューマンは証拠を求めず、生まれてくる子供への権利も主張しない。そして実際にはジャックの子供であることを知っているのであるが、生命の危険を冒して他人のために行動することによって、シューマンはキリストの十字架を再現する。人間の価値がおろそかにされている精神的に乾き切った彼らの荒地の直中で、命を賭して、シューマンは人間としての尊厳を示すのである。

　そしてこのシューマンの犠牲の死の顛末を目撃するのはほかならぬ記者である。フォークナーは死人のような記者の外見を強調する——「昨夜にも墓場へ入ろうとしたところを、鍵を掛けられちまったみたいな奴」(*PL* 19)、「骸骨」(*PL* 20, 46)、「ラザロ」("Lazarus," *PL* 30)、「死体」(*PL* 38)、「どう見ても墓穴のふちに立っているどころか」、「現に黄泉の国の対岸を眺めているようにさえ見える人物」(*PL* 40)、「幽霊」("phantom," *PL* 56;"ghost," *PL* 169) などと形容する。その生気のない特有の体つきに表れているように、記者は、自分自身の影を凝視するようなうつろな生活を送っていた。

　　記者は、急いでいるというのではなく、何気なく漫然とした急ぎ足で歩いていったが、それは、誰か人を探しているというのではなく、まるで孤独から逃れようとしているようでもあった。……　彼は暗い分厚い窓ガラスに横向きに映っている自分の影と並んで歩いた。立ち止まって向き直ると、一瞬影と自分の姿が重なり合い、自分の姿をまじまじと見つめると、過ぎし午後の幻の重荷で喘いでいる自分の肩を目の当たりに見ているよう

でもあった……。　　　　　　　　　　　　　　　　　(*PL* 51-52)

　編集長からヴァロア新空港の件を記事にするように命じられ、記者と飛行士たちとのかかわりが生じる。この記者の名前が決して明らかにされないという事実に関して、フォークナーは特定の理由を与えていない。象徴的な意味についての唯一の返答は記者がフォークナーに本性を明かさなかったから(*FN* 78-79)ということであるが、無名であることで何か暗示的な存在と見なさずにはいられない。彼は飛行士に家を貸し、必要な金を彼らに与えて、「宿無し、乱暴者、食に餓えた者、すべてそういう浮浪者を保護してやる(守護するとは言わないものの)聖人のように思われる」(*PL* 186)。この一団に対する記者の寛大な行為を考えると、この無名の記者が、キリスト像として扱われているかのようである。事実、ジグズがシューマンに尋ねる、「どうするってんだい。競技委員会までお前たちと同じようにあいつをキリストだとでも思っているのか？」(*PL* 191)と。果たして記者はキリスト像なのか。この問いには、「記者はシューマンとの接触を通して変容したキリスト像である」と答えることができる。記者は荒地に住む自らの苦境に対する認識が深まるにつれ、シューマンに決定的な影響を受けるようになる。記者の最大の苦境とは一体何であったのだろうか、記者の変容の過程を追いつつ検証してみることにしよう。

　記者は、最初パイロットの人間性を否定する。「彼らは人間ではないから生きてさえいない」(*PL* 60-61)と断定する。

　だって人並みの連中じゃありませんからね。人並みの生まれや分別ではあんな風に標識塔を旋回する何ぞできたことではありませんし、人並みの考えがあれば、あんなことをしたいと思うこともないし、やる気にもならないでしょう。今夜、こいつと同じように、あの連中が焼死したとしても、燃える火の中で声1つ立てないでしょう。墜落したって、引っ張り出してみたら血1滴すらも出てないで、エンジン室のようにシリンダー油が流れているだけです。
　　　　　　　　　　　　　　　　　　　　　　　(*PL* 42)

さらに次のようにも言っている。

奴らはまともな人間じゃないのです。これといって係累もありません。たとえ生地というものが初めの1、2日だけ居心地よくって後はひどく嫌になってしまうものだとしても、奴らにはたまに帰るべき生地もありません。
(PL 43-44)

記者は同じ女性を共有し、その子供が、「まるで仔馬か仔牛なんぞのように飛行機の胴体の中からパラシュートの上に産み落とされ、すぐにも駆け出した」(PL 45) 根無し草の男たちの物語を入念に作り上げていた。それに対してハグッドは、彼の説明は真実から程遠いと言って、あからさまに批判する。

ところがシューマンの仲間と付き合うにつれ、記者の姿勢は変化する。彼は飛行士たちが不安定で希薄な生き方を受け入れる勇気を持っていると彼らを称賛するようになるのである。それは記者には欠けている特質であった。彼は、「この連中のあくまで侘しげにじっと耐えている奇妙な重苦しさのために動かされた」(PL 46) のである。またマルディ・グラの参加者に交じる飛行士たちは食物と休息を必要としている普通の人々であることに気付き、彼自身に対してと同様、彼らに全く違った評価を下す。自らが「取り消しできないホームレス」(PL 78) であるから、次第に飛行士のグループに感情的に同調してゆくのである。そして、パイロットの世界が拝金志向の非人間的な世界の唯一の避難所のように思われてくる。シューマンからラヴァーンに対する愛を告白されると、以前の考えを翻して、死んでいて、機械的であるのはむしろ彼自身であることを痛感する。

おれなんぞ、欲望だなんて一切ない。それは多分、おれが欲しいと思うのは今自分が手に入れようとしているものだけだからなんだろうけど、そうばかりともいえない。そうだなあ、おれなんていう人間は名前だけ、おれの名前だけ、つまり家とか、ベッドとか、食わなくちゃいけないものだとか、それだけのものなんだろう。どうしてかというと、まあ、おれは歩いていくんだし、つまりどっちにしたって同じことだけど、お前だって、あ

いつだって、俺だって、地面をただ歩いているだけだからな……そうなんだよ。おれなんか名前だけになるのさ。　　　　　　　　　（*PL* 178-79）

　さらに記者は、「自分というものが完全無欠な客体と化して酒場のグラスについた湿った指紋のように、ゆっくりとではあるが、すぐに消えかけているような気になることだろう」(*PL* 205) とうつろな時間感覚を伴う自分自身のむなしさを述べる。
　T. S. エリオットの『荒地』では女性はセックスと死を意味するが、『標識塔』でラヴァーンは男たち——記者やシューマンと彼の一団——のための唯一の生きがいとなっている。そのため記者の生への願望はラヴァーンに対する求愛という形を取って表れている。あたかも記者は、「果てしなく侘しい孤独な」(*PL* 207) ニュー・ヴァロアの死のような生活から脱出する唯一の希望の象徴がラヴァーンであると見なしているかのようである。しかしながら彼は彼女と直接的な関係を持つことをためらう。記者がエリオットのプルーフロック (Prufrock) と同一視されるのは彼の逡巡と内省、「疲労と睡眠不足による消耗のために、もう何の懸念もなく」、「生きている人間と死んでしまった人間の区別もつかなくなった」(*PL* 268) 状態のためである。
　ここで小説の章のタイトルにもなっている「J・アルフレッド・プルーフロックの恋歌」("The Love Song of J. Alfred Prufrock," 1917) について考えてみると、この詩は、一般的には中年男の愛に対するためらいの嘆きであると考えられている。しかし詩の最初のスタンザに注意を払うなら、プルーフロックが恋愛よりはるかに深刻なものに悩んでいることが分かる。

おれはとっくにあの眼を知っている、みんなみんな知っている——
公式文句に人類を針でとめるあの眼を知っている、
おれが公式の罠にひっかかり、ピンの上に四つん這い
ピンに刺されて壁の上をのたうち廻るとき、
いったいどこから始めるんだい
どうして吐き出すんだい、わが日わが世の吸殻を。
どうしてきまらぬことがきめられようか。　　　　（ll. 56-61）[14]

プルーフロックを壁に釘付けにして、身動きがとれないようにさせている「目」は彼の苦悶する自意識を表す。プルーフロックは、「それはやる価値のあったことだったのか？」と繰り返す（ll. 87、90、99、*CPP* 15-16）。明らかに彼は過去に犯した行為に対して自責の念に苦しんでいる。詩のエピグラフに表れているように、ある過去の記憶に対する過度の執心のために、自分自身が既に死んでおり地獄で糾弾されているとプルーフロックは認識するのである。

S'io credessi che mia risposta fosse
a persona che mai tornasse al mondo,
questa fiamma staria senza più scosse.
Ma per ciò che giammai di questo fondo
non tornò vivo alcun, s'i'odo il vero,
senza tema d'infamia ti rispondo.　　　　　　　　　　（*CPP* 13）

我若しわが答のまた世に帰る人にきかるとおもはば、この焰はとどまりてふたたび揺めくことなからん。されどわが聞くところ真ならば、この深処より生きて還れる者なきがゆゑに、我汝の答ふとも恥をかうむるの恐れなし。[15]

これは『神曲』（*Divina Commedia*）『地獄篇』（*Inferno*）第 27 歌（Canto XXVII, 61-66）で欺瞞の罪によって地獄に堕ちているグーイド・ダ・モンテフェルトロ（Count Guido da Montefeltro, 1223-98）がダンテ（Dante Alighieri, 1265-1321）に答えて、地獄の深遠から生きて地上に還れる者はないと言った箇所である。グーイドのように、プルーフロックは自分が決して地獄から戻れないであろうと信じている。彼は過去の決定的な記憶の故に「目」に糾弾される。その苦境の名前は罪である。

　道義的な悪とは異なり、罪は神の意志に対する意図的な不従順を意味する。[16]記者の非存在の感覚——「空虚さ」「劣等感」「孤立」「無関心」「孤独」、あるいは「人生における中心的価値の喪失」——は彼の罪意識からくる畏怖と

深く関連し、「分離」または「目的喪失」、あるいは自分自身と、また自分の隣人との関係において、正しい関係から「逸脱している」状態を表している。しかし、「永遠に反復し続ける悪のルビコン川を渡る時の轟然たる沈黙と孤独」の中にも、「道徳と精神の浮浪者たる人々」は、「弱弱しく、おれはおれだと叫び散らしている」(*PL* 119) のである。

　目を転じて『標識塔』が出版された1930年の頃のアメリカの状況を見る時、リチャード・グレイが記すように、人々には、新しい時代の到来に伴うスピードと変化に対する恐れがあった。

新しさとユニークさに対する確信は、思考や言語に大きな影響を与えて、その当時のアメリカ人にとって大きな関心事だった。リンドバーグ (Charles Augustus Lindbergh, 1902-74) への彼らの反応が示したように、彼らの一部はそれによって大いに鼓舞されていたが、明らかにおびえてる人々もいた。明日の地平線に向かって引っ張られていく一方で、彼らは昨日のたそがれ色の風景に引かれていた。[17]

南部における、このスピードと変化に対する恐れの根幹には、人種差別の罪を固守し、「古き良き南部」の幻想に逃げ込み、神から離れてどんどん勝手な方向に逸脱しているという存在論的な憂慮があるのではないだろうか。

　フォークナーはこの罪悪感からくる恐れを「妖精に魅せられて」("Nympholepsy") で表現している。[18] 農場労働者が日没に丘に登り、本能に突き動かされたように少女を追うが、失敗する。そして絶望感から地面に身を投げ出し身もだえし、やがて彼は町の灯りと裁判所の時計に向かって月明かりの中を歩いている。「彼の背後に労働があり、彼の前に労働があった。時と呼吸から生ずるすべての昔からの絶望が周りにあった」(*UC* 337)。そして、「まだ濡れた足に塵をまとわり付かせたまま、彼はゆっくりと丘を下っていった」(*UC* 337)。この物語で主人公が薄明かりで知るのは恐れである。

間もなく、丘の紫色の影そのものが、彼を同じ色に染めてしまった。ここでは太陽は姿を消してしまっていたが、木々の光は、まだ黄金色の液に浸

した刷毛のようであり、丘の頂上の木々の幹は、その奥で夕陽が緩やかに燃え尽きて火格子のようだった。彼は再び立ち止まり、恐怖を覚えた。
(*UC* 333)

その日の断片的な事柄を思い起こし、再び静寂の直中で彼は恐れを覚える (*UC* 333)。彼は神なる者からの呼び掛けを聞いていたのだが、神から離れている恐怖の中に身動きがとれなかった。

そして、すべての上に、ある神が蔽いかかっており、その強制に対して、毎日着古した衣服のように、より心安まる信念が擦り切れてしまったずっと後で、彼は従わねばならないのだ。
　そして、この神は、彼を認めもしなければ無視もしなかった。この神は、彼を居る用事もない闖入者としてしか、彼の存在に気付いていないように思えた。しゃがみ込むと、膝と掌に硬く暖かい大地を感じた。そして、跪いて、突然の、非常に恐ろしい彼の存在の寂滅を待っていた。
(*UC* 334)

すなわち農場労働者の恐怖は逃れようとしても逃れきれない神に対する罪の意識から生じているのである。

彼が傷つけてしまった神の一触即発の不快と怒りに対するあの感情を、彼は自分から押し退けた。しかしそれは彼の周りや頭上に、宙に浮いた鳥の翼のように、なおもとどまっていた。 (*UC* 334)

この漠然とした神に対する罪意識こそ『標識塔』に潜在している見えない恐怖の実態ではないだろうか。フォークナーは飛行機乗りには、「何か熱狂的で不道徳でさえあるところがあった」と述べ、さらに彼らが、「人間の尊厳や愛のみでなく、神の存在とも無関係に存在していた」(*FU* 36)と記している。

テイラーはテルトゥリアヌス (Quintus Septimius Florens Tertullianus,

anglicised as Tertullian, c. 160-c. 220) の言葉を引用して——「恐怖と恥は自然が罪に供じた給仕であり女中である」(*Works* IX 309)——と述べるが、記者を打ちのめしていたのは、この恐怖と恥、生命の源である神からの不可思議な疎外感である。プルーフロックや「妖精に魅せられて」の農夫と同じく記者も、神からの逃避からくる不安を無意識のうちに感じ、「今は自分の方こそ、目に見える傷はなくとも雲のようにぼんやりとした静かな浮浪者であり、感覚も呼吸も経験も喪失した」(*PL* 289) 存在であることに気が付く。そして見えない罪意識のために、キリスト像であるシューマンにかくも引き付けられているのである。

　記者と一団との接触はシューマンの死という悲劇で終わるが、あたかもキリストの贖いの力の故に変容したかのように、記者は今や他人の必要に応えて行動するようになる。シューマンの死後ラヴァーンとジャックは、子供をシューマンの父の元へと連れていくことになる。記者にはラヴァーンを失うことは自らの日常から脱出するという夢を絶たれることであるが、ロジャーの死の原因を作ったと記者を責めるラヴァーンに対して、記者はいつでも手を差し伸べる姿勢を示し続け、彼らが去る時、玩具の飛行機にそっと金を忍ばせるのである。

　このように神から遠く離れた群れの中で示されたシューマンの犠牲が記者の上に決定的な印象を与えたことは明白である。明らかにバーナム中尉の墜落死に、「……また1人気の狂った野郎が自分勝手にフライになったからといって、……」(*PL* 53) という、冷淡なコメントを寄せた記者とは違っていた。記者は墜落を目撃した直後は吐き気を感じ、酒を飲むことすらできなかったが、徹底した虚無感を味わい、そして神的な恩寵を表す棕櫚の「木々が乾燥した荒っぽい音を立ててがさごそと鳴る」(*PL* 248) 暗く冷たい風を吸い込み、シューマンの遺体の捜索を夜を徹して見守った。ほかの記者が死者ロジャーとジャックとラヴァーンの関係について邪推する中、記者は黙している。彼はシューマンが血と苦しみの代価を払って周りの人々に対する贖いをなしたのだと思った。それ故彼はシューマンの死の意味を的確に記事にしようとする。そしてついに彼のシューマンへの深い思いは彼の「水死」("Death by Water") を「単にニュースであるというだけではなく、同時に文

学の発端でもあると思われる次のような小記事」に凝縮されるのである。

　木曜日、ロジャー・シューマンはレースで4人を相手にして飛び、それに勝った。土曜日には、ただ1人を相手にして飛んだ。だがその相手は死であり、ロジャー・シューマンは敗れた。そして今日孤独な飛行機が暁の翼に乗って湖上を飛び、ロジャー・シューマンが最後の基盤縞旗を獲得した地点を旋回し、元来た暁の中へ帰っていって見えなくなった。

　こうして2人の友はシューマンに別れを告げた。公正な競技で会って自ら墜落したその同じ孤独な空で負かしたことのある2人の友にして、しかも同時に競争相手は、シューマンの最後の標識塔を記念するためにささやかな花環を落としたのである。　　　　　　　　　　　　　　　(*PL* 323)

　しかしながらシューマンを空の英雄に仕立て、現実を粉飾すると誤解されるのを記者が恐れたためなのか、この記事はゴミ箱に廃棄され、残されていたのはラヴァーンが子供（小ジャック）をシューマンの父の元に置き去りにしてジャックと新たな地に向かったという辛らつな事実に言及するものだった。

　土曜の午後湖に墜落した競技飛行士ロジャー・シューマンの死体捜索は約80馬力の3人乗り複葉飛行機が、湖上を飛行して行われたが、ついに昨夜の真夜中に至って断念された。いずれ劣らぬ精密飛行士であるだけに湖上の一隅といえども見逃すはずはなかったのだから、シューマンの死体が沈んでいると一般に考えられる辺りから4分の3マイルほど離れた水面に花輪を投下して、帰還した。シューマン夫人は夫と子供たち共々オハイオに向けて出発し、6歳になる息子はこれからの果てしない歳月を祖父母と暮らすものと思われ、いずれロジャー・シューマンの死体なり何なりを発見した方は、どんな物でもすべて同地宛てに送って欲しいということである。　　　　　　　　　　　　　　　　　　　　　　　　　　(*PL* 324)

そしてこの記事の下には、「これがあんた（ハグッド）のような人間の望むところであろうがこれから僕はアンボアーズ街（Amboise st.）に行ってしばらく飲むから……」(*PL* 324) と乱暴な鉛筆書きが残されていた。

このようにマルディ・グラにロジャー・シューマンが示した犠牲の意味を理解しない社会に対しての記者の苛立ちは残っている。しかしながら彼が自らの精神的な苦境を認識し、そしてキリストの偉大なる模範に従ったようなシューマンの死の意味を察知した今、死のような生活から抜け出し、そして彼が「することができること」(*PL* 191) を行う道を見いだす——「明日も、そして明日も、また明日も、希望は持たず、期待することさえも捨てて、ただただ耐え忍んで」(*PL* 292) 勝利する（prevail）道である。ついに記者は彼の生活を方向付ける標識塔を見いだしたのである。

終わりに、『標識塔』において時間が「サブスタンス (substance)」と同義語のように置き換えて使われていることを指摘しておきたい——「彼らの時」、「サブスタンス」は「2時間といってもあっという間の瞬間で、その中身は死滅しているわけでも完結しているわけでもなく、悲劇的で不毛な不朽の人間の愚蒙と過失という解き難い謎に包まれている」(*PL* 84) と描かれている。後藤昭次訳ではサブスタンスを「その中身」としているが、*OED* が定義する"substance" の第1義は、「不可欠な性質、特に、本質。神の本質に関しての、神学上、三位一体である神の性質あるいは本質」である。『キリスト教神学の原則』(*Principle of Christian Theology*) は神においては三位格が1つのサブスタンスであると説明している。

> 神の統合は1つの「サブスタンス」(substantia) で表現される。三位一体のどの位格も他の位格より劣るものではなく、特に子なる神と聖霊なる神は父なる神を助ける半神半人でも仲介者でもない。彼らはすべて神格に関して一体である。しかしながら「サブスタンス」あるいは「神の本質」によって何を意味するのか？ 聖トマス (St. Thomas Aquinas, 1225-74) は言っている。……神においては、本質と存在が同一である、そしてこれが神であることのユニークな特徴である (*Summa Theologica*, 1a, 13, 11) と。もし三位が1つのサブスタンスであるならば、そしてこの「サブスタンス」

が存在（Being）であるならば、我々は再び神を父と子と聖霊として3つの存在ではなく存在そのものとして理解するように導かれる。[19]

テイラーも三位一体に関して言及している。「イエス・キリストとはどなたですか？」という質問に対して、「神の独り子、三位一体の第二位、父なるまことの神と等しく、生涯の始まりも終わりもないお方」（*Works* VII 594-95）と答えている。そして三位一体主日（Trinity Sunday、聖霊降臨日の後の最初の日曜）にその秘儀を称える。

聖なる、誤謬なき、最も神秘的な三位一体の大御神、あなたの麗しさ、比類なき完全性は、そして我々には理解が及ばず、ただ崇め慕うしかない三位の関係の秘儀の無限さはいかばかりであることか。

(*Works* VIII 614-15)

ギリシャ人は歴史を意識せず、歴史の枠の外に永遠を語ったが、新約聖書は歴史的枠を通して、時間の中に突入し、その中に受肉し得るものとしての時間性を捉えた。キリスト教は、「初めであり、終わりである」イエス・キリストの歴史的事実性にその根拠を置く。その意味においては神学的にも時間の実体をキリストに見ることは可能であろう。そもそも「時間とは何か」とのアウグスティヌスが『告白』（*Confessiones*）で発した問いを繰り返す時、[20] すべてのものが、キリストを通して、そしてキリストのために造られた（コロ 1:15-20）のであるなら、やや大胆ではあるが、時間の本質が、「今おられ、かつておられ、やがて来られる方」（黙 1:8）、すなわちキリスト自身であると言っても間違ってはいないだろう。

このように『標識塔』において、時とキリストの関係が明確に示唆されている。すなわち、「2時間といってもあっという間の瞬間で、その本質（三位一体である神の性質）は死滅しているわけでも完結しているわけでもなく、悲劇的で不毛な不朽の人間の愚考が（神の）本質を見えなくしている」（*PL* 84）と理解できる。「神の存在とも無関係に存在していた」（*FU* 36）『標識塔』の人々が意識的にキリストを拒否することによって時が意味を喪失している

のである。しかし『標識塔』の中に現れたキリスト像に目を向けた時、記者の意識に変容が起こり、他人の必要に応えて今という時を生きるように、生活が方向付けされた。さらに時間がサブスタンスであることが示唆された。これらのことからも『標識塔』において、フォークナーの公式「時間はキリスト」のある種の神学的な裏付けを見ることができるのではないだろうか。

　本書の初めに投げ掛けた問い——フォークナー作品に流れる一貫した宗教概念——に対する回答は、「時間はキリスト」である。それはテイラーの偉大な模範のキリスト像であり、時となって表出する。いわば贖われる時間そのものとなるまでに徹底した贖い主たるキリスト像である。

VII

「時間はキリスト」のイメージの源泉

1 キリスト教カバラとフォークナー

　ジェレミー・テイラーのフォークナーへの影響を背後に見据えることによってフォークナー作品を貫く宗教概念、「時間はキリスト」を得ることができた。最後に残された課題は、フォークナーの「時間はキリスト」のイメージの源泉を考える手立てとして、テイラーにも深く影響を与え、フォークナーも十分理解していたと考えられるキリスト教カバラ思想を考察し、秘められたフォークナーの問題の本質を紐解くことである。

　パスカルが『パンセ』の中で述べた「隠れたる神」の名称について、ユダヤ神秘主義の権威者ゲルショム・G・ショーレム (Gershom G. Scholem, 1897-1982) は『ユダヤ神秘主義の主流』(*Major Trends in Jewish Mysticism*, 1941) で以下のように述べている。

　それ自身の本質において隠れたる神は、比喩的な名で表されるしかなく、神秘主義的に言えば本来の名前でない名称で呼ばれ得るにすぎない。初期スペインのカバリストたちも思索的な言い換え方をして、「すべての根の中の根」("Root of all Roots") とか、「偉大なる現実」("Great Reality") とか、「公平な統一」("Indifferent Unity")、とりわけエン・ソフ (En Sof) といった名称を借りて無限の神を表しているのである。[1]

　「時間はキリスト」とのフォークナーのヴィジョンは、上記のように、「すべての根の中の根」などユダヤ神秘主義カバラと同じく聖書からとられた隠

れた神を表す思索的な言い換え、表象と見なすことができると思われる。ミルチャ・エリアーデ（Mircea Eliade, 1907-86）は、「厳密に形而上学的な実在、それは神話とシンボルを通してしか近づくことができないのである」[2]と述べているように、フォークナーは神を信仰の対象としてより、むしろ認識の対象とするカバラから刺激を受けて、独自の想像力によって神表象を得たのではないだろうか。

　フォークナー作品には、カバラへの言及は見いだせないが、フォークナーとカバラを結ぶ接点は様々な観点から想定できる。第1に今日のプロテスタント神学においては神秘主義そのものに対する根本的な不信が浸透しており、カバラ、とりわけキリスト教カバラについての概念や関心は我々には縁遠いものだが、初期プロテスタント神秘主義の内部にあって、既にユダヤ―カバラ的伝統とキリスト教神秘主義の伝統との特殊な融合が生じていたのは事実である。そして17世紀にはキリスト教カバラは最盛期を迎えており、テイラーもカバラ思想に精通していたと思われる。第2にオクスフォードに居住していたユダヤ人を通してユダヤ的文化にフォークナーが接していた可能性がある。第3にフォークナーが旧約聖書を愛読し、そこから作品のイメージを取り出していたことは明白である。そこでフォークナーにおける象徴的な想像力の源の1つの可能性として、ジェレミー・テイラーとのかかわりから考えられるキリスト教カバラの世界を垣間見たい。

　カバラはその長い歴史の中で様々な形を取ってきた。その多様性は、教えを文字通り受け取る者、寓意として受け取る者、形而上学的理解、神秘的理解をする者など、受け手側の対応の多様性に起因するものだと理解される。文字通りにはヘブライ語の「カバラー（קבלה）[Qabbalah]」は伝統を意味する。伝説によると、神がモーセに律法を与えた時、「シナイ山の上のモーセからのカバラ」と呼ばれる律法の秘儀の啓示を授けたといわれている。どうしても文字では書き表せない部分を後世にカバラとして伝えたという。最古のカバラは神の玉座もしくは戦車（メルカーバー [Merkabah]）といわれ、「エゼキエル書」におけるエゼキエルの幻視を追体験することによって[3]、霊界参入を果たそうとする神秘主義である。古くから樹木は信仰の対象とされてきたが、3世紀から6世紀の間に『セーフェル・イェツィーラー』（Sefer

Yezirah『形成の書』）という「生命の樹」にまつわる最も重要なカバラ文献が成立する。12世紀には、古典的カバラの原典『セーフェル・ハ・バーヒール』(*Sefer ha-Bahir*『清明の書』) が現れ、そして13世紀にはモーセス・デ・レオン (Moses de Leon, 1250-1305) による聖書のカバラ的解釈の根本経典『ゾーハル』(*Zohar*『光輝の書』) が現れる。1492年、スペインからユダヤ人が追放された時、各地に離散したユダヤ人は様々にカバラ復興運動を展開したが、16世紀、ガリラヤのサフェド (Safad) で活躍したルリア (Isaac Luria, 1534-72) の体系が、現行体系の源泉となっている。[4]

　カバラの哲学はおそらく十戒と対応する10のセフィロト (Sefirot, 器、光と神の特質) とヘブライ文字に対応する22の小径によって構成され、さらにそれぞれの文字と数値と照応する象徴が結び付いている「生命の樹」に集約される。右図で示すように右側の〈力の柱〉と左側の〈形の柱〉そして中央の〈均衡の柱〉から成り、同時に対応する4つのレベルで構成されている——上から流出界のアツィルト (Azilut)、創造界のベリアー (Beriah)、形成界のイェツィーラー (Yezirah)、活動界のアッシャー (Asiyyah) である。それは聖なる神の名〈YHVH〉に対応する。

上記の3本の柱と4つの世界の交差点に10個のセフィロトが生じる。セフィロトは固有の属性を持ち、キリスト教の三位が一体を表すように神 (エン・ソフ) の多様な位相を表す。最高峰のケテル (Keter, 王冠) はエン・ソフの最初の顕現形態、最下のマルクト (Malkhut, 王国) は最終的顕現形態、すなわち物質界を表す。この2極間が残りの8つのセフィロトによって分節され（ホクマー [Hokhmah、知恵]、ビナー [Binah、理解]、ヘセド [Hesed、慈悲]、ゲブラー [Gevurah、公正]、ティフェレト [Tiferet、美]、ネツァー [Nezah、勝

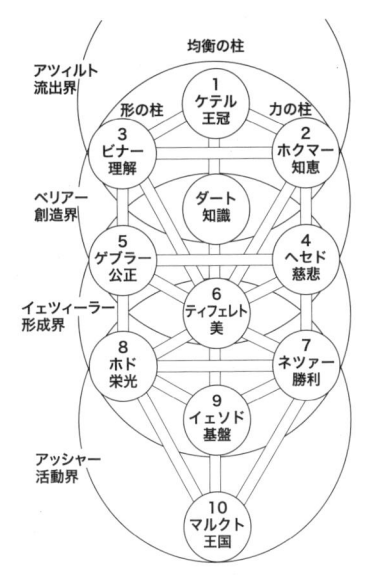

【カバラ】図　セフィロトの樹
出所：『世界宗教大事典』375頁をもとに作成

利]、ホド [Hod、栄光]、イェソド [Yesod、基盤]、ダート [Daat、知識、他とは次元が異なり、隠れている])、ケテルからマルクトへの神の流出を示すと共に、マルクトからケテルへの神の帰還をも表す。ケテル（王冠）はあらゆる創造物の中庸であるが、それ以外のセフィロトは色彩、性別、形を持つ。すべての宇宙の単位の中に同じ構造が確認され、人間においても肉体、感情、知性、霊性が4つの世界に対応する。「生命の樹」の探求とは、そのまま自己の探求につながるものである。[5]

このようにカバラは部外者にはなかなか理解し難い神智学であるが、日本の作家の中でも大江健三郎が『雨の木を聴く女たち』で荒涼たる人間世界にあって自己救済のシンボルとしてカバラの「生命の樹」を描いている。

カバラの聖なる書物『ゾハール』によれば、神はその世界創造において、かれの存在を10個のセフィロト（神から発するところのもの）[原注] によってあきらかにした。それはプラトンの知的存在に類似しているところの、眼に見えぬものと物質世界との間の媒介物である。これらの神から発出するものらは、霊的な状態から物質的な状態へ階層をなして並べられて、セフィロトの木として知られている、いりくんだ構造をなしているが、道をきわめる人にとっては、自己救済を達成するための方法にほかならない。[6]

カバラの修行者はこの「生命の樹」に則って自由に往来し、宇宙と人間の一切の秘密に通じ、本質との脱我的合一を図る。彼らは宇宙全体が凝縮された巨大な「生命の樹」の似姿として適切な色彩と守護天使をイメージし、祈りと共に自分自身の肉体を思い描くよう教えられた。神を真似ることは最終的には神を直接知ることに繋がるので、カバリストは樹の上に示された各々の属性を全うすべく全力を尽くす。例えば謙虚に集中したい時は、まず樹の1番上のセフィラ（単数）である（神の）王冠を思い、それを自分自身と関連付けることによって、他人の視線を無視して傲慢に振る舞うことはできなくなるのである。黙想によるメンタルイメージは、一瞬のうちに物質界に移され、最終的にはこの両者は統合し、カバリストの黙想と日常行動の間には何の齟齬もなくなる。自らを神と結び付けることで、愛の力を強大に発達さ

せ、この不完全な人間世界に聖なる流出をもたらすというのである[7]。このようにカバラの第1の要素は神の超越性であり、神とその顕現の間の矛盾の和解である。それ故概念が明示されず、近寄り難い神格、エン・ソフと10のセフィロトといわれる発散物の、複雑でダイナミックな構造を持つ。

　カバラの第2番目の要素はヘブライ文字による聖書解釈である。カバラの修行者たちはその生涯を旧約聖書の瞑想に捧げ、特別な方法によって聖書に隠された謎の発見に集中した。彼らはヘブライ語が秘められた意味を持つ暗号言語で、世界と神の霊的本性を解く鍵を含むものと考える。ジョーゼフ・レオン・ブラウ（Joseph Leon Blau）の『ルネッサンスにおけるキリスト教のカバラ解釈』（*The Christian Interpretation of the Cabala in the Renaissance*, 1944）における説明によると主に以下の3方法を用いる。1つ目は、ゲマトリア（Gematria, 数への置換）という数秘術で、1つの単語がその字母の表す数字を足して作られるある数と対応することになる。そこで聖書の中の意味深長な言葉を同じ数字合計を持つ別の単語に置き換えてみる。するとその結果意外な事実が浮かび上がってくる。有名なものでは、黙示録の666（黙 13：17, 18）は単語の示す数の合計が同じことからローマの暴君皇帝ネロ（Nero Claudius Caesar Augustus Germanicus, 37-68）を表すといった分析や、（イヴを唆した）蛇とメシア（救世主）が同じ数字合計を持つといった例が挙げられる。2つ目のノタリコン（Notarikon, 略式の標記）は文や単語の連なりの頭文字を取って新しい単語を作ったり、単語からもとの文や単語の連なりを復元することをいう。「アーメン」（"Amen"）はヘブライ語で「まことに、確かに、かくあれ」という意味だが、「アドナイ（主）」「メレク（王）」「ナーメン（忠実なる）」から造られたノタリコンの例である。そして3つ目が体系的規則によって暗号化した文字の位置を変えるテムラ（Themura, 変換）である。並べ替えの例として例えば、「生きる」という意味のLIVEは、逆から読むとEVIL「邪悪」という、隠れた意味を引き出すことができるという。ヘブライ文字は22の子音を持つ表音文字で、母音は表記されないことからヘブライ語の1語からほとんど無数の組み合わせが生ずることとなる[8]。

　カバラの第3の要素は救世主、ダビデの子孫を通しての贖罪（redemption）である。救済に関するユダヤの理論は、個人的な救いについては問題にせ

ず、時が至ればすべての正しい人々のために、ダビデの子孫であるメシアが理想的な時代をもたらすというものである。すなわちカバラにおいて救いとは、人間の地上天国を形成し高次の人間界に達することを意味する[9]。以上のように、流出による超越神からの創造、霊的な旧約聖書解釈、メシアによる贖いという3つの要素が結合した時カバラは生まれた。

キリスト教カバラはユダヤ人のスペイン追放に伴って15世紀から16世紀にかけて広まった。代表的な人物は、ヘブライ語の教師と共に追われたピコ・デラ・ミランドラ (Pico della Mirandola, 1463-94) である。キリスト教カバラの代表者は三位一体、贖罪、キリストの神性のような教義をカバラによって演繹することができると確信した。彼らがしなければならなかったことは、ユダヤ教では未来に到来するはずの救い主を、既に地上に現れた具体的な救い主に適用することであった。カバラ修行者が独特の手法で聖書の隠れた意味を引き出すという霊感に関しては、キリスト者が聖書から意味を見いだす経緯と類似しており違和感はなかった[10]。

キリスト教徒にとって唯一受け入れ難かったのは、セフィロトに代表されるいわばリモートコントロールによっての創造であった。しかしセフィロトの中の最高の王冠であるケテルを父なる神、知恵のホクマーをロゴスである御子に、そして理解を表すビナーを聖霊と考えることにより、三位一体が成立すると解釈して、キリスト教の教義に適用したのである。ある意味で三位一体の神の顕現を3から1ではなく、1から3とし、無限の神が父、子、聖霊という様態で現れていると考えることはより理解し易かったのである[11]。

キリスト教カバラは文学に深く影響を残している。イギリスの作家に対するカバラの影響の頂点は17世紀であった。『文学とオカルトの伝統』 (*Literature and Occult Tradition*, 1929) の中でデニス・スーラ (Denis Saurat, 1890-1958) は、『フェアリー・クィーン』 (*Faerie Queene*, 1590) の著者エドモンド・スペンサーがカバラの影響を受けていると書いている[12]。またブラウによるとサー・フィリップ・シドニー (Sir Philip Sidney, 1554-86) やアーサー・ゴールディング (Arthur Golding, 1536-1605) がカバラの作品に言及している。しかし、時弊の風刺と論争に一生明け暮れたトマス・ナッシュ (Thomas Nashe, 1567-1601) はカバラ芸術を知っていたがそれを容認しなかったらし

い。[13]

　ミルトンとカバラの関係が研究されたのは 1920 年代から 30 年代にかけてである。ミルトンと言えば、ピューリタニズムとルネッサンスの間の申し子のような存在であるが、同時に彼はセム語系の知識にも通じており、旧・新約聖書をヘブライ語、ギリシャ語、それぞれの原語で読み、そこから多くの文学的表現を採択していた。デニス・スーラが『ミルトン——人と思想家』(*Milton: Man and Thinker*, 1925) において、最初にミルトンの思想におけるカバラの影響を指摘し[14]、続いて 1927 年にマージョリー・ニコルソン (Marjorie H. Nicolson) が「ミルトンと『カバラ推論』」("Milton and the *Conjectura Cabbalistica*") を発表し、『失楽園』(*Paradise Lost*, 1667) を、ミルトンと同時代のヘンリー・モア (Henry More, 1614-87) の『カバラ推論』との比較において論じた。[15]

　スーラによるとミルトンは御子 (the Son) に高邁な神性を与えてはいるが、神との同一性、一体性を認めず、キリストは神の下位に属するもの、デミウルゴス (Demiurge [the Second Divinity])——カバラにおいてはケテル、ホクマー、そしてビナーのセフィロト——であるとして、『失楽園』では「御子」("the Son") として贖罪の任務を担うキリストを冒頭に「偉大な人」("one greater man")[16] と呼んでいる。前述したようにカバラ思想では、神は絶対普遍、非顕現、永遠であり、その属性に矛盾した行動をすることはできない。神が万物であるという概念から鑑みれば、神が御自身とは別の存在を創造することは神からの分離であり、この創造的分離は神が御自身に退く (retract) ことによってなされる。すなわち、神の退去として天地創造においてデミウルゴスを必要とするので、キリストを神ではなく、「（デミウルゴスとしての）御子」、そして「（アダムより）偉大な人」と呼ぶのはキリスト教カバラでは一般的なことであった。

　このようにミルトンの神と御子の存在論における相違は、カバラ思想と深く関連があると考えられる。スーラは、「ミルトンの最も独創的な観念はただ『ゾーハル』にのみに見いだされ、そして最も驚くべき事実は、『ゾーハル』の中に、彼独自のものか否かを問わず、ミルトンの哲学のすべてが見られるということである」[17] と述べている。そしてこのカバラの影響はミルトン

を通してブレイク (William Blake, 1757-1827) へ、さらにシェリーからホイットマン (Walt Whitman, 1819-92) へと継承されたと考えられる[18]。

フォークナーがミルトンを読んでいたことは『ウィリアム・フォークナーの蔵書――目録』から明らかである (FL 70)。またシェリーも同じ図書目録に載せられており (FL 72)、ホイットマンもフォークナーは読書のために購入している (Blotner 1003)。ホイットマンは文学性においてフォークナーと隔たりを感じさせるが、言語感覚の鋭さ、喪失への畏怖、南北戦争に対する思い入れの深さなど類似点も見られ、近年ホイットマンのフォークナーへの影響が指摘されている[19]。

カバラの絶頂期は、フォークナーとかかわりの深いテイラーが活躍した17世紀であり、その時期イギリスは歴史的に大きな変遷を経た。前述のように1603年のスチュアート朝 (House of Stuart) の成立に伴いピューリタンやカトリック教徒の弾圧があり、さらに国教会をスコットランドにも導入しようとしたチャールズ1世に対してピューリタン革命 (Puritan Revolution, 1641-49) が起こり、1646年にはチャールズ降伏により共和国になるが、実態はクロムウェルによる軍事独裁政権であり、宗教弾圧は続いた。クロムウェルの死後1660年、チャールズ2世 (在位1660-85) が即位し、王政復古となるが、王位継承したジェイムズの亡命により名誉革命 (Glorious Revolution, 1688-89) が起こり、ようやく1707年女王アン (在位1702-14) の治世にイングランドとスコットランドの議会を統一する連合国家となり、グレートブリテン王国 (Kingdom of Great Britain, 1707-1800) が誕生する。激しい宗教論争、そして止まない戦争――100年のうちわずか7年間しか平和な時はなかった。資本家は広大な土地を買い占めて、家畜の肉を都市に、羊毛を国内外に売り、1610年から1640年の間、イングランドの外貨通過は10倍に増加した。一方労働者の賃金は、過去400年間の最低であった。庶民は政界騒動のみならず天災、伝染病の危機にも瀕した。特に伝染病は致命的危機をもたらすものであり極度に恐れられていた。また17世紀は同時に明白なコントラスト――魔女狩りとニュートン (Isaac Newton, 1643-1727) の数学的物理学――が共存する時代であり、人々は価値観変容の危機にもさらされた[20]。このような不安定な状況において、人々がカバラなど神秘

的なものに強く引き付けられたのも無理からぬことである。

　勿論キリスト教は唯一キリストが神を表す存在であり、セフィロトを必要とはしない。旧新約聖書のどこにもカバラへの言及はない。また17世紀のいわゆるクリスチャン・ヘブライストたちの多くの著作を検証した結果、イギリスにおいては一般にヘブライ語の学識が低かったということが判明している。[21] しかしそのカメレオン的性格の故に、人は求めているものをカバラの中に見いだすことができたのである。

　キリスト教徒の解釈者のいずれも……カバラについて多くを知らなかった。……ヘブライのカバラ文学の広大さについて……彼らには全く認識がなかった。しかしながら各々がカバラの中に求めている何かを見いだした。カバラの魅力の一部はそのカメレオン的性質に帰すべきであろう。それぞれの人がその哲学的なシステム、解釈の規準、そのテクニック、あるいはその聖書解釈から尋ね求める助けを得ることができた。[22]

　元来隠れている神の実態を明らかにすることができないため、神の認知は神とその被造物の関係に基づくしかない。カバリストは、極端に人間的な次元に神を引き下げることなく一切のものを超えた高みに神を置こうとする。しかし同時に、人間の間に顕在し、行動する神というイメージを見失うまいと腐心するのである。カバラがキリスト教神秘家に取り入れられたことによって、個人的な神秘体験の追及への手段という側面が顕著となり、そのことは同時に個々人にカバラへの様々なアプローチ及び解釈の余地を与えるものともなったのである。

2　ジェレミー・テイラーとキリスト教カバラ

　ジェレミー・テイラーがカバラを実践していたという直接的な証拠を挙げることはできない。しかしテイラーがカバラの知識に精通していたと推測するのに十分な資料がある。まず、既に指摘したようにカバラの考え方は17

世紀の文学の中に浸透し、他の思想と混じり融合していた。「17世紀のプラトン主義者はある程度はカバリストであると言って過言ではない。プラトン主義の覇者ケンブリッジ・プラトニスト (Cambridge Platonists) は明らかにそうであった……カバラの著作を読んだ神学者たちはこれらの教義と彼ら自身のものの間に顕著な類似性を発見し感銘を受けた」[23]とニコルソンが記している。カバラにおける神学的、哲学的興味を見いだしたのはカバラの信者の間だけではないことが分かる。事実、カバラに対する関心は考えられていたよりはるか広範囲にわたっていたのである。

さらに、テイラーはケンブリッジ・プラトニストの1人ヘンリー・モアと親しかった。

> ジェレミー・テイラーは、ケンブリッジ時代、どの高名な文学者たちとも折衝を持たなかったようである。……また神学者たちとも親しく交わっていたようにも思えない。ただヘンリー・モアをよく知っており、その特別な友情は大学時代に始まっていた。[24]

モアは敬虔なキリスト者としての立場からカバラに関心を持った。彼はカバラがユダヤ人や異教徒との対話の適切な手段であると考え、「創世記」を文学的、哲学的、道徳的に釈義して、独特の見解を表明している[25]。モアがカバラ弁証を書いた時、テイラーが興味を持ってそれを読み、さらにカバラ研究を推進すべきだと鼓舞したとの記録がある。

> あの厳格な老主教、ジェレミー・テイラーさえモアのカバラの考えに興味を持った。彼は共通の友人であるアン・コンウェイ子爵夫人 (Anne Viscountess Conway, 1631–79) を通して、モアにカバラの研究を続けるように説得さえした。[26]

『エルサレムとアルビオン』(*Jerusalem and Albion*, 1964) で、ハロルド・フィッシュ (Harold Fisch) はジェレミー・テイラーのヘブライズムを強調した[27]。すなわちテイラーの散文はヘブライ的な穏やかな口調とリズム、エリザ

ベス朝の豊かさとヘブライ的率直さが融合しており、またヘブライズムと同様、思考することより行動することを強調したと指摘する。またミルトンとテイラーの類似性は、意図せずして、旧約聖書の現世的、実際的な律法と匹敵するように福音を書き換えたことだと述べている。

ジェレミー・テイラーによれば、我々が支配される自然の法則は我々の本性と繋がりを持つものではなく、また本性から自動的に生み出されたものでもない——彼によるとそれは本性の上 (superinduced upon) に付け加えられた。最初神の指によって、心の板に書かれた。だがこれらの板はモーセのように、この世の悪習に臨んで、我々が手から滑らせて、時折、落として砕いてしまう。しかし神は、モーセにされたように、我々のために、その霊をもって再び精錬された。……再びジェレミー・テイラーを引用すると、自然の法則は、「人類の本性を守るために与えられたもので、完成に向かう前進のためである」(*Ductor Dubitantium* Ⅱ i)。ここにヘブライの宗教への歴史の真のオリエンテーションが表現されている。[28]

テイラーはまた旧約聖書のヘブライ語の謎に深い興味を持っていた。

ヘブライ語の旧約聖書において、神の霊が何か偉大なもの、素晴らしいものを呼ぶ時、「主の」("of the Lord") と呼ぶことは神秘的な気品を感じさせる。「主の恐れ」は非常な恐怖を意味する……ダビデがその頭 (のそば) からやりと水のおけを取った時、サウロとその家臣が眠っていた状態を、「主の眠り」と言っている。それは非常に深い眠りに落ちていたことを意味する。同じように、「神の炎」、「神の暗い地」は、強烈な炎と非常な暗さを意味する。
(*Works* Ⅷ 75-76)

最も注目すべきことにはテイラーがカバラを引き合いに出して三位一体の教義を説明しており (*Works* Ⅷ 387)、さらに、「ダブリン大学への説教」("A Sermon Preached to the University of Dublin") でヘブライ語を用いて聖書

の秘儀を語っていることである。

　神聖な言語「真理」は神秘的な名前エメット אֶמֶת, (sic 正しくは אֱמֶת) *emet;* を持っている。それは3つの文字、ヘブライ語の最初（א アレフ）と最後（ת タヴ）と真ん中（מ メム）の文字から成り立つ。真理が初めであり、終わりであり、常に変わらずそうであり、両極端を結び付けることを暗示している。真理は変わらぬ祝福であり、永続する。ユダヤ人は真理を表す文字を数字において、そして正方形、安定した立方体として見る。これらは基礎、永遠なる住まいを表す。一方ヘブライ語で「虚偽」を表すシュケル שֶׁקֶר, (sic 正しくは שֶׁקֶר) *secher* はその数が不完全な文字 (300, 100, 200) から成り、それらの数はとがっていて、口達者で、虚偽が基礎を持たないことを象徴する。

……

　神の霊がギリシャ語で、キリストがAとΩと呼ばれると書いた時、もしキリストがヘブライ語を話されていたら彼は א（アレフ）と ת（タヴ）と呼ばれた。これはエメット אֶמֶת, *emet;* である。彼は真理であり、昨日も今日もいつまでも変わることがない。キリストが保証し、その祝福はとどめられ、彼の約束は承認され、そして彼の教会は常に守られるというこの聖なる裁可に反対するものは誰でも、この真理に挑むことになり、虚偽がその報酬であり、彼の分け前は偽りであり、聖とは程遠いところで生きなければならない。
　　　　　　　　　　　　　　　　　　　　　（*Works* Ⅷ 389-90）

　エメット（Emet）に関してはさらに詳しい説明をスティーヴン・A・フィスデル（Steven A. Fisdel）が『カバラの実践』（*The Practice of Kabbalah*, 1996) の中で、ゲマトリアの伝授の例として提供している。エメットは3つの文字、アレフとメムとタヴに分解される。それぞれの文字が数値を持っており、アレフは1、メムは40、タヴは400に当たる。そして3つの数の合計は441。さらに数の構造を見ると、4、4、1。これらアルファベットと数の並びを通して創造的な力がどのように、その秩序を表しているかを述べる。

数字の4は物理的な現実を表す。4は平方、包囲によって表される。確実に場所を限定し境界を表す。我々は4つの方向、4つの風、4つの季節、動物の四肢などと言う。手の掌さえ正方形である。4は物理的な数であり、実質のある数字である。

エメットという言葉に4が重複する。真理を表すエメットは3つの数字の連続から成り、最初の2つの数字が4、すなわち現実が二重になっていることを表す。初めの4は言葉の最前線にあるため外的な現実を表し、2番目の4は4と1の間にあることから内なる現実を表す。そして全体として統一を表す。

数字441が真理について、そして真理に到達することについてのプロセスを示している。2つの4とそれに続く1、4は内と外の現実を表し、1は統一性を表す。真理は、従って、内部的にも外部的にも共に、1つである。それはそれ自身の中で安定している。さらに、人が真理である1という統一に到達するために最初に内部の現実、そして外部の現実と両方に折衝しなくてはならないことを表す[29]。

フィスデルが述べるようにエメット、真理という単語の数の連続に強いメッセージがあることが理解される。そしてさらに3つの数を加えて、合計を出すと、4プラス4プラス1は9。数字9は完成を表す。抽象的なレベルでは、この数は充足を象徴する。フィスデルは、「ここで、人はもう1つの真理の次元（啓示）を見いだす。真理のみを取り扱う時、人は全体の中に完成、充足、完全さと無欠を見いだすのです」[30]と続ける。前述のテイラーの説明はフィルデルのそれと概要において見事に合致している。

なおこれらの教化術の源泉である啓示については、カバラはその秘儀性のために、その修行者がどのような業を行って啓示を受けているのかは容易に知ることはできないが、啓示は、深い祈りと関連している。

瞑想を行うことにおいて、採用されている方法上の教えは、カバリストの秘儀の教えの一部を構成し、若干の一般的な規則を別として、公にされなかった。ゲロナ（Gerona）のカバリストはすべての単語を照らす内部の光

への道を開くためにそれぞれの言葉の上に集中する瞑想と描写される祈り、神秘的なカッワナー（kavvanah［意図を持っている祈り、あるいは特別な祈祷］）に言及する。この瞑想という考えによれば祈りは、言葉の暗証やそれらの単純な言葉の意味に集中しさえすればよいのではない。それは人間の心の霊的な光に対する、またこれらの世界における心の成長への執着を指す。[31]

フィスデルはカバラの瞑想を「瞑想する特定の物、一般的に神に傾注する感情的熱意[32]」と表現する。

テイラーにとっても瞑想は創造主、神に近づくための必須の業であり、「神が信仰の手立てとされた議論、動機、啓発」というすべてのものを用いるので、精神の訓練であると強調している。[33] そして彼はカバラのカッワナーに匹敵する観想（contemplation）と呼ばれる、神との結合、執着を紹介する。

まさしくその名前を変えて、観想と呼ばれるほど高度の瞑想がある。それは宗教的調和であり、神との結合、執着から成る。それは静寂の中の祈りであり、極めつけの瞑想である。ほかに類を見ない会話であり、聖なる卓越に関するヴィジョンと直観であり、光への直接の参与であり、すべての器官が甘美、愛情、凝視を聖なる美に向け、そして恍惚、無上の喜び、停止、高揚、抽象と至福の見地へと導くものである。　　　（Works Ⅱ 139）

テイラーはさらに瞑想が、「語られるべきものではなく、感じ取るものだ」（Works Ⅱ 140）と言う。

聖なる瞑想は情熱と強い願望を生み出す。対象を感じ取ることができるまでに現前させ、想像の力で初めの情熱を新たにする。過ぎ越しの祭りの居間を通ってキドロン（Kidron,「キドロンの谷」ヨハ 18:1）へ、血の滴りを語り、我々の非常な罪の大きさを推し量り、キリストの苦しみの只中で恐れる。キリストの呻きを聞き、ユダのランプをはるか遠くに見つけ、ガバタ（Gabbatha,「ピラトはこれらの言葉を聞くと、イエスを外に連れ出し、

ヘブライ語でガバタ、すなわち『敷石』という場所で、裁判の席に着かせた」ヨハ 19：13）までキリストに従う、そしてキリストの無実と人々の悪意に思いを馳せ、鞭が打たれるのを感じ、茨の冠が聖なる額に突き刺さる時、頭を収縮させる、そしてキリストと共に少しずつ進み、十字架の一部を担い、悲しみと憐憫で釘付けされ、愛のうちに死ぬ。

(*Works* Ⅱ 133-34)

瞑想がテイラーに想像力の場を提供し、カバラの祈りに似た形式で、本質的に審美的な彼のキリスト理解を助ける構図を与えたのである。瞑想の結果として、テイラーは、「完全な宗教的自由論を書き、イギリスにおいてキリストの生涯を、英語で最初に著し、独自の意図を持って、完全な決疑論のマニュアルを作った」[34]といえるのである。

ジョージ・ウォーリーは『偉大なる模範』をトマス・ア・ケンピス（Thomas à Kempis, c. 1380-1471）の『キリストの学び』（*De Imitatione Christi,* or, *The Imitation of Christ,* c. 1418）と比較している。『キリストの学び』の作者が抽象的な真実を扱っているのに対して、『偉大なる模範』の禁欲的調べは、「ジェレミー・テイラーの精神にも存在する決疑論と、そして極めて気取りのない、彼の人類愛と人類の試練と弱さの知識によって均衡を取っており、実に霊性と現実世界の知識の結合体である」[35]と述べている。すなわちテイラーは、その霊的な教えを具体的な形で、実体験の結果であるかのように、真実をリアルに伝えている。それはまさにテイラーの奥深い瞑想から生み出されたものである。

さらにテイラーの主要なイメージである神との愛による結合（*Works* Ⅷ 381）はカバラの特徴的なイメージであることが指摘できる。火はアブラハムへの（創 15：17）またモーセへの（出 3：2, 19：18）神の顕現と結び付けられる。クノール・フォン・ローゼンロス（Knorr von Rosenroth, 1671-89）は『ベールを脱いだカバラ』（*Kabbala Denudata,* or, *The Kabbalah Unveiled,* 1684）の中で愛と天使の火によって神と結ばれる様子を述べている。[36]カバラの聖典『ゾーハル』によればカバラの主要な目的は神と結び付くことであり、罪とは神から離れることをいう。ショーレムは、「癒着」、「神との結合」は

カバリストにとって、人間が実現すべき宗教的価値の楷梯の最上位にあるとする。それは忘我といえるが、より包括的な意味を持つ。すなわち、「絶えず神と共にあることであり、人間の意志と神の意志の親密な調和であり、一致である」。

テイラーがカバラを実践したという直接的な証拠はない。しかしながら上に述べたように 17 世紀にはカバラに対して途方もなく大きな関心があり、最も親密な友人の 1 人がカバラ弁証を記しており、テイラーはそれに強い興味を示していた。そして旧約聖書に対してのテイラーの興味とカバラ的な旧約聖書の教化術はその作品に顕著に反映されている。カバラにおけるのと等しく瞑想はテイラーの主要な慣行であり、愛による神との結合という彼の顕著なイメージの 1 つがカバラ特有のイメージと符合する。これらのことからテイラーがカバラに精通し、聖書の新たな深みを学び取っていた可能性が十分に考慮できるであろう。

3　フォークナーのキリスト教カバラ表象

それでは、テイラーの影響を受けたフォークナーとカバラの関係はどのようなものと考えればよいだろうか。既に述べたようにミルトン、シェリー、ホイットマンからの影響も考えられる。また、「『響きと怒り』はどのようにして書かれたか?」との質問に対して、フォークナーはそれがキャディにまつわる心象風景からであると答えている。前述のようにキャディが西洋杉から垣間見たものは死である。カバラでは人が生まれ、死ぬ現状界を、10 のセフィロトで示される過程を経て宇宙に顕在する「生命の樹」の 4 つの世界の最下層の〈活動界〉に置くが、フォークナーはキャディが死の光景を垣間見た西洋杉をカバラの樹と見なして世界を紐解こうとしていたとは考えられないだろうか。

フォークナー作品でほかに樹木のイメージを追ってみると、まず創作の出発点である詩から小説へ移行する頃に、フォークナーは非常に寓意的な作品『願いの木』(*The Wishing Tree*) を結婚前にエステルの娘ヴィクトリア

に献呈している。少女ダルシー(Dulcie)が誕生日の朝まどろみの中、弟のディッキー(Dicky)やジョージ(George)や乳母のアリス(Alice)と一緒に赤毛の少年モーリス(Maurice)に誘われて、「願いの木」を求めて旅をする。様々な超自然的な出来事の後、無数の色とりどりの葉っぱに覆われた1本の木にたどり着く。この木とはアシジの聖フランシス(Saint Francis of Assisi, 1181/1182-1226)であった。彼はダルシーたちが、途中でもぎ取った葉が青や紫や金色や赤、あるいはピンクや緑などそれぞれの願いを表す色に変わった白い木こそ「願いの木」だと言い、それぞれに己の分身であり、木の葉の化身でもある鳥を1羽ずつ与え、面倒を見るように告げるのである。聖フランシスが指摘した願いに応じ色とりどりになる葉を宿す白い木こそ色とりどりのセフィロトを持つフォークナーの「生命の樹」ではないだろうか。この木は、「想像もつかない千の彩りをし、明るくざわめいている木の葉に覆われた1本の木」として『メイデー』にも登場する。[38]

そのほかフォークナー作品ではいくつかの印象的な樹木の描写がある──『野性の棕櫚』に現れた棕櫚の木、『蚊』に出現する無軌道な女性パット(Pat)を叱責するかのような「長老のような木々」("somber patriarchs of trees," MO 171)、『サンクチュアリ』の泉を湧き出す「1本のブナの木」(S 3)、『標識塔』の「死点を通過して今再び回転し始めた......歪曲そのものの町」(PL 213)にも、「みすぼらしい棕櫚の木」(PL 213)が描かれている。また『村』の第3部の1章の中にも再び「生命の樹」を思わせる神秘的な木の描写が見られる。

夜明けの光は、無数に這っている水路で摩擦を起こしながら、地上に染み出すように目覚めさせていく。まず根から始まり、次に葉から葉へと伝わっていき、その葉の先の方に染み込んでから、ガスのように空中に広がり出て、ぐっすり眠った大地を、ものうい虫の呟きで浸していくのだ。そうして上へ上へと向かいながら、木の幹と枝のきめ細かい皮に這い上がり、そこで突然一段と音を高めて葉から葉へと伝わり、突如として拡散しつつスピードを上げて四方に散らばり、翼をつけ宝石で飾られた喉を調子よく震わせながら、勢いよく上空へと向かって行き、眠りを覚まそうとし

ない辺り一帯の夜の世界を淡黄色の雷鳴で満たしてゆく。　　（H 181）

　まるで時々刻々変化する夜明けと村落の薄明かりの世界が、生きている木であるかのように描写されている。このように木はフォークナー作品において生気を与えるものとして、欠くことのできない重要なシンボルとなっている。
　フォークナー作品に表れる豊かな樹木のイメージと呼応するように、マルカム・カウリーは、「ヨクナパトーファ・サーガに属するフォークナーの本」はすべて「丸太からではなく、まさに生きている立木から製材される板材のようなものなのだ。その板材はかんなを掛けられ、鑿で削られて、最後の形に仕上げられるが、しかし木そのものは、傷が癒えて、なおも成長し続けてゆくのである」（FCF 40）と述べる。さらにコンプソン家の物語も、「1 本の木のように、過去――カロデンの戦いにまでさかのぼる深い過去――に根を下し……1928 年の復活祭の朝にはまだ未来であった時代にまで枝を伸ばしながら、成長し続けてきたのだった」（FCF 41）と、ヨクナパトーファの現象界を木のイメージで説明している。まさにカウリーはフォークナー世界をカバラの「生命の樹」の表象で捉えているように思われる。
　樹木のほかにフォークナーとカバラの共通のイメージを探すと、ヨクナパトーファの世界を覆っている神秘的な光を挙げることができる。『八月の光』などにも表されるフォークナーの主要なイメージの 1 つである光は、カバラの神自身の容器、セフィロトを想起させる。また「乾燥の九月」、「妖精に見せられて」、『町』の描写――「万物が月光を一杯浴びていた」（T 26）など頻繁に現れるフォークナーの月のイメージはカバラにもよく出現する。これは月が中東では神を表し[39]、ヘブライのカレンダーが太陰暦であったことを考慮すると驚くことではない。さらに『八月の光』で印象的なハイタワーの車輪はカバラの主要なシンボルの 1 つ、神の臨在を表す「エゼキエルの車輪」を連想させる[40]。このようにフォークナー作品の中にカバラと共通する多くのイメージを発見することができる。
　加えて『ニューオーリンズ・スケッチズ』の「裕福なユダヤ人」（"Wealthy Jew," N 3-4）と題する短編や、作品にユダヤ人を数々登場させていること――『町』でチャールズ・マリソンが紹介するユダヤ人（T 306）のほか、

「オールド・マン」の背の高い囚人、『標識塔』でニュー・ヴァロア市に自らの名前をつけた空港建設者であるファインマン大佐 (Colonel H. I. Feinman)、また『館』のリンダの夫バートン・コール (Barton Kahl) もユダヤ人である——などからもフォークナーのユダヤ人への関心の強さを知ることができる。

事実、フォークナーとユダヤ文化との接点はあった。従来ミシシッピ州都市部には1820年頃からユダヤ教集団が在住していた。『南部宗教事典』によるとユダヤの民族伝承と南部のそれとが合体した文化が食べ物、ジョーク、家族の話、逸話にも残っているように、南部のユダヤ人たちは南部人に受け入れられるために宗教的、政治的、社会的妥協を厭わなかったらしい。そのため南部においてはユダヤ人に対する反感も北部におけるよりかなり緩和されたものであったと想像される[41]。フォークナーの少年時代、近くにエステル姉妹と交流があったロシア系ユダヤ人の家族が住んでいた[42]。そしてフォークナー自身、1930年 (エステルは最初の子アラバマ [Alabama] を妊娠していた) 近くの学校で行われた地区の親睦会で3夜連続ユダヤ人兵士役を演じていた[43]。このようなフォークナーのユダヤ文化との接点からもカバラの影響が考えられるのではないだろうか。

従来フリーメイソンリーと呼ばれる秘密結社とその伝統は、「非ユダヤ人によるカバラ運動という側面を持っている[44]」とされているが、フォークナーの住むオクスフォードには強力な組織を持つメイソンロッジがあり、サリーの父ジョン・ヤング・マリーがフリーメイソンリーの幹部であり、フォークナーの母方の祖父チャールズ・エドワード・バトラー (Charles Edward Butler, 1848-?) も有力メンバーとしてフリーメイソンの活動に加わっていた[45]。フォークナーの登場人物にも、『寓話』の馬丁ハリーや黒人牧師トービー (cf. F 263)、『自動車泥棒——ある回想』の「ボス」とネッド (R 157) などフリーメイソンがいる。またスコットランド、特にスチュアート家に古いフリーメイソン的伝統が最もよく保存されているが、スコッチ儀礼 (Masonic Order [Scottish Rite])[46] がブロットナーの伝記の中でもジョン・ヤング・マリーやチャールズ・エドワード・バトラーとのかかわりで言及されている (Blotner, 48, 174, 335)。すなわちフリーメイソンを通してのユダヤ文化カバラとフォークナーの接点が考えられるのである。

さらにフォークナーが旧約聖書を愛読書の1つとしていたことはよく知られている事実である。既に述べたがフォークナー家には代々伝わるファミリー・バイブルがあり、長男が相続した。フォークナーは、「彼の父が1932年8月7日に死去した時、皮装、挿絵入りの聖書を相続した」(Blotner 6)。また前述した曾祖父ジョン・ヤング・マリーの影響があった。彼は特に敬虔な人物だったというわけではないが、「(朝食の席に着く時は) 大人、子供を問わず全員が聖書からの1節を用意して、すらすらと唱えなければならない」(Blotner 123-24) 習慣を課していた。またフォークナーは1957年3月及び5月のヴァージニア大学での質疑応答において、愛読書の1つに旧約聖書を挙げている (FU 50, 167)。新約聖書が「観念に満ちている」のに対して、旧約聖書は「人間に満ちている」(FU 167) から好んで読むのだとも答えている。実際、『行け、モーセ』、未完の『父なるアブラハム』などフォークナー作品のタイトルにも旧約聖書の影響が反映されている。

　四大元素 (しだいげんそ、四元素説における空気・火・土・水の4元素) に関しては、カバラの伝統では、「火は右の柱のシンボルであり、水は左の柱、空気は真ん中の柱、土は10番目のセフィラであるマルクト」[47]と見なされる。カバラリストと同様フォークナーも四大元素に強い関心を持ち、聖書からの連想に基づいて作品に描き込んだ。

　フォークナーが最もしばしば言及するのは土地 (earth) である。天地創造の初めに、「産めよ、増えよ、地に満ちて地を従わせよ」(創 1:28) という壮大な神からの命令があったと聖書に記されている。フォークナー作品では『尼僧への鎮魂歌』の第1部で、かつては土地との正しい関係が白人とインディアンの間で見られたと述べられている。しかし『行け、モーセ』や、『村』など多くの作品で、白人の土地の搾取と買収が主題となり、これが南部の罪と強く結び付くのである。

　空気あるいは風は、旧約聖書では人間の創造における神の息を表し、同時に実質や意味の欠如を表す。「コヘレトの言葉」で、伝道者が人間のなすすべてのことは無であり、「風を追うようなもの」(コヘ 1:14) と記す。フォークナーにおいて、風は『標識塔』では虚無と空虚さとに関連している。また『サートリス』では、「荒涼たる不毛の世界をいつ果てるともなく引きずりま

わさざるを得ぬ肉体」(SA 160) を厭うような若きベーヤードの自殺的な飛行に見られるように、風は生の拒否を表す主要なシンボルでもある。

水はノアの洪水が表すように破壊のシンボルであり（創 7）、また生命と新鮮さ（イザ 35）をも表す。特に水が欠乏していた地域に住んでいた聖書の記述者たちにとって、生命維持に欠くことができない要素として水の重要性が強調される。フォークナーにおいても、『野性の棕櫚』の「オールド・マン」で見られるように、水はしっかりと生命と結び付いている。また浄化するものとしても描かれている。浄化の最も重要な儀式が洗礼である（イザ 1:16）。囚人が川に浸る「オールド・マン」のほか、例えば黒人がジョーダン川を渡る『征服されざる人びと』の「襲撃」("Raid")、アイクが川で浸る「熊」などで、水は浄化の手段としての洗礼を表している。

火は旧約聖書では強固に破壊と浄化の概念と結び付けられている（例えば民 31:22-23）。フォークナーでは、「火と炉床」("The Fire and the Hearth") と「黒衣の道化師」において、火は愛と安全のシンボルであり、実質的な罪を求めて自らを断罪することを願った『響きと怒り』のクエンティンにとって火は浄化を表した。一方他の火の描写の大部分が破壊的である。ベンジーは火を愛するが、それは最終的に彼自身とコンプソン家を焼き尽くす。ほかに『八月の光』のジョアナ・バーデンの家の火事、「納屋は燃える」("Barn Burning") や『村』の復讐を表す火、『サンクチュアリ』や「火と炉」や『墓地への侵入者』の群集の憎しみを表す火、『征服されざる人びと』や『尼僧への鎮魂歌』のプロローグに現れる戦争の火などが破壊的なイメージを表している。

さて、「時間はキリスト」のイメージを直接旧約聖書に求めると、旧約聖書には、驚くべきことにクロノスを翻訳する適切な言葉が見いだせない。聖書全体で「時間」が現実的に使われている。カイロスを表す旧約聖書の単語は "עֵת" である。それは次の有名な箇所で使われる。

何事にも時があり
天の下の出来事にはすべて定められた時がある。
生まれる時、死ぬ時
植える時、植えたものを抜く時

殺す時、癒す時
……
愛するとき、憎む時
戦いの時、平和の時。
……

(コヘ 3:1-8)

　既に指摘したように、ヘブライのそれぞれの文字がそれ自身の意味を持っている。ロバート・ハラリック (Robert M. Haralick, 1943−) の『ヘブライ文字の内的意味』(*The Inner Meaning of the Hebrew Letters*, 1995) によると、「知的エネルギーを表す"ע"(アイン) が宇宙の存在の知的エネルギーと真の律法を表す"ת"(タヴ) と結び付く時、"עת"という語ができる。それは時間、シーズン、任期、期間、時代、あるいはエポックを意味する。時間は宇宙の存在の中の真の法意識である」[48]。「神の知恵であるキリスト」(Ⅰコリ 1:24) こそ、全き義であり、やがて来るべき裁き主であり、真の法である。すなわち、"עת"は唯一義なる神を表すキリストを想起させる。

　「万物は御子によって、御子のために造られました」(コロ 1:16) を根拠に、時間の本質はキリストにあると言うことはできても、時間と時間の主であるキリストを同一視することは神学的には飛躍に過ぎるかもしれないが、このように旧約聖書のヘブライ文字そのものの中に「時間はキリスト」の表象の暗示を見いだすことができる。

　フィスデルが述べるように聖書は規範と精神的な行動を与える際に、イメージに大きく依存しているため、意識の深遠なレベルに影響を与え、「内面的なメッセージへの認知の、感情的な、そして精神的な反応はすべて同時に起き、読者を内から多様なレベルで変化させる内面的な整頓が起こる」[49]。また前述したように、個々人が求めに応じて意味を引き出すことができるカメレオン的性格を持つカバラは、創造と啓示と贖罪において現れる生きた神の考えに集中し、「独自の社会環境の特殊な宗教意識において出会う神を教義的な知識から斬新な生きた経験に変え」[50]、「経験を解釈する新たな方法を探究する」[51]ものである。すなわちフォークナーの「時間はキリスト」は、上述し

た様々なユダヤ的なものとのかかわりから、フォークナーが、意識の深遠なレベルで出会った神を表したカバラ的表象だと想定することが可能ではないだろうか。

『かつてフォークナーの故郷で』(*Old Times in the Faulkner Country*, 1961)で、地元オクスフォードでフォークナーの2年先輩であったジョン・B・カレン (John B. Cullen) は、「少年時代のウィリアムについての最も特異なことは彼が異常に思慮深いということだった」と述べ[52]、さらに、「フォークナーは身近なこと以外に何かを考えていた」[53]、特に戦争から帰ってきた後、「当時フォークナーは仕事を持っていた。しかし同時に何か別のことを心に描いていたようだった。彼は誰ともあまり話をしなかった」[54]と記している。そして一貫してフォークナーは、「見ていた。すべてを見ていた。彼は頭を傾け、目に表情を表さずあたかも奇妙な昏睡状態にいたかのようだった」[55]とカレンは証言する。

同じく南部史家ダニエル・J・シンガル (Daniel J. Singal, 1944–) は『ウィリアム・フォークナー——モダニスト形成』(*William Faulkner: The Making of a Modernist*, 1997) でフォークナーが共同体の観察者だったと描写している。シンガルによれば、フォークナーは青春期初期に性格が変わったようであった——「以前彼は学校ではおとなしく注意深い子供であったが、夢の世界に漂っているかと思えば、学校をさぼるようにもなった。そして裁判所の前、あるいは父親の貸馬車屋で、じっと座って、町の老人たちが物語や思い出話を交わすのを聞いていた」[56]。さらにシンガルは続けて、「多くの証言があるように、フォークナーは一貫して何も言わなかったが、すべてを見ているように思われた」[57]と記している。フォークナーには夢幻的、超現実的な領域への関心があったことは、臨終の老アリソン判事 (Judge Allison) が死後の世界を訪れる「彼方」("Beyond") などで明らかであるが[58]、カバリストが観照、聖なる御名の朗誦、深い祈りを経て至高の幻像に至ったように、フォークナーはその夢幻の世界の直中に、「時間はキリスト」のイメージを得たのではないだろうか。

それにしても、「時間をキリスト」とする痛烈な思い、その核心には何があったのだろうか。「繰り返し同じ物語、すなわち私自身と世界を語ってい

る」(*FCF* 14)とフォークナーは言う。北部の糾弾を待つまでもなく、確かに目覚めた南部の知識人として、長年の奴隷制からくる土地と人の搾取という大きな社会問題と、南部を擁護する思いの狭間でフォークナーが心を痛め続けていたのは事実だろう。そして公的にも「恐怖について――苦悩する深南部――ミシシッピ」("On Fear: Deep South in Labor: Mississippi, 1956," *ES* 92-106) などで人種問題に関しての南部の苦悩を表している。しかしその問題の核心にはもっと個人的な魂を揺さぶり消耗し尽くすような問題があったのではないか。時間を越えて贖われなければならない何らかの深い、痛烈な思いである。曲解されたカルヴィニズムによって助長されていたとはいえ、時間をキリストとしなければならないほどのフォークナーの深い罪意識とその根源を最後に探ってみることにしたい。

4　フォークナーの和解の構図

　父親から息子へと記憶の中に伝えられる南部の伝説的な過去、実際にあった、あるいはあったかもしれない過去がフォークナーを取り巻いていた。フォークナーは過去が彼自身の一部であると告白する。

> また私にとっては、人間は誰も自分自身のものではありません、人間は彼の過去の総計です。本当に過去がそうであったような過去はどこにもありません。それはいかなる瞬間においてもすべて彼自身、彼女自身の一部、すべての時の一部です。彼、彼女の先祖、その背景はすべて、いかなる瞬間にも彼自身、彼女自身の一部なのです。　　　　　　(*FU* 84)

　フォークナーは伝説的な過去を観察し、そして彼自身の世界、「切手ほどのちっぽけな私の郷土が、書くに値するものであり、生涯懸けても書き尽くすことができないもの」(*LG* 255) と言ったヨクナパトーファの神話を作った。彼自身が唯一のオーナーであり所有者であると主張したフォークナーの神話の王国である。作品に表されるように、ヨクナパトーファはそれ独自の

地理、歴史と独自の家系を示している。しかしながらそれはオクスフォードが位置している実際の南部の郡と重なる。フォークナー作品の場所に着目したマイケル・ミルゲイト (Michael Millgate, 1929-) によると、「オクスフォードとジェファソンはメンフィスから全く同じ方角で同じ距離にある。そして２つの町の多くの特徴が一致する」[59]。町の人々は作業用胸当てズボンあるいはワイシャツ姿で、町の広場と南部連邦の死者への記念碑を見渡す裁判所前をぶらつく。実際より住民の数は少ないが、物理的には実際よりずっと広く、黒人の数もより多いヨクナパトーファは、「フォークナーのホーム、源であり少年期から壮年に及ぶ舞台であるラフェイエット郡である」[60] とミルゲイトは断言している。

　自らの住む土地と家族の過去を強烈に意識している南部出身者として、南部はフォークナーにとってただ単なる小説の主題ではなく、自らの人生の必然的な主題でもあった。フォークナーは繰り返して土に根ざしている深い信頼の故に南部を称賛した——「それ[南部] は合衆国で唯一本物の地域です、なぜなら破壊できない深い絆が人間とその環境の間にまだ存在するからです。南部には、とりわけ、共通の認識、共通の人生観と道徳観があるのです」(*LG* 72) と。

　『町』に１日の最後の時間の美しいヨクナパトーファの記述が見られる。

星も出た、既に冷たく柔らかく燃えているほかの星の中に、じっと見ていると星は点々と見えてくる。１日の終わりは１枚の広大な緑の音なき囁きが北西の方を天頂まで昇っていく。しかし光は地上から引かれたとも、地上から吸い取られてあの涼しい緑の空に昇ったとも、見えない。むしろ、しばしの不動の一瞬、地上の低地に集まり、そのために土も大地も明るく、ただ木の茂みのみが暗く、地上から黒々と動かず立っている。

　するとまるで合図があったようにほたるが……無数に狂おしく、入り乱れ、慌ただしく息吹くのだ、何を尋ね、何を問うでもない、かすかな絶え間ない浮かばれぬ声が、叫びが、言葉の如く、声を合わせて歌う。

(*T* 315)

そしてそこに1人の人、(作品ではギャヴィン・スティーヴンズであるが)作者自身といっていい人物が、「夢幻の輝きの下、自らの生涯の総纏めを見下ろして王侯の孤独を身にしみて立つ」(T 315)。「その中心、弱弱しく微光を放っている」(T 315) ジェファソンを臨み、「この瞬間のみ神ご自身の如く、自らの誕生の、自らを造った男女の揺りかごのはるか上に遊離して」(T 316)、「生まれ故郷の記録、年代誌が同心の円を作って、自らの過去の夢もない眠りの上に、流水上に生じるさざ波の如く、広がり見渡す機会を進呈してくれる」(T 316)。そして、「過去は決して死なない」(RN 80) ため、それらは伝説、あるいは歴史と混ざり合っている。彼が見たもの──「野望、怖れ、色欲、勇気、拒絶、憐憫、名誉、罪そして誇り」(T 316)──それは今やスノープスの影が迫っているかつての誇り高い白人たち──「サトペン、サートリス、コンプソン、エドマンズ、マッキャスリン、ビーチャム、グレニア (Grenier, ハバシャムとホルストンと共にヨクナパトーファ郡最初の移住者3家族の1つ)、ハバシャム (Habersham)、ホルストン (Holston)、スティーヴンズ、ド・スペイン (Major de Spain) らの一族」(T 316) に具現される土地と人の搾取であり、フォークナーが深く意識せざるを得ない問題を孕んでいた。フォークナーは、「作品を真に喚起力のあるものとするためには個人的なものでなければならない」(Blotner 532) と述べていたが、その問題は社会的なものというより、差し迫った個人的なものであった。南部の罪にまつわるフォークナーの個人的痛みの元凶とは一体何であったのか。

第I章で紹介した南部の意味を最も深く問う作品『アブサロム、アブサロム！』の主人公が誰であるか尋ねられて、フォークナーは答えている──「主人公は サトペンです。そうです。息子を望み、そしてあまりに多くを手に入れて、非常に多くを得て自らを破壊した男の物語……」(FU 71) と。『アブサロム、アブサロム！』で、南北戦争を背景としたトマス・サトペンにまつわる重苦しい悲劇の謎解きが50年後の1909年、クエンティン・コンプソンを中心に、その父コンプソン氏とローザ・コールドフィールドとシュリーヴによってなされる。実にサトペンの幻影は、語り手たちを凌駕して離さないのである。

トマス・サトペンに関しては、ローザ、ボンを語る上でそれぞれの視点に

沿って、既に断片的に触れているが、実は『アブサロム、アブサロム！』はこの語りの重層、そして「親分」("The Big Shot")や「エヴァンジェリン」("Evangeline")、「ウォッシュ」("Wash")などの短編による主題の部分的追求などによって、その象徴性、神話性が深められているのである[61]。ここで改めてサトペン物語の全容を追ってみよう。サトペンはヴァージニア州の山間部に貧農の息子として生まれ、父に連れられてタイドウォーター (Tidewater) 地方に移住し、14歳の時、農園主の玄関先で黒人執事から裏へ回るよう門前払いを食らう。無邪気な心に負ったこの深い屈辱感が彼の人生の方向性を決定付けるものとなり、サトペンは富裕な地主階級へ立身出世することを固く決意するのである。まず彼は西インド諸島ハイチへわたり、砂糖黍栽培業者の娘ユーレリア・ボンと結婚するが、妻に黒人の血が混じっているとの疑惑から妻と息子チャールズ・ボンに全財産を与えて彼らから逃げ出す。そして1833年、25歳の時、サトペンは突然、衣服や顎鬚に、「硫黄の臭い」(AA 4) をまとわり付かせ、ジェファソンの町に乗り込む。そして彼は、「一団の奇怪な黒人たちを従えながら」(AA 5)、自らの「計画」("design," AA, 200, 211, 219) を強引に押し進め、チカソー族から100平方マイルにわたる川辺の土地を買収し、1835年にサトペン荘園 ("Sutpen's Hundred") を形成するのである。

続いてサトペンは敬虔なクリスチャンであるコールドフィールド氏に近づき、既にハイチから連れてきた黒人の女に産ませた女児クライティが屋敷内にいたが、「結婚許可証に記される無垢の妻と、一点非の打ち所のない義理の父との2つの名前」(AA 39) を求めて1838年エレン・コールドフィールドと結婚し、1839年にヘンリー、そして1841年にジュディスをもうける。社会的信用も得て、彼の「計画」は成功したかに見えたが、1859年、ヘンリーが親友チャールズ・ボンを屋敷に連れてきたことにより彼の計画は狂い始める。サトペンは、一目でチャールズが息子だと分かるが、その事実をひた隠しにする。そして南北戦争に出征し、サトペンはサートリス大佐を押し退けて大佐に昇格し、連隊の指揮を執る。1863年に妻エレンが死に、1865年にはサトペンは2度もボンと顔を合わせているが、何の反応も示さない。しかし最後に進退窮まって、ボンに黒い血が混じっていることをヘンリーに伝

え、その結果ヘンリーが異母兄弟ボンを射殺するという悲劇が起こるのである。

敗戦後、ヘンリーは姿をくらまし、奴隷は逃げ出し、土地は荒廃する。サトペンは何とか財産と家名を復活させそれを永続させようと義妹ローザに近づき、男子をもうけるために求婚するが拒絶され、ローザは屋敷を去る。是が非でも望みを遂げようと、サトペンは、「地上の神」(*AA* 226)としてサトペンを尊敬する使用人ウォッシュ・ジョーンズ(Wash Jones)の孫娘ミリー(Milly Jones)に近づき、子供を孕ませる。しかし生まれた子供が女児であったため口汚くミリーを侮辱し、そのことに激昂したウォッシュに大鎌で殺され、「計画」の完成を見ることなく1869年8月12日サトペンは生涯を閉じる。

その後ジョーンズはミリーと生まれたばかりの嬰児を殺害し、自らも命を絶つ。そして2年後、ジュディスはニューオーリンズに住むチャールズ・ボンの庶子ヴァレリー・ボンをサトペン荘園に連れてきて、そこに住まわせる。孤独の中、白人を憎悪するボンは1879年ニューオーリンズに帰り、黒人女性と結婚して、1881年再びサトペン荘園に戻り、翌年男子(ジム・ボンド[Jim Bond])が生まれる。1884年にはチャールズとジュディスは天然痘(一説では黄熱病)にかかり相次いで死去し、農園はド・スペイン少佐に買い取られたが、クライティとジム・ボンドは農園に踏みとどまっていた。そこへ1905年、67歳となったヘンリーが死に場所を求めるかのように舞い戻ってくる。1909年、ローザはクエンティンを伴って屋敷に入り、ヘンリーを見つけ、ようやく3カ月後ヘンリーを救おうと決意し、救急車を呼ぶ。しかし見張りをしていたジム・ボンドが白人たちがチャールズ・ボンを射殺したヘンリーを逮捕しに来たと思い込んだため、クライティが屋敷に火を放つこととなる。炎上する火の中でクライティとヘンリーは焼死し、トマス・サトペンの血を受け継いだ最後の人間、ジム・ボンドは、消息不明となってしまう。ローザも翌年に死去し、ここにサトペンの企て、サトペン王国は消滅するのである。

我々はサトペンが象徴するものから目をそらすわけにはいかない。古い荘園所有者階級にまつわる本質的な、そして悲劇的な欠陥といったものである。アブサロムの死を聞いた時、ダビデは、「身を震わせ」、「わたしの息子

アブサロムよ、わたしの息子よ。わたしの息子アブサロムよ、わたしがお前に代わって死ねばよかった。アブサロム、わたしの息子よ、わたしの息子よ」(サム 下 19:1) と悲嘆に暮れ、我が身を責めるのであるが、サトペンは最後までボンを息子とは認知せず、自らを責めるどころか、「自分の計画が——屋敷も地位も子孫も何もかもが——もともと煙で出来たものであるかのように、音も立てず、爆発もせずに、跡形もなく崩壊していくのを感じ取り、聞いても」、彼はそれを、「ただの錯誤 (just a mistake) だと呼んでいた」(AA 215)。

　そしてフォークナーにとっての悲劇は、このサトペンに描き込んだ、立身のために他人を犠牲としたなりふりかまわぬ生き方が、フォークナーにとって誇りであり躓きでもあった、自らの曾祖父フォークナー大佐と深く結び付いたものであったことである。

　改めてフォークナー大佐の生涯を振り返ってみると、彼は 1825 年にテネシー州ノックス郡ノックスヴィル (Knoxville) でジョーゼフ (William Joseph Falkner) とキャロライン夫婦の第 4 子として生まれ、1840 年頃家出をして、ミシシッピに住んでいた叔父と一旗上げようと北ミシシッピのリプリーに移り住む (Blotner 9-10)。1847 年、メキシコ戦争 (Mexican War, 1846-48) に従軍し、負傷して帰郷し、その直後、大プランター階級の娘ホランド・ピアス (Holland Pearce) と結婚し、奴隷と土地を手に入れる。1 男をもうけるが、1849 年妻ホランドが病死し、既に自らも叔母夫婦の籍に入っていたが、子供を叔母に託す (Blotner 12)。同じ年、フォークナー大佐は、メキシコ戦争で受けた負傷をたてに軍人年金を受け取っているという噂が広まり、またナイツ・オブ・テンペランスへの入会をめぐって、大佐がロバート・ハインドマン (Robert Hindman) を推薦したにもかかわらず、入会に反対したとそれと逆のデマが流れ、逆上したハインドマンと決闘することになる。ハインドマンが至近距離でピストルの引き金を引くが、2 度も不発に終わり、フォークナー大佐がナイフを取り出し、3 度目に引き金を引こうとしているハインドマンをめがけて、思い切り突き刺して彼を死に至らしめる (Blotner 16)。さらに 2 年後、家の借用をめぐって大佐はハインドマンに味方するエラズマス・W・モリス (Erasmus W. Morris) と激しい口論になり、突然彼に

発砲し致命傷を負わせる (Blotner 17)。いずれも正当防衛として無罪となるが、事件にまつわるスキャンダルは長年大佐にまとわり付くのである。

　しかしそのようなスキャンダルをも物ともせず、大佐は 1851 年にエリザベス・ヒューストン・ヴァンスと再婚し (Blotner 17)、8 人の子供をもうけ、黒人奴隷を使って、農園を経営し、弁護士業も営んでいた。南北戦争が始まると、マグノリア・ライフル隊 (The Magnolia Rifles) を結成し、歩兵連隊の指揮官たる大佐に選出され、第 1 マナサスの戦い (First Battle of Manassas) の武勇で G・T・ボーレガード将軍 (General Pierre G. T. Beauregard, 1818–93) に称賛されるが (Blotner 21–22)、部下に不人気でついに指揮官の地位を剥奪される。しかし彼は、ひるむことなく義勇兵を募って再度戦闘に加わり、北軍の封鎖線をくぐりぬけて棉の密貿易にかかわり、馬を盗み、橋を焼くなどゲリラ攻撃を仕掛ける。しかし大した功績を挙げることなく、1863 年についに彼は隊を辞する (Blotner 28)。

　戦後は弁護士業を再開し、鉄道業にも進出し、1886 年共同経営者リチャード・J・サーモンド (Richard J. Thurmond) との主導権争いに勝利し (Blotner 42)、大佐はテネシー州とミドルトン (Middleton) を結ぶシップアイランド・リプリー・アンド・ケンタッキー鉄道 (Ship Island, Ripley & Kentucky Railroad) の全権を握る。[62]また文才もあった大佐は、生涯に 8 冊の本を出版するが、『メンフィスの白薔薇』(The White Rose of Memphis) は、1881 年に単行本化され、ベストセラーとなり出版を重ねた。さらに自らの鉄道会社に有利な法案を通すために 1889 年には州議会選挙に出馬し、議員に選出される。しかしライヴァル候補の陣営にいた宿敵サーモンドに積年の恨みにより、広場で射殺され、劇的な生涯の最期を迎えるのである (Blotner 47)。

　フォークナーはこの曾祖父を、「ジョン・サートリス (サートリス大佐) の原型です」(FCF 66) と述べ、実際、サートリス大佐を曾祖父同様、亡霊のように子孫に影響を重く残す人物として作品の中に描き込んでいる。フォークナー大佐との比較においてサートリス大佐の生涯を振り返ってみると、サートリス大佐は 1823 年キャロライナで生まれ、1837 年ジェファソンにやって来て農園を築き、結婚し、オールド・ベイヤード (Old Bayard) と 2 人の娘を

もうける。南北戦争の際にはミシシッピ州で初めて連隊なるものを組織し、第1、第2マナサスの戦いに参戦後、選挙で連隊長を退任させられる。一時故郷に帰ったがひるむことなく騎兵隊を私的に編成し、フォレスト（Nathan Bedford Forrest）将軍に加担するためにテネシー州へ連隊を引き連れていく。既に妻は亡く、戦後妻のいとこと再婚するが、闘争的な生き方は変わらず、敗戦後の南部再建期に黒人投票を推進するカルヴァン・バーデン1世（Calvin Burden I）とカルヴァン・バーデン2世（Calvin Burden II）を殺害するに至る。

　さらにサートリス大佐はベン・レッドモンド（Ben Redmond）の出資により始められた鉄道事業にジェイソン・ライカーガス・コンプソン将軍（General Jason Lycurgus Compson II）と共に手を貸し、メンフィスから大西洋に走っている鉄道本線に接続する線路を作り、その地方の棉花畑からヨーロッパへ繋がる道を開く。彼はミシシッピ州議会議員に当選もする。しかしその後、鉄道会社の共同出資者3人の間に不和が生じ、サートリス大佐はレッドモンドにジェファソンの広場で殺害されるに至る[63]。「レッドモンドがそのような自暴自棄の行為に及んだのは、サートリス大佐が傲慢で不寛容であったためで、それは、皆がマナサス第2戦とシャープスバーグ（Sharpsburg）の戦いの後の秋の選挙で、彼を大佐の地位から降格させたのと同じ理由であった」(*ES* 20)。

　ただしフォークナーはサートリス大佐に死の直前こう述べさせている——「……やりたいと願ったことはすっかりやり遂げた。そこでこれから道徳の方面で少しばかり大掃除をしようと思う。わしはどんな必要があったにせよ、どんな目的があったにせよ、もう人を殺すことにうんざりしてしまったよ。明日、町へ行き、ベン・レッドモンドと会う時には、武器を持たずに行くつもりだ」(*UV* 266)と。このサートリスがジェレミー・テイラーの本を所持していたことは前に触れたが、サートリスが抱いていた道徳的な痛みはフォークナーが曾祖父にまつわり感じていたものであっただろう。以上のようにフォークナー大佐とサートリス大佐両者は南北戦争で勇敢に戦った英雄として、また鉄道事業に手を貸し、政治にまで手を伸ばし隆盛を極めるが、闘争的な生き方の果てに、殺害されて生涯を終えているなど多くの点で一致

している。

　さて、サトペン、サートリスは、他人を犠牲にして出世する人物としてフォークナー大佐と強く結び付くが、さらにこの両者には隠れた共通点がある。サトペンが、黒人の血が混じっているとされる最初の妻との間に子をもうけたように、サートリス大佐においても、「女王ありき」("There Was a Queen")で、召使エルノーラ(Elnora)が、奴隷に生ませた娘として設定されている。ミシシッピ州においては1967年まで8分の1以上黒人の血が混じっている者との結婚は無効であった。[64] フォークナーほど人種混交の問題を大胆に追及した作家はいないといわれるが、[65] 人種混交、とりわけその結果として生まれた混血、ムラート(mulatto、なお4分の1混血[quadroon]、[66] 8分の1混血[octoroon]と細分化される)問題に対するフォークナーの関心の強さは否定できない。それどころかフォークナーが認識する南部の問題の核がここにあったのではないかと訝らざるを得ない。

　なぜならサトペンの恐ろしさの極限は、急激に世の中にのし上がったことではなく、むしろ(たったわずかな量の)「黒人の血」が混じっているという疑惑によって、最初の妻を捨てる決断をしたことだった。彼の妻のわずかばかりの血液は、「彼の心で固定されているゴール」、計画した彼の「計画」を無効にしたのである。特筆すべきは、フォークナー作品における南部の人種問題の顕著な被害者はジョー・クリスマス、チャールズ・ボン、その息子チャールズ・エティエンヌ・ド・セント・ヴァレリー・ボン、クライテムネストラ(クライティ)、ジム・ボンド、エルノーラなど、生粋の黒人というよりはむしろムラート及びその子孫だということである。

　リリアン・スミスによると「南部の人種関連の秘史」として1940年代には600万のムラートがいたという。[67] 南部の白人男性は白人至上主義による人種隔離、リンチなどカルヴィニズム的価値観との齟齬から起こる罪意識のはけ口として、「自然で、活力に溢れ、恥じることなく、笑い声や歌やダンスで満ち、セックスは『罪』だとすることもない」裏庭の黒人の生活へと逃れ、[68] 自己嫌悪の意識を持ちつつも結局誘惑に負け、黒人女性と肉体的関係を持つに至る。この「南部の人種関連の秘史」の結果として白人の父親から顧みられないムラートたちは、泣いたり笑ったりする亡霊として重い痕跡を残してい

るのである。[69]

　注目すべきは、フォークナーがサートリスやサトペンに描き込んだ「南部の人種関連の秘史」は、まさにフォークナー一家の問題でもあったことである。ジョエル・ウィリアムソン (Joel Williamson) の『ウィリアム・フォークナーと南部史』(*William Faulkner and Southern History*, 1993) における証言によると、国勢調査の記録を丹念に調べた結果、フォークナー大佐は、同じ敷地内の使用人の居住区にエメライン (Emeline Lacy) という色白の混血の女と、彼女と彼の娘と思われる2人の子供、ファニィ (Fannie) とリーナ (Lena) から成る「影の家族」("shadow family") を抱えていた。[70] 現在フォークナー大佐の大理石像から少し右に寄った50ヤード背後にエメラインの墓がある。フォークナーの曾祖父クラーク・フォークナーに対する強いこだわりを思う時、フォークナーが、この影の家族の存在を知っていたとしたならどのような複雑な思いを抱いていたかと深く思い量らずにはおられない。その悲劇はシャドー・ファミリーだけにとどまらない。白人の妻、子孫たちにも苦しみは及ぶ。

　フォークナーは曾祖父を無条件に崇拝するのではなかった。曾祖父を投影したジョン・サートリス大佐、トマス・サトペンさらにはルーシャス・クインタス・キャロザーズ・マッキャスリンとその一族にまつわる物語から、むしろ大佐が犯した罪を深く意識し、それが彼の罪意識の根幹にあったものだと思わざるを得ない。なおウィリアムソンによるとフリーメイソン幹部のフォークナーの母方の祖父チャールズ・エドワート・バトラーは、立場上やむなく人を射殺した経歴を持ち、1887年町の公金3,000ドルを横領するが、その際8分の1混血女性を伴っていたといわれている。[71] 奇しくもフォークナーは父方、母方双方に人種混交の影を担っていたのである。

　その影の故か実際、母親の反対を押し切り、前夫の子供と共に、離婚を待ってまで迎えた妻エステルであったが、2人の間に最初に生まれた子供アラバマを誕生直後に亡くした。続いて父親マリーの死、弟ディーンの飛行機事故による死、不安的な収入源、夫婦双方の浪費癖からくる金銭問題、フォークナーの度重なる女性問題、双方のアルコール依存症など、2人の結婚生活には問題が絶えなかった。

その中でも最も大きな問題と思われるのはフォークナーのアルコール依存症である。祖父ジョン・ウェスレー・トンプソン・フォークナー、父マリー・カスバート・フォークナー共にアルコール依存症患者の治療院キーリー診療所（Keeley Institute）で治療を受けていたという記録があり（Blotner 56-57, 99）、遺伝的な要因も否めないが、フォークナーは、『アブサロム、アブサロム！』を書き終えた1936年に、震顫譫妄（DT=delirium tremens）（Blotner 1 369）と始めて記録され、ハリウッドやニューヨークにおいても完全な記憶喪失を経験するほどのアルコール依存症により入退院を繰り返す。1953年に治療に当たったニューヨーク大学医学部精神神経学科教授バーナード・ウォーティス（S. Bernard Wortis）主任教授は、「これほどまでに強い感受性を持ち、他人や他人の苦悩を受容できるフォークナーにとって、人生は苦痛に満ちたものであるに違いない」（Blotner 1 568）と述べているが、明らかにフォークナーの過度の飲酒は、彼にとって人生を耐えられるものにするためのある種の麻酔薬であった。

　極端にプライヴァシーを暴かれるのを忌避し、何かしら気難しいと評されたフォークナーについてカウリーは、「少しでも社交的なものに巻き込まれそうになると、彼は自分の殻に閉じこもってしまった」（FCF 148）と述べ、前述したカレンやシンガルの自己陶酔型の孤独癖があったとの証言と一致する。そして故郷にいながら、「独り離れ、孤立した」、ガラス越しのような、「不安で、不明瞭な」どこかよそよそしい故郷との関係は奇妙に謎めいていた。この謎めいた自閉的な孤独の根幹には、経済問題、女性問題より根が深く、飲酒に頼らざるを得ない要因があった。伝記作家が容易に書き上げることができない事象、それはウィリアムソンが指摘している曾祖父が犯した血にまつわる相克であったものと思われる。この相克からくる罪意識の故にフォークナーは生涯懸けて罪の贖い主であるキリスト像を追い求め続けたのではないだろうか。

　しかし長きにわたるフォークナーの苦しみも、事実上最後の作品となった『自動車泥棒――ある回想』を書く頃には、終焉の兆しが見え始める。義理の娘ヴィクトリア、息子マルカムそして実の娘ジルの計5人の孫を得て（その頃にはエステルの飲酒癖も治まっていた）、ジルの証言――「パパは全く

変わった。家族だけにではなく誰にでも気難しさがなく付き合える……まるで別人のように人生を楽しんでいる」（Blotner I 671）——から個人的な問題の解決を見たかのごとくフォークナーの調和の取れた心境が窺われる。それはフォークナーの積年の血にまつわる問題のある種の解決を示唆するものでもあった。

　緊張感から解放されたフォークナーの心境を反映するかのように、『自動車泥棒——ある回想』は他の作品には見られないユーモアが溢れ、あたかもフォークナー世界のフィナーレのように、読者は多くの登場人物——『サンクチュアリ』のミス・リーバ、ミニー（Minnie）とメンフィス売春宿、『アブサロム、アブサロム！』のトマス・サトペン、『八月の光』のハイタワー、『サートリス』のジョン・サートリス、『行け、モーセ』のブーン・ホガンベック（Boon Hoganbeck、「熊」["The Bear"]では伝説的な巨熊オールド・ベン[Old Ben]に止めを刺す）やマッキャスリン家、黒人の子孫たち、『死の床に横たわりて』でドラッグストアを経営するクリスチャン（Christian）やドクター・ピーボディ（Dr. Peabody）、『尼僧への鎮魂歌』や『町』及び『館』で述べられていたチカソー族のイッシティベハーなどのインディアン、『征服されざる人びと』や『町』のフレム・スノープスやド・スペイン少佐など——のことを耳にする。さらにブロットナーが指摘するように、この作品は多分にフォークナーの自伝的な要素を提示している。ネッドは長年フォークナー家に仕えた同名の使用人ネッド・バーネット（Ned Barnett, 1865?–1947）に由来し、主人公のルーシャス（Lucius）はフォークナーの兄弟の１人と同じ名前である。ルーカスの父モーリー（Maury）は何年もの間フォークナーの父親と同様、貸馬車屋を所有している（Blotner 1793）。また祖父が自動車を購入した折の出来事と、フォークナーが弟をメンフィスの売春宿に連れていった出来事が反映されてもいる。[74] このような過去の登場人物と自伝的要素が相俟って、作家の深い郷愁を醸し出している。

　『自動車泥棒——ある回想』は、「おじいさんが言った」で始まって、1905年、ルーシャスが11歳の時の約１週間の出来事を老人となったルーシャス・プリースト老人（Boss）が同名の孫ルーシャスに語る物語である。懐かしい面々を背景にこの作品において、フォークナーはサートリス、サトペン、コ

ンプソン、マッキャスリン各家に続いて、いわば最後にプリースト家を登場させている。始祖ルーシャス・クインタス・キャロザーズ・プリースト (Lucius Quintus Carothers Priest, 1847-?) は、父親を北軍の見張り役に殺される。1864年母親が亡くなった後、彼は同じ洗礼名を持つ遠縁のルーシャス・クインタス・キャロザーズ・マッキャスリンの子孫を探すためにミシシッピまで来て、キャロザーズ・マッキャスリンの娘の血縁で曾孫に当たるサラ・エドモンズ (Sarah Edmonds) と結婚し、ボス・プリースト (Boss Priest) と呼ばれるようになる。そしてヨクナパトーファで最も古いジェファソン銀行 (Bank of Jefferson) の頭取となり、ジェファソン銀行がベイヤード・サートリス大佐が設立した農商銀行 (Merchants and Farmers Bank) よりも格上だと自負している。元来機械を導入することに断固として反対しているボスは、ただサートリスへの対抗意識から望んでもいない自動車を町で最初に購入する。そしてこの自動車をめぐって騒動が起こるのである。

　母方の祖父の葬儀に列席する大人たちの留守中に、ボスが経営する貸馬車屋の助手ブーンの誘いに乗り、ルーシャスが自動車泥棒となってメンフィスに向かう。そこにルーシャス・クインタス・キャロザーズ・マッキャスリンと、黒人奴隷の間にできたムラート、「ネッド・ウィリアム・マッキャスリン・ジェファソン・ミシッピ」("Ned William McCaslin Jefferson Missippi," *R* 121, 128) がちゃっかり後部座席に隠れており、彼らに同行することとなる（ちなみにネッド本人はジョン・ヤング・マリーや作品中の「ボス」と同じくカバラとも関連があるといわれている「フリーメイソン」(*R* 157) だと公言している）。途中ネッドはいとこのボーボー・ビーチャム (Bobo Beauchamp) が借金を返せず脅迫されていることを知り、相手の白人に車を与え、ボーボーの雇い主の競走馬を盗み出す。そしてその馬をライトニング (Lightning) と命名し、リンスコム大佐 (Colonel Linscomb) の競走馬アカロン (Acheron) との競馬を催し、車を取り戻す賭けに出る。最初のレースで敗北し、2度目は勝敗がつかず、すべてを懸けた3度目のレースでライトニングを鰯（魚はキリストのシンボルの1つ）で懐柔する秘策により勝利し、結果、ボーボーの借金が返済される。さらにボスの登場により、馬と、自動車の所有権の問題がすべて解決され、多くの人を巻き込んだ出来事は、最終的にルーシャス

たちがジェファソンのボスの元へ無事帰還して幕を閉じる。

　フォークナーの自伝的要素の強いこの小説で、アイザック・マッキャスリンこと「アイクおじさん」はルーシャスの親戚で、荒物屋を営んでおり、「例の荒物屋の2階の1部屋に、独りで暮らしている」(*R* 54)。その荒物屋の窓をブーンの撃ちそこなった弾が「めちゃめちゃにこわした」(*R* 17) が、ブーンと一緒に育ち、今ではブーンの3人の所有者 (protrietors, *R* 21) の1人であるためアイクは、自ら窓を弁償せざるを得ない。しかしこのほかにはアイクは積極的に事件とかかわっておらず、フォークナーはアイクをいわば事件の遠景に存在させている。

　マッキャスリン家、とりわけアイクに関して特筆すべきは、血の問題が引き起こす執拗な罪意識に、サトペンのように逃げるのではなく、生涯向き合う姿勢である。このフォークナーと同じく、血族にムラート問題を抱えるアイクはフォークナー自身を反映している人物と見なすことができる。『行け、モーセ』で表されるアイクの人間の罪と全能なる神の認識 (*GD* 257, 282-83) は、フォークナーが1953年に「パイン・マナー・ジュニア・カレッジ卒業式祝辞」(*ES* 135-42) で表したものと極めて類似しており、また人種問題解決においても——前述したようにロスが子供を産ませたジェイムズ・ビーチャムの孫娘が訪ねてくると、白人との結婚が可能になるのは、「アメリカじゃ、1,000年か2,000年もしたら……じゃが、今は駄目じゃ！　今は駄目じゃ！」(*GM* 361) と問題解決を先延ばしにして追い返す。一方フォークナーも即座に無条件の人種統合を強制しようとしている全米黒人地位向上協会や他の組織の人々に、「まあ、ゆっくりと参りましょう。しばらく立ち止まってください」(*ES* 87) と提言するなど——共に穏健主義者として早急な人種問題の解決には懐疑的な点でも一致する。そしてこの作品におけるアイクの位置付けは、決してあからさまにはムラート問題をめぐる苦悩を前面に出してはいないが、それでもその問題を念頭から外していないことを明確に示している。

　翻って『自動車泥棒——ある回想』におけるキリスト像を探すと、それはアイクではなくネッドであると見なすことができる。ルーシャス・プリースト自身が、「私もマッキャスリンだ」(*R* 269) と言っているように、ルーシャ

ス・プリースト（ボス）がアイクのいとこの1人サラ・エドモンズと結婚しており（R 266）、プリースト家とマッキャスリン家が繋がっていることが明らかである。すなわち、「裏庭に生まれ」、「プリースト一家の秘密であった」（R 32）ムラートであるネッド・マッカスリンが、白人プリースト家の家系に入れられていることになる。それはネッドと「大祭司」（ヘブ 7：26）といわれるキリストとの繋がりを確信させることでもある。またマッキャスリンの「おばあさんのそのまたおばあさんから譲り受けた」（R 68）読めない聖書を持参し、キリストが、「罪人のひとりに数えられ」、「多くの人の過ちを担い背いた者のために執り成しをした」（イザ 53：12）ように、自動車泥棒の一員となり、道徳的にかなりきわどいことも行うが、例えば、「ただ1人で苦労を背負い、押し寄せる水をせき止め、手に入るありとあらゆる道具を使って……崩れようとする土手を支え」（R 283）、また、「安心するだ」（R 153）とか、「後は全部おらに任しておけ」（R 207）との言葉で周りに気配りし、問題解決を図ったのはネッドである。

　加えてルーシャスの苦悩を受け止め、人間としての教育を施し、現実の時間に引き戻したのもネッドであった。「私」ルーシャスは、間違いに手を染め、ヘルクリーク（Hell Creek）を越え、「堕落」（R 50）の渦の中に入り、「時間を忘れ」（R 52）、「時間の中から抜け出し、その彼方へ行き、時間を全く意識しなくなり」（F 52）、「どこへも行きたくなかったし、どこにもいたくなった」（F 57）と述懐し、ネッドに対して、「お前なんかに助けてもらわなくてもいいのさ」（R 54）と拒絶するが、「今にも抹殺され、消され、溶かされ、蒸発させられそうな」（R 228）孤独を味わい、ついに被害者ではなくむしろ自らが逸脱した出来事の「首謀者である」（R 53）との認識に達する。そして、「彼（ネッド）なしではやっていけない」（R 243）と告白し、果てはほとんど盲目的にネッドの指示に従い、レースに勝利するのである。

　さらに一連の事件後、「お前さんたちに分かるわけがねえだよ。……だって、肌の色が違うだからな」（R 272）と白人に黒人の人間としての苦悩や喜びは理解できないとボスをやり込め、対等に議論をやり取りしているネッドのその自由な言動の中に、系図においてのみではなく、精神的にもプリースト家に受け入れられている様子が窺える。いわば贖い主ネッドのお陰で先祖

ルーシャス・クインタス・キャロザーズ・マッキャスリンの罪が贖われていることが示唆されていると見なすことができるのではないだろうか。そしてそれはとりもなおさずアイクの、否、マッキャスリン家の、ひいてはフォークナーのムラートにまつわる問題の解決をも示唆していると思われる。作品の主旨は、「責任を受け入れて、そして結果の責任を負うこと」(R 282) である。すなわちネッドがプリースト家に受け入れられているといってもあくまで従者としてであり、社会的にはムラートにまつわる問題の全面的な解決を見ているわけではないが、自由意志を持って現在の行動において過去を贖うという姿勢が、ルーシャスを通して鮮明に表されている。

　フォークナーが作品の題名にスコットランドのハイランドの泥棒を表す"reivers"[75]という語にこだわったのも、その先祖、とりわけフォークナーにとって憧れでもあり、躓きの石でもあった曾祖父フォークナー大佐との和解の確認をなしたのだと見なすことができるではないだろうか。またフォークナーは父の不甲斐なさを疎んで父との間にはある種の確執があったとされ、『塵にまみれた旗』や『響きと怒り』などの作品でも父性の不在が顕著であるが、既に触れたように、『自動車泥棒──ある回想』では、実父マリーと同じくルーシャスの父親が貸馬車屋を営んでおり、ここにフォークナーの長年にわたる父へのわだかまりが解消されていることを窺い知ることができる。さらに言えば、ルーカスの帰還はジェレミー・テイラーの『神聖なる死に方の規則と行使』に触発されて、フォークナーが自らの死へ向かう備えとして、すべての存在の根源である神への帰還を象徴しているのかもしれない。

　一連の出来事の渦中、「家が恋しくてたまらず、そのために心がよじれ、締め付けられるように痛んだ」(R 164) ルーシャスが祖父の待つ「共同体の中に帰還することは、本質的に贖いを表している」[76]とブルックスは述べているが、この神への帰還はキリスト教カバラの究極目標でもある[77]。スコットランドの神学者ジェイムズ・デニー (James Denny) によると、「最も広い意味において、人間が和解させられることを渇望しているのは、人生に対して、つまり、その厳しさとはかなさにおける、存在の状況に対してである」[78]が、まさに和解、すなわち本源への帰還を表す『自動車泥棒──ある回想』は、長年時の相克の中で苦闘──カバラ的に言えば修行──を重ねてきたフォーク

ナーの作品の最後としてふさわしいといえる。

　積年の人種差別の罪、さらには自身の血族の中に影を負う南部人として、時を贖うこと（エフェ 5:16）、すなわちキリストの十字架の犠牲の故に、今をカイロスである贖罪の機会として、神との和解をなすことは、フォークナーの実存を懸けての責務であり、渇望であった。いたずらに自己を正当化することを止め、事実を直視して、悔い改め、すなわち意志の方向転換を図る時、恩寵の下に行う現在の行為が、過去の構図を作り直し、新たな現実を確立する。そしてそこに本源なる神へと向かう和解の構図が確立するのである。

　フォークナーにとって時間は、「個人という束の間のアヴァター」（LG 255）であり、この時の化身である人間たちの真中に、「長く寂しい光の中を歩いている」キリスト・イエスの幻をフォークナーは見るのである。新約聖書で描かれているイエスが湖上を歩く記事は、わずかな食べ物で 5,000 人の人に食物を与える奇跡物語の直後に記されている（マタ 14:22-3, マコ 6:45-52, ヨハ 6:15-21）。パンの奇跡を見た群衆が、イエスを自分たちの王にしようと考え始めたので（ヨハ 6:15）、群衆の野心に巻き込まれないように、イエスは弟子たちを先に向こう岸ベトサイダに行かせ、御自分は祈るために山に登られた。ところが舟は逆風のために波に翻弄され、湖の上を歩いて弟子たちのところへ行かれるイエスを見て、弟子たちはおびえ、叫び声を上げる。それに対してイエスは、「安心しなさい。わたしだ。恐れることはない」（マタ 14:27; マコ 6:50）、「わたしだ。恐れることはない」（ヨハ 6:20）と言われる。海の上を歩いて、道を作ることは、旧約聖書によると神の能力の表徴である（ヨブ 9:8、イザ 43:16）。また、「わたしである」（エゴー・エイミ [ἐγώ εἰμι]）は、旧約聖書の神顕現の定式である（出:14; イザ 41:4、43:10、52:6）。前の出来事との関連から考えて、イエスが湖の上を歩く奇跡は、救い主としての権威はキリストが示す奇跡の中にあるのではなく神であるキリスト自身にあることを表しているのである。[79]

　実にフォークナーは、同じく身を切られるような苦悩の中、キリストを黙想したジェレミー・テイラーと同様、この嵐をも鎮める権能を持つ贖い主なるキリストと対峙し、「すべての時間を通して（時のしるしである）わたしは

存在していた」との峻厳なる声を聞くのである。

　なぜなら、あなたはいま、時間はない、空間はない。距離はない、ということを知ったのだから。やっと透けて見える一枚の古ガラスに、深さのほとんどない、か弱い不老の書き傷、そして……まるでラジオのもろいアンテナ線からのように、女帝の玉座よりも、光輝ある執念よりも、女あるじの平和な揺り椅子よりもなお遠く、果てしない同時的干渉をよぎって、はるかなはるかな昔から、澄んだ距離なき声が聞こえてくる。「*聞け、旅人よ、これが私自身だった、これが私だった。*」　　　　　　（*RN* 225）

結　び

　バイブル・ベルトと呼ばれる福音派キリスト教色の強い南部に生まれ育ったフォークナーを論じる時、キリスト教の影響は無視できない。フォークナーは人生の大半において、教派を限定することは難しいが、正統派の枠に入るキリスト教に準じていた。しかしその作品においてはむしろキリスト教、特にカルヴィニズムを糾弾するに等しい否定的な描写がめだち、従来の批評では残念ながら主としてその方面からのみフォークナーとキリスト教とのかかわりが論じられてきた。しかしフォークナーは組織化され、形骸化したキリスト教を批判したのであり、作品のほとんどに他者のために自己犠牲をするキリスト像と呼ぶにふさわしい人物を登場させ、底流にはキリスト教の贖いのメッセージが深く根付いている。本書はフォークナーの作品に貫かれる宗教概念をフォークナーのキリスト像と時間概念とのかかわりにおいて、フォークナーが愛読し、入院の際にも必ず携えていたとの証言があるにもかかわらずフォークナー研究において全く言及されてこなかった17世紀のイギリス国教会の神学者ジェレミー・テイラーから論じたものである。

　フォークナーの宗教概念はオーソドックスなキリスト教に基づいてはいるが、人間の自由意志の重要性を強調していることが特徴である。しかしながらフォークナーは同時に、「人間が、ただ生身であるというだけの理由で、永久に運命付けられる問題」(*FN* 28)があるため、その願いにもかかわらず理想を達成することができないと言う。この認識がペラギウス主義、あるいは半ペラギウス主義と決定的な差異を示している。またこの認識故にフォークナーは贖い主キリストの存在を強く意識し、人間の意志に先立って現れる超現実の恵みを象徴するようにキリスト像をその作品に配置する。そしてキリストによる贖いの故に、キリストに倣って自らを開いて他の人の必要に応

えるところに真の自由意志の行使があるとする。このフォークナーのキリスト像をジェレミー・テイラーの倫理神学の影響と見なすことができる。

　実際、作品中にジェレミー・テイラーへの言及がある以外にもフォークナーとテイラーを結び付ける根拠は数々見いだすことができる。その中にはアメリカ聖公会員としてのフォークナーのアングリカニズム、ピューリタンに対する反感（しかし本人も認めているがフォークナーは生涯ピューリタニズムの影響から抜け出ることはなかった）、テイラーが仕えたスチュアート家を守って最後まで戦った地であるスコットランドを出身地とすることへのこだわりなどを挙げることができる。またフォークナーが若き作家たちに推奨した2人の作家、ホーソーンもメルヴィルもテイラーの影響を受けていた。そして人間性へのフォークナーの強い信念と、キリスト像への執着は、先行する神の恩寵を前提として、キリストを偉大なる模範と仰ぐテイラーの倫理神学の影響を通して形作られたことをフォークナーの作品を通して説明することが可能であった。

　一方フォークナーの時間概念を語る上で不可欠な要素として、フォークナー自身がその影響に言及したベルクソンの直接的影響を取り扱わなければならなかった。ベルクソンはその哲学の中心に持続の概念（durée）を置いている。彼は持続を、知的にというより、直観的に把握するものであると考える。しかしながらその持続はしっかりと記憶と結び付いている。記憶の中に過去が生きているからだとベルクソンは主張する。そして人は過去と全面的に対峙することができない時、記憶の中の都合の良い事柄だけを選択してその上に現在を構築しようとするが、そうであったかもしれない独断的な過去の上に現在を構築する時、人は非現実の世界に住み、現実と呼応することが難しくなる。それはフォークナーの多くの登場人物が過去の亡霊に苦しめられていた世界であり、南北戦争の敗北の後でさえ南部人が執着した「古き良き南部」の幻想である。人は過去に犯した罪の現実を直視し、悔い改め（意志の方向転換）がなされない限り過去の亡霊から自由にはなれない。ところがベルクソンの宗教概念では、神は創造的エネルギーそのものであり、進化がブレーキを知らず、そしてそれがより低い形からより高い形への進歩を意味するため、そこには内的持続を阻む「人間が、ただ生身であるというだけ

の理由で、永久に運命付けられる問題」(FN 28)、あるいは「原罪」の教義が入る余地はなく、持続から外れ、過去の罪の重荷に苦しんでいる人間の現状からの打破の問題は不問に伏されるのである。すなわち、罪の現実を見ようとしない、合目的性を欠いた生の飛躍によるベルクソンの時間概念ではフォークナーの世界を理解することは極めて困難だと言わなければならない。フォークナーが1957年のインタヴューで「誰にとっても欠くことができない」(LG 246)とするキリスト教によれば、時間は中身のない単なる持続ではない。

　フォークナーは多くの登場人物たちと同様、事実としての過去を直視せず、幻想でしかない過去の記憶にしがみついている南部人の中にあって、錯覚から目覚めて、過去を事実として受け止め、直面することによって過去を贖い、カイロスとしての現在において責任ある行動をするべきだと認識する。フォークナーの時間概念はその目的論においてテイラーのそれに類似している。善を行う機会として時を捉えて、死すべき身であるにもかかわらず、キリストの犠牲により贖われた者として、存在への勇気である信仰を持って行動する時、『墓地への侵入者』のチック・マリソンが認識したように意識における時の構図を変えることができる。

　要約すると、フォークナーのキリスト像はテイラーの倫理神学に基づく偉大なる模範であるキリスト像である。そしてベルクソンの影響を受けているといわれているフォークナーの時間概念は、実はテイラーと同じく神の支配下にある歴史において目的を持って満たす合目的な時、カイロスの時である。そしてこの時間とキリスト像はフォークナーの最大傑作『響きと怒り』で、「時間の行列は……孤独な光の中をイエスが歩いているのが見えるようだ」(SF 94)のイメージとなって見事に結び付く。すなわちフォークナーの世界において、「時間はキリスト」であり、それが作品を貫く宗教概念である。

　フォークナーにとって、「時間は個人という束の間のアヴァター(=化身)を除いて存在しない流動的な状況」(LG 255)である。また「時間はキリスト」である。それ故フォークナーは『八月の光』のジョー・クリスマス、『響きと怒り』のベンジャミン・コンプソン、『館』のミンク・スノープスのような登場人物の中にさえ、『アブサロム、アブサロム！』のチャールズ・ボンや『寓

話』の伍長と同様、キリスト像の一端を見いだすのである。

　さらに、時間をキリストとするユニークなヴィジョンの源を探究する時、キリスト教カバラの影響と出会うことになる。神秘主義が懐疑にさらされている現在にあっては、論じられることが少ないが、17世紀をピークとしてキリスト教にもカバラの影響は確かにあった。カバラの修行者たちはその生涯を聖書の黙想に捧げ、特別な方法によって聖書に隠された謎の発見に集中した。正統キリスト教の神学者がカバラを喜んだのは、特別啓示と生身の人間の間を結ぶ理論が必要であったからである。彼らは本職である主教の立場を失うことなしに複雑な現実と深く向き合うことを志向した。もしカバラが隠れたる神のヴィジョンを表現する特別な方法であり、テイラーがそれに通じていたと理解するなら、フォークナーの「時間はキリスト」は、様々なユダヤ的なものとの接点に加えて、テイラーの影響を受けたフォークナーの隠れたる神を表現するキリスト教カバラ表象である可能性が浮かび上がるのである。以上のようにフォークナー作品を貫く宗教概念である「時間はキリスト」を一貫してジェレミー・テイラーの影響から論証することが可能であった。

　長年奴隷制を容認し続けた南部社会にあって、奴隷制が生んだ血にまつわる悲劇を知る目覚めた知識人の1人として、また同時に南部を憎み切れない生粋の南部人としてアンビバレントな思いに引き裂かれながらも、T. S. エリオットが『聖灰水曜日』(*Ash-Wednesday*, 1930) で、「時を贖え」(Redeem/The time, *CPP* 94) と歌ったように、時の贖いはフォークナーにとって実存的な責務であった。南部の罪深い事象の中で時を刻むごとに擦り切れるようになって身を削るキリスト、まさにフォークナーの罪意識の極みが、時をキリストとせずにはいられなかった。フォークナーが孤独な思いを抱き苦しむ時、ジェレミー・テイラーが国家の災難に加えて、別離、友人たちの死と、土地と富の損失に関連する個人的な苦しみの中で十字架のキリストへの信仰により必死で生き方を模索した『神聖なる生き方と神聖なる死に方』は、フォークナーの心の支えであったに違いない。その書においてテイラーはまず徹底的に神に思いを向けることを指示する。それと同時に時に配慮することを強く促す。そして事細かに聖なる生き方への細則を述べる。読者は細則を遵守することを願いつつも、その基準に達し得ない自らの弱さを覚えずに

はいられない。痛烈な願いとそれに達し得ない心もとなさの極みに、読者は「知恵、正義、聖化、贖い主」であるキリストの恵みと憐れみを強く請う祈りへと導かれる。

キリストの恵みと憐れみによって、罪により硬直している現実に赦しという全く別次元の現実が持ち込まれ、祈りのうちに読者は、愛の流動化した世界へと誘われる。そして時を配慮して生きるためにはキリストの恩寵、否キリスト自身が必須であることを強く思わされる。そして1人1人の意志が時間の化身としてキリスト像となって時を贖ってゆくのである。もし宗教を心の琴線に最も触れる表現、孤独の中の最も秘めた告白、そこでのみ自らの恐れと喪失にただ独り向き合うことができる場であるとするならば、フォークナーに真にその場を提供したのは、公私にわたる困窮の中、自らの在り方を希求し続けたイギリス国教会主教ジェレミー・テイラーであり、カバラの「生命の樹」をめぐる深い瞑想の姿勢であったのではないだろうか。すなわちジェレミー・テイラーと対比しながらフォークナー作品を検証した結果たどり着いた結論——フォークナーにおける一貫した宗教概念である「時間はキリスト」——は、テイラーと立場を同じくして、聖書が提示する受肉のキリスト理解に深く基づくものである。なぜなら、フォークナーの言葉を借りれば、

> キリスト教は誰にとっても欠くことができないものであり、それは本性のみに従っていたのでは適わないよりすぐれた人間性を発揮するためすべての個人の行動基準である。聖書のあらゆるアレゴリーがそうであるように、十字架と呼ばれるもののシンボルは人類の中にある人間の義務を教える。……それは教科書で数学を学ぶというような方式ではなく、キリストの苦しみと犠牲と希望の約束という比類なき例を与えることによって自己を発見し、自らの能力と願望において心の中に自発的に導き出される道徳規範である。　　　　　　　　　　　　　　　　　（*LG* 246-47）

ジェレミー・テイラーの影響下にあって、フォークナーの一貫した宗教概念、フォークナーが生涯を懸けて追い求め、見つけ出したものは、贖い主キリスト

への執着、「時間はキリスト」であった。

幾度私はこの絶望に目覚め
わき腹の血の傷口に手を触れるのか
あたかも「時」と取り引きをして
磔にされる「彼」の身代わりになっているようだ。

How oft to this despair must I awake
To feel a bleeding wound within my side
As though with Time I had exchanged, to take
His own cold place where He is crucified.[2]

注

省略記号

〈フォークナー作品〉

AA　*Absalom, Absalom!* New York: Vintage International, 1990.
AL　*As I Lay Dying*. New York: Vintage International, 1990.
CS　*Collected Stories of William Faulkner*. New York: Vintage International, 1995.
ES　*Essays, Speeches & Public Letters by William Faulkner*. Ed. James B. Meriwether. New York: Modern Library, 2004.
F　*A Fable*. New York: Vintage, 1978.
GM　*Go Down Moses*. New York: Vintage, 1973.
H　*The Hamlet*. New York: Vintage, 1964.
ID　*Intruder in the Dust*. New York: Vintage, 1972.
LA　*Light in August*. New York: Modern Library, 1950.
M　*The Mansion*. New York: Vintage, 1965.
MO　*Mosquitoes*. New York: Liveright, 1997.
N　*New Orleans Sketches*. Ed. Carvel Collins. Jackson: UP of Mississippi, 1958.
PL　*Pylon*. New York: Vintage, 1987.
R　*The Reivers: A Reminiscence*. New York: Vintage, 1996.
RN　*Requiem for a Nun*. New York: Vintage, 1975.
S　*Sanctuary*. New York: Vintage, 1987.
SA　*Sartoris*. New York: Random House, 1956.
SF　*The Sound and the Fury*. New York: Modern Library (includes "Appendix: Compson: 1699–1945"), 1956.
SP　*Soldiers' Pay*. New York: Liveright, 1997.
T　*The Town*. New York: Vintage, 1961.
UC　*Uncollected Stories of William Faulkner*. Ed. Joseph Blotner. New York: Random House, 1979. New York: Vintage International, 1997.
UV　*The Unvanquished*. New York: Vintage, 1966.
WP　*The Wild Palms*. New York: Vintage, 1966.

〈フォークナー関連〉

Blotner　　Blotner, Joseph. *Faulkner: A Biography.* 2 vols. New York: Random House, 1974.
Blotner I　　Blotner, Joseph. *Faulkner: A Biography.* 1 vol. New York: Random House, 1984.
FCF　　*The Faulkner-Cowley File: Letters and Memories, 1944-1962.* Ed. Malcolm Cowley. New York: Viking, 1966.
FL　　*William Faulkner's Library: A Catalogue.* Comp. Joseph Blotner. Charlottesville: UP of Virginia, 1964.
FN　　*Faulkner at Nagano.* Ed. Robert A. Jelliffe. Tokyo: Kenkyusha, 1956.
FU　　*Faulkner in the University: Class Conferences at the University of Virginia, 1957-1958.* Ed. Frederick L. Gwynn and Joseph L. Blotner. Charlottesville: U of Virginia P, 1959.
LG　　*Lion in the Garden: Interviews with William Faulkner, 1926-1962.* Ed. James B. Meriwether and Michael Millgate. New York: Random House, 1968.
SE　　*Essays, Speeches & Public Letters by William Faulkner.* Ed. James B. Meriwether. New York: Random House, 2004.

〈ベルクソン作品〉

CE　　*L'Évolution créatrice.* Paris: Felix Alcan, 1907. Translated as *Creative Evolution*, by A. Mitchell. New York: Henry Holt, 1911.
MM　　*Matière et mémoire: Essai sur la relation du corps a l'esprit.* Paris: Felix Alcan, 1896. Translated as *Matter and Memory*, by Nancy Margaret Paul and W. Scott Palmer. New York: Macmillan, 1911.
TFW　　*Essai sur les données immédiates de la conscience.* Paris: Felix Alcan, 1889. Translated as *Time and Free Will: An Essay on the Immediate Data of Consciousness*, by F.L. Pogson. London: George Allen, 1912.
TS　　*Les Deux sources de la morale et de la religion.* Paris: Felix Alcan, 1932. Translated as *The Two Sources of Morality and Religion*, by R. A. Audra and C. Brereton. London: Macmillan, 1935.

〈ジェレミー・テイラー作品〉

Works　　*The Whole Works of the Right Rev. Jeremy Taylor, D.D., Lord Bishop of Down, Connor, and Dromore: With a Life of the Author, and a Critical Examination of His Writings*, by the Right Rev. Reginald Heber, D.D., Late Lord Bishop of Calcutta. Revised and Corrected by the Rev. Charles Page Eden, M.A., Fellow of Oriel College, Oxford. In 10 Volumes. London, 1847－1854.

Contents: v. I. *Clerus Domini*, or, A Discourse of the Divine Institution of the Office Ministerial; Discourse of Friendship; Rules and Advices to the Clergy; &c. &c. —v. II. The Great Exemplar of Sanctity and Holy Life according to the Christian Institution; Described in the History of the Life and Death of the Ever-Blessed Jesus Christ, the Saviour of the World.—v. III. The Rule and Exercises of Holy Living and of Holy Dying.—v. IV. A Course of Sermons for All the Sundays in the Year.—v. V. Episcopacy Asserted, and Other Works on Church Discipline.—v. VI. The Real Presence and Spiritual of Christ in the Blessed Sacrament Proved against the Doctrine of Transubstantiation: A Dissuasive from Popery, and Five Letters to Persons Changed or Tempted to a Change in Their Religion.— v. VII. *Unum Necessarium*, or, The Doctrine and Practice of Repentance, *Deus Justificatus*, or, A Vindication of the Glory of the Divine Attributes in the Question of Original Sin; Letters to Warner and Jeanes; The Golden Grove, and Festival Hymns.—v. VIII. The Worthy Communicant, or, A Discourse of the Nature, Effects, and Blessings Consequent to the Worthy Receiving of the Lord's Supper; ΔΕΚᾺΣ ἘΜΒΟΛΙΜΑῖΟΣ, Supplement of Sermons; and A Collection of Offices or Forms of Prayer in Cases Ordinary and Extraordinary.—v. IX. *Ductor Dubitantium*, or, The Rule of Conscience in All Her General Measures; Serving As a Great Instrument for the Determination of Cases of Conscience. Part I.—v. X. *Ductor Dubitantium*, or, The Rule of Conscience in All Her General Measures; Serving As a Great Instrument for the Determination of Cases of Conscience. Part II.

『聖書』は日本聖書協会発行新共同訳を用い、引用した箇所は以下の省略表記に従った。

創世記	創
出エジプト記	出
レビ記	レビ
民数記	民
士師記	士
サムエル記	サム
列王記	王
歴代誌	代
ネヘミヤ記	ネヘ
ヨブ記	ヨブ
詩編	詩
コヘレトの言葉	コヘ
イザヤ書	イザ
エゼキエル書	エゼ
マタイによる福音書	マタ
マルコによる福音書	マコ
ルカによる福音書	ルカ
ヨハネによる福音書	ヨハ
ローマの信徒への手紙	ロマ
コリントの信徒への手紙	コリ
ガラテヤの信徒への手紙	ガラ
エフェソの信徒への手紙	エフェ
コロサイの信徒への手紙	コロ
ヘブライ人への手紙	ヘブ
ペトロの手紙	ペト
ヨハネの黙示録	黙

序　論

1 「フォークナーは終生詩人に憧れ、しばらくは韻文を文学創造の核にした時代を過ごし、詩人の魂は最後まで持ち続けて創作をしたことを忘れてはならない」(小山敏夫『ウィリアム・フォークナーの詩の世界——楽園喪失からアポクリファルな創造世界へ』(関西学院大学出版会、2006年)、7頁。
2 Don H. Doyle, *Faulkner's County: The Historical Roots of Yoknapatawpha* (Chapel Hill: U of North Carolina P, 2001), p. 24.
3 大橋健三郎『フォークナー——アメリカ文学、現代の神話』(中央公論社、1993年)、vii頁。
4 Eudra Welty, *On William Faulkner* (UP of Mississippi, 2003), p. 71.
5 James L. W. West Ⅲ, ed., *Conversations with William Styron* (Jackson: UP of Mississippi, 1985), pp. 6-7, 54-55.
6 Carol A. Kolmerten, Stephen M. Ross, and Judith Bryant Wittenberg, eds., *Unflinching Gaze: Morrison and Faulkner Re-Envisioned* (Jackson: UP of Mississippi, 1997), pp. 3-16 and passim; Philip M. Weinstein, *What Else But Love?: The Ordeal of Race in Faulkner and Morrison* (New York: Columbia UP, 1996).
7 Rita Guibert, *Seven Voices: Seven Latin American Writers Talk to Rita Guibert* (New York: Knopf, 1972), p. 327.
8 M. Thomas Inge, "Faulkner and Mo Yan: Influences and Confluences," *Perspectives on American Culture: Essays on Humor, Literature, and the Popular Arts* (West Cornwall, Connecticut: Locust Hill P, 1994), pp. 225-37.
9 Kenzaburo Oe, "Reading Faulkner from a Writer's Point of View," *Faulkner Studies in Japan*, ed. Thomas L. McHaney (Athens: U of Georgia P, 1985), pp. 62-75.
10 以上のフォークナーの略歴に関しては以下の文献を参照。日本ウィリアム・フォークナー協会編『フォークナー事典』(松柏社、2008年)、197-98頁; 齋藤勇編『研究社英米文学辞典』(研究社、1985年)、417-18頁; 大橋健三郎『フォークナー』pp. i-31、中島時哉・江田治郎『ウィリアム・フォークナーと三人の女』(旺史社、1981年)、10-40頁; 西川正身編『フォークナー』〈20世紀英米文学案内16〉(研究社、1972年)、2-22頁;『フォークナー』第1号(松柏社、1999年)、4-24頁。
11 Doreen Fowler and Ann J. Abadie, eds., *Faulkner and Religion* (Jackson: UP of Mississippi, 1989), p. ix.
12 フォークナーのキリスト像に関しては以下の拙論を参照。"Salvation for Temple Drake: A Study of *Requiem for a Nun*," in *Sociology Department Studies* No. 82 (Kwansei Gakuin University, 1998), pp. 59-71; "Faulkner's Ultimate Gospel: A Study of a Christ Figure in William Faulkner's *A Fable*," in *Sociology Department Studies* No. 83 (Kwansei Gakuin University, 1999), pp. 41-57; "A Study of a Christ Figure in *Pylon*, William Faulkner's Waste Land" in *School*

of Sociology Journal No. 89 (Kwansei Gakuin University, 2001), pp. 135-48; "A Christ Figure in William Faulkner's *Light in August*," *Language and Culture* 11 (Kwansei Gakuin Language Center, 2008), pp. 77-89.

13 Randall Stewart, *American Literature and Christian Doctrine* (Baton Rouge: Louisiana State UP, 1958), pp. 141-42.

14 Amos Wilder, *Theology and Modern Literature* (Harvard UP, 1958), p. 130.

15 Cleanth Brooks, *The Hidden God: Studies in Hemingway, Faulkner, Yeats, Eliot, and Warren* (New Haven: Yale UP, 1963), pp. 22-23; Cleanth Brooks, *William Faulkner: The Yoknapatawpha Country* (New Haven: Yale UP, 1963), pp. 36-37. クリアンス・ブルックス (1906-1994)：アメリカの文芸批評家、歴史的批評、あるいは社会的批評に対するアンチテーゼとして、1920年代に特にアメリカで盛んになった批評、「作品それ自体」に焦点を当て、作品の分析批評に徹し、思想ではなく、文体、用語、象徴、構成などが批評の対象となるニュークリティシズム (New Criticism) の立場をとる。メソジスト派の牧師として生まれ、ケンタッキー (Kentucky)、テネシー (Tennessee) で育ち、メソジスト派の大学ヴァンダービルト大学、チューレーン大学 (Tulane University)、オクスフォード大学で教育を受け、後年聖公会の教会員となった。比較的リベラルな宗教的背景の中で、「共同体」の価値を強調し、神の創造物という全体性の中で、個々人は自立性と目的性を持つとする (『フォークナー事典』、69-71頁)。「ブルックス氏のフォークナー論は共同体がもっと統合的であった過去のイメージを呼び起こし、『人間の精神は、それ自身と葛藤している』とフォークナー自身が表現した矛盾を表し、同時にそれと取り組むものである」(Robert W. Hamblin and Charles A. Peek, eds., *A William Faulkner Encyclopedia* [Westport : Greenwood, 1999], pp. 53-54. 寺沢みづほ訳『ウィリアム・フォークナー事典』[雄松堂、2006年]、64頁)。

16 Cf. Cleanth Brooks, *On the Prejudices, Predilections, and Firm Beliefs of William Faulkner* (Baton Rouge: Louisiana State UP, 1987), pp. 16-17, 123-24. John W. Hunt, *William Faulkner: Art in Theological Tension* (Syracuse: Syracuse UP, 1965).

17 C. Hugh Holman, "The Unity of Faulkner's *Light in August*," *PMLA* LXXIII (March 1958), p. 166.

18 J. Robert Barth, "Faulkner and the Calvinist Tradition," J. Robert Barth, ed., *Religious Perspectives in Faulkner's Fiction: Yoknapatawpha and Beyond* (Notre Dame: U of Notre Dame P, 1972).

19 Warren Gunther Rubel, *The Structural Function of the Christ Figure in the Fiction of William Faulkner*, diss., U of Arkansas, 1964 (Ann Arbor: UMI, 1964).

20 Benjamin Wright McClelland, *Not Only to Survival But to Prevail; A Study of William Faulkner's Search for a Redeemer of Modern Man*, diss., Indiana U,

1972 (Ann Arbor: UMI, 1972).
21 Jessie McGuire Coffee, *Faulkner's Un-Christlike Christians: Biblical Allusions in the Novels*, diss., U of Nevada, 1971 (Ann Arbor, Michigan: UMI Research P, 1983).
22 Jean-Paul Sartre, "Time in Faulkner: *The Sound and the Fury*," in *William Faulkner: Three Decades of Criticism*, ed. Frederick J. Hoffman and Olga W. Vickery (East Lansing: Michigan State College P, 1960), pp. 225–32.
23 Hyatt H. Waggoner, *William Faulkner: From Jefferson to the World* (Kentucky: UP of Kentucky, 1959). ハイアット・ワゴナーはホーソーン (Nathaniel Hawthorne) 研究家としても有名。ニューヨーク生まれ。ミドルベリー大学 (Middlebury College) 1年生であった時、科学と神学の対立から長老派教会の牧師に、「名目上のキリスト教徒」であり続けることができなかったと告げた。1940年代にユニテリアンの教会に出席。1950年代を通してイギリス国教会員。宗教的彷徨の最後はヴァーモント (Vermont) のロチェスター連合教会 (Federated Church of Rochester) に落ち着いた (Martha Mitchell's *Encyclopedia Brunoniana* [Brown University, 1993], 'Hyatt Waggoner')。
24 Frederick J. Hoffman, *William Faulkner* (New York: Twayne, 1961. 2nd ed., 1966).
25 Olga W. Vickery, "The Contour of Time," in *The Novels of William Faulkner: A Critical Interpretation* (Baton Rouge: Louisiana State UP, 1959, rev. ed., 1964, 3rd ed., 1995), pp. 255–65. オルガ・W・ヴィカリー (1925-1970) は、最後はウィスコンシン大学 (University of Wisconsin) で教鞭を執る。精神分析に関心を持ち、特に1920年代の文学に造詣が深い。*The Novels of William Faulkner* (1959) は、初期フォークナー批評の代表作。ヴィカリーの関心は、「個々の作品における視点と構造の使用に注目することでフォークナーのテーマと人物を描き出す」ことにあった ('Preface' of *The Novels of William Faulkner*)(『フォークナー事典』、621頁)。
26 フレデリック・J.ホフマンは、「フォークナーは何より神の創造物である人間に興味を抱いている」("William Faulkner: A Review of Recent Criticism," *Renascence* XIII [Autumn, 1960], p. 9) と述べ、アーヴィング・ハウは、「フォークナーが使うキリスト像はもはや期待した効力を失っている」(*William Faulkner: A Critical Study* [New York: Vintage, 1962], p. 269) と言い、ロランス・トンプソンは最も手厳しく、「ランダル・スチュワートは、……フォークナーの人間存在に対する独特の複雑な見方を理解していない」(Lawrence Thompson, *William Faulkner: An Introduction and Interpretation* [New York: Barnes and Nobles, 1963], p. 164) と述べ、ウィリアム・ヴァン・オコナーは、「フォークナーのキリスト教に対する先入観は見過ごされている」(William Van O'Connor, *The Tangled Fire of William Faulkner* [Minneapolis: U of Minnesota P, 1954], p. 169) と評する。
27 *William Faulkner: From Jefferson to the World*, p. 246.
28 日本基督教協議会文書事業部・キリスト教大事典編集委員会企画・編集『キリス

ト教大事典　改訂新版第12版』(東京：教文館、2000年)、308頁；下中邦彦編『哲学事典』(平凡社、1985年)、955頁。
29 『キリスト教大事典』、337-38、705頁；Alan Richardson and John Bowden, eds., *The Westminster Dictionary of Christian Theology* (Philadelphia: SCM, 1983), pp. 487-88, 499, 539-40. 古屋安雄監修、佐柳文男訳編『キリスト教神学事典』(東京：教文館、1995年)、21-22, 191、442頁。
30 アメリカのジャーナリストであり社会批評家のH. L. Menckenが最も早く"Bible Belt"という用語を用いた。1924年 *The Chicago Daily Tribune* に "The old game, I suspect, is beginning to play out in the Bible Belt" (Fred R. Shapiro ed., *Yale Book of Quotations* [Yale UP, 2006]) と書いた。
31 「イザヤ書」45章15節。例えばニコラウス・クザーヌス (Nicolaus Cusanus, 1401-64) は「隠れたる神」(Deus Absconditus) を人間の形而上学的無知と同時に神の不可知性と超越性を意味するものとして解釈した。またルター (Martin Luther, 1483-1546) は、「隠れたる神」を「イエス・キリストの啓示における神秘の神」として自らの十字架の神学の基礎に据えた。また、「人間にはもはや『神の像』なし」と主張して危機の神学を唱えたカール・バルト (Karl Barth, 1886-1968) は、後年「教会教義学」の神論において、「隠れたる神」を現実の神認識の出発点とし、人は古来、神を認識できるとした見解に対し神の認識の不可知性と超越性を強調してきたが、不可知なものであると限界付ける形で神を認識してきたことを指摘し、「神の隠れ (即ち恵み) において、人は神を認識することができる」と説いた (*The Westminster Dictionary of Christian Theology*, p. 155. 『キリスト教神学事典』、90-91頁)。

パスカルは、この「隠れたる神」について断章556 (ブランシュヴィック [Brunschvicg] 版による) で、「世界に現れているものは、神性を全く排除してもいないし、それを明白に表してもいない。ただ自らを隠しておられる神の存在を示している。すべてのものはこの特性を帯びているのだ」と表明している。

第1章　ウィリアム・フォークナーの宗教的背景

1 Sidney E. Mead, *The Lively Experiment: The Shaping of Christianity in America* (New York: Harper, 1963), pp. 103-33. 野村文子訳『アメリカの宗教』(日本基督教出版局、1978年), 199-247頁；亀井俊介編『アメリカン・ウェイ・オブ・ライフ』(日本経済新聞社、1984年)、155-61頁。
2 『キリスト教大事典』、35-36, 299頁。
3 『キリスト教大事典』、35-36頁。
4 『キリスト教大事典』、512-13頁。
5 *American Literature and Christian Doctrine*, p. 14.
6 Samuel S. Hill, ed., *Encyclopedia of Religion in the South* (Macon, Ga.: Mercer UP, 1984).
7 Charles H. Lippy, *Bibliography of Religion in the South* (Macon, Ga.: Mercer,

1985).
8 *The Westminster Dictionary of Christian Theology*, pp. 192-93. 『キリスト教神学事典』、506頁。
9 南北戦争直前に奴隷州であった16州、すなわち上述の深南部5州に加えてデラウェア (Delaware)、メリーランド、ウェスト・ヴァージニア (West Virginia)、ヴァージニア、ノース・キャロライナ (North Carolina)、フロリダ (Florida)、ケンタッキー、テネシー、ミズーリ (Missouri)、アーカンサス (Arkansas)、テキサス (Texas) 各州を指す。また連邦に対する州権を主張して南部連邦を形成した11州をいう場合は5州とヴァージニア、ノース・キャロライナ、テネシー、アーカンサス、テキサス、フロリダをいう。南部社会の根幹がイギリスの伝統を引く大農園貴族であり、騎士道的、貴族的なものであるという神話を否定した南部論『南部の精神』(*The Mind of the South*, 1941)を著したW. J. キャッシュは、旧南部連邦の11州に、ケンタッキー州を加えて、これを南部としている (W. J. Cash, *The Mind of the South* [New York: Vintage, 1969], p. viii)。
10 井出義光『南部——もう一つのアメリカ』(東京大学出版、1978年)、7頁。H. L. メンケンは南部を称して、「バプテスト派の汚水溜め、メソジスト派の毒気、蛇使い、偽の不動産業者そして福音派梅毒の合衆国注ぎ口」(John Shelton Reed, *The Enduring South* [Lexington: Heath, 1972], p. 57)と言った。南部の宗教性については以下を参照。Samuel S. Hill, *Southern Churches in Crisis* (New York: Holt, 1966); Samule A. Hill, et al., *Religion and the Solid South* (Nashville: Abingdon, 1972); John B. Boles, *The Great Revival 1787-1805: The Origin of the Southern Evangelical Mind* (Lexington: UP of Kentucky, 1972); Robert L. Johnson, "William Faulkner, Calvinism, and the Presbyterians," *Journal of Presbyterian History* 57 (Spring 1979), pp. 66-81.
教勢に関しては次を参照。Harold F. Kaufman with Lucy W. Cole, David D. Franks and Mary B. Whitmarsh, "Mississippi Churches: A Half Century of Change," *Mississippi Quarterly* 14 (Summer 1961), pp. 138-47.
11 Lillian Smith, *Killers of the Dream* (New York: Norton, 1961), p. 32.
12 *Encyclopedia of Religion in the South*, p. 482.
13 *Ibid.*, pp. 482-83.
14 *Ibid.*, p. 487.
15 *Ibid.*, pp. 483-84.
16 *Ibid.*, pp. 487-88.
17 *Ibid.*, pp. 488-89.
18 花岡秀『ウィリアム・フォークナー短編集——空間構造をめぐって』(山口書店、1994年)、1-2頁。
19 柳生望『アメリカ思想の源流——文明の展望の歴史』(毎日新聞社、1988年)、225頁。Robert L. Dabney, *Discussions: Evangelical and Theological*, Vol. 2 (London: Banner, 1967), pp. 468-71.

20 "Mississippi Churches: A Half Century of Change," *Mississippi Quarterly* 14, p. 105.

21 密教的な秘密結社で、1723年にロンドンで成立したといわれる。イギリスを中心とし、ヨーロッパ、アメリカ、オーストラリア、アフリカの諸国に支部を持っている。フリーメイソン (Freemason) は個人を指し、団体をいう場合はフリーメイソンリー (Freemasonry) と表す。古代の密教宗教や中世の諸教団の流れをくむ神秘主義的な運動が、イギリスの理神論の影響を受けて、反教会的、世界主義的な倫理運動になったものと見ることができる（平凡社『哲学事典』、1221頁）。アメリカ植民地にフリーメイソンが入ってくるのは、1720年代のことである。ベンジャミン・フランクリン (Benjamin Franklin, 1709-90) の発行していた『ペンシルヴェニア・ガゼット』誌 (*The Pennsylvania Gazette*) は、フィラデルフィアにおけるフリーメイソンのロッジにおける集会について触れている。1760年にはアメリカの13州の隅々にフリーメイソンのロッジを見ることができる。フリーメイソン会員は政治家、将校、富裕商人など地元の有力者であった。アメリカ合衆国の国璽にもフリーメイソンの象徴が現れている（吉村正和『フリーメイソン――西欧神秘主義の変容』〈講談社文庫930〉［講談社、1989年］）。

22 Stanley Lawrence Elkin, *Religious Themes and Symbolism in the Novels of William Faulkner*, diss., U of Illinois, 1961 (Ann Arbor: UMI, 1961), p. 5.

23 アルミニウス主義 Arminianism：ヤコブス・アルミニウス (Jacobus Arminius, 1560-1609) により提唱された神学体系。アルミニウス主義は第1特質：自由意志 (Free Will)、第2特質：条件的選び (Conditional Election)、第3特質：一般的贖罪 (Universal Redemption)、第4特質：救いにおいて、人間の意志によって制限された聖霊の働き (The Holy Spirit Can Be Effectually Resisted)、第5特質：恵みからの脱落 (Falling from Grace)――1度救われた者でも、最終的には救いから脱落することもあり得る。このアルミニウス主義の5特質は1618年、国教会会議がドルトにおいて召集したドルト会議 (Synod of Dort, 1618-19) において、最終的に、「アルミニウス主義と聖書の神の御言葉の教えとの間には、何らの一致点をも見いだせない」という結論に達し、これに対立する5主題93箇条から成るカルヴィニズムの信仰告白が採択された。5主題とは、1. 全的堕落 (Total Depravity)、2. 無条件的選び (Unconditional Election)、3. 限定的贖罪 (Limited Atonement)――キリストの死はすべての罪を贖うにふさわしいものであるが、その効力は選ばれた者に限定される、4. 不可抗的恩恵 (Irresistible Grace)――福音の信仰は、強制的にではなく、不可抗的に働く神の恵みの賜物である、5. 聖徒の堅忍 (Perseverance of the Saints)――神の恩寵を受けた信者は謙虚に善行に励むべきこと。以上のように恩恵の普遍と人間の意志の自由を高調した。この信条が公認されたのは、オランダ、フランス、スイスの改革派教会においてのみであるが、保守的な感化を広範囲に及ぼし、特にカルヴァン派正統主義を助長して、狭量な信条主義を誘致することとなっ

た（*The Westminster Dictionary of Christian Theology*, pp. 42-43.『キリスト教神学事典』、34-35 頁；『キリスト教大事典』、49 頁；David N. Steele, Curtis C. Thomas, and S. Lance Quinn, *The Five Points of Calvinism: Defined, Defended, and Documented*, 2nd ed. [New Jersey: P & R, 2004], pp. 5-8）。

1784 年にメソジスト派がイギリス国教会（聖公会）から独立する際アルミニウス主義を受け継いだ。その後アメリカで起こるホーリネス、ナザレン、アライアンス、フリーメソジスト教会などすべてアルミニウス主義を継承している。現在ではカルヴァン派もアルミニウス派も自由主義神学などと対応しなければならず、お互いを異端とは認識していない。

24 以上のバプテスト派に関しては以下の文献を参照。『キリスト教大事典』、838 頁；森本アンリ『アメリカ・キリスト教史』（新教出版、2006 年）、73-74 頁；*The Westminster Dictionary of Christian Theology*, pp. 61-62.『キリスト教神学事典』、484-85 頁。

25 *Encyclopedia of Religion in the South*, p. 492.

26 以上のメソジスト派に関しては以下の文献を参照。山内一郎『メソジズムの源流──ウェスレー生誕三〇〇年を記念して』（キリスト新聞社、2003 年）。『キリスト教大事典』、1050 頁；*Encyclopedia of Religion in the South*, pp. 456, 467; *The Westminster Dictionary of Christian Theology*, pp. 362-63.『キリスト教神学事典』、560-61 頁；H. Richard Niebuhr, *The Social Sources of Denominationalism* (Cleveland, 1929), p. 13. 柴田史子訳『アメリカ型キリスト教の社会的起源』（ヨルダン社、1984 年）、20 頁。

27 以上の長老派に関しては以下の文献を参照。『キリスト教大事典』、700 頁；*The Westminster Dictionary of Christian Theology*, pp. 79-81, 460-62.『キリスト教神学事典』、117-19, 582-83 頁；『哲学事典』、1164 頁。

28 Robert L. Johnson, "William Faulkner, Calvinism and the Presbyterians," pp. 68-70.『アブサロム・アブサロム！』のトマス・サトペンとエレン・コールドフィールドの結婚式シーンのモデルとして使われたといわれている (Will Lewis, *The Founding and Early History of College Hill Presbyterian Church* [Oxford, Mississippi: College Hill Presbyterian Church, 1985])。

29 William Faulkner, Letter to Maurice E. Coindreau, April 14, 1932, *Selected Letters of William Faulkner*, ed. Joseph Blotner (New York: Random House, 1977), pp. 63-64.

30 "Guilt was then and is today the biggest crop raised in Dixie" (*Killers of the Dream*, p. 103).

31 *The Mind of the South*, p. 135.

32 *Killers of the Dream*, p. 89.

33 *The Mind of the South*, p. 83.

34 Harold J. Douglas and Robert Daniel, "Faulkner and the Puritanism of the South," *Tennessee Studies in Literature* 2 (1957), pp. 1-13; Alwyn Berland,

"*Light in August:* The Calvinsim of William Faulkner," *Modern Fiction Studies* 8 (Summer 1962), pp. 159-70; Mary Dell Fletcher, "William Faulkner and Residual Calvinism," *Southern Studies* 18 (Summer 1979), pp. 199-216.

35　Edith Hamilton, "Sorcerer or Slave?" *Saturday Review* 35 (12 July 1952), p. 10.

36　Robert Bruce Mullin, *Episcopal Vision/ American Reality* (New Haven: Yale UP, 1986), pp. x-xii; *Encyclopedia of Religion in the South*, pp. 225-27;『アメリカ・キリスト教史』、69-70頁; *The Social Sources of Denominationalism*, p. 147.『アメリカ型キリスト教の社会的起源』、138頁。なおEpiscopacy（主教制）とは教会の中に一地域を統括する主教を置く制度。アメリカ聖公会においては監督制という語を用いた。聖職位階制を採用する教会職制であり、ローマ・カトリック教会では、司教、司祭、助祭、聖公会では、主教、司祭、執事と呼ぶ。メソジストも監督制を採用する。主教、司教、長老、監督は教派による訳語の違いで原語のギリシャ語では共にエピスコポス ἐπίσκοπος（『キリスト教大事典』、248頁）。

37　Charles C. Tiffany, *A History of the Protestant Episcopal Church* (New York, 1895), p. 414, Ch. XV; *The Social Sources of Denominationalism*, pp. 230-31.『アメリカ型キリスト教の社会的起源』、209-10頁。

38　*Episcopal Vision/ American Reality*, pp. xiii-xiv. ハイチャーチ（高教会）とは聖公会やルター派教会において、教会の権威や礼拝儀式を尊重する神学的傾向を指す通俗語。この呼称は17世紀末に初めて現れた。17世紀の高教会の伝統はキャロライン神学者たちによって受け継がれたが、一時王権神授説を唱え、スチュアート家と密接な関係を持ったため、ウィリアム3世が位に就くと、彼らの地位は危うくされ、この運動は次第に衰退した。しかし高教会の主張はオクスフォード運動などによって受け継がれ、復興し、アングロ・カトリック主義として展開された（『キリスト教大事典』、402-03頁）。

39　*The Social Sources of Denominationalism*, p. 196.『アメリカ型キリスト教の社会的起源』、181頁 ; *Encyclopedia of Religion in the South*, p. 228.

40　*Encyclopedia of Religion in the South*, p. 487.

41　Ralph McGill, *The South and the Southerner* (Boston: Little Brown, 1963), p. 276.

42　*American Literature and Christian Doctrine*, p. 142.

第II章　フォークナーの宗教概念の特徴

1　*Cruden's Concordance to the Holy Scripture*, edited under the Supervision of Rev. William Jenks, D. D. (Philadelphia: American, 1890), pp. 192-93.

2　ペラギウスは無神論者であっても自由意志によって有徳な人物になれると考えた（*The Westminster Dictionary of Christian Theology*, p. 435.『キリスト教神学事典』、534頁）。418年のカルタゴ会議で断罪されたペラギウス主義の誤謬の要点は、①アダムは罪を犯さなかったとしても死んだ、②アダムの罪は、全人類に及ばない、③人間は、堕落前のアダムと同じ状態で生まれる、④全人類は

アダムの罪によって死ぬのでもなく、キリストの復活によって生きるのでもない、⑤律法によっても、福音によると同じく、天国に入ることができる、⑥再臨前にも、全く潔められた人間は存在し得る(『キリスト教大事典』、967頁)。これに対して半ペラギウス主義とはペラギウス主義とアウグスティヌス主義の中間的、むしろペラギウス的と見なされる恩恵論。4世紀から5世紀前の神学者によって主張された。その説の主要点は、恩恵は救いに必要であるが、一般に人間の意志によって信仰への第1歩は踏み出されるとすることである(『キリスト教大事典』、859頁)。

3 Paul Tillich, *The Courage to Be* (New Haven: Yale UP, 1952), pp. 32-54. 谷口美智雄訳『存在への勇気』(新教出版社、1973年)、51-81頁。
ティリッヒは相関関係の方法で哲学的神学を表す。世界と現実の問題を明らかにする哲学の問いに対して、啓示の答えを提供するのが神学である。神は存在の根拠であり、キリストは疎外状態にある人間の実存を本質的に回復せしめる新しい存在を生む。信仰とは人間の究極的関心である。したがって宗教は文化の根底を示すものであるとの確信から、文化の諸領域と神学との対話に努めた。フォークナーの実存主義との類似性はこれまでも指摘されている(Philip Bliar Rice, "Faulkner's Crucifixion," *Kenyon Review* 16, autumn, 1954, p. 669; John W. Hunt, *William Faulkner: Art in Theological Tension* など)。ワゴナーは、「フォークナーの小説は現代絵画やカフカ、またエリオットの初期の詩、ポール・ティリッヒの神学のように実存的である」(*William Faulkner: From Jefferson to the World*, p. 251)と述べている。ティリッヒもフォークナーも、人間の勝利は、時間の中における不安と非存在に対峙する存在への勇気を根拠とし、キリスト像はこの勇気の具体的な規範であるとする(John P. Dourley, *C. G. Jung and Paul Tillich* [Toronto: Inner City, 1981])。しかしながら規範的多元主義の立場に立つティリッヒのキリストは歴史的な存在としてよりは象徴としての意義が強く、生身の人間に関心を持つフォークナーを解釈する手立てとなるには限界があると思われる(Cf. *The Theology of Paul Tillich*, ed. Charles W. Kegley & Robert W. Bretall [New York: Macmillan, 1959])。

4 "dust" は死を意味する。あるいは人間の原初以前の状態、つまり塵によって作られた状態に戻ることを意味する(創2:7など)(Ad de Vries, ed., *Dictionary of Symbols and Imagery* [Amsterdam: North-Holland, 1974], p. 150. アト・ド・フリース編、山下主一郎・荒このみ訳『イメージ・シンボル事典』[大修館、1984年]、193頁)。

5 贖いとは、〈買い戻すこと〉を意味するが、個人ないし社会が何らかの意味で隷属の状態に置かれるという状況があったことを前提としている。……我々にとって、偉大なる解放がなされたことに関して疑いの余地はない。そしてそれがキリストの貴い血による非常に高価な犠牲を伴うものであったことも疑う余地はない(Ⅰペト1:18-19参照)。また今や信仰によって、そこから生じる恩恵(罪、律法、悪魔などの諸力からの解放)に与ることができること(ロマ3:

24)、贖われた者は今は部分的にしか享受していないことも、来るべき時代にはそれが完全なものになること（ロマ 8:23）も疑問の余地がない（*The Westminster Dictionary of Christian Theology*, pp. 487-88『キリスト教神学事典』、21-22 頁）。

6　Charles H. Nilon, *Faulkner and the Negro* (New York: Citadel, 1965), pp. 106-11.

7　*The Courage to Be*, pp. 172-73.『存在への勇気』、233 頁。

8　「あなたとお話になったある人が徳を列挙しています。そのうちのいくつかを今日お話になるそうですが」と聞くと、フォークナーは答えた──「徳という言葉より少し増しな──心の真実という言葉を使いましょう。それらは勇気、誇り、自尊心、同情、憐れみ。……すなわち、それらは徳だから実行しなければならないというのではなく、自分自身と仲間たちと平和に過ごすための最善の方策なのです」（*FU* 133-34）。

9　「乾燥の九月」（"Dry September"）は 1931 年 1 月『スクリブナーズ』（*Scribner's*）に初出。1930 年に「乾燥」（"Drouth"）という題で雑誌（*American Mercury*『アメリカン・マーキュリー誌』や *Forum*『フォーラム誌』）に送られ、『これら十三編』に収録されるまでの過程で種々の改訂がなされている（Diane Brown Jones, *A Reader's Guide to the Short Stories of William Faulkner* [New York: G. K. Hall, 1994], p. 169）。また「乾燥の九月」は次に紹介する「髪」の前に起こった事件として Blotner は紹介しているが、ヘンリー・ホークショー（別名 Henry Stribling）がリード嬢と知り合ったのは彼がジェファソンに来て間もなくのことのように記されており、一方ウィル・メイズとはしばらく面識があったことが窺える。そのため John Crane は「乾燥の九月」の出来事は「髪」でホークショーが結婚して町を出て行く 7, 8 カ月前に起こったことと考えるのが妥当であるとする（John K. Crane, "But the Days Grow Short: A Reinterpretation of Faulkner's 'Dry September,'" *Twentieth Century Literature* 31 [1985]: 410-20 quoted in *A Reader's Guide to the Short Stories of William Faulkner*, p. 145）。

10　*The Novels of William Faulkner: A Critical Interpretation*, p. 57.

11　「熊」でのアイクの解釈によると、白人がインディアンから南部の土地を買い取ることは神の計画であったが、白人は土地との関係において、また他の人種との関係において正しい関係を樹立し得なかった。ここで注意しておくべきことは、ヨクナパトーファ郡成立を語る時インディアンの存在は無視できないが、またインディアン移住法などで数万人が半ば強制的に西部に移住させられた被差別種族ではあっても、インディアンは、黒人とは違い、土地と結び付いたいわば大地の本来の所有者として特権的な地位を得て描かれており、白人支配の被害者としての側面が希薄であり、アイクの罪意識の主たる対象も黒人である。

12　David Lyle Jeffrey, ed., *A Dictionary of Biblical Tradition in English Literature* (Michigan: Grand Rapids, 1992), pp. 451-52.

第III章 ジェレミー・テイラーとウィリアム・フォークナー

1 W. Bray, ed., *Diary of John Evelyn*. New Edition with Life of the Author and Preface, by H. B. Wheatley, Vol. 3 (London, 1906), p. 256.
2 以上のジェレミー・テイラーの略歴は以下の文献を参照した。*Works* I ix-ccl; *The Oxford Dictionary of Christian Church* (London: Oxford UP, 1957), p. 1058; *Dictionary of National Biography: Founded in 1882 by George Smith: Being an Epitome of the Main Work and Its Supplement* (Oxford UP, 1906), pp. 1278-79; George Worley, *Jeremy Taylor: A Sketch of His Life and Times, With a Popular Exposition of His Works* (London: Longmans, 1904).
3 *Jeremy Taylor: Selected Works*, ed. Thomas K. Carroll (New York: Paulist), p. 53.
4 Emile Legouis and Louis Cazamian, *A History of English Literature* (New York: Macmillan, 1935), pp. 545-46.
5 "The Practice of Those Graces" はウェストミンスター信仰告白13・1にある "in all saving graces, to the practice of true holiness" と同じ意味の用法で、村川満訳では、「救いに伴うあらゆる恵みの賜物を受けて……真の聖さの実践に向かう」(村川満・袴田康裕訳『ウェストミンスター信仰告白』[一麦出版社、2009年]、85頁)。
6 Joseph Blotner, "Faulkner's Religious Sensibility," in *The Incarnate Imagination*, ed. Ingrid H. Shafer (Bowling Greed, Oh.: Bowling UP, 1988), p. 194.
7 C. J. Stranks, *The Life and Writings of Jeremy Taylor* (London: SPCK, 1952), p. 115.
8 Robert Southey, *Life of John Wesley* (London: Hutchinson, 1820), p. 28.
9 J. T. Coleridge, *A Memoir of the Rev. John Keble, M.A.* (Oxford and London: Parker, 1869), p. 68.
10 *Jeremy Taylor: A Sketch of His Life and Times, With a Popular Exposition of His Works*, p. 140.
11 『響きと怒り』『八月の光』『アブサロム、アブサロム!』『征服されざる人びと』『村』『尼僧への鎮魂歌』『町』『館』「熊」「納屋が燃える」("Burn Burning")、「滅びるなかれ」("Shall Not Perish")、「私の祖母ミラードとベッドフォード・フォレスト将軍とハリキン・クリークの戦い」("My Grandmother Millard and General Bedford Forrest and the Battle of Harrykin Creek")、「女王ありき」("There Was a Queen") など。
12 F. O. Matthiessen, *American Renaissance: Art and Expression in the Age of Emerson and Whitman* (London: Oxford UP, 1941), pp. 100-32.
13 *American Renaissance: Art and Expression in the Age of Emerson and Whitman*, p. 104.
14 例えば、Sherman Paul, *The Shores of America: Thoreau's Inward Exploration* (Urbana: U of Illinois P, 1958); Merton M. Seals, Jr., "Melville and the Platonic

Tradition" (1980), in *Pursing Melville*: 1940-80 (Madison: U of Wisconsin P, 1981), pp. 278-336; editor's "Explanatory Notes," in Herman Melville, *Moby-Dick*, ed. Luther S. Mansfield and Howard P. Vincent (New York: Hendricks, 1962).

15 Robin Grey, *The Complicity of Imagination* (Cambridge: Cambridge UP, 1997).
16 *American Renaissance: Art and Expression in the Age of Emerson and Whitman*, p. 120.
17   Evert Duyckinck, "Melville's *Moby-Dick, or The Whale*," *Literary World* (November 22, 1851), p. 404.
18 Julian Hawthorne, *Hawthorne Reading* (Cleveland, 1902), pp. 110-11.
19 Neal F. Doubleday, "The Theme of Hawthorne's 'Fancy's Show Box,'" Jay B. Hubbell, ed., *American Literature: A Journal of Literary History, Criticism, and Bibliography*, Vol. Ten (Durham: Duke UP), pp. 341-43; Elizabeth Chandler, "Books Read by Nathaniel Hawthorne, 1828-1850," *Essex Institute Historical Collections* LXVIII (1932), p. 80; Elizabeth Chandler, "A Study of the Sources of the Tales and Romances Written by Nathaniel Hawthorne before 1853," *Smith College Studies in Modern Languages* VII (July 1926), p. 58.
20 "Egoism; or, the Bosom Serpent," in *Twice-told Tales: The Complete Writings of Nathaniel Hawthorne*, Vol. V (Boston and New York: Houghton, Mifflin, 1900), p. 52.
21 "Fancy's Show Box: A Morality," in *Mosses from an Old Manse: The Complete Writings of Nathaniel Hawthorne*, Vol. 1 (Boston and New York: Houghton, Mifflin, 1900), p. 453.
22 *Faulkner: A Comprehensive Guide to the Brodsky Collection*, Vol. 2, ed. Louis Daniel Brodsky and Robert W. Hamblin (Jackson : UP of Mississippi, 1984), p. 184.
23 『フォークナー事典』、515 頁; *A William Faulkner Encyclopedia*, pp. 384-85. 『ウィリアム・フォークナー事典』、440-41 頁。
24 *The Proper for the Lesser Feasts and Fasts*, 3^d ed. (New York: The Church Hymnal Corporation, 1980), pp. 292-93.
25 James George Frazer, *The Golden Bough* (London: Wordsworth, 1993), p. 620.
26 教会史においては、宗教改革の影響下にスコットランド長老制が成立したが、スチュアート王朝により主教制の回復が決議されるに至る (1584)。しかし再び 1592 年に長老制が復活する。そしてジェイムズ 6 世の同君連合の時代になって、1610 年に再び主教制に戻る。1638 年スコットランド国民はチャールズ 1 世の祈祷書の押し付けに対して立ち上がり、「国民契約」を結び、長老制教会を回復し、1643 年、ウェストミンスター会議(Westminster Assembly)が持たれる。しかし王政復古によりまた主教制が回復する。そして名誉革命後ようやく長老派に落ち着く (木村正俊・中尾正史編『スコットランド文化事典』[原書房、2006

年〕、370-71 頁)。
27 William Wilson Manross, *A History of the American Episcopal Church* (New York: Morehouse, 1935), p. 194; F. E. Mayer, *The Religious Bodies of America*, 4th ed., rev. by Arthur Carl Piepkorn (Miss.: Concordia, 1961), p. 268.
28 Richard Gray, *The Life of William Faulkner* (Oxford: Blackwell, 1994), p. 31.
29 『南部――もう一つのアメリカ』、119-20 頁。南北戦争は、第1に、アメリカ人が栄光化する傾向にあること、第2に、「アメリカ成功物語」の流れの中で捉えようとする傾向が強い、第3に、重大問題であった黒人の真の解放を未解決のまま残した、第4に、南部の経済的植民地化と半農奴的な小作人制度を生み出し、南部という貧困地域を生み出した、第5に、南部をより南部的なものとした (『南部――もう一つのアメリカ』、122-23 頁要約)。
30 Douglas Bush, *English Literature in the Earlier Seventeenth Century* (Oxford: Clarendon, 1990), p. 329.
31 *Table Talk of Samuel Taylor Coleridge, and The Rime of the Ancient Mariner, Christabel, &c., With an Introduction by Henry Morley* (London: Routledge, 1884), pp. 95-97.
32 既出。George Worley, *Jeremy Taylor: A Sketch of His Life and Times, With a Popular Exposition of His Works* (London: Longmans, 1904).
33 Edmund Gosse, *Jeremy Taylor* (London: Macmillan, 1904).
34 Trevor Hughes, *The Piety of Jeremy Taylor* (London: Macmillan, 1960).
35 Charles J Stranks, *The Life and Writings of Jeremy Taylor* (London: SPCK, 1952).
36 ジェレミー・テイラーはフッカー、アンドリューズ、サンダーソン、ヘールズ (John Hales, 1584-1656)、チリングワース (William Chillingworth, 1602-44)、ハモンド (Henry Hammond, 1605-60)、ブラムホール (John Bramhall, 1594-1663) などと共に人間の理性にゆるぎない信頼を持ち、純化された理性は人の魂を見神 (vision of God) にまで導くことができると信じた B. ウィッチコート (Benjamin Whichcote, 1609-83)、J. スミス (John Smith, 1618-52)、H. モア (Henry More, 1614-87)、R. カドワース (Ralph Cudworth, 1617-88) らを中心とするケンブリッジ・プラトニスト (Cambridge Platonists) や、自由主義者たち (the Latitudinarians) の手法もあわせ持っている (*The Spirit of Anglicanism*, ed. H. R. McAdoo [London: Black, 1965], p. 53)。
37 ランスロット・アンドリューズは、神学的には、カトリック主義とピューリタン主義の中庸を求めた。カルヴィニズム嫌いは有名。感銘的な説教で広く知られる (『キリスト教大事典』、61 頁、T. S. Eliot, *For Lancelot Andrewes; Essays on Style and Order* [London: Faber, 1928])。ハーバート・ソーンダイク (1598-1672) は、教会と国家の関係をイギリス国教会の線に沿って論じた (『キリスト教大事典』、670-71 頁)。ロバート・サンダーソン (1587-1663) は、62 年の祈祷書の序文を起草した (『キリスト教大事典』、457 頁)。倫理宗教に関しては *The*

Westminster Dictionary of Christian Theology, pp. 382-85.『キリスト教神学事典』、588-91 頁参照。
38 *Works* II 261-63, VII 18, 31, 317, 327.
39 John Booty, "Preface" of *Jeremy Taylor: Selected Works*, ed. Thomas K. Carroll, p. 12.
40 『キリスト教大事典』、497-98 頁。
41 T. S. Eliot, "The Pensées of Pascal," *Selected Essays*（London: Faber, 1951), p. 413.

第IV章　ジェレミー・テイラーを通して見るフォークナーのキリスト像

1. *The Novels of William Faulkner: A Critical Interpretation*, pp. 103-23.
2. Noel Polk, *Faulkner's* Requiem for a Nun: *A Critical Study*（Bloomington: Indiana UP, 1981).
3 "A Note on *A Fable*," *Mississippi Quarterly* 26（Summer 1973), p. 416. フォークナーのこのコメント自体は 1953 年暮れから 1954 年に語られたものである。フォークナーによれば初めからキリストの受難の概念は『寓話』において重要であった。事実、カウリーが証言するところによれば 1948 年 10 月 25 日にフォークナーが考えていた題名は『十字架：寓話』(*The Cross: A Fable*) であった。

(*FCF* 105)

第V章　アンリ・ベルクソンとジェレミー・テイラー

1 Cleanth Brooks, *William Faulkner: Toward Yoknapatawpha and Beyond*（New Haven: Yale UP, 1978), p. 255.
2 例えば Shirley Callen, *Bergsonian Dynamism in the Writings of William Faulkner*, diss., Tulance U, 1962（Ann Arbor: UMI, 1962); Susan Parr, *And by Bergson, Obviously*, diss., U of Wisconsin, 1972（Ann Arbor: UMI, 1972); Daniel Ford, *Uses of Time in Four Novels of William Faulkner*, diss., Auburn U, 1973（Ann Arbor: UMI, 1973); Paul Douglass, *Bergson, Eliot, American Literature*（Kentucky: UP of Kentucky, 1986).
3 *William Faulkner: Toward Yoknapatawpha and Beyond*, p. 255.
4 Albert W. Levi, *Philosophy and the Modern World*（Bloomington: Indiana UP, 1959), pp. 15-19, 63-74, 76, 82, 97.
5 Cf. Meta Carpenter Wilde and Orin Borsten, *A Loving Gentleman: The Love Story of William Faulkner and Meta Carpenter*（New York: Simon, 1976).
6 Leland H. Cox, ed., *William Faulkner: Biographical and Reference Guide to His Life and Career*（Detroit: Gale, 1982), p. 198.
7 バビロンの流れのほとりに座り／シオンを思って、わたしたちは泣いた。
竪琴は、ほとりの柳の木々に掛けた。／わたしたちを捕囚にした民が
歌をうたえと言うから／わたしたちを嘲る民が、楽しもうとして

「歌って聞かせよ、シオンの歌を」と言うから。

どうして歌うことができようか／主のための歌を、異教の地で。

エルサレムよ／もしも、わたしがあなたを忘れるなら
わたしの右手はなえるがよい。／わたしの舌は上顎にはり付くがよい
もしも、あなたを思わぬ時があるなら／もしも、エルサレムを
わたしの最大の喜びとしないなら。　　　　　　　　　　(詩 137:1-6)

8 *William Faulkner: Toward Yoknapatawpha and Beyond*, p. 215.
9 *Dictionary of Symbols and Imagery*, p. 512.
10 Henri Bergson, *Introduction à la metaphysique*. Originally appeared in the *Revue de Metaphysique et de Morale* in 1903. Translated as *Introduction to Metaphysics*, by T. E. Hulme (London: Macmillan, 1912), p. 12. 坂田徳男訳『形而上学入門』(中央公論社、1969 年)、70 頁。さらにベルクソンは「記憶なくして意識というものはなく、心の状態が継続すると言えば、必ず過ぎ去った瞬間の記憶が現在の感情に追加されていくのであってみると、どれほど単純な精神状態といっても毎瞬間に変化しないものはない。それが持続というものである。内的持続とは過去を現在へ延ばし続ける記憶の連続的な生であり、過去が現在に延び続けるという時、休む暇なく増大していく過去の心像が、判然たる形で現在のうちに含まれていることもあるだろうし、あるいはむしろ現在はその性質の絶え間もない変化によって、我々の背負っている記憶の重荷が、我々の老いゆくに連れて重さを増すのを示すこともあるだろう。ともかくも、このように過去が現在のうちに生き続けるということがなければ、持続というものはなく、あるものはただの瞬間だけであろう」(Henri Bergson, *La Pensée et le mouvant: Essais et conférences* [Paris: Felix Alcan], 1934. Translated as *The Creative Mind*, by M. L. Andison [New York: Philosophical Library, 1946], p. 179. 矢内原伊作訳『思想と動くもの』[白水社、2001 年]、193 頁) と述べている。
11 *The Encyclopedia of Philosophy*, ed. Paul Edwards, Vol. 8 (New York: Macmillan, 1967), p. 12. Bertrand Russell, *History of Western Philosophy* (Unwin, 1984), pp. 756-65.
12 ジェイムズ・ストリート・フルトン (James Street Fulton, 1904-97) は、「ベルクソンの哲学で最初に生きているエネルギーの狭猾な表示として現れたものは、神の愛という前進的な形を取った」と指摘する (James Street Fulton, "Bergson's Religious Interpretation of Evolution," *Rice Institute Pamphlet* 43 [1956, no. 3], p. 21)。
13 この問題に関して、ベルクソン主義から脱してカトリックに入信し、ベルクソンの痛烈な批判者になったジャック・マリタン (Jacques Maritain, 1882-1973) は、『ベルクソン哲学とトミズム』(*Bergsonian Philosophy and Thomism*, 1955) の中で、「ベルクソンにとって、神と人との間には実際は持続においてただ度合いあるいは

強烈さの相違があるだけだ」と言い、さらにベルクソンは無神論では決してないが、彼は正真正銘の神を見いだすことから程遠い」と公言する (Jacques Maritain, *Bergsonian Philosophy and Thomism*, trans. Mabelle L. Andison in collaboration with J. Gordon Andison [New York: Philosophical Library, 1955], pp. 297-98)。ちなみにジャック・マリタンに対してベルクソンはその発言を是認して次のように述べている。「いささかつらいことですが、恩知らずとでも申しましょうか。でも、私は彼を恨んだりはしていません。その理由は、何よりもまず、私たちは以前に素晴らしい師弟関係にあったことと、次に、彼の著書は珍しく立派に書かれていること、そして、私を論破する部分は特に見事な論旨で貫かれていることです。だから、私は私への論駁を是認するのにやぶさかではありません」(A. D. Sertillanges, *Avec Henri Bergson* [Mons Belgique: Sils Maria, c. 2002]. 三嶋唯義訳『アンリ・ベルクソンとともに——持続論・科学論・宗教論』[行路社、1976年]、26-27頁)。

14　Alexander Gunn, *Bergson and His Philosophy* (London: Methuen, 1920), p. 141.
15　*Ibid.*, p. 127.
16　*Ibid.*, p. 131.
17　Baron Friedrich von Hügel, *Eternal Life: A Study of Its Implications and Applications* (Edinburgh: Clark, 1913), p. 297.
18　F. H. Brabant, *Time and Eternity in Christian Thought* (London: Longmans, 1937), p. 119.
19　『アンリ・ベルクソンとともに——持続論・科学論・宗教論』、63頁。アントワーヌ・ダルマス・セルティランジュ神父はカトリックの思想家であり、学士院会員としてベルクソンの同僚であった、パリ・ドミニコ会所属。
20　*Bergson and His Philosophy*, p. 133.
21　聖書には棕櫚(なつめやし)の聖なる関連が豊富である：レビ 23:40、士 4:5、王上 6:29, 32, 35；7:36、ネヘ 8:15 エゼ 40:16, 22, 26, 31, 34, 37；41:18-20, 25-26、；ヨハ 12:13；黙 7:9 など。
22　André Bleikasten, "For/Against an Ideological Reading of Faulkner's Novels," in *Faulkner & Idealism: Perspectives from Paris*, ed. Michel Gresset and Patrick Samway, S. J. (Jackson: UP of Mississippi, 1983), p. 34.
23　Cf. Blotner 1262; Edmond Wilson, "William Faulkner's Reply to the Civil-Rights Program," *New Yorker* 24 (23 Oct. 1946), pp. 106, 109-12; rpt. in *Faulkner: A Collection of Critical Essays*, ed. Robert Penn Warren (Englewood Cliffs: Prentice-Hall, 1966), pp. 219-25.
24　Akiko Miyake, "William Faulkner's Inverted World in *Soldiers' Pay* and *A Fable*," *Kobe College Studies* XXVI (Dec. 1979), pp. 1-15.
25　William Faulkner, "Carcassonne" in *These 13* (New York: Jonathan Cape and Harrison Smith, 1931), p. 355.
26　*Selected Letters of William Faulkner*, p. 267.
27　*The Westminster Dictionary of Christian Theology*, p. 386. 『キリスト教神学事

典』、74 頁。
28 *Bergson and His Philosophy*, p. 126.
29 『アンリ・ベルクソンとともに──持続論・科学論・宗教論』、54-55 頁。
30 David A. Hubard and Glenn W. Barker, eds., *Word Biblical Commentary*, V. 42 (Texas: Word Books, 1982), pp. 22-32. 要約。
31 Alan Richardson, ed., *A Theological Word Book of the Bible* (London: SCM, 1950), pp. 258-67.
32 Jeremy Taylor, D. D., *Contemplation of the State of Man in This Life, and in That Which Is to Come* (London, 1847), pp. 1-2.
33 *Contemplation of the State of Man in This Life, and in That Which Is to Come*, p. 5.

第Ⅵ章 「時間はキリスト」

1 *The Tangled Fire of William Faulkner*, p. 37.
2 *The Courage to Be*, p. 155.『存在への勇気』、210-11 頁。
3 Paul Tillich, *Systematic Theology* Ⅲ (Chicago: U of Chicago P, 1963), pp. 369-72.
4 *A Theological Word Book of the Bible*, pp. 248-67; *The Westminster Dictionary of Christian Theology*, p. 316. 『キリスト教神学事典』、88 頁。
5 ただし新約聖書の中にはクロノスがカイロスと同義的に用いられている箇所もあり、John Marsh などの神学者によりその違いが極度に強調された嫌いがあることも指摘しておかなければならない (Geoffrey W. Bromiley, et al., *The International Standard Bible Encyclopedia*, V. 4 [Chicago: Eerdmans, 1989], pp. 852-53)。
6 「こうして、時が満ちるに及んで、救いの業が完成され、あらゆるものが、頭であるキリストのもとに一つにまとめられるのです」(エフェ 1:10);「その十字架の血によって平和を打ち立て、地にあるものであれ、天にあるものであれ、万物をただ御子によって、御自分と和解させられました」(コロ 1:20)。しかもキリストは歴史の中心であるのみならず、歴史の終わりであり、さらに、「初めに神と共にあった」(ヨハ 1:2)。これらの聖句が示すように、時満ちてキリストが歴史のうちに来臨し、歴史の中心に立つことは、世界史と救済史とを内的に結合するものである (『キリスト教大事典』、1201 頁参照)。
7 Paul Tillich, *The Eternal Now* (New York: Scribner's, 1963), pp. 130-32. 茂洋訳『永遠の今』(東京：新教出版社、1969 年)、166-67 頁。
8 *The Novels of William Faulkner: A Critical Interpretation*, p. 145.
9 Michael Millgate, *The Achievement of William Faulkner* (New York: Random House, 1966), p. 138.
10 Joseph R. Urgo, *Faulkner's Apocrypha: A Fable, Snopes, and the Spirit of Human Rebellion* (Jackson: Mississippi UP, 1989), p. 73.

11 *A William Faulkner Encyclopedia*, p. 306. 『ウィリアム・フォークナー事典』、352 頁。
12 マルディ・グラ (Mardi Gras、告解火曜日): フランス語で、「肥った火曜日」を意味する。灰の水曜日の前日すなわち四旬節の第 1 日目に催される祝祭。ニューオーリンズはマルディ・グラの祝祭で有名 (中村保男・川成洋監訳『アメリカ教養辞典』[丸善、2003 年]、163 頁)。
13 *The Faulkner Concordances* 12, ed. Noel Polk and John D. Hart (The Faulkner Concordance Advisory Board, 1989), pp. 88, 262-63.
14 *The Complete Poems and Plays of T. S. Eliot* (London: Faber, 1985), pp. 14-15. 以下、この作品からの引用は、記号 *CPP* の後にページ数を記す。
15 *The Inferno of Dante Alighieri*, trans. J. A. Carlisle (London: Dent, 1962), p. 303. 「J・アルフレッド・プルーフロックの恋歌」、深瀬基寛訳『エリオット全集 1 詩』(中央公論社、1981 年)、5 頁。
16 John Macquarrie, ed., *Principles of Christian Theology* (London: SCM, 1977), pp. 61-62.
17 *The Life of William Faulkner*, p. 197.
18 William Faulkner, "Nympholepsy," in *UC*, pp. 331-37.
19 *Principles of Christian Theology*, p. 192.
20 *The Confessions of St. Augustine*, trans. F. J. Sheed (New York: Sheed & Ward, 1960), pp. 208-32.

アウグスティヌスの時間論
神は天地創造の前には何をしていたのか。そうした疑問に答える形でアウグスティヌスは彼独自の時間論を『告白』第 11 巻において展開する。アウグスティヌスによると、神が天地創造と共に時間も創ったのであるから、時間が創造される以前には前とか後とかという概念自体が存在しない。過去はもはや存在せず、未来はまだ存在しないなら、時間はどのようにして存在するのであろうか。アウグスティヌスは、「過去」は記憶のうちに存在し、「未来」は「予測」のうちに「ある」、すなわち memoria (記憶)、contuitus (知覚)、expectation (予期) が存在するとする方が正しいと言う。つまり、「時間」は客観的に存在するのではなく、心の中に存在する。そして時間を測る時、印象そのものを測るのである。これをアウグスティヌスは、「私は魂において時間を測る」と表現する。そして『神の国』において時間は神によって、世界の創造と共に創造されたとする——「神は世界を時間の中においてではなく、時間と共に造られた。」(St. Augustine of Hippo. *The City of God*, XI 5, trans. Henry Bettenson [Harmondsworth: Penguin, 1972], pp. 435-36)。

第VII章 「時間はキリスト」のイメージの源泉

1 Gershom Scholem, *Major Trends in Jewish Mysticism* (New York: Schocken, 1941), p. 12.

2 ミルチャ・エリアーデ、前田耕作訳『イメージとシンボル』エリアーデ著作集 第4巻（セリカ書房、1988年）、86頁。Cf. Geoffrey Wigoder, ed., *The Encyclopedia of Judaism* (New York: Macmillan, 1989), p. 931.
3 わたしが見ていると、北の方から激しい風が大いなる雲を巻き起こし、火を発し、周囲に光を放ちながら吹いてくるではないか。その中、つまりその火の中には、琥珀金の輝きのようなものがあった。またその中には、四つの生き物の姿があった。その有様はこうであった。彼らは人間のようなものであった。それぞれが四つの顔を持ち、四つの翼を持っていた。脚はまっすぐで、足の裏は子牛の足の裏に似ており、磨いた青銅が輝くように光を放っていた。また、翼の下には四つの方向に人間の手があった。四つとも、それぞれ顔と翼を持っていた。翼は互いに触れ合っていた。それらは移動するとき向きを変えず、それぞれ顔の向いている方向に進んだ。その顔は人間の顔のようであり、四つとも右に獅子の顔、左に牛の顔、そして四つとも後ろには鷲の顔を持っていた。顔はそのようになっていた。翼は上に向かって広げられ、二つは互いに触れ合い、ほかの二つは体を覆っていた。それらはそれぞれの顔の向いている方向に進み、霊の行かせる所へ進んで、移動するときに向きを変えることはなかった。生き物の姿、彼らの有様は燃える炭火の輝くようであり、松明の輝くように生き物の間を行き巡っていた。火は光り輝き、火から稲妻が出ていた。そして生き物もまた、稲妻の光るように出たり戻ったりしていた。　　　　　　　　　　　　　　　（エゼ 1:4-14）
4 『世界宗教大事典』（平凡社、1991）、374-75頁。*The Oxford Dictionary of the Christian Church*, p. 216. R. J. Zwi Werblowsky and Geoffrey Wigoder, ed., *The Oxford Dictionary of the Jewish Religion* (New York: Oxford UP, 1997), p. 387.
5 以上のカバラの「生命の樹」に関しては以下の文献を参照。*The Encyclopedia of Philosophy*, Vol. 2, p. 1; Z'ev ben Shimon Halevi, *Tree of life: An Introduction of the Cabala* (London: Rider, 1972); Z'ev ben Shimon Halevi, *The Way of Kabbalah* (London: Rider, 1976), pp. 219-20 ［なおセフィロトの名称表記は本書参照］; Joseph Blau, "The Diffusion of the Christian Interpretation of the Cabala in English Literature," in *The Review of Religion* VI, (January, 1942), pp. 146-68; ミルチャ・エリアーデ、ヨアン・P・クリアーノ、奥山倫明訳『エリアーデ世界宗教事典』［せりか書房、1994年］、138-42頁）；パール・エプスタイン、松田和也訳『カバラの世界』（青土社、1995年）、88-98頁。
なおセフィロト間は22本の小径——アレフ א, 1：ケテル〜ホクマー、ベート ב, 2：ホクマー〜ビナー、ギメル ג, 3：ケテル〜ビナー、ダレット ד, 4：ホクマー〜ヘセド、ヘー ה, 5：ヘセド〜ゲブラー、ヴァヴ ו, 6：ビナー〜ゲブラー、ザイン ז, 7：ゲブラー〜ティフェレト、ヘット ח, 8：ケテル〜ティフェレト、テット ט, 9：ホクマー〜ティフェレト、ヨッド י, 10：ビナー〜ティフェレト、カフ כ, 20：ヘセド〜ティフェレト、ラメッド ל, 30：ティフェレト〜ネツァー、メム מ, 40：ヘセド〜ネツァー、ヌン נ, 50：ネツァー〜ホド、サメフ ס, 60：ゲブラー〜ホド、アイン ע, 70：ティフェレト〜ホド、ペー פ, 80：ホド〜イェソド、ツァディ צ, 90：ティフェレト〜イェソド、コフ ק,

100：ネツァ〜イェソド、レーシュ ר, 200：イェソド〜マルクト、スィン・シン ש, 300：ネツァー〜マルクト、タヴ ת, 400：ホド〜マルクト——で結ばれている。

6　大江健三郎『雨の木(レインツリー)を聴く女たち』(新潮社、2007 年)、198-99 頁。大江氏は『ゾハール』とするが、本書では『ゾーハル』と表す。なおカバラの難解さは部外者の理解を妨げるためにあえて難解な体系にしたことにも起因すると言われる。また出回っている文献にも誤謬が多く見られるらしい(『カバラの世界』、9-10 頁参照)。

7　『カバラの世界』、39-42 頁。

8　Joseph Leon Blau, *The Christian Interpretation of the Cabala in the Renaissance* (New York: Kennikat P, 1965), pp. 8-9. 江川卓『謎解き「罪と罰」』(新潮選書、2004)、31-56 頁。

9　"The Diffusion of the Christian Interpretation of the Cabala in English Literature," pp. 148-49.

10　*The Christian Interpretation of the Cabala in the Renaissance*, pp. 14-15.

11　*The Christian Interpretation of the Cabala in the Renaissance*, p. 15.
　　このキリスト教カバラの実例として、エティンガー (F. C. Oetinger, 1702-82) はアントニア (Antonia) 王女を挙げ、同説教中に王女のカバラ的教示画について、以下の短い概要を加えている (Pico, *opera omnia*, Basel 1557, p. 105)。
　　「1613 年から 1679 年の間に、御一人はアンナ・ヨハンナ (Anna Johanna)、もう御一人はアントニアといわれる、ヴュルテンベルク (Württemberg) 公国の王女方がシュトゥットガルト (Stuttgart) におられた。御二人の姉妹方は、今もご存命である最も高貴にして尊敬措く能わざるヴュルテンベルク・ノイエンシュタット (Wirttemberg-Neuenstadt) 王国のフリーデリカ王女 (Prinzessin Friederika) ——その御信仰に神が力と恩寵とを授けたまわんことを！——の大叔母君たちであらせられた。御一方は学問を殊の外長じておられたが、もう御一方のアントニア王女は専ら聖書、そして『ゾーハル』の書によりセフィロトを論じるカバラを愛でられた。王女は好奇心からカバラを好まれたのではなく、古のユダヤの技によって 10 のセフィロトの内に三位一体を識することに得も言われぬ歓びを持たれたのである。王女はヘブライ語によって調べられ、2 つずつの反映が第 3 のものに統合されていることに気付かれた。すなわち愛と正義、善と厳格、怜悧と柔和がこれである。また掲げられた蛇によって予示された十字架のイエスの姿の内に、その頭に 3 つ (のセフィロト)、胸と肩に 3 つ、腰と腹に 3 つ、そしてすべてが第 10 (のセフィロト) の王国 (マルクト) にあるものとして総合されているのを御覧になられた。これは神とキリストのすべての秘密、即ち、旧・新約聖書のすべてを関連付け一致させたものであり、王女はこれをタイナッハ (Tainachs) の癒しの泉にある教会に実に教化的に描かせたまい、御自身の心臓をその下に埋葬させられた。それは、上下貴賤の人々に歓びを御与えになることを望まれた為であろう。すなわち、この真理に永遠の命を享受し、この真理との結び付きの内に、観照しつつ同時にこれに向かう歓び

を」。カバラとキリスト教神学者の、この純粋に学問的で秘教的な関係すべてよりはるかに重要な事実は、カバラが説教の中に堂々と入って来たということ、それはユダヤ教とキリスト教の純粋な出会いのしるしであり、疑いもなく教会史の中では極めて稀な頂点に達していたということ、これである (Ernst Benz, *Die christliche Kabbala: Ein Stiefkind der Theologie* [Bhein-Verlag AG. Zürich, 1958], pp. 40-41. 松本夏樹訳・解説「キリスト教カバラ——神学の継子」『現代思想』、Vol. 20, No. 2 [1992/02]、155頁)。

12 Denis Saurat, *Literature and Occult Tradition*, trans. Dorothy Bolton (London: Bell, 1930), pp. 222-37. Frances A. Yates, *The Occult Philosophy in the Elizabethan Age* (London: Routledge, 1979), pp. 177-82.

13 "The Diffusion of the Christian Interpretation of the Cabala in English Literature," p. 157.

14 Denis Saurat, *Milton: Man and Thinker* (New York: Dial, rpt. 1935).

15 Marjorie H. Nicolson, "Milton and the *Conjectura Cabbalistica*," *Philological Quarterly* VI (January 1927), pp. 1-18.

16 *Milton: Man and Thinker*, pp. 172-80.

17 *Ibid.*, p. 282.

18 *Ibid.*, p. 299.

19 Ben Wasson, *Count No'Count: Flashbacks to Faulkner* (Jackson: UP of Mississippi, 1966); Cleanth Brooks, *William Faulkner: Toward Yoknapatawpha and Beyond*; Michael Millgate, *The Achievement of William Faulkner*; 田中敬子『フォークナーの前期作品研究——身体と言語』(開文社出版、2002年)。

20 Trevor-Roper, *The Crisis of the Seventeenth Century* (New York: Harper, 1968); Charles Webster, ed., *Health Medicine and Mortality in the Sixteenth Century* (Cambridge: Cambridge UP, 1979); L. A. Clarkson, *Death, Disease & Famine in Pre-industrial England* (Dublin: Gill, 1975); Michael MacDonald, *Mystical Bedlam: Madness, Anxiety and Healing in Seventeenth Century England* (Cambridge: Cambridge UP, 1981).

21 Hutton, Sarah, ed., *Henry More (1614-1687) Tercentenary Studies* (Boston: Kluwer, 1990), p. 179; L. Roth, "Hebraists and Non-Hebraists of the Seventeenth Century," *Journal of Semitic Studies* 6 (1961), pp. 204-21; I. Herzog, "John Selden and Jewish Law," *Publications of the Society for Jewish Jurisprudence* 3 (1931).
クリスチャン・カバリストであるヘンリー・モアがアン・コンウェイに宛てて記している——「私は東洋の言葉とラビ的見識において、全く無知であることを率直に告白する」(More to Anne Conway, 21 Mar. 1671-72, Marjorie Nicolson, ed., *The Conway Letters: The Correspondence of Anne, Viscountess Conway, Henry More, and Their Friends, 1642-1684*, rev. ed. Sarah Hutton [Oxford: Clarendon, 1992], p. 355)。

ヘンリー・モアのカバラはユダヤ人との関連がほとんどない。また作品に表れるヘブライ語の用法からも彼の言葉を額面通りに受け取るべきだと思われる。モアの目的はあくまで科学と宗教を和解させ、「創世記」により深い意味を見出し、無神論と闘うことであった。

22 *The Christian Interpretation of the Cabala in the Renaissance*, pp. 113-14.
23 "Milton and the *Conjectura Cabbalistica*," pp. 1-2.
24 *The Life and Writings of Jeremy Taylor*, p. 38.
25 Henry More, *Conjectura Cabbalistica. Or, a Conjectural Essay of interpreting the minde of Moses according to a threefold Cabbala, viz., literal, philosophical, mystical, or divinely moral* (London, 1653).
26 *The Conway Letters: The Correspondence of Anne, Viscountess Conway, Henry More, and Their Friends, 1642-84*, p. 218.
27 Harold Fisch, *Jerusalem and Albion* (London: Routledge, 1964), pp. 173-86.
28 *Jerusalem and Albion* pp. 183-84.
29 Steven A. Fisdel, *The Practice of Kabbalah: Meditation in Judaism* (New Jersey: Aronson, 1996), pp. 31-33.
30 *The Practice of Kabbalah*, pp. 51-52.
31 Gershom Scholem, *Kabbalah* (New York: Quadrangle, 1974), p. 370.
32 *The Practice of Kabbalah*, p. 11.
    フィステルは瞑想の1例を以下のように紹介する：
    i. ベート（ב）を10から15フィート離れた所に思い浮かべなさい。それが大きく離れているように描きなさい。注意深くその文字を研究しなさい。
    ii. 内なる目を持って、文字の全周囲を巡って、その文字の輪郭を描きなさい。
    iii. 文字がエネルギーを振動させるようにしなさい。はっきりとした光が文字の周りに生じる。
    iv. エネルギーと光があなたに向かうようにしなさい。あなたの内に引き寄せその脈と調和しなさい。光と共に流れ出てそれがあなたに影響するのを許しなさい。エネルギーが出来るだけ伝達されるように体験しなさい。
    v. これらの工程が終わったと感じたら、光を解放し、それが現れた文字と合致するようにしなさい。文字を遠くに飛ばし消し去りなさい。
    vi. 文字が視界から消え去るのを待ち、7からゼロを数えて瞑想から覚めなさい（*The Practice of Kabbalah*, pp. 33-34）。
33 James Roy King, "Jeremy Taylor: Theology and Aesthetics," in *Studies in Six 17th Century Writers* (Athens, Ohio: Ohio UP, 1966), p. 173.
34 *The Life and Writings of Jeremy Taylor*, p. 294.
35 *Jeremy Taylor: A Sketch of His Life and Times, With a Popular Exposition of His Works*, pp. 127-28.
36 Knorr von Rosenroth, *Kabbala Denudata* (Frankfurt, 1677-84), trans. MacGregor Mathers, S. L. *The Kabbalah Unveiled* (London: Redway, 1887), I, p.

230.
37 *Major Trends in Jewish Mysticism*, p. 123.
38 William Faulkner, *Mayday* (Notre Dame: U of Notre Dame P, 1978), pp. 50, 87.
39 *The Oxford Dictionary of the Jewish Religion*, p. 478.
40 Philip Beitchman, *Alchemy of the World: Cabala of the Renaissance* (New York: State U of New York P, 1998), p. 221.
41 Samuel S. Hill and Charles H. Lippy, eds., *Encyclopedia of Religion in the South*, 2nd ed., rev., updated, and expanded (Mercer UP, Mason, 2005), pp. 350-51, 408, 411.
42 Joel Williamson, *William Faulkner and Southern History* (New York: Oxford UP, 1993), p. 152.
43 *Ibid.*, p. 229.
44 『世界宗教大事典』、374頁。ユダヤ社会ではユダヤ教の相互扶助の戒律に基づくチャリティー組織が徹底しており、南部においてもロッジと呼ばれる支部組織が存在し、国際的ネットワークと接触していた (*Encyclopedia of Religion in the South*, 2nd ed., p. 405)。この組織がフリーメイソンとかかわりがあるのか定かではないが、フリーメイソンにもユダヤ人がいた。例えばフランツ・J・モリター (Franz Joseph Molitor, 1779-1860) はフリーメイソンリー会員であり、カバラ思想に傾倒していた。モリターはカバラこそがユダヤ的伝統における純粋な部分であると言い、その未完の主著『伝統に関する歴史哲学』(*Philosophie der Geschichte oder ueber die Tradition*) でキリスト教におけるカバラ思想の重要性を述べている（箱崎総一『ユダヤ神秘思想の系譜』［青土社、1988］、361頁）。対等な人間としてロッジに受け入れられたいというユダヤ人の願望は自由主義の勃興期である30年代初頭に高まり、ユダヤ系新ロッジも出現する (Jacob Katz: *Jews and Freemasons in Europe 1723-1939*, trans. Leonard Oschry [Cambridge, Mass: Harvard UP, 1970]. 大谷裕文訳『ユダヤ人とフリーメーソン――西欧文明の深相を探る』［三交社、1995年］)。
45 *William Faulkner and Southern History*, pp. 91-92, 121.
46 湯浅慎一『フリーメイソンリー――その思想、人物、歴史』〈中公新書955〉（中央公論社、1990年）、7頁。
47 *The Way of Kabbalah*, p. 145.
48 Robert M. Haralick, *The Inner Meaning of the Hebrew Letters* (Northvale: Aronson, 1995), p. 239.
49 *The Practice of Kabbalah*, pp. 17-18.
50 *Major Trends in Jewish Mysticism*, p. 10.
51 *The Christian Interpretation of the Cabala in the Renaissance*, pp. 113-14.
52 John B. Cullen with Floyd C. Watkins, *Old Times in the Faulkner Country* (North Carolina: UP of North Carolina, 1961), p. 4.
53 *Ibid.*, p. 9.

54　*Ibid.*, p. 11.
55　*Ibid.*, pp. 54-55.
56　Daniel J. Singal, *William Faulkner: The Making of a Modernist* (Chapel Hill and London: UP of North Carolina, 1997), pp. 40-41.
57　*Ibid.*, p. 41.
58　田中久男『ウィリアム・フォークナーの世界——自己増殖のタペストリー』(南雲堂、1997年)、152-54頁。
59　Michael Millgate, *Faulkner* (Edinburgh: Oliver and Boyd, 1961), p. 3.
60　*Ibid.*, p. 4.
61　大橋健三郎『フォークナー』、137頁。小山敏夫『ウィリアム・フォークナーの短編の世界』(山口書店、1988年)、227-34頁。
62　さらに大佐は南にはリプリーとポントトックを結ぶ鉄道を建設し、1888年に会社を合併して、ポントトックとミドルトンを結ぶガルフ・アンド・シカゴ鉄道会社 (Gulf & Chicago Railroad) を設立する (Blotner 44)。
63　「レッドモンドがジェファソン広場で待ち伏せしてサートリスを殺して逃げた」(*R* 205)。「昨日4時30分頃、公の広場の西側でピストルの発砲事件があった。ドアの所に行き、外を眺めて見ると人々が集まっているのが見えた。問い合わせてみると W. C. フォークナーが鉄道会社の収益分配をめぐって対立していたリチャード・J・サーモンド氏に撃たれたということであった」(Arthur F. Kinney, ed., *Critical Essays on William Faulkner: The Sartoris Family* [Boston: G. K. Hall, 1985]; W. C. Falkner, "The History of the Ripley Company," p. 47; *The Ripley Advertise* [Ripley, Mississippi, Nov. 6 1889])。
64　George Elliot Howard, *A History of Matrimonial Institutions Chiefly in England and the United States*, Vol. 2 (New York: Humanities, 1964), p. 440.
65　Daniel Aaron, "The 'Inky Curse': Miscegenation in the White America Literary Imagination," *Social Science Information* 22 (1983), p. 180.
66　人種混交とりわけその結果として生まれた混血を表す語として最も一般的に用いられている語はムラート (mulatto) であり、イギリスで16世紀に使われ始めた語である。17世紀になるとアメリカ英語としても、主に白人と黒人の半々の血が流れている混血を表す語として使われた。若い騾馬(馬とロバを掛け合わせた品種)を意味するスペイン語とポルトガル語の mulo から来ており、強く侮蔑的な意味を含んでいる。なお Mencken はムラートという語はアメリカ言語として消失したと述べている (1944)。しかし今日でも (侮蔑的な意味は消えたが) mulatto は offspring or descendant of White and Black persons (*COD*) として用いられている (Irving Lewis Allen, *The Language of Ethnic Conflict* [New York: Columbia UP, 1983], pp. 99-100)。
67　*Killers of the Dream*, p. 124.
68　*Ibid.*, p. 116.
69　*Ibid.*, p. 125. 廣瀬典生訳・著『リリアン・E・スミス「今こそその時」』(彩流社、

2008年)、pp. 168-69頁参照。
70 *William Faulkner and Southern History*, pp. 24-25, 28, 64-67.
71 *William Faulkner and Southern History*, pp. 70-138.
72 森岡裕一・藤谷聖和・田中紀子・花岡秀・貴志雅之『酔いどれアメリカ文学――アルコール文学文化論』(英宝社、1999年)、212頁。
73 *The Life of William Faulkner*, pp. 2-3.
74 Judith Bryant Wittenberg, *Faulkner: The Transfiguration of Biography* (Lincoln: U of Nebraska P. 1979), p. 242; Murry C. Falkner, *The Falkners of Mississippi: A Memoir* (Baton Rouge: Louisiana State UP, 1967), pp. 69-77.
75 James B. Carothers, "The Road to *The Reivers*," in *"A Cosmos of My Own": Faulkner and Yoknapatawpha, 1980*, ed. Doreen Folwer and Ann J. Abadie (Jackson: UP of Mississippi, 1981), p. 112.
76 *The Hidden God: Studies in Hemingway, Faulkner, Yeats, Eliot, and Warren*, p. 39.
77 前述したようにカバラ的宇宙観によれば、この宇宙は〈流出界〉〈創造界〉〈形成界〉〈活動界〉の4つの世界が存在し、個々に、〈生命の樹〉の10のセフィロトで示される過程を経て宇宙に顕在するが、この4つの世界はいずれもエン・ソフなる「隠れたる神」からの直接的流出によって生じたものであり、いずれその本源に回帰すべきものである(パール・エプスタイン、松田和也訳『カバラの世界』(青土社、1995年)、232頁、「訳者あとがき」)。
78 James Denney, *The Christian Doctrine of Reconciliation* (London: Hodder, 1917), pp. 1-2. 松浦義夫訳『キリスト教の和解論』(一麦出版社、2008年)、10頁。
79 日本キリスト改革派神港教会岩崎謙牧師 2008年6月15日礼拝説教、山谷省吾他編集『新約聖書略解』(日本基督教団出版局、1971年)、67-68頁参照。

結び

1 神の永遠の力と神性とは天地創造このかた被造物において明らかに認められるが、人間はこの創造と摂理のわざにおける一般啓示を不義を持って阻止し、不敬虔と不正に身をゆだね、真理を変えて虚偽とし、弁解の余地をなくしている。……特別啓示は神が救い主として罪人に救いのために与えられた特別な御旨の啓示である(春名純人『思想の宗教的前提――キリスト教哲学論集』[聖恵授産所出版部、1993年]、32-33頁)。
2 William Faulkner, *Mississippi Poems*, With introduction by Joseph Blotner and after-word by Louis Daniel Brodsky (Oxford, Mississipi: Yoknapatawpha P, 1979), p. 15.

参考文献

フォークナーに関する文献:

〈作品〉

Absalom, Absalom! New York: Random House, 1936. New York: Vintage International, 1990.
As I Lay Dying. New York: Jonathan Cape and Harrison Smith, 1930. New York: Vintage International, 1990.
Collected Stories of William Faulkner. New York: Random House, 1950. New York: Vintage International, 1995.
Doctor Martino and Other Stories. New York: Harrison Smith and Robert Haas, 1934. London: Chatto and Windus, 1965.
Essays, Speeches & Public Letters by William Faulkner. Ed. James B. Meriwether. New York: Random House, 1965. Updated. New York: Modern Library, 2004.
A Fable. New York: Random House, 1954. New York: Vintage, 1978.
Father Abraham. Ed. James B. Meriwether. New York: Random House, 1983.
Flags in the Dust. Ed. Douglas Day. New York: Random House, 1973. New York: Vintage, 1974.
Go Down, Moses and Other Storis New York: Random House, 1942. *Go Down Moses.* New York: Vintage, 1973.
The Hamlet. New York: Random House, 1940. New York: Vintage, 1964.
Helen: A Courtship (MS facsimile). New Orleans: Tulane UP; Oxford, Mississippi: Yoknapatawpha P, 1981 (Limited facsimile ed.). *Helen: A Courtship and Mississippi Poems.* Typeset ed. With introductory essays by Carvel Collins and Joseph Bltoner. Same places and publishers, 1981.
Intruder in the Dust. New York: Random House, 1948. New York: Vintage, 1972.
Knight's Gambit. New York: Random House, 1949. New York: Vintage, 1978.
Light in August. New York: Harrison Smith and Robert Haas, 1932. New York: Modern Library, 1950.
The Mansion. New York: Random House, 1959. New York: Vintage, 1965.
The Marble Faun and A Green Bough. New York: Random House, 1965.

Mayday. Notre Dame: U of Notre Dame P, 1978. First Trade Edition.
Mississippi Poems. Oxford, Mississippi: Yoknapatawpha P, 1979 (Limited facsimile ed.). Typeset ed.
*Mosquitoe*s. New York: Boni and Liveright, 1927. New York: Liveright, 1997.
New Orleans Sketches. Tokyo Hokuseido, 1955. Ed. Carvel Collins. Jackson: UP of Mississippi, 1958.
The Portable Faulkner. Ed. Malcolm Cowley. New York: Viking, 1946. Rev. ed. 1967. New York: Penguin, 1977.
Pylon. New York: Harrison Smith and Robert Haas, 1935. New York: Vintage, 1987.
The Reivers: A Reminiscence. New York: Random House, 1962. New York: Vintage, 1996.
Requiem for a Nun. New York: Random House, 1951. New York: Vintage, 1975.
Sanctuary. New York: Jonathan Cape and Harrison Smith, 1931. New York: Vintage, 1987.
Sartoris. New York: Harcourt, 1929. New York: Random House, 1956.
Soldiers' Pay. New York: Boni and Liveright, 1926. New York: Liveright, 1997.
The Sound and the Fury. New York: Jonathan Cape and Harrison Smith, 1929. New York: Modern Library (includes "Appendix: Compson: 1699-1945"), 1956.
These 13. New York: Jonathan Cape and Harrison Smith, 1931. *The Collected Short Stories of William Faulkner*. Vol. 2. London: Chatto and Windus, 1958.
The Town. New York: Random House, 1957. New York: Vintage, 1961.
Uncollected Stories of William Faulkner. Ed. Joseph Blotner. New York: Random House, 1979. New York: Vintage International, 1997.
The Unvanquished. New York: Random House, 1938. New York: Vintage, 1966.
The Wild Palms [If I Forget Thee, Jerusalem]. New York: Random House, 1939. New York: Vintage, 1966.
William Faulkner: Early Prose and Poetry. Ed. Carvel Collins. Boston: Little, Brown, 1962.
William Faulkner Manuscripts. Ed. Joseph Blotner, Thomas L. McHaney, Michael Millgate, Noel Polk, and James B. Meriwether. 44 vols. New York: Garland, 1985-87.
The Wishing Tree. New York: Random House, 1967.

(邦訳)
『フォークナー全集』全27巻、冨山房 (1967-97年) 他。
福田陸太郎 他訳『詩と初期短編・評論』〈フォークナー全集1〉1990年。
原川恭一訳『兵士の報酬』〈フォークナー全集2〉1978年。
大津栄一郎『蚊』〈フォークナー全集3〉1991年。
斎藤忠利訳『サートリス』〈フォークナー全集4〉1978年。

尾上政次訳『響きと怒り』〈フォークナー全集 5〉1969 年。高橋正雄訳『響きと怒り』
　　講談社、1972 年。平石貴樹・新納卓也訳『響きと怒り』岩波書店、2007 年。
阪田勝三訳『死の床に横たわりて』〈フォークナー全集 6〉1974 年。
大橋健三郎訳『サンクチュアリ』〈フォークナー全集 7〉1992 年。
林信行訳『これら十三編』〈フォークナー全集 8〉1968 年。
須山静夫訳『八月の光』〈フォークナー全集 9〉1968 年。加島祥造訳『八月の光』新潮
　　文庫、1967 年。
瀧川元男訳『医師マーティーノ、他』〈フォークナー全集 10〉1971 年。
後藤昭次訳『標識塔』〈フォークナー全集 11〉1971 年。
大橋吉之輔訳『アブサロム、アブサロム！』〈フォークナー全集 12〉1968 年。
斎藤光訳『征服されざる人びと』〈フォークナー全集 13〉1975 年。
井上謙治訳『野性の棕櫚』〈フォークナー全集 14〉1968 年。
田中久男訳『村』〈フォークナー全集 15〉1983 年。
大橋健三郎訳『行け、モーセ』〈フォークナー全集 16〉1973 年。
鈴木建三訳『墓地への侵入者』〈フォークナー全集 17〉1969 年。
山本晶訳『駒さばき』〈フォークナー全集 18〉1978 年。
阪田勝三訳『尼僧への鎮魂歌』〈フォークナー全集 19〉1967 年。
外山昇訳『寓話』〈フォークナー全集 20〉1997 年。阿部知二訳『寓話』岩波書店、1967 年。
速川浩訳『町』〈フォークナー全集 21〉1969 年
高橋正雄訳『館』〈フォークナー全集 22〉1967 年。
高橋正雄訳『自動車泥棒』〈フォークナー全集 23〉1975 年。
志村正雄訳『短編集（一）』〈フォークナー全集 24〉1981 年。
小野清之・牧野有通訳『短編集（二）』〈フォークナー全集 25〉1984 年。
牧野有通・平石貴樹訳『短編集（三）』〈フォークナー全集 26〉1997 年。
大橋健三郎・藤平育子・林文代・木島始訳『随筆・演説他』〈フォークナー全集 27〉1995 年。

〈書簡、会見録など〉

Conversations with William Faulkner. Ed. M. Thomas Inge. Jackson: UP of Mississippi. 1999.

Faulkner: A Comprehensive Guide to the Brodsky Collection. Vol. 2: The Letters. Ed. Louis Daniel Brodsky and Robert W. Hamblin. Jackson: UP of Mississippi, 1982.

Faulkner: A Comprehensive Guide to the Brodsky Collection. Vol. 5: Manuscripts and Documents. Ed. Louis Daniel Brodsky and Robert W. Hamblin. Jackson: UP of Mississippi, 1988.

Faulkner at Nagano. Ed. Robert A. Jelliffe. Tokyo: Kenkyusha, 1956.

Faulker at West Point. Ed. Joseph L. Fant Ⅲ and Robert Ashley. New York: Random House, 1964.

Faulkner in the University: Class Conferences at the University of Virginia, 1957-

1958. Ed. Frederick L. Gwynn and Joseph L. Blotner. Charlottesville: U of Virginia P, 1959.
The Faulkner-Cowley File: Letters and Memories, 1944-1962. Ed. Malcolm Cowley. New York: Viking, 1967.
A Faulkner Miscellany. Ed. James B. Meriwether. Jackson: UP of Mississippi, 1974.
Lion in the Garden: Interviews with William Faulkner, 1926-1962. Ed. James B. Meriwether and Michael Millgate. New York: Random House, 1968.
Selected Letters of William Faulkner. Ed. Joseph Blotner. New York: Random House, 1977.
Thinking of Home: William Faulkner's Letters to His Mother and Father, 1918-1925. Ed. James G. Watson. New York: Norton, 1992.

〈伝記その他の参考文献〉

Aaron, Daniel. "The 'Inky Curse': Miscegenation in the White American Literary Imagination." *Social Science Information* 22 (1983): 169-90.
Andrews, Karen Marie. *Crossing the Color Line: Race, Gender, and Miscegenation in Faulkner.* Diss. Claremont Graduate School. Ann Arbor: UMI, 1995.
Barth, J. Robert, ed. *Religious Perspectives in Faulkner's Fiction: Yoknapatawpha and Beyond.* Notre Dame: U of Notre Dame P, 1972.
Berland, Alwyn. "*Light in August*: The Calvinism of William Faulkner." *Modern Fiction Studies* 8 (Summer 1962): 159-70.
Bleikasten, André. "For/Against an Ideological Reading of Faulkner's Novels." *Faulkner & Idealism: Perspectives from Paris.* Ed. Michel Gresset and Patrick Samway. Jackson: UP of Mississippi, 1983: 27-50.
Blotner, Joseph L. *Faulkner: A Biography.* 2 vols. New York: Random House, 1974.
―――. *Faulkner: A Biography.* 1 vol. New York: Random House, 1984.
―――. "Faulkner's Religious Sensibility." *The Incarnate Imagination.* Ed. Ingrid H. Shafer. Bowling Greed, Oh.: Bowling UP, 1988: 185-96.
―――. *William Faulkner's Library: A Catalogue.* Charlottesville: UP of Virginia, 1964.
Brooks, Cleanth. *The Hidden God: Studies in Hemingway, Faulkner, Yeats, Eliot, and Warren.* New Haven: Yale UP, 1963.
―――. *On the Prejudices, Predilections, and Firm Beliefs of William Faulkner.* Baton Rouge: Louisiana State UP, 1987.
―――. *William Faulkner: First Encounters.* New Haven: Yale UP, 1983.
―――. *William Faulkner: Toward Yoknapatawpha and Beyond.* New Haven: Yale UP, 1978.
―――. *William Faulkner: The Yoknapatawpha Country.* New Haven: Yale UP, 1963.

Capps, Jack L., ed. *The Faulkner Concordances*. 35 vols. Ann Arbor: UMI Research P/ The Faulkner Concordance Advisory Board, 1977-90.

Carey, Glenn O., ed. *Faulkner: The Unappeased Imagination: A Collection of Critical Essays*. Troy: Whitston, 1980.

Carothers, James B. "The Road to *The Reivers*." "*A Cosmos of My Own*." Ed. Doreen Folwer and Ann J. Abadie. Jackson: UP of Mississippi, 1981: 95-124.

Chabrier, Gwendolyn. *Faulkner's Families: A Southern Saga*. New York: Gordian, 1993.

Claridge, Henry, ed. *William Faulkner: Critical Assessments*. 4 vols. Robertsbridge, UK: Helm Information, 1999.

Coffee, Jessie McGuire. *Faulkner's Un-Christlike Christians: Biblical Allusions in the Novels*. Diss. U of Nevada. Ann Arbor: UMI Research P, 1983.

Cox, Leland H., ed. *William Faulkner: Biographical and Reference Guide: A Guide to His Life and Career*. Detroit: Gale, 1982.

Cullen, John B., and Floyd C. Watkins. *Old Times in the Faulkner Country*. Chapel Hill: U of North Carolina P, 1961.

Douglas, Harold J. and Robert Daniel, "Faulkner and the Puritanism of the South." *Tennessee Studies in Literature* 2 (1957): 1-13.

Douglass, Paul. *Bergson, Eliot, and American Literature*. Lexington: UP of Kentucky, 1986.

Doyle, Don H. *Faulkner's County: The Historical Roots of Yoknapatawpha*. Chapel Hill: U of North Carolina P, 2001.

Eliot, T. S. *The Complete Poems and Plays of T. S. Eliot*. London: Faber, 1969. 『エリオット全集 1 詩』中央公論社、1981 年。

―――. *For Lancelot Andrewes: Essays on Style and Order*. London: Faber, 1928.

―――. *Selected Essays*. London: Faber, 1951. 『エリオット全集 5 文化論』中央公論社、1991 年。

Elkin, Stanley Lawrence. *Religious Themes and Symbolism in the Novels of William Faulkner*. Diss. U of Illinois, 1961. Ann Arbor: UMI, 1961.

Falkner, Murry C. *The Falkners of Mississippi: A Memoir*. Baton Rouge: Louisiana State UP, 1967.

Faulkner, Howard. "The Stricken World of 'Dry September.'" *Studies in Short Fiction*. New York: Periodicals Service, 1973: 47-50.

Faulkner, Jim. *Across the Creek: Faulkner Family Stories*. Jackson: UP of Mississippi, 1986.

Faulkner, John. *My Brother Bill: An Affectionate Reminiscence*. New York: Trident, 1963.

Fletcher, Mary Dell. "William Faulkner and Residual Calvinism." *Southern Studies* 18 (Summer 1979): 199-216.

Fowler, Doreen, and Ann J. Abadie, eds. *"A Cosmos of My Own": Faulkner and Yoknapatawpha, 1980*. Jackson: UP of Mississippi, 1981.
―――, eds. *Faulkner: International Perspectives: Faulkner and Yoknapatawpha, 1982*. Jackson: UP of Mississippi, 1984.
―――, eds. *Faulkner and Religion: Faulkner and Yoknapatawpha 1989*. Jackson: UP of Mississippi, 1991.
Godden, Richard. *Fictions of Labor: William Faulkner and the South's Long Revolution*. Cambridge: Cambridge UP, 1997.
Gold, Joseph. *William Faulkner: A Study in Humanism from Metaphor to Discourse*. Norman: U of Oklahoma P, 1966.
Gray, Richard. *The Life of William Faulkner: A Critical Biography*. Oxford: Blackwell, 1994.
Gresset, Michel. *A Faulkner Chronology*. Trans. Arthur B. Scharff. Jackson: UP of Mississippi, 1985.
―――, and Patrick Samway, eds. *Faulkner and Idealism: Perspectives from Paris*. Jackson: UP of Mississippi, 1983.
Guibert, Rita. *Seven Voices: Seven Latin American Writers Talk to Rita Guibert*. New York: Knopf, 1972.
Hamblin, Robert W., and Charles A. Peek, eds. *A William Faulkner Encyclopedia*. Westport: Greenwood, 1999. 寺沢みづほ訳『ウィリアム・フォークナー事典』雄松堂、2006年。
Hamilton, Edith. "Sorcerer or Slave?" *Saturday Review* 35, 12 July 1952: 8-10.
Hoffman, Frederick J. *William Faulkner*. New York: Twayne, 1961. 2nd ed. 1966.
―――, and Olga W. Vickery, eds. *William Faulkner: Three Decades of Criticism*. East Lansing: Michigan State College P, 1960.
Holman, C. Hugh. "The Unity of Faulkner's *Light in August*." *PMLA* LXXIII (March 1958): 155-66.
Hönnighausen, Lothar. *Faulkner: Masks and Metaphors*. Jackson: UP of Mississippi, 1997.
Hornback, Vernon T. *William Faulkner and the Terror of History: Myth, History, and Moral Freedom in the Yoknapatawpha Cycle*. Diss. St. Louis U, 1963. Ann Arbor: UMI, c. 1964.
Howe, Irving. *William Faulkner: A Critical Study*. New York: Random House, 1952. Rev. ed. New York: Vintage, 1962.
Hunt, John W. *William Faulkner: Art in Theological Tension*. Syracuse: Syracuse UP, 1965.
Inge, M. Thomas. "Faulkner and Mo Yan: Influences and Confluences." *Perspectives on American Culture: Essays on Humor, Literature, and the Popular Arts*. West Cornwall, Connecticut: Locust Hill P, 1994: 225-37.

Johnson, Robert L. "William Faulkner, Calvinism and the Presbyterians." *Journal of Presbyterian History* 57 (Spring 1979): 66-81.
Jones, Diane Brown. *A Reader's Guide to the Short Stories of William Faulkner.* New York: G. K. Hall, 1994.
Karl, Frederick R. *William Faulkner: American Writer: A Biography.* New York: Weidenfeld & Nicholson, 1989.
Kerr, Elizabeth M. *William Faulkner's Yoknapatawpha: "A Kind of Keystone in the Universe."* New York: Fordham UP, 1976.
―――. *Yaknapatawpha: Faulkner's "Little Postage Stamp of Native Soil."* New York: Fordham UP, 1969. Rev. ed. 1976.
Kinney, Arthur F., ed. *Critical Essays on William Faulkner: The Compson Family.* Boston: G. K. Hall, 1982.
―――, ed. *Critical Essays on William Faulkner: The McCaslin Family.* Boston: G. K. Hall, 1990.
―――, ed. *Critical Essays on William Faulkner: The Sartoris Family.* Boston: G. K. Hall, 1985.
―――, ed. *Critical Essays on William Faulkner: The Sutpen Family.* Boston: G. K. Hall, 1996.
Kirk, Robert W., and Marvin Klotz. *Faulkner's People: A Complete Guide and Index to Characters in the Fiction of William Faulkner.* Berkeley: U of California P, 1963.
Kolmerten, Carol A., Stephen M. Ross, and Judith Bryant Wittenberg, eds. *Unflinching Gaze: Morrison and Faulkner Re-Envisioned.* Jackson: UP of Mississippi, 1997.
McClelland, Benjamin Wright. *Not Only to Survival But to Prevail: A Study of William Faulkner's Search for a Redeemer of Modern Man.* Diss. Indiana University, 1972. Ann Arbor: UMI, c. 1972.
McHaney, Thomas L., ed. *Faulkner Studies in Japan.* Comp. Kenzburo Ohashi and Kiyoyuki Ono. Athens: U of Georgia P, 1985.
―――. *William Faulkner: A Reference Guide.* Boston: G. K. Hall, 1976.
―――. *William Faulkner's The Wild Palms: A Study.* Jackson: UP of Mississippi, 1975.
Meriwether, James B. *The Literary Career of William Faulkner: A Bibliographical Study.* Princeton: Princeton U Library, 1961.
Millgate, Michael. *The Achievement of William Faulkner.* New York: Random House, 1966. New York: Vintage, 1971.
―――. *William Faulkner.* Edinburgh: Oliver, 1961.
Minter, David. *William Faulkner: His Life and Work.* Baltimore and London: Johns Hopkins UP, 1997.
Miyake, Akiko. "William Faulkner's Inverted World in *Soldiers' Pay* and *A Fable.*"

Kobe College Studies XXVI. Dec. 1979: 1-15.
Nilon, Charles H. *Faulkner and the Negro*. Boulder: U of Colorado P, 1962. New York: Citadel, 1965.
O'Connor, William Van. *The Tangled Fire of William Faulkner*. Minneapolis: U of Minnesota P, 1954.
Oe, Kenzaburo, "Reading Faulkner from a Writer's Point of View." *Faulkner Studies in Japan*. Ed. Thomas L. McHaney. Athens: U of Georgia P, 1985: 62-75.
Peavy, Charles D. *Go Slow Now: Faulkner and the Race Question*. Eugene: U of Oregon P, 1971.
Polk, Noel. *Children of the Dark House: Text and Context in Faulkner*. Jackson: UP of Mississippi, 1996.
―――. *Faulkner's* Requiem for a Nun: *A Critical Study*. Bloomington: Indiana UP, 1981.
Rice, Philip Bliar. "Faulkner's Crucifixion." *Kenyon Review* 16, 1954: 661-70.
Rubel, Warren Gunther. *The Structural Function of the Christ Figure in the Fiction of William Faulkner*. Diss. U of Arkansas, 1964. Ann Arbor: UMI, 1964.
Sartre, Jean-Paul. "Time in Faulkner: *The Sound and the Fury*." *William Faulkner: Three Decades of Criticism*. Ed. Frederick J. Hoffman and Olga W. Vickery. East Lansing: Michigan State UP, 1960: 225-32.
Shakespeare, William. *Macbeth*. Ed. G. B. Harrison. New York: Harcourt, 1948.
Simas, Rosa. *Circularity and Visions of the New World in William Faulkner, Gabriel Garcia Marquez, and Osman Lins*. Lewiston: Edwin Mellen, 1993.
Singal, Daniel J. *William Faulkner: The Making of a Modernist*. Chapel Hill: U of North Carolina P, 1997.
Slatoff, Walter J. *Quest for Failure: A Study of William Faulkner*. Ithaca: Cornell UP, 1960.
Taylor, Walter. *Faulkner's Search for a South*. Urbana: U of Illinois, 1983.
Towner, Theresa M. *Faulkner on the Color Line: The Later Novels*. Jackson: UP of Mississippi, 2000.
Tuck, Dorothy. *Crowell's Handbook of Faulkner: A Complete Guide to the Works of William Faulkner*. New York: Crowell, 1964.
Urgo, Joseph R. *Faulkner's Apocrypha:* A Fable, Snopes, *and the Spirit of Human Rebellion*. Jackson: UP of Mississippi, 1989.
Vickery, Olga W. *The Novels of William Faulkner: A Critical Interpretation*. Baton Rouge: Louisiana State UP, 1959. Rev. ed. 1964. 3rd ed. 1995.
Volpe, Edmond L. *A Reader's Guide to William Faulkner*. New York: Farrar, Straus, 1964.
Waggoner, Hyatt H. *William Faulkner: From Jefferson to the World*. Lexington: U of Kentucky P, 1959.

Wagner-Martin, Linda, ed. *William Faulkner: Six Decades of Criticism*. East Lansing: Michigan State UP, 2002.
Wainwright, Michael. *Darwin and Faulkner's Novels: Evolution and Southern Fiction*. New York: Palgrave Macmillan, 2008.
Warren, Robert Penn, ed. *Faulkner: A Collection of Critical Essays*. Englewood Cliffs: Prentice-Hall, 1966.
Wasson, Ben. *Count No 'Count: Flashbacks to Faulkner*. Jackson: UP of Mississippi, 1983.
Watson, James Gray. *William Faulkner: Self-Presentation and Performance*. Austin:U of Texas P, 2000.
Weinstein, Philip M. *What Else But Love?: The Ordeal of Race in Faulkner and Morrison*. New York: Columbia UP, 1996.
Welty, Eudra. *On William Faulkner*. Jackson: UP of Mississippi, 2003.
West Ⅲ, James L. W., ed. *Conversation with William Styron*. Jackson: UP of Mississippi, 1985.
Wilde, Meta Carpenter, and Orin Borsten. *A Loving Gentleman: The Love Story of William Faulkner and Meta Carpenter*. New York: Simon and Schuster, 1976.
Wilder, Amos. *Theology and Modern Literature*. Cambridge: Harvard UP, 1958.
Williamson, Joel. *William Faulkner and Southern History*. New York: Oxford UP, 1993.
Wilson, Charles Reagan. *Judgment and Grace in Dixie: Southern Faiths from Faulkner to Elvis*. Athens: U of Georgia P, 1995.
Wilson, Edmond. "William Faulkner's Reply to the Civil-Rights Program." *New Yorker* 24 (23 Oct. 1948): 106, 109-12; Rpt. in *Faulkner: A Collection of Critical Essays*. Ed. Robert Penn Warren. Englewood Cliffs: Prentice-Hall, 1966: 219-25.
Wittenberg, Judith Bryant. *Faulkner: The Transfiguration of Biography*. Lincoln: U of Nebraska P, 1979.
秋田明満『フォークナーの南部――ヤング・ベイヤードからチック・マリソンまでの軌跡』桐原書店、1989年。
ウィリアム・スタイロン著、須山静夫訳『闇の中に横たわりて』白水社、1966年、2001年。
大浦暁生『ウィリアム・スタイロンの世界』中央大学出版部、2008年。
大橋健三郎・小山敏夫・田中敬子・田中久男・並木信明・新納卓也・平石貴樹・藤平育子・山下昇編『フォークナー事典』日本ウィリアム・フォークナー協会編集、松柏社、2007。
大橋健三郎『ウィリアム・フォークナー研究』全1巻増補版　南雲堂、1996年。
―――.『フォークナー――アメリカ文学、現代の神話』〈中公新書〉中央公論社、1993年。

ガブリエル・ガルシア=マルケス著、鼓直訳『百年の孤独』新潮社、1972 年、1997 年。
小山敏夫『ウィリアム・フォークナーの詩の世界――楽園喪失からアポクリファルな創造世界へ』関西学院大学出版会、2006 年。
―――.『ウィリアム・フォークナーの短編の世界』山口書店、1988 年。
杉山直人『ヨクナパトーファ共同体と個をめぐって――フォークナーの肯定への歩み』創元社、1993 年。
高田邦男『ウィリアム・フォークナーの世界』評論社、1978 年。
田中敬子『フォークナーの前期作品研究――身体と言語』開文社、2002 年。
田中久男『ウィリアム・フォークナーの世界――自己増殖のタペストリー』南雲堂、1997 年。
中島時哉・江田治郎『ウィリアム・フォークナーと三人の女』旺史社、1981 年。
仁木勝治『アメリカ南部社会の寵児――フォークナー大佐の悲劇』、文化書房博文社、2007 年。
西川正身編『フォークナー』〈20 世紀英米文学案内 16〉研究社、1972 年。
花岡秀『ウィリアム・フォークナー短編集――空間構造をめぐって』山口書店、1994 年。
『フォークナー』第 1 号、松柏社、1999 年。
莫言著、井口晃訳『赤い高粱』岩波書店、2003 年。
森岡裕一・藤谷聖和・田中紀子・花岡秀・貴志雅之『酔いどれアメリカ文学――アルコール文学文化論』英宝社、1999 年。

ジェレミー・テイラーに関する文献：

〈テイラーによる作品〉

The Whole Works, With a Life of the Author. 10 vols. Ed. Reginald Heber. Revised and corrected by C. P. Eden. London, 1847-54.

Contemplation of the State of Man in This Life: And in That Which Is to Come. London, 1847.

Holy Living and Dying: With Prayers by The Right Rev. Jeremy Taylor, D.D. London: Bell, 1878.

The House of Understanding: Selections from the Writings of Jeremy Taylor. Ed. Margaret Gest. Philadelphia: U of Pennsylvania P, 1954.

Jeremy Taylor: Selected Works. Ed. Thomas K. Carroll. New York: Paulist, 1990.

The Rule and Exercises of Holy Living by Jeremy Taylor, D.D. Longmans, 1918.

Taylor's Holy Dying. Boston: Welch, Bigelow, 1864.

〈伝記その他の作品〉

Asals, Frederick. "Jeremy Taylor and Hawthorne's Early Tales." *American Transcendental Quarterly* 14 (1972): 15-23.

Askew, Reginald. *Muskets and Altars: Jeremy Taylor and the Last of the Anglicans.*

London: Mowbray, 1997.
Bolton, F. R. *The Caroline Tradition of the Church of Ireland: With Particular Reference to Bishop Jeremy Taylor.* London: SPCK, 1958.
Bouyer, Louis. *Orthodox Spirituality and Protestant and Anglican Spirituality.* London: Burns, 1969.
Bray, W., ed. *Diary of John Evelyn.* New Edition with Life of the Author and Preface, by H. B. Wheatley. 3 vols. London, 1906.
Chandler, Elizabeth. "A Study of the Sources of the Tales and Romances Written by Nathaniel Hawthorne before 1853." *Smith College Studies in Modern Languages* VII (July 1926): 58.
——. "Books Read by Nathaniel Hawthorne, 1828–1850." *Essex Institute Historical Collections* LXVIII (1932).
Coleridge, J. T. *A Memoir of the Rev. John Keble, M.A., Late Vicar of Hursley.* Oxford and London: J. Parker, 1869.
Coleridge, Samuel Taylor. *The Philosophical Lectures on Samuel Taylor Coleridge.* Ed. Kathleen Coburn. London: Routledge, 1949.
——. *Table Talk of Samuel Taylor Coleridge, and The Rime of the Ancient Mariner, Christabel, &c., With an Introduction by Henry Morley.* London: Routledge, 1884.
Doubleday, N. F. "The Theme of Hawthorne's 'Fancy's Show Box'; Certain Parallels Between It and a Passage in Jeremy Taylor's *Ductor Dubitantium*." *American Literature* 10 (1938): 341–43.
Duyckinck, Evert. "Melville's *Moby-Dick; or The Whale* ('Second Notice')." *Literary World* (November 22, 1851): 404.
Fisch, Harold. *Jerusalem and Albion: The Hebraic Factor in Seventeenth Century Literature.* London: Routledge, 1964.
Gosse, Edmund. *Jeremy Taylor.* London: Macmillan, 1904.
Hawthorne, Julian. *Hawthorne Reading.* Cleveland, 1902.
Hawthorne, Nathaniel. "Egoism; or, the Bosom Serpent." *Mosses from an Old Manse. The Complete Writings of Nathaniel Hawthorne.* Vol. V. Boston and New York: Houghton, Mufflin, 1900: 32–55.
——. "Fancy's Show Box: A Morality." *Twice-told Tales. The Complete Writings of Nathaniel Hawthorne.* Vol. 1. Boston and New York: Houghton, Mufflin, 1900: 297–306.
Heber, Reginald. *The Life of Jeremy Taylor.* 2 vols. London: James Duncan, 1824.
Henson, H. H. *Jeremy Taylor: 1613–1667.* London: SPCK, 1902.
Hughes, H. Trevor. *The Piety of Jeremy Taylor.* London: Macmillan, 1960.
——. "Jeremy Taylor and John Wesley." *London Quarterly*, Oct. 1949.
Hunt, J. *Religious Thought in England from the Reformation to the End of the Last*

Century. Vol. 1. London: Gibbings, 1896.

Huntley, Frank L. *Jeremy Taylor and the Great Rebellion: A Study of His Mind and Temper in Controversy*. Ann Arbor: UMI, 1970.

Hutton, Sarah. *Henry More (1614–1687): Tercentenary Studies*. Boston: Kluwer, 1990.

Inge, William Ralph. *The Platonic Tradition in English Religious Thought: The Hulsean Lectures at Cambridge*. London: Longmans, 1926.

King, James Roy. "Jeremy Taylor: Theology and Aesthetics." *Studies in Six 17th Century Writers*. Athens, Ohio: Ohio UP, 1966: 159–92.

May, E. H. *A Dissertation on the Life, Theology, and Times of Dr. Jeremy Taylor*. London: Bemrose, 1892.

McAdoo, Henry R. *The Spirit of Anglicanism: The Survey of Anglican Theological Method in the Seventeenth Century*. London: Black, 1965.

———. *The Structure of Caroline Moral Theology*. London: Longmans, 1949.

Melville, Herman. *Moby-Dick*. Ed. Luther S. Mansfield and Howard P. Vincent. New York: Hendricks, 1962.

New, John F. H. *Anglican and Puritan, the Basis of Their Opposition, 1558–1640*. Stanford: Stanford UP, 1964.

Nossen, Robert. "Jeremy Taylor: Seventeenth-Century Theologian." *Anglican Theological Review* 42 (1960): 28–39.

Patrides, C. A., ed. *The Cambridge Platonists*. Cambridge: Cambridge UP, 1980.

Rogers, G. A. J., ed. *The Cambridge Platonists in Philosophical Context: Politics, Metaphysics, and Religion*. London: Kluwer, 1997.

Seals, Merton M. Jr. "Melville and the Platonic Tradition," 1980. *Pursing Melville: 1940–1980*. Madison: U of Wisconsin P, 1981: 278–336.

Snell, F. J. *Wesley and Methodism*. Edin.: Clark, 1900.

Southey, Robert. *The Life of John Wesley*. London: Hutchinson, 1820.

Stapleton, Laurence. *The Elected Circle*. Princeton: Princeton UP, 1973.

Stranks, Charles J. *The Life and Writings of Jeremy Taylor*. London: SPCK, 1952.

Williamson, Hugh Ross. *Jeremy Taylor*. London: Dobson, 1952.

Wood, Thomas. *English Casuistical Divinity during the Seventeenth Century: With Special Reference to Jeremy Taylor*. London: SPCK, 1952.

Worley, George. *Jeremy Taylor: A Sketch of His Life and Times, With a Popular Exposition of His Works*. London: Longmans, 1904.

ベルクソンに関する文献：

〈ベルクソンによる作品〉

Creative Evolution. Trans. Arthur Mitchell. New York: H. Holt, 1911.
松浪信三郎・高橋允昭訳『創造的進化』白水社、1991 年。真方敬道訳『創造的進化』岩波書店、1993 年。

The Creative Mind. Trans. Mabelle L. Andison. New York: Philosophical Library, 1946. 矢内原伊作訳『思想と動くもの』白水社、2001 年。

An Introduction to Metaphysics. Trans. T. E. Hulme. London: Macmillan, 1912.
坂田徳男訳『形而上学入門』中央公論社、1969 年。

Matter and Memory. Trans. Nancy Paul and W. Scott Palmer. New York : Macmillan, 1911. 田島節夫訳『物質と記憶』白水社、1993 年。高橋里美訳『物質と記憶』岩波書店、1987 年。

Time and Free Will: An Essay on the Immediate Data of Consciousness. Trans. F. L. Pogson. London: George Allen, 1912. 平井啓之訳『時間と自由』白水社、1993 年。中村文郎訳『時間と自由』岩波書店、2004 年。

The Two Sources of Morality and Religion. Trans. R. Ashley Audra and Cloudesley Brereton. London: Macmillan, 1935. 中村雄二郎訳『道徳と宗教の二源泉』白水社、1993 年。平山高次訳『道徳と宗教の二源泉』岩波書店、2003 年。

〈その他の作品〉

Callen, Shirley Parker. *Bergsonian Dynamism in the Writings of William Faulkner.* Diss. Tulane U, 1962. Ann Arbor: UMI, 1962.

Fasel, Ida. "Spatial Form and Spatial Time." *Western Humanities Review* 16 (Summer 1962): 223-34.

Ford, Daniel. *Uses of Time in Four Novels of William Faulkner.* Diss. Auburn U, 1973. Ann Arbor: UMI, 1973.

Fulton, James Street, "Bergson's Religious Interpretation of Evolution." *Rice Institute Pamphlet* 43 (no. 3), 1956: 14-28.

Gunn, J. Alexander. *Bergson and His Philosophy.* London: Methuen, 1920.

Hanna, Thomas, ed. *The Bergsonian Heritage.* New York: Columbia UP, 1962.

Herman, Daniel. *The Philosophy of Henri Bergson.* Washington. DC: UP of America, 1980.

Lacey, A. R. *Bergson.* London: Routledge, 1989.

Levi, Albert W. *Philosophy and the Modern World.* Bloomington: Indiana UP, 1959.

Lindsay, Alexander Dunlop. *The Philosophy of Bergson.* London: Dent, 1911.

Luce, A. A. *Bergson's Doctrine of Intuition.* New York: Macmillan, 1922.

Maritain, Jacques. *Bergsonian Philosophy and Thomism.* Trans. Mabelle L. Andison. 1955. New York: Greenwood, 1968.

Moore, F. C. T. *Bergson: Thinking Backwards.* Cambridge: Cambridge UP, 1996.
Parr, Susan Dale Resneck. *And by Bergson, Obviously, Faulkner's* The Sound and the Fury, As I Lay Dying *and* Absalom, Absalom! *from a Bergsonian Perspective.* Diss. U of Wisconsin, 1972. Ann Arbor: UMI, 1972.
Sertillanges A. D. *Avec Henri Bergson.* Mons Belgique: Sils Maria, 1941. 三嶋唯善訳『アンリ・ベルクソンとともに——持続論・科学論・宗教論』行路社、1976年。
池辺義教『ベルクソンの哲学』〈レグルス文庫53〉第三文明社、第3版、1985年。
市川浩『ベルクソン』講談社、1991年。
伊藤淑子『ベルクソンと自我——自我論を通して生命と宇宙、道徳と宗教を問う』晃洋書房、2003年。
岩田文昭『フランス・スピリチュアリスムの宗教哲学』創文社、2001年。
金森修『ベルクソン——人は過去の奴隷なのだろうか』NHK出版、2007年。
久米博・中田光雄・安孫子信編『ベルクソン読本』法政大学出版局、2006年。
紺田千登史『フランス哲学と現実感覚——そのボン・サンスの系譜をたどる』関西学院大学出版会、2002年。

カバラに関する文献:

Beitchman, Philip. *Alchemy of the World: Cabala of the Renaissance.* New York: State University of New York P, 1998.
Benz, Ernst. *Die christliche Kabbala: Ein Stiefkind der Theologie.* Bhein-Verlag AG. Zürich, 1958. 松本夏樹訳解説「キリスト教カバラ——神学の継子」現代思想 Vol. 20. No. 2. 青土社、1992/02: 148-61.
Blau, Joseph Leon. *The Christian Interpretation of the Cabala in the Renaissance.* New York: Columbia UP, 1944. New York: Kennikat, 1965.
———. "The Diffusion of the Christian Interpretation of the Cabala in English Literature." *The Review of Religion* 6 (1941-42): 146-68.
Bokser, Ben Zion. *From the World of the Cabbalah: The Philosophy of Rabbi Judah Loew of Prague.* London: Vision, 1957.
Bush, Douglas. *English Literature in the Earlier Seventeenth Century, 1600-1660.* Oxford: Clarendon, 1990.
Coudert, Allison P. *The Impact of the Kabbalah in the Seventeenth Century.* Leiden: Brill, 1999.
Dan, Joseph. *Kabbalah: A Very Short Introduction.* Oxford: Oxford UP, 2007.
Epstein, Perle. *Kabbalah: The Way of the Jewish Mystic.* Boston & London: Shambhala, 1988. 松田和也訳『カバラーの世界』青土社、1995年。
Fisdel, Steven A. *The Practice of Kabbalah: Meditation in Judaism.* Northvale, N. J.: Aronson, 1996.
Halevi, Z'ev ben Shimon. *Tree of Life: And Introduction to the Cabala.* London:

Rider, 1972.
———. *The Way of Kabbalah*. London: Rider, 1976.
Haralick, Robert M. *The Inner Meaning of the Hebrew Letters*. Northvale N. J. : Aronson, 1995.
Herzog, I. "John Selden and Jewish Law." *Publications of the Society for Jewish Jurisprudence* 3, 1931.
Katz, Jacob. *Jews and Freemasons in Europe 1723-1939*. Trans. Leonard Oschry. Cambridge, Mass: Harvard UP, 1970. 大谷裕文訳『ユダヤ人とフリーメーソン——西欧文明の深層を探る』三交社、1995 年。
Milton, John. *Paradise Lost*. Ed. John Leonard. London: Penguin, 2000.
More, Henry. *Conjectura Cabbalistica. Or, a Conjectural Essay of Interpreting the Minde of Moses according to a Threefold Cabbala, viz., Literal, Philosophical, Mystical, or Divinely Moral*. London, 1653.
Nicolson, Marjorie Hope, ed. *The Conway Letters: The Correspondence of Ann, Viscountess Conway, Henry More, and their Friends 1642-1684*. Rev. ed. Sarah Hutton. Oxford: Clarendon, 1992.
———. "Milton and the *Conjectura Cabbalistica*." *Philological Quarterly* VI, 1927: 1-18.
Rosenroth, Knorr von, *Kabbala Denudata* (Frankfurt, 1677-84). Trans. MacGregor Mathers, S. L. *The Kabbalah Unveiled*. London: Redway, 1887.
Roth, L. "Hebraists and Non-Hebraists of the Seventeenth Century." *Journal of Semitic Studies* 6, 1961: 204-21.
Saurat, Denis. *Literature and Occult Tradition*. Trans. Dorothy Bolton. London: Bell, 1930.
———. *Milton: Man and Thinker*. New York: Dial, Reprinted 1935.
Scholem, Gershom G. *Kabbalah*. New York: Quadrangle, 1974.
———. *Major Trends in Jewish Mysticism*. Trans. George Lichtheim. New York: Schocken, 1946.
Swietlicki, Catherine. *Spanish Christian Cabala*. Columbia, Mo.: U of Missouri P, 1986.
Waite, Arthur Edward. *Doctrine and Literature of the Kabalah*. London: Theosophical Pub. Soc., 1902.
Yates, Frances A. *The Occult Philosophy in the Elizabethan Age*. London and Boston: Routledge, 1979.
江川卓『謎解き「罪と罰」』新潮選書、2004。
エプスタイン、パール、松田和也訳『カバラの世界』青土社、1995 年。
大江健三郎『雨の木を聴く女たち』新潮社、2007 年。
ゲッチェル、ロラン著、田中義廣訳『カバラ』白水社、1993 年。
ゲルショム・ショーレム著、小岸昭、岡部仁訳『カバラとその象徴表現』法政大学出版局、1973 年。

ゼブ・ベン・シモン・ハレヴィ著、新村峯子訳『カバラの宇宙』出帆新社、2004年。
箱崎総一『ユダヤ神秘思想の系譜』青土社、1988年。
湯浅慎一『フリーメイソンリー――その思想、人物、歴史』中央公論社、1990年。
吉村正和『フリーメイソン――西欧神秘主義の変容』〈講談社文庫930〉講談社、1989年。

その他の文献:

Achtemeier, Paul J., ed. *Harper's Bible Dictionary*. SanFrancisco: Harper, 1971.
Alighieri, Dante. *The Inferno of Dante Alighieri*. Trans. J. A. Carlisle. London: Dent, 1962.
Allen, Irving Lewis. *The Language of Ethinic Conflict*. New York: Columbia UP, 1983.
Audi, Robert, ed. *The Cambridge Dictionary of Philosophy*. Cambridge UP, 1955.
Augustinus, Aurelius *The City of God*. Trans. Henry Bettenson. Harmondsworth: Penguin, 1972.
―――. *The Confessions of St. Augustine*. Trans. F. J. Sheed. New York: Sheed & War, 1960.
The Bible: Revised Standard Version. Ed. John Stirling. Collins, 1952.
Boles, John B. *The Great Revival 1787-1805: The Origins of the Southern Evangelical Mind*. Lexington: UP of Kentucky, 1972.
Brabant, F. H. *Time and Eternity in Christian Thought*. London: Longmans, 1937.
Bromiley, Geoffrey W. *The International Standard Bible Encyclopedia*. V. 4. Chicago: Eerdmans, 1989.
Buttrick, George Arthur, ed. *The Interpreter's Dictionary of the Bible*. 5 vols. Nashville: Abingdon, c. 1962-c. 1976.
Cash, W. J. *The Mind of the South*. New York: Alfred A. Knopf, 1941; rpt. New York: Vintage, 1969.
Clarkson, L. A. *Death, Diseases and Famine in Pre-industrial England*. Dublin: Gill, 1975.
Cross, F. L., ed. *The Oxford Dictionary of the Christian Church*. London: Oxford UP, 1957.
Dabney, Robert L. *Discussions: Evangelical and Theological*. 2vols. London: Banner, 1967.
Denney, James. *The Christian Doctrine of Reconciliation*. London: Hodder, 1917. 松浦義夫訳『キリスト教の和解論』一麦出版社、2008年。
Dourley, John P. *The Psyche as Sacrament: A Comparative Study of C.G. Jung and Paul Tillich*. Toronto: Inner City, c. 1981.
Edwards, Paul, ed. *The Encyclopedia of Philosophy*. 8vols. New York: Macmillan, 1967-72.

Eliade, Mircea, ed. *The Encyclopedia of Religion.* 16 vols. New York: Macmillan, c. 1987.

Frazer, James George. *The Golden Bough: A Study of Magic and Religion.* London: Wordsworth, 1993.

Grey, Robin. *The Complicity of Imagination.* Cambridge: Cambridge UP, 1997.

Habib, M. A. R. *The Early Eliot and Western Philosophy.* Cambridge: Cambridge UP, 1999.

Hill, Samuel S, ed. *Encyclopedia of Religion in the South.* Macon, Ga.: Mercer UP, 1984.

―――, and Charles H. Lippy, eds. *Encyclopedia of Religion in the South.* 2nd ed. Rev. Updated, and expanded. Macon, Ga.: Mercer UP, 2005.

―――. *Southern Churches in Crisis.* New York: Holt, 1966.

Hill, Samuel S., et al. *Religion and the Solid South.* Nashville: Abingdon, 1972.

Hillerbrand, Hans J., ed. *The Oxford Encyclopedia of the Reformation.* New York: Oxford UP, 1996.

Howard, George Elliot. *A History of Matrimonial Institutions.* 3vols. New York: Humanities, 1964.

Hubbard, David A., and Glenn W., Barker, eds. *Word Biblical Commentary.* V. 42. Texas: Word Books, 1982.

Hubbell, Jay B., ed. *American Literature: A Journal of Literary History, Criticism, and Bibliography.* Vol Ten (1938-1939). Durham: Duke UP.

Hügel, Baron Friedrich. *Eternal Life: A Study of Its Implications and Applications.* Edinburgh: Clark, 1913.

Jeffrey, David Lyle, ed. *A Dictionary of Biblical Tradition in English Literature.* Grand Rapids, Mich.: Eerdmans, c. 1992.

Jenks, D. D. William, ed. *Cruden's Concordance to the Holy Scripture.* Philadelphia: American, 1890.

Kaufman, Harold F. With Lucy W. Cole, David D. Franks and Mary B. Whitmarsh. "Mississippi Churches: A Half Century of Change." *Mississippi Quarterly* 14. Mississippi State U, Summer 1961.

Kegley, Charles W. & Robert W. Bretall, eds. *The Theology of Paul Tillich.* New York: Macmillan, 1959.

Legouis, Emile, and Louis Cazamian. *A History of English Literature.* New York: Macmillan, 1935.

Lippy, Charles H. *Bibliography of Religion in the South.* Macon, Ga.: Mercer, c. 1985.

MacDonald, Michael. *Mystical Bedlam: Madness, Anxiety and Healing in Seventeenth Century England.* Cambridge: Cambridge UP, 1981.

Macquarrie, John, ed. *Principles of Christian Theology.* Rev. ed. London: SCM, 1977.

Manross, Wilson William. *A History of the American Episcopal Church.* New York:

Morehouse, 1935.
Matthiessen, F. O. *American Renaissance: Art and Expression in the Age of Emerson and Whitman*. London: Oxford UP, 1941.
Mayer, F. E. The *Religious Bodies of America*. 4th ed. Rev. Arthur Carl Piepkorn. Miss.: Concordia, 1961.
McGill, Ralph. *The South and the Southerner*. Boston: Little Brown, 1963.
Mead, Frank S. ed. *Handbook of Denominations in the United States*. New 12th Edition. Nashville: Abingdon, 2005.
Mead, Sidney E. *The Lively Experiment: The Shaping of Christianity in America*. New York: Harper, 1963. 野村文子訳『アメリカの宗教』日本基督教出版局、1978年。
Mullin, Robert Bruce, *Episcopal Vision/ American Reality*. New Haven: Yale UP, c. 1986.
Niebuhr, H. Richard. *The Social Sources of Denominationalism*. Cleveland and New York: Meridian, 1929. 柴田史子訳『アメリカ型キリスト教の社会的起源』ヨルダン社、1984年。
Paul, Sherman. *The Shores of America: Thoreau's Inward Exploration*. Urbna: U of Illinois P, c. 1958.
Plotinus. *Enneads*. Trans. Stephen Mackenna. London: Faber, 1926.
Portaro, Sam. *Brightest and Best: A Companion to the Lesser Feasts and Fasts*. Rev. & updated ed. Lanham, Md.: Rowman, 2007.
Reuter, Edward Byron. *The Mulatto in the United States*. Boston: Badger, 1918.
Richardson, Alan, ed. *A Theological Word Book of the Bible*. London: SCM, 1950.
―――, and John Bowden, eds. *The Westminster Dictionary of Christian Theology*. Philadelphia: SCM, c. 1983. A. リチャードソン、J. ボウデン編、古屋安雄監修・佐柳文男訳『キリスト教神学事典』教文館、1983年。
Russell, Bertrand. *History of Western Philosophy*. London: Unwin, 1984.
Ryken, Leland, James C. Wilhoit, Tremper Longman III, eds. *Dictionary of Biblical Imagery*. Illinois: InterVarsity, 1998.
Smith, Lillian Eugenia. *Killers of the Dream*, New York: Norton, 1949; rev. ed. 1961.
―――. *Now Is the Time*. New York: Viking, 1955.
Steele, David N., Curtis C. Thomas, and S. Lance Quinn. *The Five Points of Calvinism: Defined, Defended, and Documented*. 2nd ed. New Jersey: P&R, 2004.
Stewart, Randall. *American Literature and Christian Doctrine*. Baton Rouge: Louisiana State UP, 1958.
Sydnor, Charles Sackett. *Slavery in Mississippi*. New York: Appleton-Century, 1933.
Tiffany, Charles C. *A History of the Protestant Episcopal Church in the United States of America*. New York: Christian Literature, c. 1895.

Tillich, Paul. *The Courage to Be.* New Haven: Yale UP, 1952. 谷口美智雄訳『存在への勇気』新教出版社、1973 年。
―――. *The Eternal Now.* New York: Scribner's, 1963. 茂洋訳『永遠の今』新教出版社、1965 年。
―――. *Systematic Theology.* 3 vols. Chicago: U of Chicago P, 1951-63.
Trevor-Roper, H. R. *The Crisis of the Seventeenth Century: Religion, the Reformation, and Social Change.* New York: Harper, 1968.
Vries, Ad de, ed. *Dictionary of Symbols and Imagery.* Amsterdam: North-Holland, 1974. 山下主一郎・荒このみ訳『イメージ・シンボル事典』大修館書店、1984 年。
Webster, Charles, ed. *Health Medicine and Morality in the Sixteenth Century.* Cambridge: Cambridge UP, 1979.
Werblowsky, R. J. Zwi & Geoffrey Wigoder, eds. *The Oxford Dictionary of the Jewish Religion.* New York: Oxford UP, 1997.
Wigoder, Geoffrey, ed. *The Encyclopedia of Judaism.* New York: Macmillan, 1989.
Zanger, Jules. "The 'Tragic Octoroon' in Pre-Civil War Fiction." *American Quarterly* 18 (Spring 1966): 63-70.
Zinn, Howard. *The Southern Mystique.* New York: Knopf, 1964.
井出義光『南部――もう一つのアメリカ』東京大学出版会、1978 年。
エリアーデ、ミルチャ著、前田耕作訳『イメージとシンボル』エリアーデ著作集 第 4 巻 せりか書房、1988 年。
エリアーデ、ミルチャ・ヨアン P. クリアーノ著、奥山倫明訳『エリアーデ世界宗教事典』せりか書房、1994 年。
亀井俊介『アメリカン・ウェイ・オブ・ライフ』日本経済新聞社、1984 年。
木村正俊・中尾正史編『スコットランド文化事典』原書房、2006 年。
齋藤勇編『研究社英米文学事典』第 3 版、研究社、1985 年。
下中邦彦編『哲学事典』平凡社、1985 年。
『聖書』新共同訳、日本聖書協会、1993 年。
高橋哲雄『スコットランド歴史を歩く』岩波書店、2004 年。
日本基督教協議会文書事業部・キリスト教大事典編集委員会　企画・編集『キリスト教大事典　改訂新版第 12 版』教文館、2000 年。
ハーシュ、E. E. 著、中村保男・川成洋監訳『アメリカ教養辞典』丸善、2003 年。
パスカル、B. 著、前田陽一・由木康訳『パンセ I』、『パンセ II』中央公論社、2001 年。
春名純人『思想の宗教的前提――キリスト教哲学論集』聖恵授産所出版部、1993 年。
―――.『恩寵の光と自然の光――キリスト教文化論集』聖恵授産所出版部、2003 年。
フランク・レンウィック著、小林章夫訳『とびきり哀しいスコットランド史』筑摩書房、1999 年。
廣瀬典生訳・著『リリアン・E・スミス「今こそその時」――「ブラウン判決」とアメリカ南部白人の心の闇』彩流社、2008 年。
村川満・袴田康裕訳『ウェストミンスター信仰告白』一麦出版社、2009 年。

森川甫編著『現代におけるカルヴァンとカルヴィニズム』すぐ書房、1987 年。
森本あんり『アメリカ・キリスト教史』新教出版社、2006 年。
柳生望『アメリカ思想の源流──文明の展望の歴史』毎日新聞社、1988 年。
山内一郎『メソジズムの源流──ウェスレー生誕三〇〇年を記念して』キリスト新聞社、2003 年。
山折哲雄監修『世界宗教大事典』平凡社、1991 年。
山谷省吾他編集『新約聖書略解』日本基督教団出版局、1971 年。
リューラー、A. ファン、矢澤励太訳『キリスト教会と旧約聖書』教文館、2007 年。
────. 近藤勝彦・相賀昇訳『キリスト者は何を信じているか──昨日・今日・明日の使徒信条』教文館、2000 年。

フォークナー年表

年	
1817年	ミシシッピ (Mississippi) 州連邦に編入。
1825年	7月6日、曾祖父ウィリアム・クラーク・フォークナー (William Clark Falkner "Old Colonel") テネシー (Tennessee) 州、ノックスヴィル (Knoxville) 近郊に誕生。
1830年	5月、インディアン移住法 (Indian Removal Act) 成立。
1831年	8月、ヴァージニア州サザンプトン (Southampton) にて黒人奴隷ナット・ターナー (Nat Turner) の反乱。
1840年	この頃、曾祖父ミシシッピ州に到着。母方の叔父ジョン・ウェスレー・トンプソン (John Wesley Thompson) のもとで法律を勉強。メキシコ戦争 (Mexican War) に従軍 (1847年)。
1847年	7月、曾祖父、プランター階級の娘ホランド・ピアス (Holland Pearce) と結婚し奴隷を所有する。
1848年	9月2日、祖父ジョン・ウェスレー・トンプソン・フォークナー (John Wesley Thompson Falkner "Young Colonel") リプリー (Ripley) にて誕生。
1849年	曾祖父、ロバート・ハインドマン (Robert Hindman) を殺害。正当防衛で無罪。5月31日、ホランド・ピアス・フォークナー死亡。
1851年	曾祖父、ハインドマンの友人エラズマス・W・モリス (Erasmus W. Morris) を殺害。正当防衛で無罪。10月12日、エリザベス・ヒューストン・ヴァンス (Elizabeth Houston Vance) と結婚。8人の子供をもうける。末娘アラバマ・リロイ (Alabama Leroy, "Aunt 'Bama") は1874年5月7日誕生。曾祖父、自伝的長詩『モンテレー包囲戦』(*The Siege of Monterrey*) を出版。
1861年	4月12日、南北戦争 (Civil War) 勃発 (1865年4月9日終結)。曾祖父出征。マグノリア・ライフル隊 (The Magnolia Rifles) を組織し、ミシシッピ歩兵第2連隊大佐に選出される。戦争前半では伝説的武勇伝を残す。
1862年	曾祖父、隊長の地位を奪われ、リプリーに帰還。
1863年	1月1日、リンカーン (Abraham Lincoln) 大統領による奴隷解放宣言 (Emancipation Proclamation) 発布。レコンストラクション (Reconstruction [再建]) を迎える。

年	
1863年	曾祖父、ミシシッピ第1ゲリラ部隊 (First Mississippi Partisan Rangers) を組織して再び参戦するが功績なく、10月に隊長を辞する。
1869年	9月2日、ジョン・ウェスレー・トンプソン・フォークナー、サリー・マカルパイン・マリー・フォークナー (Sallie McAlpine Murry Falkner) と結婚し、リプリーに住む。
1870年	8月17日、父マリー・カスバート・フォークナー (Murry Cuthbert Falkner) が、ジョン・ウェスレー・トンプソン・フォークナーとサリー・マカルパイン・マリー・フォークナーの間に誕生。
1871年	曾祖父、鉄道会社をリチャード・J・サーモンド (Richard J. Thurmond) らと設立。11月27日、母モード・バトラー (Maud Butler)、チャールズ・エドワード・バトラー (Charles Edward Butler) とリーリア・ディーン・スウィフト・バトラー (Lelia Dean Swift Butler 'Damuddy') との間に誕生。
1876年	人種隔離を目的としたジム・クロウ法 (Jim Crow laws) 施行 (-1964)。
1877年	ラザフォード・ヘイズ (Rutherford Birchard Hayes) の大統領当選を認める代わりに、共和党は南部から連邦軍が引き上げることに同意。これによりレコンストラクションは終わり、実質上黒人の人権は政府の権力から排除される。
1881年	6月、曾祖父『メンフィスの白い薔薇』(*The White Rose of Memphis*) を出版。1883年にはヨーロッパを外遊。
1885年	弁護士ジョン・ウェスレー・トンプソン・フォークナー一家、リプリーからラフェイエット郡 (Lafayette County) オクスフォード (Oxford) へ移住。
1889年	11月5日、曾祖父ミシシッピ州議会議員に選出されるが、11月6日、リチャード・J・サーモンドに射殺され、翌日死亡する。
1895年	祖父ジョン・ウェスレー・トンプソン・フォークナー、11月15日、ミシシッピ州議会議員に当選。
1896年	2月19日リーダ・エステル・オールダム (Lida Estelle Oldham) 誕生。11月8日、マリーとモード結婚。
1897年	9月25日、ウィリアム・カスバート・フォークナー (William Cuthbert Faulker) ミシシッピ州ニュー・オールバニー (New Albany) で誕生。
1898年	父、鉄道会社の収入役となり、フォークナー一家リプリーに移住。
1899年	6月26日、弟マリー・チャールズ・ジュニア (Murry Charles, Jr. [Jack]) 誕生。
1901年	9月24日、弟ジョン・ウェスレー・トンプソン3世 (John [Johncy]

年	
	Wesley Thompson Ⅲ）誕生。
1902 年	祖父、鉄道会社を売却。一家は祖父たちの住むラフェイエット郡オクスフォードに移住。父、貸馬車屋を始める。
1905 年	ウィリアム、初等教育を受け始める。
1907 年	1月6日、母方の祖母リーリア・スウィフト・バトラー死去。8月15日、3番目の弟ディーン・スウィフト（Dean Swift）誕生。
1909 年	ウィリアム、父親の貸馬車屋で働く。
1910 年	10月4日、祖父、オクスフォード第1ナショナル銀行（First National Bank of Oxford）を設立。
1913 年	ウィリアム、祖父の書斎の書物を読みふける。イギリスの詩人スウィンバーン（Algeronon Charles Swinburne）を「発見」。
1914 年	4歳年上のフィル・ストーン（Phil Stone）の影響により、イギリスロマン派詩人、象徴派やモダニスト作家の作品読破。詩作も始める。一方学業は怠慢。7月、第1次世界大戦（World War Ⅰ）勃発（1918年11月11日終結）。
1915 年	幼馴染のエステルと親密になる。9月、高校に戻り、フットボールで鼻を怪我し退学。11月、ジェームズ・ストーン（James Stone）のキャンプに参加し熊狩りをする。
1916 年	祖父が頭取を務める銀行に一時勤める。幼馴染エステルと交際を重ねるが、定職を持たない無名詩人との交際をオーダム家は歓迎せず。スウィンバーン、ハウスマン（Alfred Edward Housman）の影響のある詩を書く。
1917 年	ミシシッピ大学の年刊誌『オール・ミス』（*Ole Miss* 1916-17年号）にダンスをする男女を描いたペン画を寄せる。4月6日、アメリカ対独宣戦布告。
1918 年	4月、コネチカット（Connecticut）州ニュー・ヘイヴン（New Haven）のフィル・ストーンの元に身を寄せ、同地の武器工場（Winchester Arms Company）で働く。4月18日、幼馴染のエステルはコーネル・フランクリン（Cornell Franklin）と結婚。7月9日、イギリス空軍（RAF）士官候補生（cadet）として、カナダのトロント（Toronto）で訓練を受ける。入隊の折に初めて 'u' をいれた "Faulkner" という綴りを使用。11月11日に第1次世界大戦が終結し、前線に出る機会はなかった。12月1日、父、ミシシッピ大学に事務員として就職。
1919 年	雑誌『ニュー・リパブリック』（*New Republic*）8月号に処女詩「牧神の午後」（"L'Apres-Midi d'un Faune"）を発表。9月、帰還兵に与えられる特別資格でミシシッピ大学に入学。父親マリーは同じ大学の事務長となり、

年	
1919年	一家は大学構内に住む。学校新聞『ミシシッピアン』(*Mississippian*)に「牧神の午後」を改稿したものを寄せる。以後、大学関係の紙誌やオクスフォードの『イーグル』(*Eagle*)に詩、エッセイ、ペン画を寄稿し続ける。11月、処女短編「運のいい着陸」("Landing in Luck")を『ミシシッピアン』に発表。1924年に出版される第1詩集『大理石の牧神』(*The Marble Faun*)の原稿を、この時期に書いていた。
1920年	ベン・ワッソン(Ben Wasson)らとミシシッピ大学の演劇部を創設し、1幕物の夢想劇『操り人形』(*The Marionettes*)を挿画も添えて書く。
1921年	夏、帰郷のエステルに私家版詩集『春の幻想』(*Vision in Spring*)を献呈。同郷の作家スターク・ヤング(Stark Young)の勧めで、ニューヨークに出る。シャーウッド・アンダソン(Sherwood Anderson)夫人となるエリザベス・プロール(Miss Elizabeth Prall)が支配人を勤める書店で店員として働く。12月、オクスフォードに戻り、ミシシッピ大学構内郵便局の局長となる。
1924年	10月、職務怠慢の非難を浴び、郵便局長のポストを辞職。12月、フィル・ストーンの尽力で詩集『大理石の牧羊神』をフォーシーズ社(Four Seas Company)から出版。
1925年	ニューオーリンズ(New Orleans)でシャーウッド・アンダソンと親交を結ぶ。5月、最初の小説『兵士の報酬』(*Soldiers' Pay*)を完成。6月、ミシシッピ州パスカグーラ(Pascagoula)でヘレン・ベアード(Helen Baird)に謹呈の詩集『ヘレン——ある求愛』(*Helen: A Courtship*)を執筆。7月、画家ウィリアム・スプラトリング(William Spratling)と貨物船でヨーロッパへ出発、主にパリに滞在し、『エルマー』(*Elmer*)執筆。年末に帰国。
1926年	1月、寓話的ロマンス『メイデー』(*Mayday*)をヘレン・ベアードに献呈。2月、アンダソンの援助で『兵士の報酬』が出版される。第2作『蚊』(*Mosquitoes*)の執筆を続け、9月に完成。12月、スプラトリングと『シャーウッド・アンダソンと他の有名なクレオールたち』(*Sherwood Anderson and Other Famous Creoles*)出版。アンダソンと不和になる。
1927年	前年暮れから年頭にかけて、スノープス3部作の胚種物語『父なるアブラハム』(*Father Abraham*)を執筆。2月、エステルの娘ヴィクトリア・フランクリン(Victoria Franklin)に手製の童話『願いの木』(*The Wishing Tree*)を献呈。4月、『蚊』を出版。しかし『兵士の報酬』と共に売れ行きが伸びず。5月、ヘレン結婚。9月、『塵にまみれた旗』(*Flags in the Dust*)を完成。
1928年	春、『響きと怒り』(*The Sound and the Fury*)の執筆開始。10月、作家

年	
	代理人ワッソンが『塵にまみれた旗』を縮小するのを手伝う。『響きと怒り』を完成。
1929年	1月、ヨクナパトーファ郡 (Yoknapatawpha County) 作品の最初の長編『サートリス』(Sartoris、『塵にまみれた旗』を改訂した作品)を出版。『サンクチュアリ』(Sanctuary) の執筆開始。5月に完成した原稿は出版拒否に会う。6月、離婚してオクスフォードに戻ってきたエステルと結婚し、2人の子供 (Victoria と Malcolm) も引き取る。10月、『響きと怒り』を出版。ミシシッピ大学の発電所の夜勤を続けながら、仕事の合間に『死の床に横たわりて』(As I Lay Dying) を執筆。
1930年	1月、『死の床に横たわりて』を完成。1月23日から1932年1月まで「短編送付一覧表」を作成し、短編を商業誌フォーラム (Forum) に投稿。4月、南北戦争以前の1844年に建てられた屋敷を買い取り、ローワン・オーク (Rowanoak 後に Rowan Oak と綴られた)と名付け、6月に移住。同じく4月、短編「エミリーへの薔薇」("A Rose for Emily") を『フォーラム』に発表。7月、「名誉」("Honor") が『アメリカン・マーキュリー』(American Mercury) に、9月、「倹約」("Thrift") が『サタデー・イヴニング・ポスト』(Saturday Evening Post) に、10月、「紅葉」("Red Leaves") も同誌に発表された。同じく10月、『死の床に横たわりて』を出版。12月、『サンクチュアリ』の改訂版を完成。
1931年	1月11日に誕生した長女 Alabama, 5日 (9日説もある) 後に死亡。フォークナーに深い悲しみを与えた。2月、『サンクチュアリ』(Sanctuary) が出版されて知名度上昇。しかしこれは、センセーショナルな内容に世間が反応した結果であり、かえって正しい評価を遅らせる結果となる。9月、『これら13編』(These 13) を出版。10月、ヴァージニア大学で開催された南部作家会議 (Southern Writers' Conference) にアレン・テイト (Allen Tate) などと出席。12月、短編「砂漠の牧歌」("Idyll in the Desert") をランダム・ハウス (Random House) から限定出版。父、ミシシッピ大学を退職。
1932年	この年よりモーリス=エドガー・クワンドロー (Maurice-Edgar Coindreau) によるフォークナーの作品の仏訳、作家紹介が『新フランス評論』(La Nouvelle Revue Française) に掲載され、フランスの文学者の間で注目される。3月、Modern Library 版『サンクチュアリ』出版。5月、『サンクチュアリ』の成功により、メトロ=ゴールドウィン=メイヤー (Metro-Goldwyn-Mayer) の招きでハリウッドに行く。8月7日、父親マリーが62歳で死去。10月、『八月の光』(Light in August) を出版。11月28日から翌年5月13日まで、MGM より週給600ドルを受けて、ハワード・ホークス (Howard Hawks) 監督のため故郷で台本書きをする。

年	
1933年	2月、飛行機操縦の訓練を始める。4月、「方向転換」("Turn About") が『今日われら生く』(*Today We Live*) という題名で MGM で映画化。第2詩集『緑の枝』(*A Green Bough*) が出版され、最後の詩集となる。5月、『サンクチュアリ』がパラマウントで映画化。題名は『テンプル・ドレイクの物語』(*The Story of Temple Drake*)。単葉飛行機を購入。6月、娘ジル (Jill) 誕生。12月、ワッソンに代わり、モートン・ゴールドマン (Morton Goldman) が作家代理人となる。
1934年	「暗い家」("Dark House"、後の『アブサロム、アブサロム！』(*Absalom, Absalom!*) 執筆。2月、シューシャン (Shushan) 空港開港式に列席のためニューオーリンズに飛ぶ。「女王ありき」("There was a Queen")、「ウォッシュ」("Wash") などの短編14編を収める『医師マーティーノ、その他』(*Doctor Martino and Other Stories*) を出版。
1935年	3月、『アブサロム、アブサロム！』の執筆が停滞したため書き出した『標識塔』(*Pylon*) を出版。11月、末弟ディーンがフォークナー所有の単葉飛行機を操縦中、墜落死。弟の死に責任を感じたフォークナーは、弟の遺児の教育費を援助し続ける。ハリウッドの仕事が嫌いであったが、12月、再びハリウッドの20世紀フォックス社で『永遠の戦場』(*The Road to Glory*) などの台本を書く。ミータ・カーペンター (Meta Carpenter) と途切れながらも15年間の関係が始まる。
1936年	1月、『アブサロム、アブサロム！』を完成。2-5月、ハリウッド滞在。7月15日-37年8月、再度ハリウッドで仕事。10月、『アブサロム、アブサロム！』をランダム・ハウスより出版。以後、彼の作品の大半は同社から出版される。11月、短編「征服されざる人びと」("The Unvanquished") を発表。
1937年	4月、ミータ・カーペンター結婚。8月下旬、ハリウッドより帰郷。9月、『野性の棕櫚』(*The Wild Palms*, 原題は *If I Forget Thee, Jerusalem*) の執筆開始。暮れから翌年にかけて、近隣のベイリーの森 (Bailey's Woods) とグリーンフィールド農場 (Greenfield Farm) を購入。
1938年	2月、『征服されざる人びと』(*The Unvanquished*) を出版。この映画権を MGM に 25,000 ドルで売却。フランスの新進作家 J. P. サルトル (J. P. Sartre) による『サートリス』批評が『新フランス評論』に発表された。1930年代から度々狩猟に参加。オクスフォード郊外に約 320 エーカーの農場を購入。ゴールドマンに代わり、ハロルド・オーバー (Harold Ober) が作家代理人となる。
1939年	1月、全米芸術協会 (National Institute of Arts and Letters) の会員に選出される。『野生の棕櫚』(*The Wild Palms*) を出版。6月、「納屋は燃える」("Barn Burning") を発表。フランスではサルトルによる論文「響

年	
	きと怒り——フォークナーにおける時間性」("A Propos de *Le Bruit et la Fureur. La temporalité chez Faulkner*")が発表される。9月、第2次世界大戦(World War II)が勃発。
1940年	1月31日、フォークナー家に長年仕えたマミー・キャロライン・バー(Mammy Caroline Barr)が死去。4月、スノープス3部作の第1作『村』(*The Hamlet*)を出版。『行け、モーセ』に編入される短編を中心に執筆。
1941年	中編「熊」("The Bear")の執筆開始。12月8日太平洋戦争始まる。
1942年	5月、『行け、モーセ、その他の短編』(*Go Down, Moses and Other Stories*)を出版。ただし第2版(1949年)以降『行け、モーセ』(*Go Down, Moses*)。7月、ワーナー・ブラザーズ(Warner Brothers)と7年契約を結ぶ。8月、初仕事『ドゴール将軍物語』(*The De Gaulle Story*)の台本書き。レイモンド・チャンドラー(Raymond Chandler)の小説『大いなる眠り』(*The Big Sleep*)などに携わる。
1943年	1月、ハリウッドにて台本書きの仕事を再開。7カ月ハリウッドで働く。10月、「戦争の弾劾」を意図した「誰が？」("Who?"、後に『寓話』[*A Fable*]に発展)を故郷のオクスフォードで執筆開始。
1944年	2-12月、ハリウッドで働く。ヘミングウェイ(Ernest Hemingway)の小説『持つものと持たぬものと』(*To Have and Have Not*)の台本書き。6月24日-9月27日、妻と娘がハリウッド滞在。10月、ハワード・ホークス監督の『持つものと持たぬものと』(邦題『脱出』)が公開される。12月15日帰郷し、『寓話』を執筆。
1945年	6月、ハリウッドに戻り、3カ月半ほど滞在。10月、帰郷し、マルカム・カウリー(Malcolm Cowley)の『ポータブル・フォークナー』(*The Portable Faulkner*)の『響きと怒り』の「付録」("Appendix: Compson, 1699-1945")を執筆。
1946年	3月、ワーナー・ブラザーズ社との契約が、ランダム・ハウス社の仲介により解除される。4月、マルカム・カウリー編集による『ポータブル・フォークナー』を出版。フォークナーの再評価に大きく貢献する。
1947年	『寓話』の執筆継続。4月、ミシシッピ大学に招かれ、学生と教員を相手に質疑応答をする。
1948年	1月、長年手掛けてきた『寓話』の執筆を一時中止して、『墓地への侵入者』(*Intruder in the Dust*)を書き始める。8月、近郊のサーディス貯水池(Sardis Lake)で自家製のボートを操縦。9月、『墓地への侵入者』を出版。11月、アメリカ学士院(American Academy of Arts and Letters)の会員に選出される。
1949年	MGMの『墓地への侵入者』の映画化に協力する。夏、メンフィスの作家志望の女子大生ジョーン・ウィリアムズ(Joan Williams)の訪問を受け、

年	
1949年	1953年まで親交を深めた。11月、『駒さばき』(*Knight's Gambit*) を出版。
1950年	2月、『墓地への侵入者』映画化。ジョーン・ウィリアムズと『尼僧への鎮魂歌』(*Requiem for a Nun*) の劇形式の共作を試みる。5月、5年ごとに選出されるハウェルズ・メダル (Howells Medal) をアメリカ芸術院より受賞。8月、『ウィリアム・フォークナー短編集』(*Collected Stories of William Faulkner*) を出版。11月、フォークナーに1949年度ノーベル文学賞授与 (Nobel Prize) が決定。12月、娘ジルを伴ってストックホルム (Stockholm) での授賞式に出席し、名高い受賞演説を行う。スウェーデンでエルサ・ヨンソン (Else Jonsson) と知り合う。
1951年	2月、『馬泥棒についてのノート』(*Notes on a Horsethief*) を限定出版。後に『寓話』の一部となる。2月1日-3月4日、ハワード・ホークスの要請により、週給2,000ドルでハリウッドで最後の台本書き。3月、『ウィリアム・フォークナー短編集』(*Collected Stories of William Faulkner*) で全米図書賞 (National Book Award) を受賞。4月15-29日、イギリスの出版社チャトー・アンド・ウィンダス (Chatto & Windus) を訪問後、『寓話』の舞台確認のためフランスの第1次世界大戦激戦地ヴェルダン (Verdun) 訪問。6月、『尼僧への鎮魂歌』を完成。9月19日、娘ジルがマサチューセッツ州パイン・マナー・ジュニア・カレッジ (Pine Manor Junior College) に入学のため、同地に妻と滞在。9月、『尼僧への鎮魂歌』を出版。10月、フランス政府よりレジオン・ドヌール (Légion d'honneur) 勲章受賞。
1952年	5月、フランス政府企画の「20世紀文学祭」("Œuvres du XXe Siècle") の招待でパリを訪問し、作家会議に出席し、講演。9月、積年の背骨痛のため入院。10月、自宅の階段から落ちて入院。『寓話』の執筆を続行。
1953年	2月末より10月までニューヨーク、オクスフォードを往復、断続的にホテルで『寓話』を執筆。4月18日、妻エステルの出血と心臓発作のため帰郷。6月、エッセイ「シャーウッド・アンダソンについての覚書」("A Note on Sherwood Anderson") を発表。6月、娘ジルのパイン・マナー短期大学の卒業式で講演を行う。9-10月、『ライフ』(*Life*) 誌のプライヴァシー侵害の記事に激怒。11月、『寓話』を完成。12月、映画 *Land of the Pharaohs*（邦題『ピラミッド』）製作のため、ハワード・ホークスに要請されスイス訪問。ジーン・スタイン (Jean Stein) と知り合い、約4年間関係を持つ。
1954年	1-4月、ヨーロッパを旅行。ホークスのエジプトロケに同行。3月、ジョーン・ウィリアムズ結婚。8月、『寓話』を出版。娘ジル、ウェスト・ポイント (West Point) 出身の中尉で弁護士となるポール・ディルウィン・

年	
	サマーズ (Paul Dilwyn Summers, Jr.) と結婚。次々公的活動を余儀なくされる。10月、私生活暴露が目的のジャーナリズムを糾弾するエッセイ「プライヴァシーについて」("On Privacy") を執筆。
1955年	1月、『寓話』が2度目の全米図書賞受賞。2月、NBCで『響きと怒り』がテレビ映画化された。5月、ピューリッツアー賞 (Pulitzer Prize) を獲得。公的声明が多くなる。2月20日-4月17日、黒人差別問題についての見解をメンフィスの新聞に発表し、南部人から反感を買う。8月1-23日、長野セミナー出席のため来日し、「日本の印象」、「日本の若者たちへ」と題して講演。8-10月、フィリピン、イタリア、フランス、イギリス、アイスランドを講演や会議のため歴訪。10月、狩猟物語『大森林』(*Big Woods*) を出版。同じく10月、チューリッヒ (Zürich) で『尼僧への鎮魂歌』が上演される。11月、スノープス3部作の第2作『町』(*The Town*) の執筆開始。12月、アラバマ州モンゴメリー (Montgomery) でキング牧師 (Martin Luther King, Jr. 1929-68) 指導のバス・ボイコット運動始まる。
1956年	2-9月、オクスフォード、ニューヨークを往復。春ジーン・スタインとの貴重なインタヴューを『パリ・レヴュー』(*Paris Review*) 誌に掲載。3月、人種問題についての南部への理解を求める「北部への手紙」("A Letter to the North") を『ライフ』誌に発表。4月15日、初孫が生まれる。6月、「恐怖について——苦悩する深南部——ミシシッピ」("On Fear: The South in Labor: Mississippi") を雑誌に発表。9月、『町』を完成。9月11日、アイゼンハワー (Dwight David Eisenhower) 大統領の要請で、「民間交流計画」(Program for People-to-People Partnership) の文学部門の委員長に就任。しかし2月に自発的に辞任。9月、パリでカミュ (Albert Camus) 脚色による『尼僧への鎮魂歌』初演。11月、スノープス3部作の最終作『館』(*The Mansion*) の執筆開始。
1957年	2-6月、大学在住作家 (Writer-in-Residence) としてヴァージニア大学 (University of Virginia) に在住。3月、アテネ芸術院銀メダル (Silver Medal of the Athens Academy) を授与され『尼僧への鎮魂歌』の祝賀上演に出席。5月、『町』を出版。
1958年	1月、『標識塔』の映画版封切り。2-5月、再び大学在住作家として、ヴァージニアに滞在。3月、作家のソヴィエト訪問団への国務省の参加要請を拒否。12月2日、2人目の孫誕生。
1959年	1月、『館』を完成。『尼僧への鎮魂歌』がブロードウェイ (Broadway) で上演される。3月、落馬のため右鎖骨を骨折。6月、フォークナー関係の第1資料をプリンストン大学からヴァージニア大学へ移管。8月、ヴァージニア大学近くに家を購入。10月、ユネスコ委員会に出席し講演

年	
1959年	する。11月、『館』出版。1957年から58年にかけてヴァージニア大学での質疑応答が『大学におけるフォークナー』(*Faulkner in the University*) として出版される。
1960年	8月、大学教授団の一員となる。10月、母モードが88歳で死去。
1961年	1月、全原稿を「ウィリアム・フォークナー財団」(William Faulkner Foundation) に寄贈。また「ウィリアム・フォークナー奨学金制度」を設ける。 2月、『サンクチュアリ』、『尼僧への鎮魂歌』が映画化。4月、国務省の用でヴェネズエラ (Venezuela) を訪問。8月、『自動車泥棒――ある回想』(The Reivers: A Reminiscence) を完成。
1962年	1月、シャーロッツヴィル (Charlottesville) で落馬し負傷。4月、ウェスト・ポイントの陸軍士官学校を訪問。5月、全米芸術協会の金メダル (Gold Medal of the National Institute [American Academy] of Arts and Letters) 受賞。6月、『自動車泥棒――ある回想』を出版。同じく6月、再び落馬のため負傷。7月、健康診断のため、オクスフォード近郊のバイヘーリア (Byhalia) の病院に入院中、7月6日午前1時30分心臓麻痺を起こして64歳の生涯を閉じる。一族の墓のあるセント・ピーターズ墓地 (St. Peter's Cemetery) に葬られる。墓碑には ("Beloved, Go with God") と記される。
1963年	『自動車泥棒――ある回想』がピューリッツアー賞受賞。3月28日、弟ジョン死去。
1964年	公民権法 (Civil Rights Act) 成立

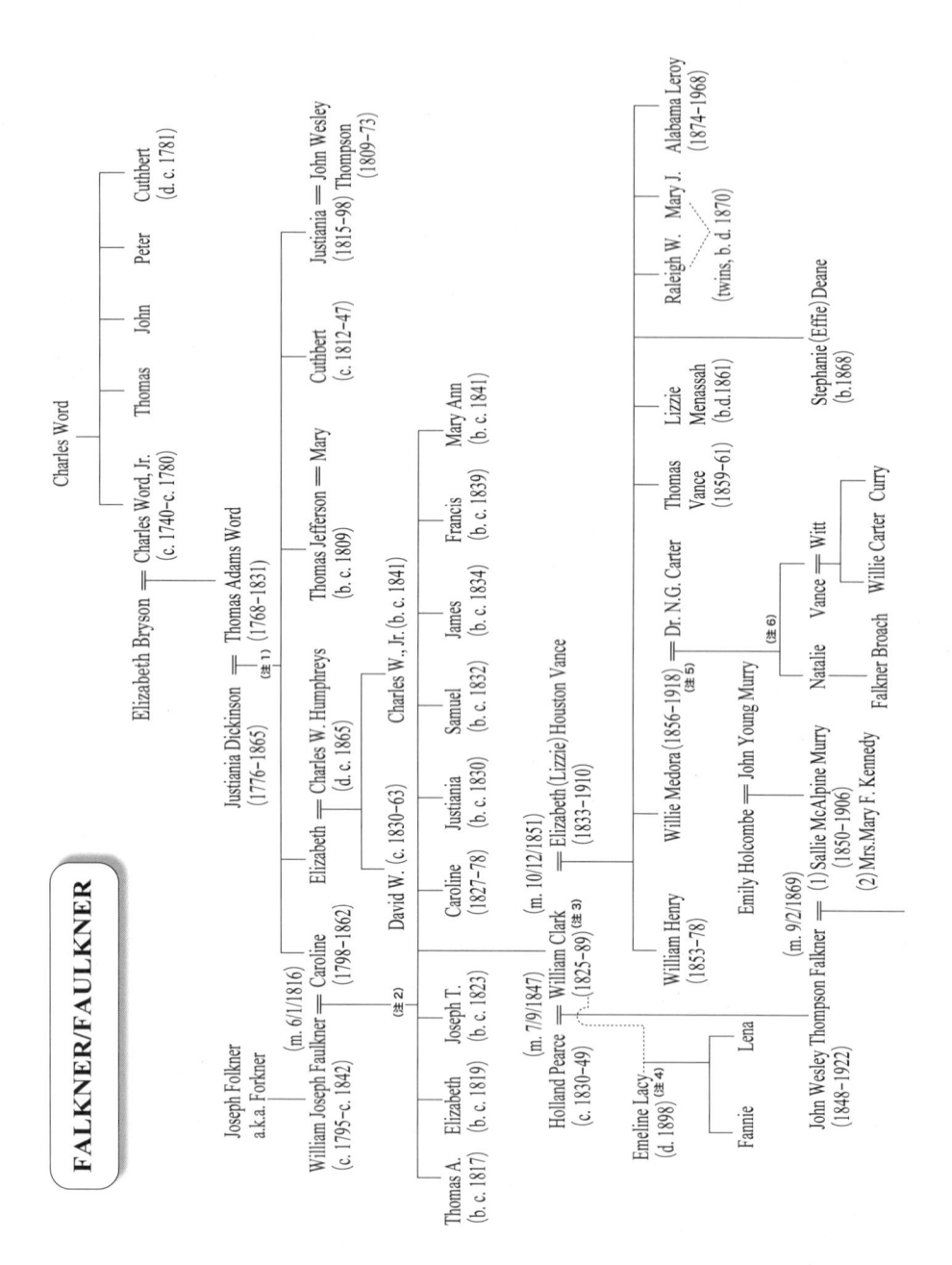

FALKNER/FAULKNER

Charles Word

- Elizabeth Bryson = Charles Word, Jr. (c. 1740–c. 1780)
- Thomas
- John
- Peter
- Cuthbert (d. c. 1781)

Justiania Dickinson = Thomas Adams Word (1776–1865) (1768–1831) (æt 1)

Thomas Jefferson = Mary (b. c. 1809)

Cuthbert (c. 1812–47)

Justiania = John Wesley (1815–98) Thompson (1809–73)

Joseph Folkner a.k.a. Forkner

William Joseph Faulkner = Caroline (c. 1795–c. 1842) (1798–1862) (m. 6/1/1816)

Elizabeth = Charles W. Humphreys (d. c. 1865)

Charles W., Jr. (b. c. 1841)

Mary Ann (b. c. 1841)

David W. (c. 1830–63) (æt 2)

Thomas A. (b. c. 1817)

Elizabeth (b. c. 1819)

Joseph T. (b. c. 1823)

Caroline (1827–78)

Justiania (b. c. 1830)

Samuel (b. c. 1832)

James (b. c. 1834)

Francis (b. c. 1839)

(m. 10/12/1851)

Holland Pearce = William Clark = Elizabeth (Lizzie) Houston Vance (c. 1830–49) (1825–89) (æt 3) (1833–1910)

Emeline Lacy (d. 1898) (æt 4)

William Henry (1853–78)

Willie Medora (1856–1918) = Dr. N.G. Carter

Thomas Vance (1859–61)

Lizzie Menassah (b.d.1861)

Raleigh W.   Mary J.   Alabama Leroy (1874–1968)
(twins, b. d. 1870)

Stephanie (Effie) Deane (b.1868)

Fannie   Lena

John Wesley Thompson Falkner (1848–1922)

Emily Holcombe = John Young Murry

(m. 9/2/1869)

(1) Sallie McAlpine Murry (1850–1906)
(2) Mrs. Mary F. Kennedy

Natalie   Vance = Witt   (æt 6)

Falkner Broach   Willie Carter Curry

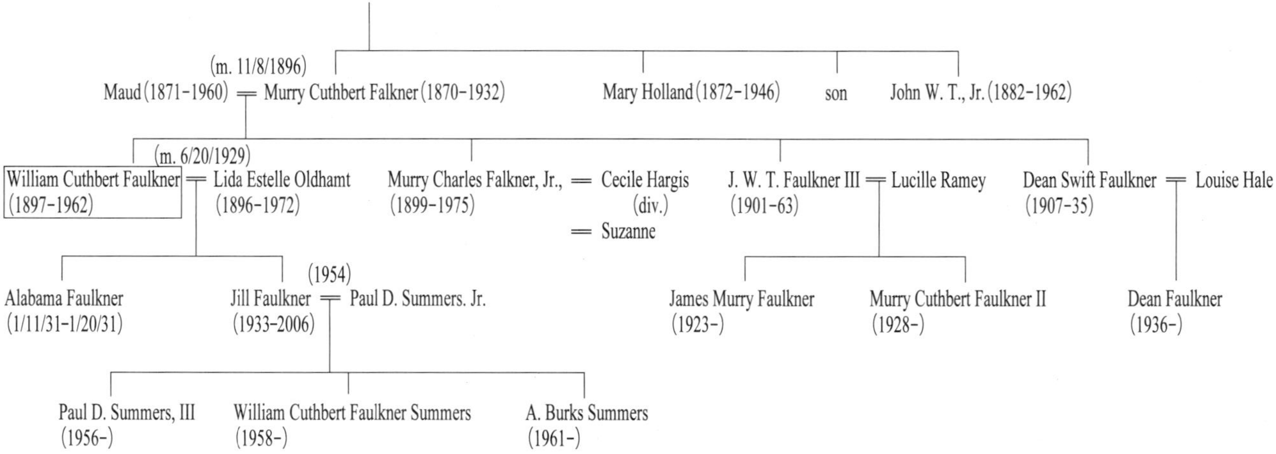

315

```
                                                              (m. 11/8/1896)
      Maud(1871-1960) = Murry Cuthbert Falkner(1870-1932)    Mary Holland(1872-1946)    son    John W. T., Jr.(1882-1962)
      ┌─────────┬──────────────┬──────────────────────┐       ┌──────────────┬──────────────────────┐
                                                                                              Dean Swift Faulkner = Louise Hale
                                                              J. W. T. Faulkner III = Lucille Ramey      (1907-35)
                              Murry Charles Falkner, Jr., = Cecile Hargis   (1901-63)                                Dean Faulkner
                              (1899-1975)                     (div.)                                                 (1936-)
                                                         = Suzanne
                                                                            Murry Cuthbert Faulkner II
                                                                            (1928-)
      (m. 6/20/1929)
William Cuthbert Faulkner = Lida Estelle Oldhamt                            James Murry Faulkner
  (1897-1962)               (1896-1972)                                     (1923-)
  ┌────────────────┬──────────────────┐
                   (1954)
Alabama Faulkner   Jill Faulkner = Paul D. Summers, Jr.
(1/1/31-1/20/31)   (1933-2006)
                   ┌──────────────┬──────────────────┐
                                                      William Cuthbert Faulkner Summers = A. Burks Summers
                                                      (1958-)                             (1961-)
Paul D. Summers, III
(1956-)
```

Falkner/Faulkner 家系図

(注1) 以下のWord夫妻の子どもについてはWilliamson (*William Faulkner and Southern History*) に従っている。ただし、Justianiaの名と生没年、John Wesley Thompsonの没年はBlotner及びBlotner Iに従った。
(注2) William Joseph FaulknerとCaroline夫妻の子どもについてはBlotner Iに従っている。
(注3) WilliamsonはミドルネームをClarkではなくCuthbertと推測している (Williamson 75)。
(注4) WilliamsonはEmeline Lacy母娘をWilliam Clark Falknerの"shadow family"であると推測している (Williamson 64-67)。
(注5) Willie Medora Falkner Carterの没年については、BlotnerもWilliamsonも不明としているが、フォークナーが1918年8月27日付の手紙で彼女の訃報に言及しているのでそれに従った (Watson [*Thinking of Home*] 95-96)。
(注6) Willie Medora Falkner Carterの長女はNatalie Carter Broach (Watson 184)、次女はVance Carter Witt (Watson 124)である。また、Natalieの長男はFalkner Broach、Vanceの子どもは、長女がWillie Carter、次女がCurry (Blotner 22)である。

出典:(『フォークナー事典』, 664頁, 667頁, David Minter, *William Faulkner*, p. 253.)

あ と が き

　フォークナーと私の本格的なかかわりは、大学の卒業論文で『響きと怒り』をハイデガーの『存在と時間』から読み解いたのが端緒である。なぜフォークナーに魅せられるのかと問われれば、フォークナーは実存を揺さぶるような罪と贖いの世界に、淡く切ない郷愁を伴って、読者を引き入れて離さないからだと答えたい。フォークナーを似非クリスチャンと見る向きもあるが、私にはフォークナーは家庭人としての欠陥、飲酒癖にまつわる多くのトラブルにもかかわらず、いえむしろその欠点の故に、人間の悲哀と神の憐れみをとことん知りぬいている真のクリスチャンであると思われてならない。フォークナーは自らを良きクリスチャンと公言し、ダビデの子孫として生まれ、神の御子であるにもかかわらず貧しさの悲哀を味わい、真実の極みを尽くした末、十字架で磔にされ、死して3日目に復活されたキリストの物語を最高の物語と述べた。貧しいながらも信仰を表明している者として、私もこの生涯を終えるその日までキリストの生涯に心を揺り動かされ続けるだろう。

　「時間は……明るい孤独な光の中をイエスが歩いているのが見えるようなもの」(*SF* 94)。思えば、またフォークナー同様私はいつも時の問題に心を傾けてきた。アウグスティヌスが放った問い、「時とは何か？」をずっと問い続けてきた。時間の謎は永遠に神秘である。人間には現在という一瞬しか与えられていないが、過去があり、未来に思いを馳せる。過去を直視しないで幻想に生きる者は現在に対峙し得ない。フォークナーは過去と折合いをつけていかに現在に安らぎを見いだすかを問うた。「過去が未来をかじって進んでいる見えない行進」(*MM* 194)としての現在を提示するベルグソン哲学では過去は解消されない。インディアンからの土地購入、町の建設、南北戦争、名門崩壊、新興階級の台頭、その中でおどろおどろしいばかりに幾度も繰り広げられる血にまつわる悲劇、フォークナー作品に描かれる時の流れの中で限りなく優しく、限りなく耐えておられるキリストの姿を見る思いがす

る。

　出版に至る経緯を述べさせていただくと、大学2年生の時に出会った生涯の師、エズラ・パウンド（Ezra Pound, 1885-1972）研究家、故三宅晶子先生のことを語らないわけにはいかない。先生は、「神様以外何をも恐れない」という姿勢を貫かれ、文学も科学で、論証可能な世界であること、そして、「キリストは真理である。学問は真理に仕える。故に、学問をすることはキリストに仕えることである」との確信に満ちたお言葉で、文学研究を続けることに対する私のわだかまりを見事に払拭してくださった。生来気の弱い私が曲りなりにも今日あるのはこの気丈な恩師の後押しのお陰という他はない。大学卒業後は大阪女学院中学校に3年間勤務し（当時の教え子たちは今も私の宝である）、結婚後、恩師の強い勧めで戻った母校の大学院で再び文学の醍醐味を知らされることとなる。その後6年間滋賀の聖隷学園聖泉短期大学で教鞭を執らせていただき、阪神淡路大震災の翌年関西学院大学社会学部へと導かれ、今年で15年目を迎える。関西学院大学社会学部では研究分野を異にするが村川満、森川甫、春名純人という改革派信仰に根ざした先生方との交わりを得、有神論的世界観に基づく研究者の在り方を学ばせていただいた。加えて同大学には、優れたフォークナー研究家が多く在籍しておられたことで、大いなる刺激を受けることができた。恵まれた環境の中、着任以来、主にフォークナーのキリスト像をジェレミー・テイラーより読み解いた論文を10編余り執筆した。そして2002年、恩師が愛したケンブリッジ大学への留学が許され、1年かけて、「時間はキリスト」を軸にフォークナーの宗教概念を一貫してジェレミー・テイラーから読み解いた博士学位論文（"William Faulkner's Hidden God: Time is Christ in Reference to Jeremy Taylor"）を書き上げることができた。『ウィリアム・フォークナーのキリスト像——ジェレミー・テイラーの影響から読み解く』はそれを基に改めて日本語で著したものである。

　本書はこれまで取り上げられてこなかったジェレミー・テイラーから、フォークナーの宗教概念が、「時間はキリスト」であることを証明したものであるが、論証の過程で従来いわれているベルクソンの直接的影響に疑問を投げ掛けたほか、カバラにまで言及している。全く異色な題材を数々用いて

おり、他のフォークナー研究者からすれば違和感のある独善的な内容になっているのではないかと躊躇に躊躇を重ね今日まできた。私自身が最後まで悩んだのは、フォークナーを正統派キリスト教に位置付けておりながら、論証のためにカバラを持ち込むことであった。しかし正統キリスト教徒たちがカバラを喜んだのは、キリスト教が特殊主義 (particularism) を保持しながら、普遍主義 (universalism) への憧憬を満たしてくれるものを必要としたからであり、特別恩寵と生身の人間を結び付ける理論を欲したためであること。そして異端として周辺に影を潜めていかがわしい形で正統に抵抗しようとするグノーシスなどとは違い、カバラはユダヤ教、キリスト教との接点の中で理解されてきた道であるため他のものに増して貴いものであることを安田吉三郎引退牧師からご教授いただき、カバラをその深みにおいて体系的に理解する意義を確信するに至った。さらにフォークナー学会で知り合ったイギリスのフォークナー学者 Michael Wainwright 氏がその著 *Darwin and Faulkner's Novels: Evolution and Southern Fiction* (2008) の中で私の博士論文に言及してくださった。それに励まされて、勇を鼓して出版する決意をした次第である。

　人は、ハイデガーの言う「世界内存在」として自分のパースペクティヴで物を見る。私のフォークナー解釈に改革派キリスト教徒としての思いが強く表れていることは否めない。同じフォークナー学者でもアメリカ南部出身者と北部出身者とでは微妙に解釈が違う。またあれだけ精緻なフォークナー伝を書き終えたブロットナーでさえ、フォークナーを果たして理解しているのかと懸念した。フォークナーは、「1人の人が見つめるのは真理の一面で、他の人はそれとは少し違った一面を見る。誰も真理を完全な形で見ることはできなくても、それらを全部まとめれば、真理は彼らが見たものの中にあるのです」(*FU* 273) と述べている。アメリカ南部人であることをあくまで貫きながら、心の中には強烈に宗教的普遍性を目指していたという私が見たフォークナー像が、フォークナーにまつわる真理の一部となればと願うばかりである。今は亡き最愛の実母と、最後まで研究に情熱を傾けロンドンの地で亡くなった恩師三宅晶子先生、今年米寿を迎えた敬愛する母岡田光子、そして常にそばにいて支えてくれる夫に、神の真実に懸けたいと願うささやか

な私の人生の証としてこの書を捧げたい。

　執筆に当たっては日本ウィリアム・フォークナー協会編『フォークナー事典』が事実確認において大変参考になった。僭越ながら大橋健三郎先生をはじめ編集委員の各先生方他、国内外の多くのフォークナー研究者に心からなる敬意を表させていただきたい(当方は 2002 年留学中にイギリスでのフォークナー受容に関する 1 項目を執筆させていただいた)。またヘブル語表記に関しては関西学院大学神学部水野隆一教授にご指導を賜った。

　最後に原稿を読んでくださり親身になって数々のアドバイスをしてくださった関西学院大学法学部小山敏夫名誉教授、また同大学文学部花岡秀教授、日本キリスト改革派神港教会第 6 代牧師安田吉三郎先生に衷心よりお礼を申し上げます。

　　　2010 年 5 月

　　　　　　　　　　　　　　　　　　　　　　　　岡　田　弥　生

索引

ア

アーゴー、ジョーゼフ・R.(Joseph R. Urgo)....188,
273, 289
『フォークナーのアポクリファ──寓話、スノー
プス、そして人間の反逆精神』(*Faulkner's
Apocrypha: A Fable, Snopes, and the Spirit
of Human Rebellion*).......188, 273, 289
アースキン、アルバート(Albert Erskine)......76
アヴァター(Avatar)..............185, 244, 249
アウグスティヌス、アウレリウス(Aurelius Augustinus)
98, 109, 124, 202, 265, 274, 297, 317
『エンキリディオン』(*Enchiridion ad Laurentium*)
109
『神の国』(*De Civitate Dei*)............124, 274
『告白』(*Confessiones*)................202, 274
贖い(redemption)..............5, 15, 16, 23, 35,
38, 43, 48, 50, 97, 106, 111, 114, 127, 153, 158,
161, 165, 181, 182, 184, 185, 191, 199, 210, 243,
247, 249, 265, 317
贖い主(Redeemer)..........13, 16, 50, 65, 71, 145,
203, 238, 242, 244, 247, 251
アクィナス、トマス(Thomas Aquinas).....201
『神学大全』(*Summa Theologica*)..........201
アップジョン、リチャード(Richard Upjohn)...83
アメリカ聖公会(Episcopal Church in the USA)
21, 24, 28, 30, 33, 36-38, 82-84, 87, 90, 248,
264, 269, 298, 299
アリギエーリ、ダンテ(Dante Alighieri).....196
『神曲』(*Divina Commedia*)...............196
アルミニウス主義(Arminianism).....28, 31, 34,
262, 263
アングリカニズム(Anglicanism)........73, 248
アンダソン、シャーウッド(Sherwood Anderson)
4, 306, 310

アンテベラム(antebellum)..................88
アンドリューズ、ランスロット(Lancelot Andrewes)
91, 269
イギリス国教会(Church of England).....16, 21,
22, 26, 28, 30, 32, 36, 73, 75, 76, 81, 83, 84, 87,
90-92, 247, 251, 259, 263, 269
意識の流れ(stream of consciousness)..9, 169,
172
井出義光(Yoshimitsu Ide)...........23, 261, 300
『南部──もう一つのアメリカ』..23, 261, 269, 300
井上光晴(Mitsuharu Inoue)..................9
インディアン(Indian).........2, 5, 22, 24, 25, 112,
136, 137, 224, 239, 266, 303, 317
ヴァンス、エリザベス・ヒューストン(Elizabeth
Houston Vance)................2, 234, 303
ヴィカリー、オルガ・W.(Olga W. Vickery)...14,
53, 99, 186, 259, 287, 289
『ウィリアム・フォークナーの小説──批判的解
釈』(*The Novels of William Faulkner: A
Critical Interpretation*)........259, 266,
270, 273, 289
ウィリアムズ、ロジャー(Roger Williams).....29
ウィリアムソン、ジョエル(Joel Williamson)..237,
238, 279, 290, 315
『ウィリアム・フォークナーと南部史』(*William
Faulkner and Southern History*)....279,
281, 290, 315
ウィリアム・フォークナー協会(The William
Faulkner Society)......................10
ウィルス、リドレイ(Ridley Wills)........82, 83
ウェストミンスター信仰告白(Westminster
Confession of Faith)..........75, 267, 300
ウェスレー、ジョン(John Wesley)...30, 77, 301
ウェルティ、ユードラ(Eudra Welty).........9
ウォーリー、ジョージ(George Worley)..78, 91,

219, 269, 293
『ジェレミー・テイラー——その生涯と時代』(Jeremy Taylor: A Sketch of His Life and Times)............91, 267, 269, 278, 293
エドワーズ、ジョナサン (Jonathan Edwards)..21, 29
「怒れる神の御手の中にある罪人」("Sinners in the Hands of an Angry God")........29
エピスコパリアン (Episcopalian)...33, 36, 38, 84
エマソン、ラルフ・ワルド (Ralph Waldo Emerson)..79
エリアーデ、ミルチャ (Mircea Eliade).....206, 275, 300
エリオット、T. S. (T. S. Eliot).......3, 97, 157, 187, 195, 250, 265, 274, 286
『荒地』(The Waste Land)............187, 195
「J・アルフレッド・プルーフロックの恋歌」("The Love Song of J. Alfred Prufrock").......195, 274
『聖灰水曜日』(Ash-Wednesday)...........250
『四つの四重奏』(Four Quartets)...........157
大江健三郎 (Kenzaburo Oe).....10, 208, 276, 296
『雨の木を聴く女たち』............208, 276, 296
大橋健三郎 (Kenzaburo Ohashi)......9, 257, 280, 284, 290, 320
『フォークナー——アメリカ文学、現代の神話』9, 257, 290
オームリ、ヴァーノン・C. (Vernon C. Omlie) 187
オールダム (Oldham)..............3, 33, 75, 304
オクスフォード (Oxford)........2, 6, 10, 26, 27, 33, 34, 38, 73, 74, 77, 206, 223, 227, 229, 258, 264, 304-12
オリヴァー、ジャック (Jack Oliver)........132

カ

カーペンター、ミータ・ドハティ (Meta Doherty Carpenter)..........43, 132, 149, 150, 308
カイロス (kairos)..........164, 180, 181, 183, 184, 225, 244, 249, 273
カウフマン、ハロルド (Harold F. Kaufman)..26, 261, 298
カウリー、マルカム (Malcolm Cowley).......7, 112, 113, 222, 238, 270, 309
『フォークナー゠カウリー・ファイル』(The Faulkner-Cowley File) (FCF)..........1, 4, 11, 85, 89, 113, 222, 228, 234, 238, 254, 270, 285
『ポータブル・フォークナー』(The Portable Faulkner) 7, 283, 309
隠れたる神 (Deus Absconditus)..17, 205, 260, 281
影の家族 (shadow family)..................237
カトリック (Catholic)..21, 22, 24, 26, 32, 74, 75, 82, 85, 86, 133, 212, 264, 269, 271, 272
カミュ、アルベール (Albert Camus).....19, 311
カルヴァン、ジョン (John Calvin)....28, 31, 32, 86, 263, 301
カルヴィニズム (Calvinism).......13, 21, 29, 31, 32, 34-36, 38, 39, 65, 90, 228, 236, 247, 262, 269, 301
ガルシア゠マルケス、ガブリエル (Gabriel José García Márquez)...................9, 291
『百年の孤独』(Cien años de soledad).....9, 291
カレッジ・ヒル・プレスビテリアン教会 (College Hill Presbyterian Church)...........5, 33
カレン、ジョン (John B. Cullen)....227, 238, 286
『かつてフォークナーの故郷で』(Old Times in the Faulkner Country).........227, 279, 286
カロデンの戦い (Battle of Culloden)......87, 222
ガン、アレキサンダー (Alexander Gunn)...142, 161, 272, 294
『ベルクソンとその哲学』(Bergson and His Philosophy)...........142, 272, 273, 294
カンバーランド・プレスビテリアン教会 (Cumberland Presbyterian Church)...................33
キーツ、ジョン (John Keats).................3
キーブル、ジョン (John Keble).............77
キーリー診療所 (Keeley Institute).........238
キャッシュ、ウィルバー・J. (Wilber J. Cash)...35, 261, 297
『南部の精神』(The Mind of the South)....261, 263, 297

索引

旧約聖書 (Old Testament)........17, 27, 206, 209, 210, 215, 220, 224-26, 244, 301
教派 (denomination)............15, 20-23, 25-30, 32, 34, 35, 37, 38, 83, 247, 264
キリスト教カバラ (Christian Cabala)....17, 205, 206, 210, 211, 213, 220, 243, 250, 276, 277, 295
悔い改め (repentance)......15, 30, 35, 80, 92, 111, 162, 183, 244, 248
クエーカー (Quaker).......................21
ゲェリー、ウィリアム・アレキサンダー (William Alexander Guerry)...................37
クラウド、アダム (Adam Cloud).........24, 37
グリーン、ウィリアム・マーサー (William Mercer Green).............................37
クリスチャン、アラン (J. Allan Christian) 33
グレイ、ダンカン (Duncan Gray)...........84
グレイ、リチャード (Richard Gray)....88, 197, 269, 287
　『ウィリアム・フォークナーの生涯』(The Life of William Faulkner)..88, 269, 274, 281, 287
グレイ、ロビン (Robin Grey)........79, 268, 298
　『想像力の連累』(The Complicity of Imagination) 79, 268, 298
クロムウェル、オリヴァー (Oliver Cromwell)..73, 74, 86, 212
クワンドロー、モーリス=エドガー (Maurice-Edgar Coindreau)......................34, 307
ケアリ、W. (W. Carey).....................29
ゲマトリア (Gematria).................209, 216
原罪 (original sin)......23, 38, 44, 92, 143, 249, 255
ケンピス、トマス (Thomas à Kempis)......219
　『キリストの学び』(De Imitatione Christi)...219
ケンブリッジ・プラトニスト (Cambridge Platonists) 214, 269
公民権法 (Civil Rights Act)...............312
ゴールディング、アーサー (Arthur Golding)...210
コールリッジ、サムエル・テイラー (Samuel Taylor Coleridge)....................91, 262, 292
ゴス・エドムンド (Edmund Gosse)...91, 269, 292

『ジェレミー・テイラー』(Jeremy Taylor)...91, 269, 292
コフィー、ジェシー・マクガイア (Jessie McGuire Coffee).....................13, 259, 286
『フォークナーの非キリスト的クリスチャン』(Faulkner's Un-Christlike Christians)..13, 259, 286
小山敏夫 (Toshio Koyama).........257, 280, 290, 291, 320
コンウェイ、アン (Lady Anne Conway).....214, 277, 278, 296
コンラッド、ジョーゼフ (Joseph Conrad)....81
『ナーシサス号の黒人』(The Nigger of the 'Narcissus') 81

サ

サーモンド、リチャード・J. (Richard J. Thurmond) 234, 280, 304
サザンプトン (Southampton)............88, 303
サルトル、ジャン=ポール (Jean-Paul Sartre)....8, 13, 19, 259, 289, 308
サンダーソン、ロバート (Robert Sanderson)...91, 269
三位一体 (Trinity).........81, 157, 158, 201, 202, 210, 215, 276
シーバリー、サミュエル (Samuel Seabury)...87
シェイクスピア、ウィリアム (William Shakespeare) 3, 76, 80, 91, 289
シェリー、P. B. (P. B. Shelley)...........3, 212
持続 (durée)........14, 129-31, 137-41, 143, 153, 156, 159, 165, 248, 249, 271, 272, 273, 295
四大元素 (classical elements)...............224
使徒信条 (Apostles' Creed)..............22, 301
シドニー、フィリップ (Sir Philip Sidney)....210
ジム・クロウ法 (Jim Crow laws).......35, 44, 304
ジャコバイト (Jacobite)................86, 87
自由意志 (free will)...15, 16, 31, 34, 38, 41-43, 48, 50, 51, 55, 73, 91, 93, 96-98, 108, 109, 112, 115, 119, 126, 127, 243, 247, 248, 262, 264

自由主義神学 (Liberal theology) ... 22, 23, 37, 263
巡回説教師 (circuit rider) 25, 31, 35
ジョイス、ジェイムズ (James Joyce) 9
　『ユリシーズ』(Ulysses) 9
ショーレム、ゲルショム (Gershom G. Scholem)
　　205, 219, 296
　『ユダヤ神秘主義の主流』(Major Trends in Jewish
　　Mysticism) 205, 274, 279, 296
シンガル、ダニエル (Daniel J. Singal) 227,
　　280, 299
　『ウィリアム・フォークナー——モダニスト形成』
　　(William Faulkner: The Making of a
　　Modernist) 227, 280, 289
深南部 (Deep South) 20, 228, 261, 311
スウィンバーン、アルジャノン・チャールズ (Charles
　　Algernon Swinburne) 3, 305
スーラ、デニス (Denis Saurat) .. 210, 211, 277, 296
　『文学とオカルトの伝統』(Literature and Occult
　　Tradition) 210, 277, 296
スコッチ儀礼 (Scotch Rite) 223
スコットランド (Scotland) 27, 74, 84-87,
　　90, 212, 223, 243, 248, 268, 300
スタイロン、ウィリアム (William Clark Styron, Jr.)
　　9, 257, 290
スタイン、ジーン (Jean Stein) 310, 311
スタンダール (Stendhal) 19
スチュアート、チャールズ・エドワード (Charles
　　Edward Stuart) 86
スチュアート、メアリ (Mary Stuart) 85, 86
スチュアート、ランダル (Randall Stewart) .. 12,
　　13, 258, 259, 299
　『アメリカ文学とキリスト教教義』(American
　　Literature and Christian Doctrine) .. 258,
　　260, 264, 299
ストーン、フィル (Phil Stone) 3, 4, 27, 81,
　　84, 305, 306
ストランクス、C. J. (C. J. Stranks) .. 77, 91, 267,
　　269, 293
　『ジェレミー・テイラーの生涯と作品』(The Life
　　and Writings of Jeremy Taylor) 91,

　　267, 269, 278, 293
スプラトリング、ウィリアム (William Spratling)
　　4, 306
スペンサー、エドモンド (Edmond Spenser) .. 76,
　　78, 210
　『フェアリー・クィーン』(Faerie Queene) 210
スマイリィ、ジェイムズ (James Smylie) 25
スミス、リリアン (Lillian Smith) . 23, 34, 35, 236,
　　280, 299, 300
　『夢の殺人者』(Killers of the Dream) ... 23, 261,
　　263, 280, 299
生命の樹 (Tree of Life) 207, 208, 220-22,
　　251, 275, 281
セフィロト (Sefirot) 207-11, 213, 220-22,
　　275, 276, 281
セルティランジュ (Antoine Dalmace Sertillanges)
　　143, 162, 272
セント・アンドリューズ・クロス (St. Andrews Cross)
　　87
セント・ピーターズ・エピスコパル教会 (St. Peter's
　　Episcopal Church) 37, 83, 312
『ゾーハル』(Zohar) 207, 211, 219, 276
ソーンダイク、ハーバート (Herbert Thorndike)
　　91, 269
ソリッド・サウス (Solid South) 88

タ

第1次世界大戦 (World War I) 4, 7, 35, 37,
　　45, 51, 113, 187, 305, 310
第1次大覚醒 (First Great Awakening) 21, 29
第2次大覚醒 (Second Great Awakening) 30
第3次大覚醒 (Third Great Awakening) 26
ダイキンク、エヴァート (Evert Duyckinck) .. 79,
　　80, 268, 292
ダブニ、ルイス (Lewis Dabney) 26
ダブルデー、ニール・F. (Neal F. Doubleday) . 80
チカソー (Chickasaw) 5, 24, 82, 231, 239
チャールズ1世 (Charles I) . 74, 76, 78, 84, 86, 91,
　　212, 268

索引

チュロス、トマス (Thomas Tullos) 75, 76
長老派 (Presbyterian) . 21, 24-28, 31-34, 36, 38, 60, 67, 74, 76, 82, 173, 259, 263, 268
直観 (intuition) 138, 139, 146, 153-56, 161, 162, 218
罪 (sin) 5, 15, 16, 22, 23, 26, 28, 29, 34, 35, 38, 42-48, 50, 51, 53-57, 62, 63, 65, 68, 71, 80, 81, 87, 88, 90, 92-97, 99-101, 104-08, 110, 111, 113, 115, 119, 121, 122, 135, 139, 141-43, 147-50, 154, 155, 157, 158, 160-62, 164, 165, 168, 173, 174, 177, 178, 181, 182, 191, 196-99, 209-11, 218, 219, 224-26, 228, 230, 234, 236, 237, 241-44, 248-51, 262, 264-66, 276, 281, 296, 303, 317
罪意識 (guilt) 34, 35, 47, 61, 106, 147, 149, 156, 157, 196, 198, 199, 228, 236, 237, 238, 241, 250, 263, 266
ディキシークラッツ (Dixiecrats) 151
テイラー、ジェレミー (Jeremy Taylor)
『偉大なる模範』(*The Great Exemplar of Sanctity and Holy Life according to the Christian Institution*) (*Works* II) ... 94-96, 145, 182, 218, 219, 255, 269
『化体説の反証としての実在説』(*The Real Presence Proved against Transubstantiation*) (*Works* VI [*The Real Presence and Spiritual of Christ in the Blessed Sacrament Proved against the Doctrine of Transubstantiation: A Dissuasive from Popery, and Five Letters*]) 75, 255
『悔い改めの教義と実践／原罪の問題に関する神意／書簡集と讃美歌』(*Unum Necessarium, Deus Justificatus; Letters; The Golden Grove and Festival Hymns*) (*Works* VII) ... 92, 94, 145, 202, 255, 269
『決疑論指針 I』(*Ductor Dubitantium*, Part I) (*Works* IX) 92, 95, 109, 183, 184, 199, 255
『決疑論指針 II』(*Ductor Dubitantium*, Part II.) (*Works* X) 80, 81, 93, 215, 255

『この世と来るべき世における人間の状況の思索』(*Contemplation of the State of Man in This Life, and in That Which Is to Come*) . . 164
「ジェレミー・テイラーの生涯」("Life of Jeremy Taylor, D. D.") (*Works* I) 267
『主教制の聖なる儀式と聖務について』(*Of the Sacred Order and Offices of Episcopacy*) (*Works* V [*Episcopacy Asserted, and Other Works on Church Discipline*]) 75, 255
『神聖なる生き方と神聖なる死に方』(*Holy Living and Holy Dying*) (*Works* III) . . 16, 75-78, 92-94, 109, 111, 124-26, 165, 191, 250, 255
『神聖なる生き方の規則と行使』(*The Rule and Exercises of Holy Living*) 76, 78, 243
『神聖なる死に方の規則と行使』(*The Rule and Exercises of Holy Dying*) 76, 243
『適格な聖餐拝受者／説教／朝夕の祈り』(*The Worthy Communicant, Supplement of Sermons; and A Collection of Offices*) (*Works* VIII) ... 126, 202, 215, 216, 219, 255
『年間聖日の連続説教』(*A Course of Sermons for All the Sundays in the Year*) (*Works* IV) . 93, 144, 149, 157, 183, 255
ティリッヒ、ポール (Paul Tillich) ... 46, 48, 178, 180, 182, 184, 265
『永遠の今』(*The Eternal Now*) 273, 300
『存在への勇気』(*The Courage to Be*) ... 48, 265, 266, 273, 300
デニー、ジェイムズ (James Denny) 243
デミウルゴス (Demiurge) 211
テムラ (Themura) 209
デュボス、ウィリアム・ポーチャー (William Porcher DuBose) 37
テルトゥリアヌス (Tertullianus) 198
天幕集会 (camp meeting) 25, 30, 31, 35
奴隷制 (slavery) 10, 12, 23, 25, 26, 35, 37, 44, 67, 83, 87-90, 228, 250
トンプソン、ジャスティアニア・ディキンソン (Justiania Dickinson Thompson) 27
トンプソン、ロランス (Lawrence Thompson)

14, 259

ナ

中上健次(Kenji Nakagami)..................9
ナチェズ(Natchez).....................24, 25
ナッシュ、トマス(Thomas Nashe).........210
南北戦争(Civil War)..........1, 5, 6, 12, 14, 22, 25, 26, 31, 35, 37, 38, 44, 55, 61, 67, 85, 87-89, 112, 141, 167, 212, 230, 231, 234, 235, 248, 261, 269, 303, 307, 317
ニーロン、チャールズ・H.(Charles H. Nilon) 48, 266, 289
ニコルソン、マージョリー(Marjorie H. Nicolson) 211, 214, 277, 296
　「ミルトンと『カバラ推論』」("Milton and the *Conjectura Cabbalistica*").............211, 277, 296
ニューオーリンズ(New Orleans)...... 4, 24, 33, 51, 55, 131, 133, 137, 186, 187, 222, 232, 274, 306, 308
ニュー・オールバニー(New Albany)..1, 27, 33, 304
ニュートン、アイザック(Isaac Newton)......212
ノーベル賞(Nobel Prize)............7, 9, 42, 310
ノタリコン(Notarikon).....................209
ノックスヴィル(Knoxville)............233, 303
ノックス、ジョン(John Knox)..............86

ハ

バー、キャロライン(Caroline Barr).. 2, 28, 132, 309
バース、J. ロバート(J. Robert Barth)...13, 258, 285
バートン、ロバート(Robert Burton).........80
バーネット、ネッド(Ned Barnett).........239
ハーバート、ジョージ(George Herbert).....79
バイブル・ベルト(Bible Belt)..........15, 247
ハイランダー(Highlander)...............85, 90
ハイランド(Highland)............... 84-87, 243
ハイランド・クリアランス(Highland Clearances) 87

ハインドマン、ロバート(Robert Hindman).. 233, 303
ハウ、アーヴィング(Irving Howe)..14, 259, 287
ハウスマン、A. E.(A. E. Housman)......3, 305
白人至上主義(white supremacy)......34, 64, 236
パスカル、ブレーズ(Blaise Pascal).. 16, 205, 260, 300
ハズリット、ウィリアム(William Hazlitt)....91
バッカス、アイザック(Isaac Backus).........29
バトラー、チャールズ・エドワード(母方祖父) (Charles Edward Butler)..........223, 304
バトラー、リーリア・ディーン・スウィフト(母方祖母)(Lelia Dean Swift Butler)..2, 28, 304, 305
花岡秀(Shigeru Hanaoka)......261, 281, 291, 320
バニヤン、ジョン(John Bunyan)...........29
バプテスト派(Baptist)........21-26, 28, 29, 31, 34, 36, 38, 82, 83, 125, 144, 261, 263
ハミルトン、エディス(Edith Hamilton)......36
ハラリック、ロバート(Robert M. Haralick).. 226, 279, 296
　『ヘブライ文字の内的意味』(*The Inner Meaning of the Hebrew Letters*)......226, 279, 296
ハリウッド(Hollywood)....6, 8, 132, 150, 177, 238, 307-10
ハント、ジョン(John W. Hunt)..13, 258, 265, 287
　『ウィリアム・フォークナー──神学的緊張の芸術』(*William Faulkner: Art in Theological Tension*)..............13, 258, 265, 287
半ペラギウス主義(Semipelagianism).. 43, 96, 97, 247, 265
反リンチ法(anti-lynching bill)..............151
ヒューゲル、バロン(Baron von Hügel).....142
ヒューズ、H. T.(H. T. Hughes).....91, 269, 292
　『ジェレミー・テイラーの信仰』(*The Piety of Jeremy Taylor*)............91, 269, 292
ピューリタニズム(Puritanism).......34, 73, 74, 87, 211, 248
ピューリタン(Puritan)...32, 34, 36, 74, 86, 87, 90, 212, 248, 269
ピューリタン革命(Puritan Revolution)......212

索　引

ピルグリム・ファーザーズ (Pilgrim Fathers)‥21
ヒル、サミュエル (Samuel S. Hill) 23, 261, 279, 298
『南部宗教事典』(Encyclopedia of Religion in the South) 23, 223, 260, 261, 263, 264, 279, 298
ファースト・プレスビテリアン教会 (First Presbyterian Church) 33
ファーリー、ロバート (Robert Farley) 82
ファウラー、ドリーン (Doreen Fowler)‥10, 257, 287
『フォークナーと宗教』(Faulkner and Religion) 10, 257, 287
プア・ホワイト (poor white) 31, 57
フィスデル、スティーヴン・A. (Steven A. Fisdel) 216-18, 226, 278, 295
『カバラの実践』(The Practice of Kabbalah) 216, 278, 279, 295
フィッシュ、ハロルド (Harold Fisch)‥214, 278, 292
『エルサレムとアルビオン』(Jerusalem and Albion) 214, 278, 292
フィッツジェラルド、F. スコット (F. Scott Fitzgerald) 8
ブヴァール、ロア (Loïc Bouvard) 129, 162
ブーティ、ジョン (John Booty) 92
フォークナー、ウィリアム (William Faulkner)
「あの夕陽」("That Evening Sun") 8, 30, 104
『アブサロム、アブサロム!』(Absalom, Absalom!) (AA) 6, 31, 46, 48, 49, 54, 56, 117, 186, 230-33, 238, 239, 249, 253, 263, 267, 284, 308
『行け、モーセ』(Go Down, Moses) (GM) 8, 47, 48, 54, 55, 150, 151, 224, 239, 241, 253, 284, 309
『ウィリアム・フォークナー短編集』(Collected Stories of William Faulkner) (CS) 30, 44-47, 50, 253, 310
『ウィリアム・フォークナーの蔵書——目録』(William Faulkner's Library: Catalogue) (FL)‥77,

81, 130, 212, 254, 285
『ウィリアム・フォークナー未収録短編集』(Uncollected Stories of William Faulkner) (UC) 197, 198, 253, 274, 283
「ウォッシュ」("Wash") 231, 308
「エヴァンジェリン」("Evangeline") 231
「エミリーへの薔薇」("A Rose for Emily")‥8, 46, 307
「親分」("The Big Shot") 231
『蚊』(Mosquitoes) (MO) 4, 5, 52, 221, 253, 283, 306
「髪」("Hair") 49, 50, 266
「乾燥の九月」("Dry September")‥8, 43-51, 96, 158, 222, 266
『寓話』(A Fable) (F) 7, 12, 29, 54, 56, 81, 112-27 150, 186, 223, 242, 249, 270, 284, 309-11, 321
「熊」("The Bear") 8, 225, 239, 266, 267, 309
「黒衣の道化師」("Pantaloon in Black") ‥151, 225
『サートリス』(Sartoris) (SA)‥4-6, 78, 167, 168, 224, 225, 239, 253, 283, 307, 308
『サンクチュアリ』(Sanctuary) (S) 6, 7, 29, 30, 99-105, 132, 221, 225, 239, 253, 283, 284, 307, 308, 312
『自動車泥棒——ある回想』(The Reivers: A Reminiscence) (R) 8, 52, 223, 238-43, 253, 283, 284, 286, 312
「死の宙吊り」("Death Drag") 187
『死の床に横たわりて』(As I Lay Dying) (AL) 5, 6, 52-54, 239, 253, 282, 284, 307
『シャーウッド・アンダソンと他の有名なクレオールたち』(Sherwood Anderson and Other Famous Creoles) 4, 306
「シャーウッド・アンダソンについての覚書」("A Note on Sherwood Anderson") 310
「シャルトル街の鏡」("Mirror of Chartres Street") 51
「襲撃」("Raid") 225
「女王ありき」("There Was a Queen")‥236, 267, 308

『随筆・演説他』(*William Faulkner: Essays, Speeches & Public Letters*) (*ES*)............7, 42, 43, 48, 81, 96, 97, 100, 114, 122, 126, 192, 228, 235, 241, 253, 254, 282, 284

『征服されざる人びと』(*The Unvanquished*) (*UV*) 6, 38, 79, 151, 225, 235, 239, 253, 267, 283, 308

『大学におけるフォークナー』(*Faulkner in the University*) (*FU*).........4, 12, 15, 19, 20, 29, 38, 44, 49, 59, 69, 89, 90, 96, 99, 108, 114, 115, 117, 118, 121, 124, 144, 147, 151, 158, 171, 177, 186, 188, 198, 202, 224, 228, 230, 254, 266, 312, 319

『大理石の牧神』(*The Marble Faun*)..4, 81, 282, 306

『父なるアブラハム』(*Father Abraham*)..4, 224, 282, 306

『塵にまみれた旗』(*Flags in the Dust*)..4, 5, 78, 151, 243, 306, 307

『長野でのフォークナー』(*Faulkner at Nagano*) (*FN*).......11, 15, 42, 43, 46, 51, 97, 126, 150, 168, 193, 247, 249, 254, 284

「ナザレより」("Out of Nazareth")..........51

『尼僧への鎮魂歌』(*Requiem for a Nun*) (*RN*) 7, 12, 56, 99-112, 126, 161, 224, 225, 230, 239, 245, 267, 283, 284, 289, 310-12

『ニューオーリンズ・スケッチ』(*New Orleans Sketches*) (*N*)..........51, 222, 253, 287

『庭のライオン』(*Lion in the Garden: Interviews with William Faulkner 1926-1962*) (*LG*) 5, 8, 12, 15, 41, 81, 110, 123, 129, 132, 162, 170, 175, 185, 228, 229, 244, 249, 251, 254, 285

『願いの木』(*The Wishing Tree*)...220, 283, 306

『八月の光』(*Light in August*) (*LA*)......6, 20, 56, 58-71, 141, 222, 225, 239, 249, 253, 258, 263, 267, 282, 284, 285, 287, 307

『春の幻想』(*Vision in Spring*)............4, 306

「火と炉床」("The Fire and the Hearth")....225

『響きと怒り』(*The Sound and the Fury*) (*SF*) 6, 9, 13, 16, 53, 56, 57, 87, 150, 151, 167-86, 191, 220, 225, 243, 249, 253, 267, 284, 306, 307, 309, 311, 317

『標識塔』(*Pylon*) (*PL*).........6, 16, 186-203, 221, 223, 224, 253, 257, 283, 284, 308, 311

『兵士の報酬』(*Solders' Pay*) (*SP*).......4, 5, 38, 51, 52, 54, 155, 167, 253, 283, 306

『ヘレン――ある求愛』(*Helen: A Courtship*)..4, 306

『墓地への侵入者』(*Intruder in the Dust*) (*ID*).. 7, 16, 131, 150-66, 225, 249, 253, 282, 284, 309, 310

『町』(*The Town*) (*T*).........8, 29, 38, 81, 222, 229, 230, 239, 267, 284, 311

『村』(*The Hamlet*) (*H*)..6, 7, 221, 222, 224, 225, 253, 267, 282, 284, 309

『メイデー』(*Mayday*)..............4, 221, 306

「名誉」("Honor")....................187, 307

『館』(*The Mansion*) (*M*) 8, 56-58, 223, 239, 249, 253, 267, 282, 284, 311, 312

『野性の棕櫚』(*The Wild Palms*) (*WP*) 6, 16, 29, 131-50, 165, 221, 225, 253, 283, 284, 288, 308

「妖精に魅せられて」("Nympholepsy").....197, 199, 222

フォークナー、ウィリアム・クラーク（曾祖父）(William Clark Falkner)....1, 2, 27, 233-35, 237, 238, 243, 303, 304

フォークナー、サリー・マカルパイン・マリー（祖母）(Sallie McAlpine Murry Faulkner)...27, 28, 85, 223, 304

フォークナー、ジョン・ウェスレー・トンプソン3世（弟）(John Fa[u]lkner)....187, 304, 312

フォークナー、ジョン・ウェスレー・トンプソン（祖父）(John Wesley Thompson Falkner).....1, 27, 238, 303, 304

フォークナー、ジル（娘）(Jill Faulkner).84, 132, 238, 308, 310

フォークナー、ディーン・スウィフト（末弟）(Dean Swift Faulkner)...........187, 305

フォークナー、マリー・カスバート (父) (Murry Cuthbert Falkner) 1, 2, 27, 237, 238, 243, 304, 305, 307
フォークナー、モード・バトラー (母) (Maud Butler Falkner) 1, 2, 27, 28, 132, 304, 312
フォークナー、リーダ・エステル・オールダム (Lida Estelle Oldham Faulkner) 3-5, 33, 75, 76, 83, 132, 150, 220, 223, 237, 238, 304-07, 310
福音派 (Evangelical) 23, 25, 28, 29, 38, 41, 247, 261
フッカー、リチャード (Richard Hooker) ... 78, 269
ブッシュ、ダグラス (Douglass Bush) 91
ブラウ、ジョーゼフ (Joseph Leon Blau) 209, 210, 295
『ルネッサンスにおけるキリスト教のカバラ解釈』(The Christian Interpretation of the Cabala in the Renaissance) 209, 276, 278, 279, 295
ブラウン、トマス (Thomas Browne) 79
『医師の宗教』(Religio Medici) 79
フランクリン、コーネル (Cornell Franklin) ... 3, 5, 305
フリーメイソン (Freemason) 28, 125, 223, 237, 240, 262, 279, 297
プルースト、マルセル (Marcel Proust) 9
『失われた時を求めて』(À la recherche du temps perdu) 9
ブルックス、クリアンス (Cleanth Brooks) .. 13, 14, 129, 130, 137, 243, 258, 270, 285
『ウィリアム・フォークナー——ヨクナパトーファへそして彼方へ』(William Faulkner: Toward Yoknapatawpha and Beyond) 129, 270, 271, 277, 285
『隠れたる神——ヘミングウェイ、フォークナー、イェーツ、エリオットとウォレン』(The Hidden God: Studies in Hemingway, Faulkner, Yeats, Eliot, and Warren) 13, 258, 281, 285
フルトン、ジェイムズ (James Street Fulton) .. 271, 294

ブレイカスタン、アンドレ (André Bleikasten) 151, 272, 285
ブレイク、ウィリアム (William Blake) 212
フレイザー、ジェイムズ (Sir James George Frazer) 85, 268
『金枝篇』(The Golden Bough) 85, 268
ブレン、ジョーゼフ (Joseph Bullen) 24
フレンチマンズ・ベンド (Frenchman's Bend) .. 6, 31, 52
フロスト、ロバート (Robert Frost) 3
ブロットナー、ジョーゼフ・L. (Joseph L. Blotner) 49, 75, 76, 82-85, 223, 239, 253, 263, 266, 267, 272, 280, 281, 283, 285, 319
『フォークナー——伝記』(2巻) (Faulkner: A Biography) (Blotner) 27, 28, 33, 34, 49, 76, 79, 81, 83-85, 87, 150, 212, 223, 224, 230, 233, 234, 238, 239, 254, 285, 315
『フォークナー——伝記』(1巻) (Faulkner: A Biography) (Blotner1) 76, 238, 239, 254, 285, 315
ベアード、ヘレン (Helen Baird) 4, 131, 306
ベーコン、フランシス (Francis Bacon) 91
ベケット、サミュエル (Samuel Beckett) 9
『ゴドーを待ちながら』(Waiting for Godot) ... 9
ヘミングウェイ、アーネスト (Ernest Hemingway) 8, 19, 309
ペラギウス主義 (Pelagianism) 43, 92, 96, 97, 112, 247, 264, 265
ベルクソン、アンリ (Henri Bergson) 14, 16, 129-165, 248, 249, 254, 270-72, 294, 295, 318
『時間と自由』(Time and Free Will) (TFT) .. 131, 138, 139, 153, 254, 294
『創造的進化』(Creative Evolution) (CE) ... 130, 137, 138, 140, 142, 155, 254, 294
『道徳と宗教の二源泉』(The Two Sources of Morality and Religion) (TS) 141, 142, 162, 254, 294
『物質と記憶』(Matter and Memory) (MM) 139-41, 148, 152, 153, 254, 294, 317
ホイットマン、ウォルト (Walt Whitman) 212,

220
ホークス、ハワード (Howard Hawks)..... 8, 132, 307, 309, 310
ポーク、ノエル (Noel Polk)........ 99, 270, 274, 283, 289
ホーソーン、ジュリアン (Julian Hawthorne)... 80, 268
ホーソーン、ナサニエル (Nathaniel Hawthorne) 80, 81, 90, 248, 259, 268, 291, 292
　「空想の箱めがね」("Fancy's Show Box").....80
　「利己主義、即ち、胸中の悪魔」("Egoism; or, The Bosom Serpent")...................80
ポープ、アレキサンダー (Alexander Pope)...76
ボッカッチョ、ジョヴァンニ (Giovanni Boccaccio) 76
　『デカメロン』(Decameron) 76
ホフマン、フレデリック (Frederick J. Hoffman) 14, 259, 287, 289
　『ウィリアム・フォークナー』(William Faulkner) 14, 259, 287

マ

マクリーディ、ウィリアム (William McCready) 83
マクレーン、アラバマ・リロイ・フォークナー (Alabama Leroy Falkner McLean)....2, 303
マクレランド、ベンジャミン・ライト (Benjamin Wright McClelland)................13, 258
マシーセン、F. O. (F. O. Matthiessen).. 79, 267, 299
　『アメリカン・ルネッサンス――エマソンとホイットマンの時代の芸術と表現』(American Renaissance: Art and Expression in the Age of Emerson and Whitman).. 79, 267, 268, 299
マリー、ジョン・ヤング (John Young Murry).. 28, 85, 223, 224, 240
マリタン、ジャック (Jacques Maritain).... 271, 272, 294

ミシシッピ川 (Mississippi River)........137, 145
ミシシッピ州 (Mississippi) 1, 20, 24-26, 29, 31, 37, 187, 223, 235, 236, 303, 304, 306
ミシシッピ大学 (University of Mississippi)..2-5, 10, 33, 55, 75, 83, 100, 305-07, 309
ミステリー (mystery) 157, 158
三宅晶子 (Akiko Miyake)...........152, 272, 318
ミランドラ、ピコ・デラ (Pico della Mirandola) 210
ミルゲイト、マイケル (Michael Millgate).. 229, 254, 273, 277, 280, 283, 285, 288
ミルトン、ジョン (John Milton)..78, 91, 211, 212, 215, 220, 277, 278, 296
　『失楽園』(Paradise Lost) 211, 296
ムーディ、ドワイト・ライマン (Dwight Lyman Moody) 29
ムラート (mulatto) 236, 240-43, 280
メソジスト派 (Methodist)...... 21, 22, 24-28, 30, 31, 34, 36, 38, 82, 83, 84, 258, 261, 263, 264, 293
メノー派 (Mennonite).......................21
メルヴィル、ハーマン (Herman Melville) 79, 81, 90, 248, 268, 292, 293
　『白鯨』(Moby-Dick)........79, 81, 268, 292, 293
メレディス、ジェイムズ (James Meredith)...83
メンケン、H. L. (H. L. Mencken)....... 23, 260, 261, 280
メンフィス (Memphis)...8, 10, 27, 29, 82, 100, 102, 229, 234, 235, 239, 240, 304, 309, 311
莫言 (Mo Yan) 9, 257, 287, 291
　『赤い高粱』............................9, 291
モア、ヘンリー (Henry More)......211, 214, 269, 277, 278, 293, 296
　『カバラ推論』(Conjectura Cabbalistica).... 211, 277, 278, 296
モラヴィア兄弟団 (Moravian)...............21
モリス、エラズマス・W. (Erasmus W. Morris) 233, 303
モリソン、トニ (Toni Morrison)...9, 257, 258, 290

ヤ

ユニテリアン (Unitarian) 21, 23, 259
ヨクナパトーファ (Yoknapatawpha) 5, 8, 10, 29, 52, 129, 222, 228-30, 240, 257, 258, 266, 270, 271, 277, 281-83, 285-88, 291, 307

ラ

ラッセル、バートランド (Bertrand Russell) .. 141, 271, 299
ラフェイエット郡 (Lafayette County) ... 1, 5, 33, 229, 304, 305
ラム・チャールズ (Charles Lamb) 91
理神論 (Deism) 21, 262
リピー、チャールズ・H. (Charles H. Lippy) .. 23, 260, 279, 298
　『南部宗教の参考文献一覧』(Bibliography of Religion in the South) ... 23, 260, 279, 298
リプリー (Ripley) 2, 28, 233, 234, 280, 303, 304
リンカーン、アブラハム (Abraham Lincoln) .. 88, 303
倫理神学 (moral theology) 16, 75, 92, 126, 186, 248, 249, 293
ルーベル、ウォーレン・ガンサー (Warren Gunther Rubel) 13, 258
ルター派 (Lutheranism) 21, 30, 32, 264
レヴィ、アルバート・W. (Albert W. Levi) ... 130, 270, 294
レコンストラクション (Reconstruction) 89, 303, 304
レブナー、ヴォルフガング (Wolfgang Rebner) 132
ローヴェレイ、リチャード・H. (Richard H. Rovere) 63
ローゼンロス、クノール (Knorr von Rosenroth) 219, 278, 296
　『ベールを脱いだカバラ』(Kabbala Denudata) 219, 278, 296
ロード、ウィリアム (William Laud) 73
ローワン・オーク (Rowan Oak) 6, 10, 85, 307

ワ

ワード、キャロライン (Caroline Word) 27
ワイルダー、エイモス (Amos N. Wilder) 12, 258, 290
　『神学と現代文学』(Theology and Modern Literature) 12, 258, 290
ワゴナー、ハイアット (Hyatt H. Waggoner) .. 14, 15, 19, 259, 265, 290
　『ウィリアム・フォークナー――ジェファソンから世界へ』(William Faulkner: From Jefferson to the World) 14, 259, 265, 289
ワッソン、ベン (Ben Wasson) 277, 306-08

執筆者紹介

岡田　弥生（おかだ　やよい）

神戸出身。神戸女学院大学大学院文学研究科英文学専攻修士課程修了。
博士（文学）学位取得（関西学院大学大学院文学研究科）。
2002 年イギリス、ケンブリッジ大学客員教授。
現在関西学院大学大学院言語コミュニケーション文化研究科、関西学院大学社会学部教授。
共訳：マイケル・グリーン著『逃避にはしる現代人』すぐ書房、1987 年。

ウィリアム・フォークナーのキリスト像
——ジェレミー・テイラーの影響から読み解く

2010 年 7 月 15 日　初版第一刷発行

著　　者　岡田弥生
発 行 者　宮原浩二郎
発 行 所　関西学院大学出版会
所 在 地　〒662-0891　兵庫県西宮市上ケ原一番町 1-155
電　　話　0798-53-7002
印　　刷　株式会社クィックス

©2010 Yayoi Okada
Printed in Japan by Kwansei Gakuin University Press
ISBN 978-4-86283-063-0
乱丁・落丁本はお取り替えいたします。
本書の全部または一部を無断で複写・複製することを禁じます。
http://www.kwansei.ac.jp/press